Der Dunkle Vorhang

von Joshua Tree

Der Dunkle Vorhang

Science Fiction Thriller

Joshua Tree

Lektorat & Korrektorat: Gabriele Rögner
Cover: Shelmyk
Besonderer Dank: Viktoria Keller

joshuatree@weltenblume.de
www.weltenblume.de

1. Auflage, 2019

Joshua Tree Ltd.
Kronou 70, App 202
1026 Nicosia
Zypern

Inhaltsverzeichnis

Vorwort

Liebe Leserinnen und Leser,

ich habe es endlich geschafft und einen Einzelband geschrieben. Also ein in sich abgeschlossenes Buch, was eigentlich auch beim Fossil hätte geschehen sollen. Dieses Mal aber wurde es etwas ganz Besonderes in vielerlei Hinsicht: Sie halten mein bisher rechercheintensivstes Werk in den Händen. Ich habe in den letzten vier Monaten vor der Veröffentlichung so viel recherchiert wie lange nicht mehr, da ich aus »Der Dunkle Vorhang« einen waschechten Wissenschaftsthriller machen wollte, der vielleicht ein wenig Begeisterung für die Mysterien des Universums entfachen kann. Es geht viel um Grundlagenforschung und das, was im wahrsten Sinne des Wortes noch im Dunklen liegt (und das ist eine ganze Menge, wir wissen viel weniger über das Universum als wir denken). In meinem Newsletter veröffentliche ich im April einen Großteil der Rechercheliste inklusive der Titel einiger Sachbücher, die ich für dieses Buch gelesen habe. Auch wenn dies ein Roman ist, geht es diesmal doch nicht um den ganz großen Entwurf, sondern eine zentrale Frage, der ich mich mit aktuellen Forschungsgegenständen versucht habe zu nähern, ohne mir dabei die Freiheit zu nehmen, eine große Portion Fantasie einfließen zu lassen. Aber lesen Sie selbst.

Wieder einmal danken möchte ich dem Kollegen Ralph Edenhofer für seine Hilfe, wenn ich auf ein wissenschaftliches Problem gestoßen bin. Als

Teilchenphysiker und Ingenieur war er für dieses Buch eine große Hilfe. Auch Brandon Q. Morris hatte häufiger ein offenes Ohr, darum soll auch er nicht unerwähnt bleiben.

Viel Spaß beim Lesen und herzliche Grüße,

Ihr Joshua Tree

Teil 1: Das Leuchten der Sterne

1 Julija

»Mirijam!«, rief Julija so laut, dass sie meinte, die beiden Gläser auf der Anrichte klirren zu hören. »Komm endlich runter, wir müssen los!«

»Ich komme ja! Hetz mich nicht!«, kreischte ihre Tochter zurück. Die schrille Stimme des Teenagers setzte sich durch das Treppenhaus und den Flur bis in die Küche fort und Julija rollte mit den Augen.

Zwar hatte sie, anders als ihr Ex-Mann, niemals bereut, schwanger geworden zu sein, aber an Tagen wie diesen fiel es ihr zunehmend schwer, ihre Arbeit als Forscherin und alleinerziehende Mutter unter einen Hut zu bringen. Vielleicht lag es aber auch am Alter. Sie bedauerte also weniger, überhaupt schwanger geworden zu sein, sondern viel eher, nicht deutlich früher schwanger geworden zu sein – in einem Alter, in dem das Nervenkostüm noch ein wenig resistenter gewesen war als wenige Jahre vor der Pensionierung.

»Toller Start in den Morgen!«, schimpfte Mirijam, als sie endlich mit finsterer Miene in der kleinen Küche zwischen Haustür und Wohnzimmer auftauchte.

Julija ließ sich auf keinen Streit ein, schnappte sich stattdessen einen der Teller mit Rührei und gebratenen Tomaten und stellte ihn vor ihrer Tochter auf dem hohen Tresen ab, der sowohl als Raumtrenner als auch als Tisch diente. »Iss dein Frühstück, das wird ein langer Tag.«

Mirijam verzog gequält das Gesicht und begann, lustlos mit der Gabel in ihrem Essen herumzustochern.

»Ganz toll«, murrte sie.

»Wenn du deine Freizeit vor den Prüfungen zur

Matura nicht damit verbringen würdest, mit deinen Freunden im Stadtpark zu kiffen, müsste ich dich auch nicht zu einem Praktikum zwingen.«

»Ich will aber keine Physikerin werden!«

»Ich bin Ingenieurin«, korrigierte Julija sie kopfschüttelnd und begann nach einem Seufzer, ihr eigenes Rührei hinunterzuschlingen.

»Ist doch fast das Gleiche.«

»Damit hast du auch schon eine Antwort, warum du diese zwei Wochen wirklich brauchst.«

Die geschwungenen Lippen ihrer Tochter zuckten leicht, aber sie sagte nichts. So aßen sie eine Weile schweigend und lauschten dem Surren des Kühlschranks, bis Mirijam schließlich ihre Gabel fortlegte und ergeben die Hände in die Luft warf.

»Ich kann es dir wirklich nicht ausreden, oder?«

»Nein.«

»Und was soll ich zwei Wochen bei deiner Arbeit machen? Ich habe keine Ahnung von Physik! Ich will Biologie studieren!«

»Keine Naturwissenschaft kommt gänzlich ohne die anderen Disziplinen aus. Das wirst du im Studium merken. Außerdem ist ein zweiwöchiges Praktikum am CERN sicherlich gut für den Lebenslauf«, erklärte Julija und deutete auf den Teller ihrer Tochter, bevor sie einen Schluck Orangensaft nahm. »Du solltest aufessen.«

»Warum haben wir es denn so eilig? Es ist erst sieben Uhr.«

»Weil heute eine größere Wartungsschleife für den ATLAS-Sensor ansteht. Die letzte Woche hat erste Ergebnisse geliefert, welche wir diese Woche bestätigen müssen«, erklärte sie geduldig.

»Was für Ergebnisse denn?«, fragte Mirijam desinteressiert, ging zum Kühlschrank und nahm einen Schokoriegel aus der Tür. Julija ignorierte diesen weiteren Verstoß gegen ihre Abmachungen. Sie hatte das Gefühl, dass sie ihre Geduld noch für andere Diskussionen brauchen würde.

»Weißt du, was supersymmetrische Teilchen sind?«

»Mama!«

»Hast du schon mal von Dunkler Materie gehört?«, ignorierte Julija den Tonfall ihrer Tochter und drückte einen unbekannten Anrufer weg, als ihr Smartphone vibrierte und auf der Tischplatte zu tanzen begann.

»Hab ich schon mal von gehört in dieser neuen Science-Fiction-Serie auf Netflix.«

»Also weißt du es nicht. Dunkle Materie ist eine bislang nicht nachgewiesene, also hypothetische Form von Materie, die nicht elektromagnetisch wechselwirkt.«

»Das heißt, sie kann nicht gesehen werden«, meinte Mirijam und hatte unwillkürlich das typische ich-weiß-was-Gesicht eines Teenagers aufgesetzt.

Vielleicht ein guter Anfang, dachte Julija und fuhr fort: »So ist es. Dunkle Materie hat gravitative Auswirkungen auf für uns sicht- und messbare Materie, die nur bis zu fünf Prozent des Universums ausmacht. Dunkle Materie hingegen bis zu fünfundzwanzig Prozent. Ihr Nachweis würde ein Problem der aktuellen Standardtheorie lösen, nämlich, dass nach dem Dritten Kepplerschen Gesetz ...«

»Mama!«

»Nach dem Dritten Kepplerschen Gesetz und dem Gravitationsgesetz müsste die Umlaufgeschwindigkeit von Sternen abnehmen, je weiter sie sich vom Zentrum ihrer Galaxis, um die sie rotieren, beispielsweise unserer

Milchstraße, entfernen. Sichtbare Materie ist im Inneren der Galaxis konzentriert, also ist dort die Anziehungskraft am größten und mit wachsendem Abstand kleiner. Weißt du, was eine Dopplermessung ist?«

»Ja, hatten wir in Physik: ›Die zeitliche Stauchung beziehungsweise Dehnung eines Signals bei Veränderungen des Abstands zwischen Sender und Empfänger während der Dauer des Signals‹«, äffte Mirijam nicht gerade vorteilhaft ihren Lehrer nach.

»Gut, nach den Messungen der Doppler-Verschiebung hat sich gezeigt, dass die Umlaufgeschwindigkeit der weiter entfernten Sterne im Gegenteil gleich bleibt oder sogar zunimmt, was bedeutet, dass es dort eine Masse geben muss, die nicht als Gas, Staub oder Planet sichtbar ist, aber trotzdem gravitativ wechselwirkt. Also für uns Dunkle Materie, wenn man so will«, fuhr Julija fort. »Und wir können nur das sehen und bisher messen, was elektromagnetisch wechselwirkt, also elektromagnetische Wellen absorbiert oder reflektiert.«

»Aha, und was habt ihr jetzt herausgefunden?«

»Wir haben ein leichtestes supersymmetrisches Teilchen erschaffen und errechnen gerade seine Zerfallsprodukte, um Rückschlüsse auf seine Beschaffenheit ziehen zu können. Das braucht ziemlich viel Rechenleistung und wir müssen den Versuch wiederholen, um die Daten abzugleichen. Dafür müssen wir aber den Beschleunigerring und die Sensoren warten, um Messfehler auszuschließen. Wir haben noch nie zwei Großversuche innerhalb so kurzer Zeit durchgeführt.«

Mirijam gähnte unverhohlen und Julija seufzte. »Sei froh, dass du keinen Hausarrest bekommst und die Polizei noch einmal ein Auge zugedrückt hat im Park!«

»Mama! Jetzt lass mich doch endlich in Ruhe damit. Ich komme ja schon mit in dein bescheuertes CERN-Ding.«

Julija begrub die in ihr aufsteigende Wut unter einem Mantel aus Geduld, den sie während der achtzehn Jahre als Mutter tief in ihrem Inneren genährt hatte und deutete auf das Geschirr. »Räum bitte ab. Ich fahre schon mal das Auto vor, in fünf Minuten geht es los.«

Am Ende dauerte es zehn Minuten, bis Mirijam mit frustriertem Gesichtsausdruck die Tür hinter sich zuschlug und stur geradeaus sah, während sie in Richtung des Forschungskomplexes CERN fuhren, der direkt an der Grenze zu Frankreich errichtet worden war und einer Kleinstadt gleichkam.

»Wusstest du, dass der Beschleunigerring unterirdisch durch französisches Staatsgebiet verläuft und damit territorial sowohl zur Schweiz als auch zu Frankreich gehört?«, versuchte Julija, die Atmosphäre ein wenig aufzulockern. Sie hatte den Tag ursprünglich mit guter Laune begonnen, weil die bisherigen Versuche vielversprechend verlaufen waren und damit die Chancen stiegen, auch in der nächsten Periode Gelder bewilligt zu bekommen. Ein Projekt mit mehr als einer Milliarde Euro Finanzierung musste Ergebnisse liefern. Seit dem Fund des Higgs-Bosons allerdings hatten diese Ergebnisse in den Augen der Öffentlichkeit auf sich warten lassen, und nur darauf kam es den Politikern letztendlich an. »Außerdem wurde an meinem Arbeitsplatz das Internet erfunden von Tim Berners-Lee, wusstest du das? Er hat damals ein internes Netzwerk zum Austausch von Forschungsdaten ...«

»Mama, das hast du mir schon tausend Mal erzählt!«,

brummte Mirijam.

»Hör mal!« Julija fuhr auf den Seitenstreifen der langen Landstraße und sah ihrer Tochter in die Augen. »Du kannst jetzt den ganzen Tag ein langes Gesicht ziehen und mir das Leben schwer machen, aber ich denke nicht, dass du dadurch bessere Laune bekommst. Seit dein Vater weggelaufen ist, gebe ich mir wirklich Mühe, mich um dich zu kümmern und nach der Sache im Park muss ich etwas tun, denkst du nicht? Willst du eine Mutter haben, der es egal ist, was aus dir wird? Die sich keine Sorgen um dich macht, und dich alleine lässt? Weißt du, wie schwierig es war, dir so kurzfristig einen Praktikumsplatz zu besorgen, gerade in dieser Phase? Wenn dir die Alternative lieber ist, gebe ich dir entweder zwei Wochen Hausarrest, damit du für deine Matura lernen kannst, oder ich lasse dich jetzt mit dem Bus zurückfahren und du tust, was du willst, ohne eine Mutter, die sich um dich sorgt.« Julija wartete mit regloser Miene ab und hoffte, dass ihr Bluff gelang. Sie machte sich um nichts so viele Sorgen wie um ihr einziges Kind.

»Ist schon gut, Mama«, seufzte Mirijam irgendwann und ihr Gesichtsausdruck wurde eine Spur sanfter. »Der Stress macht mir einfach zu schaffen. Ich hasse diese Abschlussprüfungen.«

»Das verstehe ich, Kleines«, erwiderte Julija in versöhnlichem Tonfall und bog wieder auf die Straße, um ihren Weg fortzusetzen. »Ich habe das damals auch gehasst. Aber da muss man nun einmal durch. Im Studium wird das besser, weil du deine Interessen fokussieren kannst und selbstständiger arbeitest.«

»Ich hoffe, dass du recht hast.« Ihre Tochter machte

eine Pause und beugte sich ein wenig vor. »Ist das da vorne ein Stau?«

»Hm, sieht so aus. Vielleicht ein Unfall, das passiert hier öfter wegen der Zufahrt von der Bundesstraße.«

Vor ihnen häuften sich die roten Rücklichter einer langen Fahrzeugkolonne und auch auf der Gegenfahrbahn kamen ihnen bereits seit längerer Zeit keine Autos mehr entgegen.

»Kannst du auf deinem Handy nach einer aktuellen Ausweichroute schauen?«

»Klar«, sagte Mirijam und zückte ihr Smartphone. Als sie längere Zeit nichts sagte und mit gerunzelter Stirn auf das Display schaute, beugte Julija sich zu ihr hinüber, weil sie dachte, ihre Tochter würde Nachrichten verschicken, doch sie hatte die Karten-App geöffnet.

»Was ist?«

»Das ist komisch, ich kriege kein GPS-Signal. Im Bus habe ich hier aber immer eine Verbindung.«

»Dann fahre ich einfach zurück und über die französische Seite. Das dauert ein wenig länger, aber ...« Sie sah auf ihre Armbanduhr und verzog den Mund. »Ich darf heute nicht zu spät kommen.«

Nachdem sie gewendet hatten und mit erhöhter Geschwindigkeit – einem teuren Risiko in der Schweiz – nach Frankreich fuhren, besserte sich Mirijams Laune ein wenig.

»Diese Dunkle Materie, die ihr sucht, wie findet ihr die mit diesem Beschleunigerring?«

Julija wusste nicht, ob ihre Tochter ihr bloß Honig um den Mund schmierte oder wirklich interessiert war, doch sie wollte die Chance nicht ungenutzt lassen, sich ein wenig von der Sorge abzulenken, zu spät zu kommen.

»In dem sechsundzwanzig Kilometer langen Teilchenbeschleuniger schießen wir zwei Protonen mit relativistischen Geschwindigkeiten, also nahe der Lichtgeschwindigkeit, aufeinander zu. Damit das funktioniert, muss die Röhre auf annähernd den Nullpunkt, also etwa minus zweihundertsechsundsiebzig Grad Celsius heruntergekühlt werden und ein vollkommenes Vakuum erzeugt werden. Nur ein einziges Gasatom würde mit einem der Protonen kollidieren und in dem Vernichtungsprozess Messfehler erzeugen. Mein Job ist es unter anderem, sicherzustellen, dass das nicht geschieht.«

»Aber das erklärt immer noch nicht, wie ihr diese Dunkle Materie sucht.«

»Ach ja.« Julija zeigte an der Grenze kurz ihre Personalausweise und wurde durchgewunken. »Es gibt mehrere Theorien, was Dunkle Materie sein könnte. Neutralinos zum Beispiel oder Majorana-Fermionen ...«

»Bitte was?«

»Die kannst du dir wie winzige Ringe vorstellen, die ihr elektrisches Feld im Inneren dieses Ringes aufrechterhalten, damit es nach außen nicht sichtbar ist. Viel einfacher kann ich das auch nicht erklären.« Sie winkte mit der rechten Hand ab, nachdem sie geschaltet hatte. »Die vielversprechendste Theorie ist allerdings die der Supersymmetrie. Wir suchen das leichteste supersymmetrische Teilchen, kurz LSP am CERN. Dabei handelt es sich wahrscheinlich um sogenannte Neutralinos, schwach wechselwirkende massive Teilchen, auch WIMPS genannt.«

»Mama!«

»Ähm, okay. Also diese Neutralinos nehmen wahrscheinlich nicht an der elektromagnetischen oder der starken Wechselwirkung teil. Gleichzeitig sind sie möglicherweise deutlich schwerer als Protonen. Das heißt kurz gesagt, dass sie unsichtbar, aber massiv sind, also starke gravitative Kräfte ausüben. Das würde wie gesagt auch die Rotationsgeschwindigkeit der äußeren Sternensysteme erklären.«

»Das heißt, dass überall im Universum deutlich mehr Teilchen herumschwirren, die man nicht sehen oder messen kann, als solche, die man sehen und anfassen kann?«, fragte Mirijam und sah sich unbehaglich um.

»Im Grunde genommen, ja. Der Kosmos, den wir sehen, bezieht sich aufgrund unserer Augen und Instrumente eben nur auf alles, was elektromagnetisch wechselwirkt. Wir sehen lediglich einen winzigen Ausschnitt des großen Ganzen. Die dominante, weitverbreitetste Form von Materie ist die Dunkle Materie und die kennen wir noch nicht.«

»Könnte es nicht sein, dass die bisherigen Annahmen über Gravitation falsch sind? Immerhin sind diese Newton-Gesetze doch schon uralt, oder?«

Julija lächelte - nicht nur, weil ihre Tochter etwas Kluges gesagt hatte, sondern auch, weil sie bereits auf die französische Zufahrtsstraße zum CERN abbogen und sich nur leicht verspäten würden. »Ja, das ist auch eine Theorie, solche Überlegungen gibt es durchaus. Wenn unser laufendes Experiment zum leichtesten supersymmetrischen Teilchen scheitert, beziehungsweise die Theorie falsifiziert ist, und die Anhänger der MOND-Theorie, also dass die drei Newtonschen Gesetze modifiziert werden müssen, recht haben ...«

»... dann steht ihr ziemlich doof da, hm?« Mirijam ließ so etwas wie ein Kichern ertönen, bevor sie innehielt und enttäuscht den Mund verzog. »Das ist das CERN?«

»Ja.« Julija nickte. »Macht nicht besonders viel her, denn die meisten Gebäude des Komplexes sind bereits uralt. Die ersten Anlagen wurden in den fünfziger Jahren erbaut. Aber was im Inneren schlummert, ist nichts weniger als die beste Technologie, die die Menschheit aktuell bieten kann.«

»Na dann.«

Sie fuhren an den Schlagbaum vor dem riesigen Parkplatzgelände heran und warteten, bis der Sicherheitsdienst ihre Identifikationskarten abgelesen hatte, dann steuerten sie auf den Parkplatz und eilten am Rezeptionsgebäude vorbei zu dem Bürogebäude, in dem neben den wenigen Astronomen auch die Wartungsingenieure untergebracht waren.

In der Eingangshalle war dichtes Gedränge, was Julija sofort stutzig machte. Normalerweise war es hier so ruhig wie nachts auf einem Friedhof. Ein Pulk von mehreren Dutzenden ihrer Kollegen stand vor dem riesigen Fernseher, auf dem für gewöhnlich der Tagesplan der Kantine und Informationen zu aktuell laufenden Experimenten zu sehen waren.

»Was ist denn los?«, fragte sie Walter, einen knurrigen Ingenieur aus dem Wartungsteam des ALICE-Detektors, der mit verschränkten Armen zum Bildschirm starrte. Als löse er sich aus einem Traum, schüttelte er den Kopf und sah sie verwundert an.

»Hast du es denn nicht gehört? Die Satelliten sind im Eimer und zwar alle!«

»Was?« Julija runzelte die Stirn. »Könnt ihr das da

vorne mal lauter machen?«, rief sie und tatsächlich drehte jemand die BBC Nachrichten lauter. An dem Logo in der oberen rechten Ecke konnte sie erkennen, dass die Sendung über das Internet gestreamt wurde.

»... in ihrem offiziellen Statement, das die Europäische Raumfahrtagentur ESA über ihren Pressesprecher Philipp Meinl bekannt gab, spricht die Agentur von bislang unerklärlichen Abweichungen in den geostationären Orbitalpositionen sämtlicher Satelliten über Zentraleuropa. Die Störungen, die bereits in den frühen Morgenstunden mitteleuropäischer Zeit einsetzten, haben bereits für mehrere Zwischenfälle im zivilen Flugverkehr gesorgt. Im gesamten Gebiet der Europäischen Union wurden sämtliche Flüge aus Sicherheitsgründen gestrichen. Die Börsen in Berlin, Paris und Frankfurt befinden sich im Sturz, da der internationale Wertpapierhandel auf dem gesamten Kontinent zum Stillstand gekommen ist.« Die Nachrichtensprecherin, eine Engländerin mit perfekter Frisur und walisischem Akzent, hob den Blick von ihrem Teleprompter und blickte eindringlich in die Kamera. »Allen Bürgern wird empfohlen, keine unnötigen Autofahrten zu unternehmen, da es aufgrund fehlender Signale für die Navigationsgeräte zu massiven Staus und Häufungen von Unfällen kommen kann.«

»Was ist denn da los?«, fragte Mirijam hinter ihr und Julija drehte sich achselzuckend um.

»Keine Ahnung. Abweichungen in ihren Positionen? Die meisten Satelliten umkreisen die Erde dauerhaft an einer festen Position über unserem Kontinent.«

»Vielleicht haben die verdammten Chinesen die Dinger abgeschossen wie die Fengyun-1 damals!«, polterte Walter neben ihr.

»Warum sollten die das tun? Und dann auch noch alle gleichzeitig? Das müssen Hunderte sein!«

»Die wurden doch gar nicht zerstört, sondern ihre Position hat sich geändert, oder?«, warf Mirijam von hinten ein und hob die Hände, als die beiden sie musterten. »Was? Ich bin zwar nicht gut in Physik, aber in Englisch.«

»Was auch immer es ist, wir müssen uns um unsere Detektoren kümmern, wenn der Test morgen weitergehen soll«, meinte Julija und wandte sich zum Gehen.

»Warte«, rief Walter und hielt sie am Arm fest. »Habt ihr schon was von den Ergebnissen gehört?«

»Nein, die sollen erst heute Nachmittag reinkommen.«

»Was für Ergebnisse?«, fragte Mirijam, als sie durch die Gänge zu Julijas Büro gingen.

»Von der Protonenkollision im Large Hadron Collider. Das ist der größte Teilchenbeschleuniger am CERN, siebenundzwanzig Kilometer lang.«

»Ich dachte, der Test war letzte Woche.«

»Ich sagte doch, dass die Auswertung des Zerfallsprozesses lange dauert. Außerdem müssen die Daten nicht nur erfasst und berechnet, sondern mehrfach überprüft werden.«

»Und was machen wir jetzt?« Mirijam klang nicht mehr besonders interessiert und Julija konnte es ihr nicht verübeln. Der Bürokomplex, in dem sie untergebracht war, erinnerte eher an eine sowjetische Schule aus den Siebzigern als an einen Ort, an dem aufregende Wissenschaft praktiziert wurde. Sie selbst war damals ziemlich enttäuscht gewesen, als sie vor fünfzehn Jahren ihren Arbeitsplatz angetreten hatte. Für die größte und teuerste Forschungsanlage der Welt machte sie äußerlich nicht besonders viel her. Aber nach und nach hatte sie Gefallen an dieser Form des Understatements gefunden, das gut zu einem europäischen Projekt passte. Sie schrieben hier spätestens seit der Entdeckung des Higgs-Bosons Geschichte und das auf äußerst unscheinbare Art und Weise.

»Hocken wir jetzt den ganzen Tag in deinem Büro?«

»Nein, ich brauche die offiziellen Checklisten, die werden im finalen Check nochmal auf Papier durchgeführt. Die drucke ich aus und dann gehen wir zu den Supraleitern zwischen Detektor und Beschleunigerring und sehen nach dem Rechten«, beruhigte Julija und das anfängliche Entsetzen im Blick ihrer Tochter wich Irritation.

»Superleiter?«

»Supraleiter«, korrigierte sie den Teenager und öffnete die Tür zu ihrem Büro. Mark war bereits verschwunden, aber vor ihrem Monitor lag ein Klemmbrett mit den ausgedruckten Checklisten. Einen viel besseren Kollegen als den Österreicher konnte man sich wahrlich nicht wünschen. Sie schnappte sich das Klemmbrett und scheuchte ihre Tochter wieder hinaus. »Das sind Materialien, die so stark heruntergekühlt werden, dass sie Strom ohne elektrischen Widerstand leiten können.«

»Aha, machst du dir gar keine Sorgen wegen dieser Satellitensache?«, wechselte Mirijam das Thema.

»Ach, das wird schon nichts Großes sein. Vielleicht ein Sonnensturm, der stärker ausgefallen ist als erwartet, das wäre nicht das erste Mal.«

»Aber die Hälfte meiner Apps funktioniert nicht

mehr«, beschwerte Mirijam sich lautstark und deutete im Gehen anklagend auf ihr Smartphone.

»Tja, dann wirst du dein Praktikum wohl ernst nehmen müssen. Und ich muss dir nicht an irgendeinem Punkt das Ding wegnehmen.«

»Ganz toll.«

2 LINUS

Linus beugte sich über das klebrige Lenkrad seines uralten VW Golfs und spähte zu der Ampel über sich, die ihm genau in dem Moment den Weg abgeschnitten hatte, als er hinter dem grauen Lieferwagen noch über die Haltelinie rutschen wollte. Durch den dichten Regen, der sich wie eine biblische Sintflut über Darmstadt ergoss, verschwamm das rote Licht zu einem schmutzigen Fleck, der in dichten Tränen über die Windschutzscheibe rann – bis die ächzenden Scheibenwischer ihrem kurzen Leben ein Ende bereiteten.

Als die Tränen schlagartig grün wurden, drückte er auf das Gaspedal und bog nach links in das Gewerbegebiet ab, dessen Zufahrt von einem McDonald's bewacht wurde, in dem sich die ersten Nachtschwärmer auf ihre samstäglichen Alkoholexzesse vorbereiteten. Gegenüber zog sich eine lange, hässliche Häuserreihe durch das trübe Grau des hessischen Schmuddelwetters, als der Motor zu stottern begann.

»Ernsthaft?«, fragte er laut und schüttelte müde den Kopf. Der betagte Motor aus den achtziger Jahren hustete einige Male und ging dann vollständig aus. In den letzten Wochen hatte Linus häufiger Probleme mit dem Wagen gehabt, doch das hatte ihn nicht weiter verwundert.

Mit dem letzten Schwung lenkte er den VW auf einen Parkstreifen zwischen Straße und Bürgersteig, direkt vor eine Bushaltestelle, hinter der sich der hässliche Plattenbau abzeichnete. Da weit und breit keine anderen parkenden Autos zu sehen waren, hatte er trotz ausgefallener Servolenkung keine Probleme, sich halbwegs gerade auf den erhöhten Streifen zu stellen.

»Schätze, das war's mit dir«, murmelte er und fischte eine Zigarette aus der Brusttasche seines fleckigen Mantels. Als er sie angezündet und an ihr gezogen hatte, spürte er eine Weile dem Gefühl nach, das der Rauch in seine Lungen verströmte: Sie dehnten sich förmlich aus und kribbelten leicht. Bevor sich jedoch der drückende Hustenreiz in sein Bewusstsein kämpfen konnte, blies er die dichte Tabakwolke aus und schnappte sich seinen Rucksack vom Beifahrersitz. Er sah nach hinten und wollte gerade seinen Regenschirm packen, als ihm einfiel, dass er ihn in seiner Wohnung hatte liegen lassen. Dummerweise hatte er nicht geahnt, dass er in strömendem Regen statt der fünf Meter vom Parkplatz in den Club durch das gesamte Gewerbegebiet würde gehen müssen.

Er stieß ein freudloses Seufzen aus und öffnete die Fahrertür. Sofort wehte der kalte Herbstwind herein und brachte Unmengen feiner Regentropfen mit sich, die zielstrebig jede Ritze in seiner Kleidung zu finden schienen. Mit eingezogenen Schultern lief er um seine qualmende Motorhaube in den Schutz der Bushaltestelle.

»Hey, haste mal 'ne Mark?«

Linus sah zur Seite. Er hatte gar nicht gesehen, dass ein Obdachloser sein kleines Lager aus Zeitungen und Pappe vor der verrosteten Sitzbank aufgeschlagen hatte. Vor dem bärtigen Alten lagen ein umgedrehter Hut und ein vollgekritzeltes Schildchen, das er nicht lesen konnte.

»Euro«, korrigierte Linus ihn und nahm seine Zigarette aus dem Mund, um sie argwöhnisch zu betrachten.

Offenbar hatte ein Regentropfen genau die Glut getroffen und sie gelöscht. Achselzuckend schnippte er sie gegen sein treuloses Auto.

»Ich bin Veteran. Ne Granate hat mir beide Beine zerschmettert«, krächzte der Obdachlose, doch Linus sah weiter in den Regen, dessen Prasseln geradezu unangenehm laut war, während er sich die nächste Zigarette anzündete.

»In welchem Krieg denn?«

»Na, im Zweiten Weltkrieg natürlich.« Die Stimme des Obdachlosen klang jetzt nicht mehr flehend, sondern ungehalten.

»Klar. Wie alt waren Sie damals, hm?« Linus wandte sich dem Alten zu und musterte ihn. Sein Gesicht sah mehr verwittert als uralt aus und sein langer grauer Bart wie das Dickicht eines Urwalds. Seine Beine hatte er unter einer verfilzten Decke vergraben.

Statt zu antworten, kniff der angebliche Veteran seine Augen zusammen und sah Linus böse an.

»Haben Sie in Adolfs Kinderstaffel gedient? Wusste gar nicht, dass die damals schon Säuglinge und Ungeborene an die Front geschickt hätten.«

»Hör mal!«, wollte sich sein Gegenüber echauffieren, wurde aber von einer neuen Stimme unterbrochen. Sie war weiblich und klang alles andere als angenehm.

»Ist das Ihr Wagen?«

Linus musterte die Politesse, die gerade unter das Dach der Bushaltestelle getreten war und mit hochgezogener Braue erst zu ihm und dann zu dem Wagen sah. Sie trug das unverkennbar überhebliche *ich-habe-hier-das-Sagen-Gesicht* zur Schau, das nur Mitarbeiter des Ordnungsamtes zur Perfektion gebracht hatten.

»Motorschaden«, kommentierte er trocken und fuhr sich durch seine nassen, schulterlangen Haare.

»Sie parken an einer Bushaltestelle«, schnarrte die Frau, schüttelte ihren Regenschirm aus und lehnte ihn an die hintere Glaswand. Den Obdachlosen würdigte sie keines Blickes.

»Heute ist Sonntag, es fahren keine Busse.«

Die Augen der Politesse wurden eine Spur schmaler.

»Das ändert nichts daran, dass Parken an einer Bushaltestelle eine Ordnungswidrigkeit darstellt.« Sie begann auf ihrem Handgerät einige Eingaben zu machen.

»Motorschaden«, wiederholte Linus.

»Haben Sie wenigstens ein Parkticket gezogen?«

»Ein Parkticket?«

»Ja. Weiter vorne und weiter hinten auf diesem Streifen handelt es sich um eine zu bezahlende Parkfläche. Zwei Euro für sechs Stunden. Die Parkuhr finden Sie da vorne«, erklärte die füllige Frau mit der blauen Jacke des Ordnungsamtes und sah von ihrem Eingabegerät auf. Hatte sie ihm gerade einen Kompromiss vorgeschlagen? Er tastete seine linke Hosentasche ab, doch es klimperte nicht. Da fiel ihm ein, dass er seine letzten Münzen für den Kaffee an der Tankstelle ausgegeben hatte – genau wie sechzig Euro für einen vollen Tank, der jetzt nutzlos in seinem kaputten Auto schlummerte.

»Hören Sie, ich habe einen verdammten Motorschaden. Hätte ich mir aussuchen können, wo ich parke, hätte ich mein Auto sicherlich möglichst weit weg von Ihnen und ihrem Recht-und-Ordnung-Blick abgestellt«, brummte er zwischen zwei tiefen Zügen an seiner Zigarette.

»Bußgeld also.« Sie lächelte dünn und tippte wieder auf ihrem Gerät herum.

Linus schüttelte entnervt den Kopf, beugte sich zu dem Hut des Obdachlosen hinunter und fischte ein Zwei-Euro-Stück heraus, das er der Politesse an den Kopf schnippte. Es traf sie oberhalb ihrer linken Augenbraue und er fand, dass sie beinahe lustig aussah. »Hier, amüsieren Sie sich damit.«

Während sein Gegenüber noch mit aufgerissenen Augen bemüht war, seine Fassung wiederzuerlangen, sprang der angebliche Veteran erbost auf. Linus schubste ihn achtlos in seine Zeitungen und Kartons zurück.

»Was fällt dir ein, einen armen Krüppel zu bestehlen?«, schimpfte der Bärtige.

»Halt's Maul, ich hab' dich geheilt«, entgegnete Linus und deutete auf die offenbar doch nicht so verkrüppelten Beine des Mannes.

»Sie frecher Kerl!«, bellte der Obdachlose wütend und wedelte mit ausgestrecktem Zeigefinger in Linus' Richtung.

»Ist ein Filmzitat.« Er zuckte mit den Achseln und zog den Kragen seines Mantels hoch, bevor er sich zwischen Politesse und Bettler in den Regen drängte. Achselzuckend stellte er fest, dass dieser Tag nicht viel schlechter verlief als jeder andere.

Die fünfhundert Meter zum Club versuchte er zu rennen, musste aber bereits nach der Hälfte keuchend langsamer werden, da ihm die Puste ausging. Als er endlich vor dem ausladenden Leuchtschild mit der Aufschrift »FKK Barracudas« ankam, war er klitschnass und sein Mantel so sehr mit Wasser vollgesogen, dass er schwer auf seinen Schultern lastete. Die Empfangsdame an dem langen Tresen, der mit dunklen Farben und einer goldenen Borte den fadenscheinigen Luxus auf schick getrimmter Billigmöbel verströmte, lächelte ihn emotionslos an.

»Fünfzig Euro, bitte.«

Linus kramte das speckige Lederportemonnaie aus seiner Hosentasche und legte ihr einen seiner vorbereiteten Fünfziger hin. Sie nahm ihn und eine zweite Dame in weißer Sportkleidung brachte ihm einen Bademantel und ein Handtuch.

»Badelatschen?«

»Habe ich selbst mit, danke«, erwiderte er, nahm das kleine Päckchen aus Bademantel und Handtuch entgegen und ging am Tresen vorbei nach links in den Umkleidebereich. Auf dem Schlüssel, den er bekommen hatte, las er seine Spindnummer ab und ging zielstrebig in die Ecke vor dem Duschraum. Als er alles verstaut hatte, entkleidete er sich, duschte und legte den Bademantel an, bevor er sich durch eine milchige Glastür in den Clubbereich begab.

Am frühen Abend war selten viel los und so war auch jetzt die Musik noch unaufdringlich und der Club kaum besucht. Etwa zwei Dutzend nackter Frauen in Highheels saßen entweder rauchend an der ovalen Theke in der Mitte oder in kleinen Grüppchen auf einer der vielen Sofaecken. Einige wenige Gäste konnte er bereits in dem Halbdunkel des schick eingerichteten Bordells ausmachen. An jeden schmiegte sich eine der Damen, und Linus konnte im Geist jedes einzelne dieser Gespräche mitsprechen, ohne sie hören zu können: »Hey, wie geht's dir? Ich heiße Carina. Bist du Deutscher? Hast du

Lust auf ein bisschen Spaß?«

Er ging zur Theke und winkte die vollbusige Bardame mit den auffälligen Tattoos heran, die offenbar ihre besten Tage hinter sich hatte. »Einen Latte macchiato bitte.«

Er musste sich dringend aufwärmen, sonst würde er die nächsten Tage krank im Bett liegen.

Macht definitiv auch keinen Unterschied, dachte er und nahm kurz darauf dankend seine Glastasse entgegen.

»Hey, wie geht's?«

Linus, der gerade schlürfend seinen ersten Schluck genommen hatte, drehte den Kopf und sah zu der dunkelhaarigen Schönheit, die neben ihm aufgetaucht war und ihm ihr professionelles Lächeln schenkte. Sie war jung, vielleicht Anfang zwanzig, hatte künstlich verlängerte Haare, einen aufgespritzten Mund und eine makellose Figur.

»Gut und selbst?«

»Gut. Bist du zum ersten Mal hier?«

»Ne, aber du wahrscheinlich, hm?«

Ihr Lächeln geriet kaum ins Wanken. »Ja, meine erste Woche. Ich habe vorher in Fulda gearbeitet.«

»Bist du Rumänin?«, fragte er nach einem weiteren Schluck Kaffee.

»Ja. Mein Akzent hat mich verraten, hm?« Sie kicherte mit verschmitztem Grinsen. Er fand sie süß.

»Eher deine Profession.« Während er sich noch fragte, ob seine Aussage rassistisch oder eher kulturalistisch gewesen war, sah er über ihre Schulter eine zweite Dame auf sich zu kommen.

»Hast du Lust, aufs Zimmer zu gehen?«, fragte die Rumänin vor ihm und er brauchte eine Sekunde, um zu realisieren, dass sie mit ihm gesprochen hatte.

»Oh, nein, Dankeschön. Ich bin verabredet.«

Sie seufzte enttäuscht und machte Platz für die andere Frau.

»Hallo, Linus«, begrüßte die ihn und legte ihr Handtuch über den Barhocker neben ihm, bevor sie sich, nackt wie sie war, setzte. Er musterte einen Moment ihr schwarzes Haar und ihre üppige Figur, bevor er ihren Gruß erwiderte. Nicht zum ersten Mal fragte er sich, was genau es war, das er fühlte, während er sie ansah. Liebe war es nicht und selbst wenn, hätte er dieses Gefühl ganz sicher nicht mehr erkannt. Vielleicht war es so etwas wie Neid, obwohl er noch nicht verstanden hatte, woher dieser Neid stammen mochte.

»Bist früh heute«, sagte Minu und bot ihm eine Zigarette an. Er nahm dankend an und gemeinsam rauchten sie eine Weile schweigend. »Sollen wir aufs Zimmer gehen?«

»Dafür bin ich hier«, meinte er und nahm die Hand, die sie ihm anbot, um sich von ihr auf eines der Zimmer in der oberen Etage bringen zu lassen.

Das Zimmer war mit billiger Pappmaché im ägyptischen Stil eingerichtet und rundum mit Spiegeln zugehängt. Ein ausladendes Doppelbett füllte beinahe die gesamte freie Fläche und hässliche Flecken vom Gleitgel hunderter, wenn nicht tausender Freier verunzierten das Laken.

Während er sich den Bademantel abstreifte, nahm sie einige frische Handtücher vom Stapel neben der Tür und legte sie lückenlos über das Laken, bevor sie ihr kleines Handtäschchen ablegte und Gleitgel, Kondome, Zigaretten und ein Feuerzeug hervorholte.

Während sie miteinander schliefen, sah er nicht in die Spiegel, konzentrierte sich ganz auf sie – nicht einmal auf ihren beinahe schon obszön perfekten Körper, sondern auf ihr Gesicht. Anders als viele ihrer Kolleginnen wich sie seinem Blick nicht aus und er hatte beinahe das Gefühl, dass sie es nicht bloß tat, weil es ihr Job war. Paradoxerweise fühlte er sich ihr gerade deshalb so nah, weil sie ihm immer die Wahrheit sagte. Beispielsweise, als er sie nach dem ersten Jahr als Stammkunde gefragt hatte, ob er ihr wirklich rein gar nichts bedeute. Sie hatte frei heraus gesagt: »Nein, das hier ist mein Job.« Bei diesem Anflug von Sentimentalität hatte er es dann belassen und sich keiner romantischen Illusion hingegeben. Stattdessen genoss er ihre Offenheit.

Als sie fertig waren, lagen sie nackt und rauchend nebeneinander. Irgendwann überkam ihn eine heftige Hustenattacke und sie reichte ihm ein Taschentuch, als die Geräusche aus seiner Kehle immer feuchter und rasselnder wurden. Er spuckte einen Klumpen dunklen Blutes aus und knüllte das Taschentuch schnell zusammen, bevor sie es sehen konnte.

»Siehst echt mies aus«, meinte sie und nahm einen Zug von ihrer Zigarette.

»Danke.«

»Im Ernst. Als du das erste Mal herkamst, warst du nicht so dünn, deine Haut wird immer bleicher und rauer. Solltest mal zum Arzt gehen.«

»Damit der mir sagt, dass ich nicht mehr rauchen soll?«

»Du hast doch eine Tochter«, beharrte Minu und deutete auf ein Tattoo an ihrem Unterarm. »Ich würde alles für meine Tochter zuhause in Rumänien tun, wie du an meiner Arbeit hier sehen kannst.«

»Ich tue bereits das Beste für meine.« Linus schluckte bei seinen Worten schwer und versuchte, nicht an seine Tochter zu denken. Sie hatte es jetzt deutlich besser, als wenn sie bei ihm geblieben wäre.

»Woher hast du das Geld für deine ständigen Besuche hier?« Der abrupte Themenwechsel kam ihm nur allzu gelegen.

»Ich hätte beinahe den Pulitzerpreis gewonnen«, erklärte er und schnaubte kopfschüttelnd, als er daran denken musste, wie er von den vielen Neidern der amerikanischen Presse ausgebootet worden war. »Aber ich gehe nicht davon aus, dass du weißt, was das ist.«

»Natürlich weiß ich das«, protestierte sie mit enttäuschtem Gesicht. »Ich liebe Fotografie!«

»Du meinst Michael Polizer. Ich rede von einem amerikanischen Journalistenpreis, der unter anderem für den besten investigativen Journalismus vergeben wird. Ist auch egal.«

»Warum hast du ihn nicht bekommen?«

»Hm?«

»Den Preis!«, wollte sie wissen und drückte ihre Zigarette aus.

»Man hat mir vorgeworfen, dass ich mich illegaler Methoden bedient hätte, um an die Daten zu kommen, die letztendlich zu einer großen Enthüllung geführt haben.«

»Was für eine Enthüllung?«

»Die Steuersünden des mittlerweile abgesetzten US-Präsidenten«, sagte er knapp, da er keinerlei Lust verspürte, dieses Thema seiner jüngeren Vergangenheit zu vertiefen.

»Was? Das warst du?«

»Ja.«

Als er schon fürchtete, dass sie weiter auf ihn eindringen und ihm damit die ohnehin schon miese Stimmung noch weiter vermiesen würde, überraschte sie ihn mit einer ganz anderen Reaktion als erwartet: »Und?«

»Was und?«

»Hast du was Illegales gemacht?«

»Was denkst du?«, fragte er zurück, während er eingehend überlegte. Dies war sein kleines, schmutziges Paradies, anregend, erotisch und abstoßend zugleich – konnte es einen passenderen Ort für ihn geben? Wenn es einen Platz gab, an dem er sich nicht verstellen wollte, dann hier, aber konnte er ihr vertrauen? Natürlich nicht. Die Frage war eher, ob er darauf vertrauen konnte, dass es sie nicht wirklich interessierte, was er ihr mitteilte.

»Ich denke, dass du es faustdick hinter den Ohren hast.« Sie legte sich auf die Seite und stützte mit angewinkeltem Arm ihren Kopf auf ihr Handgelenk, um ihn zu mustern. Ihre vollen Brüste fielen gegen seine abgemagerten Rippen. »Außerdem glaube ich, dass du ziemlich klug bist, auch wenn du das gut versteckst. Du bist nicht bloß Journalist, oder?«

»Gewesen.« Er schüttelte den Kopf und sah sie an. »Informatiker.« Linus machte eine Pause und rang mit sich. *Ach, was soll's.* »Ich habe vielleicht nicht jeden Pressekodex eingehalten, der jemals verfasst wurde.«

»Du hast was Böses getan, um etwas Böses aufzudecken?«

»So in der Art.«

»Und damit hast du diesen ganzen Mist von diesem verlogenen Kerl an die Öffentlichkeit gebracht?«

»Ja«, sagte er einfach.

»Dann hast du's gut gemacht, schätze ich. Wenn du den Preis nicht bekommen hast, sind das undankbare Typen, diese Pulitzer«, befand Minu und steckte sich eine neue Zigarette an.

»Ganz deiner Meinung. Wenn du von einer Sache ausgehen kannst, dann davon, dass die Politiker dich nach Strich und Faden belügen und dir immer die Wahrheit vorenthalten.«

»Hast du Stress bekommen wegen der Geschichte?«

»Nein. Es wurde mir nie etwas nachgewiesen«, erklärte er und stand auf, um sich wieder anzuziehen.

»Da hast du aber Glück gehabt.«

»Glück?« Linus schnaubte. »Glaub mir, als Gott das Glück verteilt hat, hat er mich großzügig ausgespart.«

In seinem Kopf lief ein Film ab, den er schon so oft gesehen hatte, dass er sich wie ein Brandzeichen in sein Hirn eingestanzt hatte. Er sah Natalja und die kleine Kim vor dem Spiegel der Toilette am Pool ihres tunesischen Resorts stehen und sich die Hände waschen. Dann den Schatten, der durch die Tür gelaufen kam – zuerst ganz normal, ruhig und gelassen. Ein durchschnittlicher Mann, der plötzlich sein Messer zückt und auf seine Frau und seine Tochter einsticht wie ein Besessener. Geschrei und Blut, Ersteres sein eigenes, da die beiden nicht mehr sprechen können. Unwirklich aufflackernde Eindrücke von Umstehenden, die zu sehr damit beschäftigt sind, gute Fotos mit ihren Smartphones zu schießen und zu glotzen, statt seine Hilfeschreie zu beachten.

»Hey, alles in Ordnung?«

»Nein.« Als sie zu einer weiteren Frage anhob, hielt er

sie mit erhobenen Händen davon ab. »Dauerzustand.«

»Willst du schon gehen?«

»Ja, ich hab' noch einen Termin mit einer Flasche Gin auf meinem Wohnzimmertisch.« Er kramte nach seinem Autoschlüssel, bis er feststellte, dass er ihn hatte steckenlassen, und freudlos auflachte. »Ach, was soll's.«

3 Zwischenspiel

»Das *Harp's* ist der beste Burgerladen der Welt, das kannst du mir glauben.« Markus sah zu seiner Copilotin, die ihn mit einer hochgezogenen Braue bedachte und milde lächelte.

»Dann warst du wohl noch nie im Fuel Shack in Kuala Lumpur und zwar in der Niederlassung im Suria KLCC.«

»Brauche ich gar nicht, weil ich ja weiß, dass das Harp's die besten Burger macht.«

»Der beste Burger der Welt? In Hannover? Im Leben nicht.« Janine, mit der er mittlerweile den hundertsten Flug durchführte, kicherte, was ihren Wangen feine Grübchen verlieh. Nicht zuletzt aufgrund dieser Grübchen, die ihrem Lächeln etwas Kostbares verliehen, hatte er sich in sie verliebt, wie er sich immer häufiger eingestehen musste.

»Tja, ich bin eben ein *echter* Burgerliebhaber und weiß, welche Restaurants außer Konkurrenz spielen. Darum ist Hannover auch mein Lieblingsstopover«, beharrte er und sah zu, wie der Autopilot ihres Airbus 330 sie in eine sanfte Linkskurve Richtung Langenhagen lenkte. Vor der Cockpitscheibe sah er nur dichtes Grau, da die Wolkendecke über Deutschland mal wieder so dick und undurchdringlich war wie ein Meer aus dichtgewobener Watte.

»Kuala Lumpur, mein Lieber«, sagte sie und las Höhenmesser und Daten der Temperaturfühler ab. »Das ist die wahre kulinarische Hauptstadt der Welt. Einschließlich Burger.«

Markus schüttelte pikiert den Kopf. »Deswegen bin

auch ich der Kapitän an Bord. Einer muss ja Ahnung haben von dem, was er erzählt.«

»Ich dachte, dass du einfach nur alt bist«, entgegnete sie und lachte, als sie seinen sauren Gesichtsausdruck sah.

»Autsch, Janine, wirklich autsch.« Er grinste sie an, um die ausgelassene Stimmung nicht an falsch verstandenen Sarkasmus zu opfern, und drückte den Knopf für den Lautsprecher, der ihn mit den zweihundertvierundvierzig Passagieren in der Kabine hinter ihnen verband.

»Cabin Crew prepare for landing«, sagte er routiniert und schaltete wieder ab.

»Zehn Minuten bis Touchdown«, las Janine ab und er nickte.

»Willst du immer noch landen?«

»Klar!«

»Also gut. Übergebe Steuer, schalte Autopilot ab«, sagte er der Vorschrift entsprechend und hielt demonstrativ seine Hände von dem Steuerelement über seinen Beinen fern.

»Übernehme Steuer, schalte Autopilot ab«, wiederholte sie, drückte zwei Knöpfe und umfasste die Griffe ihres Steuers.

»Manueller Flug.«

Es begann leicht zu wackeln, als sie in einer Linkskurve durch eine tiefere Wolkendecke glitten. Wassertropfen perlten in immer dichterem Durcheinander an den Cockpitfenstern ab und die Scheibenwischer hatten alle Mühe, ihnen freie Sicht zu verschaffen.

»Du wolltest ja landen«, scherzte er. »Vielleicht gibt es sogar Applaus, wenn du bei den Seitenwinden sanft landest.«

»Ein paar volle Kotztüten würden mir schon reichen«, entgegnete sie, ohne zu ihm zu blicken, und folgte mit sanften Bewegungen des Steuers dem vom Bordcomputer vorgegebenen Anflugwinkel nach Hannover-Langenhagen.

»Lufthansa 467, descend 5000 Feet, QNH 1011, expect ILS runway 27R«, meldete der ihnen zugewiesene Fluglotse aus dem Tower irgendwo unter der dicken Wolkendecke, durch die sie flogen.

»Descend 5000ft, QNH 1011, runway 27R, Lufthansa 467«, bestätigte Janine.

»Hm«, machte Markus und ihr Kopf wandte sich ihm kurz zu.

»Was ist?«

»Ich habe hier einen GPS-Ausfall«, sagte er mit bemüht ruhiger Stimme.

Janine sah zu dem digitalen Lämpchen in der Armatur. »Mist. Lufthansa 467, wir haben einen Code 7700, wiederhole: 7700, Ausfall des GPS.«

»Lufthansa 467, verstanden. Kurs beibehalten, wir ...« Die Stimme ihres Fluglotsen brach kurz ab und sie warfen sich einen schnellen Blick zu. »Wir bekommen momentan mehrere 7700 rein, Kurs beibehalten.«

»Verstanden, continue descend, Lufthansa 467«, bestätigte sie und folgte dem Kurs des Computers, der jetzt nicht mehr live aktualisiert wurde, sondern von der letzten GPS-Berechnung stammte.

»Schalte um auf Inertial Reference System«, sagte Markus angespannt und sah zu, wie das Trägheitsnavigationssystem in Form von Drehsensoren und Beschleunigungsmessern seinen Dienst aufnahm. Für sich genommen war es präzise, doch nur in Bezug auf

Veränderungen seiner Position. Durch die fehlenden Berechnungen ihres GPS würde es kleine Abweichungen geben, die sich schnell summieren konnten.

»Du musst übernehmen«, erinnerte Janine ihn mit angespannter Stimme an das Notfallprotokoll und er nickte schnell und übernahm das Steuer.

»Übernehme Steuerung.«

Janine griff derweil hinter sich und zog das Notfallhandbuch des A330 aus dem dafür vorgesehenen Fach.

»Ich glaube, das brauchen wir nicht. Der Anflug wird mit den Ersatzsystemen fortgesetzt«, sagte er und hoffte, dass er recht hatte.

»Ich habe es lieber auf meinem Schoß und lege es zurück, wenn wir es nicht brauchen sollten.«

Markus schürzte seine Lippen und folgte dem vorgegebenen Anflugvektor.

»Lufthansa 467, Anflug abbrechen, wiederhole, Anflug abbrechen. Abdrehen nach links, Steigen auf 1500 Fuß!«, meldete sich unvermittelt der Tower wieder und er zog irritiert die Stirn in Falten, bevor er die Steuerung anpasste und sie in einen Steigflug nach links brachte.

»Bestätige Abbruch des Landeanflugs, Lufthansa 467«, sagte er über Funk. »Was ist da los, Tower?«

»Lufthansa 467, GPS-Ausfall bei sämtlichen anfliegenden Maschinen, warten auf weitere Anweisungen.« Die Stimme des Fluglotsen klang unruhig, was Markus den Schweiß auf die Stirn trieb. Fluglotsen waren immer ruhig, klangen geradezu gelangweilt im Funkverkehr, was einem immer das Gefühl gab, dass sie keinen extremen Beruf, sondern einen ganz alltäglichen ausübten. Dieses Gefühl war nun zerstört und alles, was es gebraucht hatte, war eine veränderte Stimmlage des Lotsen.

»GPS-Ausfall beim Landeanflug«, schimpfte er, während seine Augen zwischen dem eingegebenen Flugvektor und dem Höhenmesser hin und her schwangen wie das Pendel einer Standuhr.

»Bei sämtlichen anfliegenden Maschinen?«, fragte Janine und schüttelte den Kopf.

»Machst du eine Durchsage?«

»Ja, klar«, erwiderte sie schnell, atmete tief durch und drückte den Knopf: »Verehrte Fluggäste, wir haben gerade die Anweisung bekommen, noch eine kleine Sonderschleife einzulegen, da uns offenbar auch in der Luft ein kleiner Stau ereilt hat. Unsere Landung wird sich deshalb um einige Minuten verzögern. Wir bitten Sie, angeschnallt auf Ihren Sitzen zu bleiben und die Waschräume auch weiterhin nicht zu benutzen. Wir entschuldigen uns für die Verzögerung. Ladies and Gentlemen, we just received word from Hannover airport that we have to take a little extra turn due to high air traffic. It seems like congestion might have followed us even into the air, which is why our arrival at Hannover will be delayed by some additional minutes. We kindly ask to apologize this inconvenience. Please stay seated with your seatbelts fastened and do not use the lavatories.«

Als Janine wieder abgeschaltet hatte, blies sie ihre Wangen auf und atmete zischend aus.

»Gut, dass dahinten keiner weiß, was hier im Cockpit passiert«, dachte er laut und passte ihren Steigflug etwas an, als er eine minimale Abweichung sah. »Wenn wenigstens diese verdammte graue Suppe nicht wäre.«

»Ich glaube ...«

»Lufthansa 467, Rechtskurve, steigen auf 5000 Fuß«, unterbrach die erneute Funkmeldung des Towers sie und Markus folgte der Anweisung, während er laut bestätigte.

»Rechtskurve auf 5000 Fuß, bestätige, Lufthansa 467.«

»Aufstieg stabil, Funkfeuer konstant«, sagte Janine, als sie endlich die oberen Wolkenschichten des Tiefdruckgebiets erreichten.

»Lufthansa 467, Kurs abbrechen, Linkskurve, fallen auf 2000 Fuß, Kollisionsgefahr«, rief der Fluglotse über Funk und im selben Moment, als sich eine Schweißperle von Markus' Stirn löste, tauchten sie aus der oberen Wolkenschicht auf.

Die Sonne sahen sie noch genau drei Sekunden lang, bevor sie mit einer Boeing 737 kollidierten, die im Durcheinander des überforderten Towerpersonals in eine falsche Ausweichkurve geleitet worden war.

4 Kashikoi

Kashikoi Yutaka knetete seine Hände, während er dem letzten Briefing des Missionskommandanten lauschte. Peter Browning gab sich Mühe, keine Nervosität bei ihm und den beiden anderen Weltraumtouristen aufkommen zu lassen, und streute immer wieder Witze in seine Erklärungen ein. Nicht, dass jemand darüber gelacht hätte, wenn man von dem künstlichen Kichern absah, mit dem sie alle Nervenstärke simulierten.

Masha Geusen und Marcus Bauer, die Fotografin und der Bestsellerautor, die neben ihm an dem hässlichen Aluminiumtisch saßen und immer wieder nickten, wirkten wie zwei Schulkinder vor der Abschlussprüfung. Während über den Beamer immer weitere Fotos von den Bedienelementen des Raumschiffs und ihrer geplanten Route auf und um den Mond ausgespuckt wurden, musste Kashikoi sich zwingen, nicht ständig nach seinem Smartphone zu greifen. Die Satellitenausfälle über Europa seien zwar kein Hindernis für ihren morgigen Start, aber er traute der ganzen Mission erst, wenn er im Orbit angekommen war. Er hatte zu viel geopfert, um es zum Mond zu schaffen, dass er einen Rückschlag in letzter Sekunde nicht hätte verkraften können.

»Die Startzeit wird voraussichtlich achtzehn Uhr sein, wie geplant. Der letzte Wetterbericht sah gut aus«, erklärte Peter gerade und grinste bis über beide Ohren. »Denken Sie einfach an die Ausbildung der letzten drei Monate und alles wird gut. Die Technik ist erprobt, wie Sie wissen. Wenn wir erstmal oben sind, kümmern Michelle und ich uns um den reibungslosen Flug und

Sie sich um das Unterhaltungsprogramm an Bord, hm?« Der Astronaut zwinkerte ihnen zu, schüttelte jedoch resigniert den Kopf, als er nicht einmal ein Lächeln zurückbekam. »Kommen Sie schon, das wird das Abenteuer Ihres Lebens! Dafür haben Sie sich doch so vehement beworben!«

Masha und Marcus haben sich so vehement beworben, korrigierte Kashikoi den Kommandanten in Gedanken. *Ich habe die gesamte Mission finanziert.*

»Was sollen wir zum Unterhaltungsprogramm beitragen? Panische Schreie während des Raketenstarts?«, fragte Marcus und winkte ab. »Ich bin Autor, kein Entertainer. Ich erzähle Ihnen gerne eine Geschichte, sobald wir heile im Orbit angekommen sind.«

»Ich kann höchstens Fotos von unseren gequälten Gesichtern schießen«, warf Masha lakonisch ein und tat so, als würde sie eine unsichtbare Kamera halten und drauflos knipsen. »Aber das wird ja aufgrund der Beschleunigungskräfte gar nicht möglich sein. Ich hoffe, dass das nicht so schrecklich wird wie in der Zentrifuge.«

Kashikoi hätte beinahe gekichert bei der Erinnerung daran, wie die Niederländerin, die er aufgrund ihrer herausragenden Nachtaufnahmen auf der Amsterdam Foto Fair ausgewählt hatte, vor einigen Wochen aus der Zentrifuge gestolpert war.

»Keine Sorge, das waren bloß Tests für Maximalbelastungen und um herauszufinden, wo Ihr persönliches Limit liegt.« Peter hielt kurz inne. »Also noch einmal zusammengefasst ...«

Kashikoi hörte nicht mehr hin. Er kannte den Plan auswendig: Vier Stunden würden sie morgen in der oberen Crewsektion der BFR – kurz für Big Falcon Rocke, oder SpaceX-intern auch Big Fucking Rocket – sitzen, bis das finale »Go« gegeben werden und sie ihren etwa halbstündigen Aufstieg in den Orbit beginnen würden. Dann der Abwurf des Boosters, der zur neuen SpaceX South Texas Launch Site zurückkehren würde, wenn er selbstständig auf dem Drohnenschiff im Golf von Mexiko gelandet war. Hiernach das Dockingmanöver mit dem im Orbit vorbereiteten Treibstoffmodul für ihren dreitägigen Flug zum Mond, das sie dort ausklinken würden, um zu landen. Nach ihrem mehrstündigen Mondspaziergang würden sie es wieder einklinken und in einem langen Bogen um den Trabanten zur Erde zurückkehren. Die perfekte Urlaubswoche für mehrere hundert Millionen Dollar – und doch die wahrscheinlich beste Investition, die Kashikoi jemals getätigt haben würde. Der einzige Wermutstropfen war, dass er nur Masha und Marcus mitnehmen konnte und nicht alle sechs Künstler, die er ausgewählt hatte, ihn zu begleiten. Am Ende hatten sie technischen Limitierungen und Kostenersparnissen weichen müssen. Aber immerhin waren mit den beiden zwei Talente an Bord, die ihre Erfahrungen mit kreativen Mitteln für die Menschheit zuhause aufbereiten konnten. Das würde sein bescheidener Beitrag zur Förderung des menschlichen Weltraumprogrammes sein und darauf war er mehr als nur ein bisschen stolz.

Später am Abend gingen sie gemeinsam in der einzigen Bar des winzigen Ortes Boca Chica in der Nähe des abgeschiedenen Weltraumbahnhofes etwas trinken. Peter und Michelle begleiteten sie der Tradition entsprechend zum Drink des letzten Abends.

»Die erste Runde geht auf Sie, Mr. Yutaka«, meinte Marcus und prostete ihm zu.

»Die ganze Mission geht auf mich, schätze ich«, gab er zurück und grinste.

»Ich meinte, auf Ihr Wohl«, erwiderte Marcus verlegen, doch Kashikoi prostete zurück. Fünf Gläser trafen sich klirrend in der Mitte über der feuchten Tischplatte.

»War nur ein Scherz. Und bitte: Wir sollten uns duzen. Immerhin fliegen wir gemeinsam zu den Sternen!«

»Zumindest zu dem hässlichen Felsklotz in der Nachbarschaft«, korrigierte Michelle ihn schmunzelnd.

»Immerhin werden wir bei unserem Flug um diesen Felsklotz über sechshunderttausend Kilometer von der Erde entfernt sein und damit offiziell die am weitest gereisten Menschen der Geschichte sein! Das kann uns keiner mehr nehmen«, gab Masha zu bedenken und sah etwas versonnen ihr Bierglas an. »Ich denke, dass ich das vermissen werde.«

»Darf ich daran erinnern, dass wir nur eine Woche unterwegs sind?« Marcus deutete auf ihr Getränk. »Bestell dir einfach noch fünf, dann hängst du kotzend über dem Klo und wirst das Gebräu mindestens eine Woche nicht mehr vermissen, glaub mir.«

Das ausgelassene Gelächter schwappte zwischen ihnen hin und her wie Wellen zwischen zwei Kaimauern und löste die festgezurrten Taue, zu denen ihre Nerven in den letzten Tagen geworden waren. Die medizinischen Tests waren nicht unbeträchtlich gewesen und die vielen Testschleifen für den Start hatten alle an ihre Grenzen gebracht – zumindest ihn, Masha und Marcus. Stundenlang damit konfrontiert zu werden, was alles schief gehen konnte und wie sie zu reagieren hatten, war nicht sonderlich förderlich gewesen, um ihre Ängste zu lindern. Natürlich teilten er und die beiden Künstler den brennenden Wunsch, ins All vorzustoßen, doch sie waren längst nicht so abgebrüht und erfahren wie die beiden Astronauten und das war immer deutlicher geworden, je länger die Vorbereitungen gedauert hatten.

»Vermissen werdet ihr wohl eher frische Atemluft und den Duft frischer Wäsche. Oder ein gutes Bett statt eines festgezurrten Ganzkörperschlafsacks«, prophezeite Peter ihnen grinsend. Er wandte sich an Kashikoi. »Warum machen Sie das wirklich?«

»Bitte, Kashikoi.«

»In Ordnung, Kashikoi. Warum machst du das wirklich?«

»Was?«

»Das alles!« Der Astronaut machte eine umfassende Geste und blickte ihn prüfend über den Rand seines Bierglases an, bevor er daran nippte.

»Ich will die Raumfahrt voranbringen und andere Privatpersonen ermutigen, Geld in deine Firma zu stecken«, erklärte Kashikoi wahrheitsgemäß und hob sich seine Lüge für den nächsten Satz auf: »Außerdem war ich schon immer fasziniert vom Mond, und wenn du so viele Milliarden auf dem Konto hast, dass du selbst mit ständigen Spenden noch von den Zinsen Milliardär bleibst, suchst du dir eben etwas, das so besonders ist, dass es deinem Leben eine neue Richtung gibt. Geld und Erfolg sind unglaublich starke Magneten, die sich beim Erreichen aber umkehren und unzufrieden machen. Es ist ein wenig, als würde man den Mount

Everest erklimmen wollen, um die beste Aussicht der Welt zu genießen. Man weiß, dass nicht viele vor einem dort waren und das Ziel ist wirklich attraktiv. Dann ist man dort und alles ist nebelverhangen, man hatte vielleicht sogar eine bessere Aussicht vom Basislager.«

»Eine lange Geschichte für die Quintessenz, dass Geld nicht glücklich macht«, meinte Michelle und lächelte versöhnlich, als er sie fragend musterte.

»Das meinte ich nicht. Kein Ziel ist beim Erreichen wie wir es uns vorstellen, und hat man es erst einmal erreicht, ist man in der Luxusfalle angekommen und weiß nicht mehr, wie man noch eine Schippe drauf legen soll. Man kann ein immer schnelleres Auto kaufen, aber auch an das hat man sich zeitnah gewöhnt. Wenn man das schnellste hat, will man vielleicht fliegen. Nur zurück zu einem alten VW Käfer will keiner mehr. Genauso ist es mit Reichtum und Erfolg. Es gibt nichts mehr zu erreichen außer zwei Dingen: Die Welt verändern und über die letzte Grenze gehen, die man noch sieht. In meinem Fall sind das die Hilfe beim Voranbringen der bemannten Raumfahrt, wie auch der Weltraum, der mich bereits als Kind fasziniert hat. Zwei Fliegen mit einer Klappe, wenn man so will.« Kashikoi zuckte mit den Schultern und nahm einen tiefen Zug aus seinem Bierglas. Er hasste das dünne amerikanische Zeug und wusste, dass er für jeden Schluck mit Gelenkschmerzen würde bezahlen müssen, freute sich aber über die Geselligkeit des Abends und wollte auch nicht den geringsten Anhaltspunkt für Misstrauen seitens der beiden Astronauten liefern.

»SpaceX jedenfalls freut's«, versicherte Peter ihm und lächelte bierselig. »Wir brechen mit dir einen Rekord im bemannten Raumflug, werden die erste Privatfirma sein, die auf dem Mond landet und das erste Raumschiff gebaut haben, das für eine Reise zum Mars geeignet ist.«

»Außerdem handelt es sich um einen wichtigen Test für sämtliche Systeme an Bord. Euer Feedback am Ende wird in das Design der nächsten BFR fließen, die zum roten Planeten aufbricht«, fügte Michelle hinzu.

»Okay, wenn es keiner von euch sagt, werde ich es eben tun: Das beste an dieser Mission ist, dass Kashikoi hier«, Masha nickte ihm ein wenig unbehaglich zu, als würde es ihr auch nach der langen gemeinsamen Ausbildung schwer fallen, ihn zu duzen, »die Weisheit besaß, zwei Personen den Flug zu ermöglichen, die normalerweise niemals eine Chance gehabt hätten, die Erde von oben zu sehen und den Mond unter den eigenen Füßen zu spüren. Ich finde deinen Ansatz, Künstler mitzunehmen, die ihre Erfahrungen am Ende mittels ihrer Kunstwerke den Menschen vermitteln können, die an den Fernsehern zuhause zuschauen, wie wir die Grenze der Menschheit erweitern, einfach faszinierend. Außerdem bin ich dir sehr dankbar dafür.«

Kashikoi machte eine leichte Verbeugung und nickte dankbar, als die anderen ihm reihum anerkennend zuprosteten.

»Können wir nicht noch ein paar Bier bestellen und wieder Witze über steinreiche Internetmilliardäre reißen? Ihr macht mich ganz verlegen.«

»Warte erst, wie verlegen du bist, wenn du deine Windel vollgemacht hast, weil du vor lauter Aufregung die fünf Stunden Zwangshaltung bis zum Andocken mit der Treibstoffstufe nicht ausgehalten hast«, johlte Peter, doch sein feuchtes Grinsen vertrocknete schnell, als ihn die gleißenden Blicke der drei Weltraumtouristen trafen.

»Hey, hey«, schob er eilig hinterher und machte eine abwehrende Handbewegung. »Das passiert äußerst selten. Also eher so gut wie nie. Ehrlich.«

Seinem zuckenden Mundwinkel war zu entnehmen, dass er in diesem Moment nicht die Wahrheit sagte.

Na toll.

Kashikoi verabschiedete sich als erster und kehrte mit ihrem Fahrer zurück zum Raumhafen, wo er sich die Zähne putzte und es sich auf dem harten Bett seines Zimmers gemütlich machte. Da seine Knie wehtaten, war an Schlaf allerdings nicht zu denken. Wenn er mit tiefen Augenringen aufwachte, würde wenigstens niemand Verdacht schöpfen und es auf seine Aufregung schieben. Dabei verspürte er nicht einmal den leisesten Hauch von Aufregung – im Gegenteil: Er war erleichtert, dass es endlich losging, und freute sich, den Orbit zu erreichen. Dann würde seine Stunde schlagen und die ganze Anspannung der Vorbereitung von ihm abfallen. Der ständige Zwang zu lächeln, wenn er effektiv schreien wollte, die andauernd aufrechterhaltene Selbstbeherrschung, keine seiner Lügen zu offenbaren.

Er schaltete den Fernseher ein und wurde unmittelbar mit Nachrichten konfrontiert. Offenbar ging es um Europa. Auch auf sämtlichen anderen Kanälen, die er durchschaltete, liefen Nachrichten. Die Nachrichtensprecher und der Hintergrund wechselten zwar, doch immer ging es um Europa.

»Immer noch diese Satellitengeschichte?«, brummte er und seufzte, bevor er etwas lauter stellte und die Fernbedienung neben sich auf die Decke fallen ließ.

»... in der Zwischenzeit heißt es, dass sich die Staatschefs von Großbritannien, Deutschland und Frankreich zur Stunde in Antwerpen treffen, um ihr weiteres Vorgehen in der Satellitenkrise zu besprechen. Aufgrund des nach wie vor als zu gefährlich eingestuften Flugverkehrs mussten sie Berichten zufolge mit ihren Dienstwagen anreisen und die Autobahnzubringer zeitweise gesperrt werden. Noch immer kann die europäische Raumfahrtagentur keine Angaben machen, was die Satelliten über dem gesamten Kontinent aus ihrer Bahn geworfen hat«, erklärte der junge Nachrichtensprecher gerade und die Kamera zoomte ein wenig heraus, bis eine zweite Person an dem breiten Holztresen erschien, die als ehemaliger NASA-Experte vorgestellt wurde.

»Mr. Jones«, fuhr der Nachrichtensprecher fort und hinter ihm wechselte das Bild an der Wand zu einem Satelliten, der sich immer weiter von der Erde entfernte. »Können Sie uns eine Einschätzung geben, womit wir es hier zu tun haben? Die Auswirkungen auf die europäische Wirtschaft sind bereits nach einem Tag katastrophal und noch immer gibt es keinerlei Hinweise, was die Satelliten aus ihren geostationären Orbits gebracht haben könnte. Reichlich mysteriös, meinen Sie nicht?«

»Das ist in der Tat mysteriös«, erklärte der grauhaarige, reichlich professoral wirkende Weltraumexperte und nickte eindringlich. »Satellitenausfälle kommen alle Jahre einmal vor, auch kleinere Beschädigungen durch Sonnenstürme, die dann mehrere Satelliten erfassen. Aber die sind in der Regel gut dagegen abgeschirmt. Im jetzigen Fall sieht es nach den Positionsdaten der Satelliten aber aus, als würden sich sämtliche Satelliten über dem europäischen Kontinent von ihren Positionen wegbewegen und zwar alle in dieselbe Richtung.«

»Über wie viele Satelliten sprechen wir?«, hakte der junge Mann nach.

»Das ist schwer zu sagen. Man geht davon aus, dass Großbritannien etwa vierzig Satelliten besitzt, Frankreich in etwa genauso viele und Deutschland circa die Hälfte. Hinzu kommen kleinere Zahlen anderer EU-Länder und geheime militärische Satelliten. Wir dürfen nicht vergessen, dass die EU lange Zeit Marktführer in unbemannten Raketenstarts war mit dem Arianeprogramm. Wie viel militärische Hardware sie in den Orbit gebracht haben, ist schwer zu sagen. Noch seltsamer wird es, wenn wir uns die nicht in einem geostationären Orbit geparkten Satelliten anschauen: Sowohl die NASA als auch Roskosmos und ihr chinesisches Pendant haben unabhängig voneinander bestätigt, dass auch ihre beweglichen Satelliten verlangsamt wurden, als sie über den europäischen Kontinent hinwegzogen.«

»Konnte man bisher irgendwelche Mutmaßungen anstellen?«

»Aktuell unterstützen wir unsere Kollegen der ESA, indem wir das Hubble-Teleskop auf den nahen Erdorbit ausrichten, um nachzusehen, ob es irgendeinen sichtbaren Effekt gibt, der dafür verantwortlich sein könnte.«

»Was für einen Effekt vermutet man denn?«

»Nun ...« Der NASA-Experte zögerte ein wenig. »Falls nicht sämtliche Satelliten gleichzeitig in dieselbe Richtung gesteuert wurden, was gar nicht bei allen möglich ist, würde ein Effekt, der sie fortzieht, normalerweise auf ein so massereiches Objekt in Erdnähe hindeuten, dass dessen Gravitation stärker ist als diejenige der Erde in dieser Entfernung. Würden Sie beispielsweise den

Mond deutlich näher an die Erde ziehen, sodass der Abstand zwischen Erde und Satellit um ein Vielfaches größer wäre als der zwischen Satellit und Mond, würde der Satellit in Richtung Mond gezogen werden.«

»Nun, dass der Mond näher gekommen ist, können wir sicherlich ausschließen«, scherzte der Nachrichtensprecher mit einstudiertem Lächeln.

»Ja«, lachte der Ältere und nickte vehement, als sei er froh, seine Überlegungen nicht länger fortführen zu müssen.

»Einige Nachrichtenportale spielen mit der Möglichkeit, dass es sich um einen Cyberangriff der Russen oder Chinesen handeln könnte – wie bewerten Sie diese Befürchtung?«

»Das halte ich für ausgeschlossen. Gerade bei den GPS-Satelliten handelt es sich im Prinzip um nicht mehr als Atomuhren im Orbit, die in gleichen Abständen Signale an die Erde senden. Über den Zeitabgleich zu Empfangsgeräten am Boden, die mit mindestens zwei weiteren Satelliten verglichen werden, kann die genaue Position des Empängers ermittelt werden. Das ist kein Hexenwerk und es gibt keine große Softwarearchitektur, die man hacken könnte. Abgesehen davon, dass kaum jemand das Ziel überhaupt finden und anpeilen könnte. Ich denke, dass wir hier mit wissenschaftlichen Erklärungen weiter kommen als mit Verschwörungstheorien.«

»Letzte Frage, Mr. Jones: Im Internet verbreiten sich hysterische Meldungen, dass Außerirdische dafür verantwortlich seien und mit ihrem getarnten Raumschiff im Orbit darauf warten würden, zuzuschlagen. Was können Sie diesen Menschen sagen?«

Jones fühlte sich sichtlich unwohl bei der Frage und schüttelte unmerklich den Kopf. »Ich denke, dass die größte Chance auf eine rasche Aufklärung die Internationale Raumstation ISS sein wird, die bei ihrer nächsten Umrundung nachsehen und messen kann, womit wir es zu tun haben. Zusammen mit Hubble wird schon etwas herauskommen, das nicht auf kleine grüne Männchen angewiesen ist. Glauben Sie mir, ein Alienraumschiff hätten wir ganz sicher entdeckt und wäre es getarnt, würde es das ja wohl tun, um nicht entdeckt zu werden, hm? Da macht es kaum Sinn durch das Abziehen von Satelliten auf sich aufmerksam zu machen. Als Physiker kann ich Ihnen sagen: Meist sind es die einfachsten Lösungen, die am Ende zutreffen.«

Kashikoi schaltete ab und rieb sich die Schläfen. Anderen hätte jetzt vielleicht der Kopf geschwirrt, sie hätten sich Gedanken gemacht, was da passiert sein könnte, doch er hatte nicht die geringste Lust, sich damit auseinanderzusetzen. Als man ihm heute versichert hatte, dass ihrem Start nichts im Wege stand, weil ihre Flugbahn ohnehin über den Golf von Mexiko Richtung Afrika führte, war das Thema für ihn erledigt gewesen. Selbst wenn ein Schwarzes Loch danach die Erde verschluckt haben sollte, wäre das kein Grund für ihn, seinen Flug morgen zu gefährden, indem er sich zu Tode grübelte. Dafür war die Mission zu wichtig.

Er warf noch eine Handvoll Schmerztabletten ein und versank irgendwann erleichtert in einen traumlosen Schlaf.

5 Julija

»Mama, können wir nicht den Nachrichtenstream anschauen, wie alle anderen auch?«, drängte Mirijam.

»Wozu? Die Satelliten spielen verrückt – na und? Wir betreiben hier unten Grundlagenforschung, die die Welt für immer voranbringen wird. Ich verspreche dir, dass morgen bereits alles wieder normal ist. Am Ende war es irgendeine Fehlfunktion oder so etwas. Was auch immer der Grund ist: Wir können hier ohnehin nichts dagegen tun, oder?«

Mirijam brummte als Antwort unzufrieden und starrte mit düsterer Miene auf den dunklen Bildschirm ihres Smartphones, während sie das Bürogebäude verließen, um mit einem Caddy zum LHC zu fahren.

Kurz bevor sie den kleinen überdachten Elektrowagen betraten, klingelte Julijas Telefon. Mit gerunzelter Stirn sah sie auf das Display. Es handelte sich um einen Messengeranruf.

»Lazar«, meldete sie sich kurz angebunden.

»Julija, hier ist Anton!«

Sie musste einen Moment überlegen, um zu verstehen, um welchen Anton es sich handelte, dann wechselten sich ein inneres *hm* und ein lautes »Oh« in kurzem Abstand ab.

»Anton, ich habe gerade wenig Zeit, vielleicht können wir ...«

»Das ist kein Privatanruf, Julija«, fuhr ihr ehemaliger Kommilitone fort. »Ich befinde mich im Hauptgebäude in einer Sitzung mit der Generaldirektorin. Wir evakuieren das gesamte CERN.«

»Du bist im CERN? Warum bist du nicht in Darmstadt?«, fragte sie und blieb mitten im Nieselregen vor dem Caddy stehen. Seine anderen Worte geisterten wie ein düsterer Nebel durch ihren Kopf, doch sie kamen ihr zu seltsam vor, um ihnen Beachtung zu schenken.

»Komm zum Hauptgebäude, dort wartet ein Helikopter, der die Generalsekretärin und dich nach Darmstadt ins Krisenzentrum bringt.«

»Nach Darmstadt? Aber ich kann nicht, ich muss den ATLAS ...«

»Julija, ich musste ziemlich viele Hebel in Bewegung setzen, um dich an Bord dieses Hubschraubers zu bekommen. Sobald die Nachricht die Runde macht, dass evakuiert wird, bricht hier das Chaos aus und das wird in weniger als zehn Minuten der Fall sein, also komm zum Hauptgebäude so schnell du kannst, hörst du?«, drang der ESA-Direktor auf sie ein und legte auf.

Julijas Gedanken begannen schneller zu kreisen, als sie sie sortieren konnte.

»Mama? Was ist los?«

»Ähm ...« Sie zögerte kurz und leckte sich über die Lippen. »Wir machen einen Ausflug nach Darmstadt.«

»Nach Darmstadt? Wo ist das?«

»In Deutschland, Liebes, in Deutschland.«

»Wir fliegen nach Deutschland?«, fragte Mirijam halb überrascht, halb entrüstet.

»Ja, das tun wir.« Julija packte ihre Tochter am Arm und schob sie auf den Beifahrersitz des Elektrocaddys.

»Aber ...«

»Keine Fragen jetzt!«, schnitt sie dem finster dreinschauenden Teenager das Wort ab und fuhr mit maximaler Geschwindigkeit los – was in Anbetracht der Situation irritierend langsam vonstattenging. Die Fahrt zum

Hauptgebäude führte sie an mehreren Bürogebäuden, einigen Lagerhäusern und den Laboren der experimentellen Physiker vorbei. Nichts deutete auf Chaos oder auch nur den Hauch einer Gefahr hin, während sie sich den Kopf darüber zerbrach, warum das gesamte CERN evakuiert werden sollte. Sie hoffte, dass sie nicht wieder einem Scherz zum Opfer fiel, wie damals an ihrem ersten Arbeitstag, als man ihr erzählt hatte, dass …

»Mama, fahr langsamer, du bringst uns noch um!«, rief Mirijam, doch Julija dachte gar nicht daran, abzubremsen, und umkurvte eine Gruppe Studenten, die ihr zornige Blicke hinterherwarfen. Es war ihr egal. Sie war nicht für ihren Humor bekannt und würde genauso wütend werden, wenn man ihr erneut einen Streich spielte wie damals. Doch eine leise Stimme in ihrem Hinterkopf beharrte darauf, dass das eine ernste Situation war. Vielleicht war es ihr Mutterinstinkt, dieser untrügliche Impuls, ihr Kind in Sicherheit bringen zu müssen, der sich mit nichts erklären ließ, aber sie noch nie im Stich gelassen hatte.

Das Hauptgebäude befand sich ein Stück hinter dem domartigen Besuchergebäude, das an die Kuppel des Reichstags erinnerte – nur, dass die Metallverkleidung verrostet war. Auch hier schien noch immer alles seinen normalen Gang zu gehen und als sie auf ihre Uhr schaute, wusste sie auch, weshalb: Antons Zehn-Minuten-Countdown zufolge hatte sie noch zwei Minuten, bis der offizielle Evakuierungsaufruf gestartet werden sollte.

»Komm«, sagte sie, als der Caddy vor dem Haupteingang hielt und winkte Mirijam hastig aus dem Fahrzeug. Gemeinsam drängten sie sich durch eine Gruppe Raucher, die offenbar das gestrige Champions League Spiel als verbindendes Thema gefunden hatten. Im Empfangsbereich zog sie ihre protestierende Tochter in Richtung des kleinen Treppenhauses und eilte die Stufen hinauf.

»Mama ...«, setzte die erneut an, doch Julija warf ihr lediglich einen kurzen Blick zu und sie verstummte wieder. Bevor sie den achten Stock erreichten, schrillte mit einem Mal ein Alarm durch das leere Treppenhaus und verdrängte den Lärm ihrer klackernden Absätze mit einer gellenden Sirene.

»Achtung, wir bitten sämtliche Mitarbeiter, das Gelände des CERN umgehend über die vorgesehenen Evakuierungsrouten zu verlassen. Dies ist keine Übung.«

Während der emotionslosen Durchsage hielt Julija instinktiv inne und setzte sich erst wieder in Bewegung, als sie sich wiederholte.

»Mama«, meldete Mirijam sich wieder zu Wort, doch dieses Mal klang sie nicht widerstrebend, sondern ängstlich.

»Wir sind gleich da, Liebes.«

Auf dem Weg zum Dach kletterten sie über die rot-weiße Kette mit dem Schild »Durchgang verboten« und öffneten die Blechtür nach draußen. Sofort schlug ihnen ohrenbetäubender Rotorenlärm entgegen und ein heftiger Wind zerrte an ihrer Kleidung.

Der Helikopter – ein graues Ungetüm ohne Beschriftung – wartete auf dem leicht erhöhten Landepad, auf dem Anton stand und sie ungeduldig näher winkte.

»Rein mit euch!«, schrie er ihnen durch den peitschenden Wind zu und kniff die Augen zusammen.

»Was ...«

»Keine Zeit! Los jetzt!«

Julija nickte angespannt und lief mit Mirijam im Schlepptau geduckt zu der geöffneten Seitentür. Von den zehn Plätzen waren sechs besetzt und sie erkannte sowohl die Generaldirektorin als auch den Leiter des LHC und einige Anzugträger – offenbar höhere Verwaltungsangestellte. Sämtliche Blicke richteten sich auf sie, doch sie beachtete sie nicht und half ihrer Tochter, sich anzuschnallen, bevor sie sich selbst hinsetzte und das Headset mit den Lärmschutzkopfhörern von der Kopflehne nahm und aufsetzte.

Als Anton hereingekommen war und die Tür hinter sich geschlossen hatte, hob der Helikopter auch schon ab, noch bevor er auf seinem Platz saß.

»Kannst du mir jetzt erklären, was hier los ist?«, fragte sie über Funk, als er sein Headset aufgesetzt hatte und der Forschungskomplex unter ihnen immer kleiner wurde.

Anton sah über seine Schulter und kramte zwei Tablets aus seiner Tasche, von denen er ihr eins hinhielt.

»Die Satelliten«, erklärte er und obwohl ihre Kopfhörer seine Stimme herunterregelten, klang er, als würde er schreien. »Wir wissen jetzt, was das Problem ist.«

»Das CERN?«

»Nein.« Er schüttelte den Kopf und bedeutete ihr, das Tablet anzuschalten. Sie folgte seiner Aufforderung und blickte auf eine dreidimensionale Darstellung des nahen Erdorbits, in den mehrere Dutzend grüner Punkte eingezeichnet waren, die sich allesamt auf einen roten

Punkt zuzubewegen schienen, der ein wenig weiter draußen lag.

»Was sehe ich da?«, fragte Julija und warf ihm einen verständnislosen Blick zu.

»Du siehst den Punkt, auf den sich die Satelliten zubewegen. Die grünen Punkte sind die GPS-Satelliten, von denen wir Positionsdaten empfangen. Wir konnten sämtliche Bewegungen und Abweichungen berechnen und sie alle steuern offenbar auf mehr oder weniger denselben Punkt zu.«

Julija runzelte die Stirn und suchte seinen Blick. »Eine Gravitationssenke?«

Anton nickte.

»Da draußen ist aber nichts, was eine stärkere Anziehungskraft auf die Satelliten ausüben würde als die Erde. Selbst in ihrer großen Entfernung«, widersprach sie und schüttelte den Kopf.

»Das ist richtig. Trotzdem bewegen sie sich ohne irgendeinen Antrieb alle auf genau diesen Punkt zu.«

»Habt ihr Teleskopdaten?«

»Ja. Du musst zweimal nach rechts wischen, dann siehst du ein Bild von der Sternwarte und eines vom letzten Fly-by der internationalen Raumstation ISS.«

Julija folgte seiner Aufforderung und sah zweimal ein schwarzes Bild. Zuerst dachte sie, dass der Bildschirm sich selbst gesperrt hatte, doch dann erkannte sie auf dem einen Bild ganz oben rechts die Silhouette des Mondes.

»Da ist nichts.«

»Genau«, sagte Anton und nickte. »Das ist ja das Problem.«

»Ich verstehe immer noch nicht. Unsere Satelliten

werden von einer unbekannten Gravitationssenke angezogen, die so nah und stark sein muss, dass sie die Anziehungskraft der Erde übersteigt, aber wir können sie nicht sehen. Das ist äußerst beunruhigend und scheint darauf hinzudeuten, dass es eine andere Erklärung geben muss.« Sie machte eine kurze Pause und sah zu Mirijam, die neben ihr aus dem Fenster sah und so stocksteif dasaß, als wäre sie zu Eis erstarrt. Als sie sich wieder Anton zugewandt hatte, schüttelte sie den Kopf. »Aber warum evakuieren wir den CERN?«

»Wir konnten wie gesagt den genauen Punkt berechnen, auf den sich die GPS-Satelliten und wahrscheinlich auch sämtliche andere Satelliten, die sich über Europa befinden, zubewegen. Wenn du zurück zur Darstellung des Orbits gehst, gibt es oben unter *Simulation* einen kleinen Play-Knopf.«

Julija fand ihn und die Darstellung geriet in Bewegung. Das Bild zoomte weiter hinein und eine gestrichelte Linie erschien, die sich von dem roten Punkt Richtung Europa bewegte. Sie krümmte sich leicht und berührte offenbar die Oberfläche. Das Bild zoomte hinterher, doch Julija wusste bereits, was es ihr zeigen würde. Der Endpunkt der Linie befand sich auf den Zentimeter genau in der Mitte des großen Beschleunigerringes des Large Hadron Colliders, über den sie in diesem Augenblick hinwegflogen.

»Das ist vollkommen unmöglich«, flüsterte sie und hielt ihm das Tablet hin, als hätte es Feuer gefangen.

»Zahlen lügen nicht, Julija.« Antons Blick nahm einen beinahe entschuldigenden Ausdruck an. »Da draußen ist irgendetwas, das sich unseren Blicken entzieht und sich direkt über dem LHC befindet. Das kann kein

Zufall sein.«

»Kommt es näher?«, fragte sie nach kurzem Zögern und widerstand dem Drang, nach ihrer Tochter zu sehen.

»Das wissen wir momentan noch nicht. Da wir lediglich mit den Positionsdaten unserer GPS-Satelliten arbeiten können, dauert alles sehr lange. Wir können aber kein Risiko eingehen und wurden angewiesen, CERN zu evakuieren. Besser gesagt: deine Chefin.«

»Könnte es sich um einen Asteroid handeln? Ein Komet hätte einen Schweif, den wir wohl gesehen hätten, aber ein Asteroid könnte sich ohne direkte Sonneneinstrahlung auf dem Objekt unseren Teleskopen entziehen«, schlug sie vor, obwohl sie selbst wusste, dass sie sich wie eine Ertrinkende benahm, die nach Strohhalmen griff.

»Ein Asteroid, der im Orbit verharrt, oder sich nur geringfügig bewegt? Das wäre ja ein toller kosmischer Zufall. Seine Bahn und Geschwindigkeit müssten so perfekt sein, dass ...« Anton unterbrach sich mit einem Kopfschütteln. »Selbst wenn es so wäre, müsste er eine enorme Masse haben, um solche Anziehungskräfte auszuüben und wäre sicher nicht unentdeckt geblieben.«

»Okay, ohne ausreichende Daten wissen wir also rein gar nichts, außer, dass dieses Objekt offenbar am CERN interessiert ist ...«

»... oder etwas gegen das CERN hat«, fügte Anton düster hinzu.

»Was versuchst du damit zu sagen?«, fragte sie und schnaubte. »Dass wir von Aliens besucht werden, die es auf unseren Beschleunigerring abgesehen haben?«

Wäre Julija nicht so angespannt gewesen, weil die

Situation ebenso absurd wie bedrohlich erschien und Mirjam dabei war, hätte sie laut aufgelacht.

»Ich fasse zusammen: Sämtliche Satelliten über Europa werden von einer unbekannten Gravitationsquelle angezogen, oder zumindest von irgendeiner Kraft, sei sie nun natürlichen oder ... *unnatürlichen* Ursprungs.« Der Direktor der ESA klang, als sei ihm jede Silbe dieses Wortes unangenehm. »Was auch immer es ist: wir sehen es nicht oder zumindest noch nicht. Wenn wir eine lotrechte Linie zwischen dem Objekt und der Erdoberfläche ziehen, befindet es sich so exakt über dem Mittelpunkt des LHC, dass es wissenschaftliche Ignoranz wäre, diesen Fakt zu ignorieren. Nur weil es unglaublich scheint, heißt es nicht, dass es nicht sein kann.«

»Wieso sollte ich unbedingt an Bord dieses Helikopters sein und nicht wie alle anderen evakuieren?«, fragte Julija unvermittelt, obwohl sie eine Ahnung hatte, die ihr ganz und gar nicht gefiel.

Zur Antwort hob Anton sein Tablet und begann ihr einen Text vorzulesen, den sie selbst vor langer Zeit verfasst hatte: *»Auch wenn wir wissen, dass normale Materie lediglich um die fünf Prozent der Energie des Universums ausmacht und weniger als ein Sechstel der Energie in Form von Materie, halten wir sie für das Wichtigste im Universum und konzentrieren sämtliche unserer Forschungsbemühungen auf sie. Dabei ist sie ziemlich unwichtig in Bezug auf die Energie des Universums. Das liegt natürlich daran, dass wir selbst aus anfassbaren Atomen bestehen. Atomen, die der elektromagnetischen Kraft und der schwachen und starken Wechselwirkung von Atomen unterworfen sind, durch die sie sich zu komplexen Formen anordnen können – zum Beispiel* *zu Menschen, Tieren, Pflanzen, aber auch Planeten und Sternen ...«* Anton wischte über den Bildschirm und sein vom Bildschirm angestrahltes Gesicht sah nicht zu ihr auf, als er schließlich fortfuhr: *»Bevor wir uns dem Materie-Chauvinismus unterwerfen, weil wir nur an das glauben, was wir sehen und messen können, sollten wir einen Blick auf den Rest des Universums werfen. Stellen Sie sich Ihren Lieblingscocktail vor. Die fünf Prozent Alkohol, die er enthält, sind unsere greifbare Materie. Der Rest ist der Rest des Universums. Es wäre reichlich traurig nun anzunehmen, ein Cocktail bestünde lediglich aus einer toxischen Flüssigkeit und sonst aus nichts. Nun kommen Kosmologen ins Spiel. Sie schätzen, dass die Dunkle Materie, also die, deren gravitative Auswirkungen wir beobachten, die wir aber nicht sehen können, aus einem unbekannten Partikel bestehen muss. Das ist eine Vorabannahme, für die es keine eindeutigen Hinweise gibt, außer, dass eine solche Erklärung recht einfach wäre. Im Standardmodell kennen wir sechs Sorten Quarks, drei aufgeladene Arten Leptonen und drei Neutrino-Spezies - allesamt verantwortlich für die uns bekannten Grundkräfte des Universums. Kürzlich kam das Higgs-Boson dazu, über das wir aber noch einiges in Erfahrung bringen müssen. Drehen wir jetzt einmal den Spieß um und gehen davon aus, dass wir Menschen aus Dunkler Materie bestünden. Würden wir jetzt annehmen, dass die normale Materie nur aus einem einzigen Partikel bestünde, würde das reichlich dämlich anmuten. Denselben Fehler begehen wir in der theoretischen Physik aktuell mit der Suche nach dem Dunkle-Materie-Partikel. Was wäre stattdessen, wenn ein Teil der Dunklen Materie seine eigenen Grundkräfte hätte? Genau wie normale Materie könnte sie aus verschiedenen miteinander wechselwirkenden Grundbausteinen bestehen, ohne dass wir es wüssten oder* *messen könnten, da sich die wirkenden Grundkräfte unserer Materiearten nicht überschneiden – abgesehen von der Gravitation. Wir wissen zwar, dass der Großteil der Dunklen Materie ganz offenbar nur schwach wechselwirkt, aber bei einem kleinen Teil könnte es anders sein. Da normale Materie nur etwa zwanzig Prozent der Energie Dunkler Materie trägt, könnte selbst ein Bruchteil von ihr, der auf irgendeine Art wechselwirkt, eine Vielzahl von Möglichkeiten eröffnen. Eine aufgeladene Dunkle-Materie-Komponente könnte in Formen wie unsere Galaxien zerfallen oder in Sterne und Planeten. Um uns könnten komplexe Strukturen bestehen, von denen wir nie erfahren haben, weil sie sich unserem Blick entziehen. Das schließt auch Leben ein, das wir lediglich in den fünf Prozent Alkohol unseres Universums-Cocktails suchen, ohne die vielen anderen Zutaten zu beachten.*«

Anton hielt inne und warf ihr einen soll-ich-weiterlesen-Blick mit hochgezogener Braue zu.

»Lies den letzten Satz vor«, forderte sie ihn auf.

»*Selbst wenn um uns komplexes dunkles Leben existierte, würden wir es nicht sehen können und es uns nicht. Wir wären füreinander unsichtbar und würden niemals erfahren, wie der jeweils andere aussieht oder funktioniert, weil unsere Existenz auf komplett unterschiedlichen Fundamenten ruhen würde ...*« Anton brach ab und sah ihr eindringlich in die Augen. »Julija, du hast selbst ...«

Sie hörte dem Rest nicht mehr zu und dachte an den geglückten Versuch der letzten Tage und ihre Erschaffung eines leichtesten supersymmetrischen Teilchens. Als sie sich der Möglichkeit ihrer eigenen Gedankengänge öffnete, die sie damals in einem Artikel für den Physicist niedergeschrieben hatte, weil sie eine junge und rebellische Astronomin gewesen war, machte sich ein unangenehmes Ziehen in ihren Eingeweiden breit. Sie hatte erreichen wollen, dass sich die theoretische Physik einen offenen Blick bewahrte und sich nicht vorschnell auf einen Erklärungsansatz versteifte. Dunkle Materie war das naheliegendste Medium gewesen, um ihrem Punkt ein prominentes Beispiel zu verleihen. Es war nie darum gegangen, mit ihrem Denkanstoß richtig zu liegen.

»Falls es stimmt, wäre meine These deiner Aussage nach ja widerlegt«, sagte sie schließlich.

Anton sah sie fragend an.

»Ich habe in meinem Artikel geschrieben, dass wir auf Dunkler Materie basierendes Leben niemals sehen oder anfassen könnten.«

»Nun, damit hast du weiterhin recht. Wir können dieses Phänomen, was es auch sein mag, immer noch nicht sehen.« Der Deutsche schüttelte schwach den Kopf. »Wir können es aber indirekt messen durch gravitative Effekte und die deuten eben darauf hin, dass wir es mit einem unnatürlichen Phänomen zu tun haben.«

»Unnatürlich bedeutet aber nicht, dass das etwas mit meinem Artikel zu tun hat«, widersprach Julija. Sie wusste nicht, ob sie so vehement reagierte, weil sie es nicht glaubte, oder, weil sie es nicht glauben wollte. »Unnatürlich könnte auch bedeuten, dass es sich um ein Phänomen handelt, das wir bisher noch nicht beobachtet haben. Es könnte sich um ein getarntes außerirdisches Objekt handeln, eine Sonde vielleicht. Es könnte sich auch um ein von Außerirdischen erschaffenes Phänomen handeln. Da wir offenbar rein gar nichts wissen ...«

»... müssen wir jede Erklärung als Möglichkeit einschließen, bis wir mehr wissen«, beendete Anton ihren Satz und schlug sie damit mit ihren eigenen Argumenten von damals.

Julija wollte etwas sagen, klappte ihren Mund jedoch wieder zu.

Anton nickte mit einem düsteren Gesichtsausdruck, der von dem kalten Licht seines Tablets noch verstärkt wurde.

»Ich brauche dich, um Brüssel zu überzeugen, dass es sich hier nicht um einen Angriff der Russen oder Chinesen handelt, sondern etwas viel Schlimmeres: etwas, das wir nicht verstehen«, sagte er.

6 Zwischenspiel

Sergeant Dwayne White ließ den Joystick ganz leicht nach vorne kippen und das Bild auf seinem Monitor veränderte sich: Die Horizontlinie, ein dünner, flirrender Streifen aufgeheizter Luft zwischen einer grünen Landschaft und einem blauen Himmel, bewegte sich von der Mitte des Bildschirms nach oben. Eine kleine Stadt kam in Sichtweite, ein lehmiger Farbklecks inmitten des verwaschenen Grüns dicker Sträucher und knotiger Bäume. Er konnte die einzelnen Gewächse aus der Höhe zwar nicht sehen, aber Sergeant Dwayne White war diese Strecke schon so oft geflogen und auch deutlich tiefer, sodass er ein klares Bild vor Augen hatte. Auf dem Monitor darüber sah er eine stilisierte Karte mit allerlei bunten Linien und Symbolen, die kein normaler Mensch hätte lesen können. Zwei kleinere Bildschirme unten auf seiner Konsole informierten ihn über die Parameter und den Flugstatus seiner Drohne, direkt vor dem Joystick.

Flüge wie dieser waren langweilige Routine. Es handelte sich um einfache Bereitschaftsüberflüge, die dafür sorgen sollten, dass immer mindestens drei Drohnen in der Luft waren. So sollte sichergestellt werden, dass das Verteidigungsministerium in Virginia jederzeit zuschlagen konnte, falls die CIA neue Erkenntnisse lieferte. Das geschah etwa einmal pro Woche. Wenn das der Fall war, wurde sein Job endlich spannend. Er durfte die entsprechende Zielperson suchen, indem er über eine Straße, eine Siedlung oder gar eine Stadt flog, zu kreisen begann und die ultrahochauflösenden Kameras ausrichtete. Er war das Auge im Himmel, sah ungesehen dem

Treiben auf den Straßen zu und suchte nach der Zielperson oder den Zielpersonen. Manchmal handelte es sich auch um Konvois, aber die waren eher langweilig, weil einfach zu finden und auf normalen Straßen unterwegs. Zu seinem Glück hatte er noch nie den roten Knopf drücken müssen wie einige seiner Kollegen, die trotz eines rigorosen Auswahlverfahrens unterschiedlich gut mit der Schuld umgehen konnten. Dwayne liebte diese Aufträge nicht etwa, weil er heiß darauf war, Pakistanis abzuknallen, sondern, weil er das Gefühl hatte, unbeschwert eine fremde Kultur beobachten zu können. Er würde nicht zögern, Terroristen in die Luft zu jagen, wenn sie eindeutig identifiziert waren, aber das war nicht der Antrieb hinter seiner Arbeit.

Für ihn gab es nichts Interessanteres, als hier im dritten Untergeschoss des *Drone Reconnaissance and Warfare Centers* auf der Rammstein Air Base zu sitzen, mitten in Rheinland Pfalz, und ungestört einer anderen Welt bei ihrem Alltag zuzusehen. Oftmals handelte es sich um exotische Marktszenen, in denen die Köpfe der Händler mit Turbanen bedeckt waren, die Farben Pakistans vor ihm ausbreiteten: Säcke mit grünen, roten und gelben Currysorten, feinstes Geschmeide aus Seide und Kaschmirwolle, Teppiche mit verschlungenen Mustern und bunte Kopftücher für Frauen, die ihre Kinder durch das Gewusel zwischen Staub und Beton lotsten. Zwar waren all diese Menschen und ihre Kultur ihm fremd, aber trotzdem fühlte er sich auf eine entrückte Art als Teil von ihnen, ohne dass dieses Gefühl etwas mit Sympathie zu tun gehabt hätte. Er war ihr Beobachter und gab ihnen damit eine Relevanz, die nur für ihn ersichtlich war. An manchen Tagen fühlte er sich wie Gott, weil er alles überblicken konnte und seinem wachsamen Auge aus Zeisslinsen nichts entging. Wenn das geschah, versuchte er, sich schnell davon zu befreien, da solch ein Denken gefährlich war und ihnen bei jeder Fortbildung ausgetrieben wurde. Doch das war einfacher gesagt als getan, da es sich offenbar um eine Art psychischen Automatismus handelte. Es war, als müsse er gegen eine Strömung anschwimmen.

»Sergeant«, hörte er plötzlich die Stimme seines Vorgesetzten, Lieutenant Vasquez, hinter sich und zuckte zusammen. Sie waren zwar zu dritt in dem kleinen Raum mit den sechs Konsolen, aber um diese Zeit war er normalerweise allein in der Stille.

»Äh, ja, Sir?«, fragte er, ohne den Blick vom Monitor abzuwenden.

»Das da vorne ist Vehari, richtig?«

Dwayne sah zur Sicherheit noch einmal auf seinen Monitor, auf dem ganz klein der Name der Stadt eingeblendet war, bevor er antwortete: »Ja, Sir.«

»Gut, Sie müssten jeden Moment eine *Reconnaissance Order* vom DOD erhalten.«

Noch bevor sein Vorgesetzter zu Ende gesprochen hatte, blinkte eine rote Eilmeldung auf seinem Sekundärmonitor auf: *Reconnaissance Order C-33411. Zielort: Vehari, Pakistan, Provinz Punjab, Distrikt Vehari, Koordinaten 30°2′31″N 72°21′10″E. Verdächtiges Fahrzeug mit TL-Delta Markierung: roter Lieferwagen, Toyota, schwarze Rauchschäden über der Fahrerkabine. Vermuteter Aufenthaltsort: Nördlicher Marktplatz nahe einer Autowerkstatt. Detailliertere Informationen folgen. Waffensysteme auf Lock.*

»Aye, Sir«, bestätigte Dwayne den Befehl aus dem Pentagon und beschleunigte die *General Atomics MQ-9*

Reaper in Richtung des pastellfarbenen Farbkleckses zwischen seiner Kamera und dem Horizont. Bald ließen sich erste Strukturen der nicht gerade schönen Betonklötze erkennen, die Vehari ausmachten und er ging in einen spiralförmigen Abwärtsflug, um eine dünne Wolkenschicht zu durchstoßen, die ihm die Sicht versperren würde.

»Einfach nur gucken. Ist wahrscheinlich wieder eine dieser CIA-Nieten«, kommentierte Vasquez und Dwayne hörte ein unangenehmes Schlürfen, das ihm verriet, dass der Lieutenant mal wieder mit einer Kaffeetasse hinter ihm stand.

»Aber alle paar Monate wird aus einer Lock-Order eine Destroy-Order«, murmelte Dwayne für seinen Vorgesetzten unhörbar, als plötzlich das Bild schwarz wurde und ein einfacher weißer Schriftzug erschien: *Signal Lost.*

»Signalverlust?«

»Ja«, seufzte Dwayne und drückte die Reset-Kombination auf seinem Keyboard. »Das kommt ein paarmal im Jahr vor, die Verbindung müsste gleich wieder da sein, so lange stabilisiert der Autopilot.«

Einige Minuten vergingen und mit jeder verstreichenden Sekunde wurde Dwayne nervöser.

»Okay, wie lange ist *gleich?«*, bohrte Vasquez nach.

»Ich weiß es nicht, das ist noch nie so lange passiert«, antwortete er mit in Falten gelegter Stirn und griff nach dem Telefonhörer. Er wählte die Eins-Eins-Eins für die Zentrale.

»Zentrale«, erklang eine neutrale Frauenstimme.

»Hier Sergeant White aus U3. Ich habe einen kompletten Signalverlust auf meiner Reaper. Ein Reset war wirkungslos.«

»Wir haben aktuell bei sämtlichen Verbindungen einen Kontaktverlust zu unseren Satelliten«, antwortete die Zentrale. »Bleiben Sie auf Stand-by. Versuchen Sie einen Neustart alle sechzig Sekunden.«

»Verstanden«, gab er zurück und legte auf. Zum ersten Mal drehte er sich um und sah in das Gesicht seines hispanischen Vorgesetzten, der nachdenklich die Nase gerümpft hatte. »Das dürfte kein Problem sein, Sir. Die Drohne bleibt bei einem Signalverlust in der letzten Position und fliegt Warteschleifen, bis wir wieder online sind.«

»Und wenn der Sprit ausgeht?«

»Das ist erst in etwa einer Stunde.« Dwayne winkte ab.

***

Saima Derawal sah von dem kleinen Schüsselchen auf, das sie als Förmchen benutzte, um den klebrigen Biryani-Reis auf den Bananenblättern zu drapieren. Lächelnd sah sie durch den türlosen Durchgang zum Wohnzimmer, wo ihr Gast aus Polen mit ihrem Mann Abdur und ihren beiden Kindern saß und lachend Geschichten austauschte. Ihr Englisch war nicht besonders gut, darum konzentrierte sie sich darauf, es ihrem Gast so angenehm wie möglich zu machen. Sie liebte den Kontakt zu Ausländern, besonders Westlern, die sich trotz der Probleme in Belutschistan in ihre Heimat wagten. Der junge Mann, dessen Namen sie nicht aussprechen konnte, war doch tatsächlich mit dem Fahrrad durch den Iran nach Pakistan gekommen, um weiter nach

Indien zu reisen. Was Abdur ihr bisher übersetzt hatte, klang so abenteuerlich, unglaublich und faszinierend, dass sie noch immer nicht glauben konnte, dass sie so ein Glück hatten, einen echten Abenteurer aufnehmen zu dürfen – und wenn es nur für eine Nacht war. Es fühlte sich beinahe an, als hätte der junge Mann ein Stück der fernen Welt in ihre bescheidene kleine Wohnung gebracht.

Als sie fertig war, strich sie sich mit dem Handrücken das dicke schwarze Haar aus dem Gesicht und brachte die ersten beiden Portionen Biryani ins Wohnzimmer. Die erste gab sie dem brünetten Polen, der dankend nickte und die zweite ihrem Mann Abdur, der sie gar nicht zu bemerken schien, so fasziniert war er von ihrem Besucher.

»Abdur, wenn du beim Essen sprichst, blamierst du dich noch vor unserem Gast!«, schimpfte sie auf Panjabi, doch ihre Stimme war weich.

»Oh, tut mir leid, Liebes«, antwortete er begeistert lachend. »Es ist unglaublich, er ist wirklich mit einem Fahrrad aus Europa hierher gefahren. Mit dem Fahrrad! Wieso fährt jemand, der genug Geld hat, mit dem Auto zu fahren, freiwillig mit dem Fahrrad?«

»Weil er nicht so faul ist wie du alter Ochse.« Sie knuffte ihn lächelnd in die Seite und er wehrte sie ab wie ein lästiges Moskito.

»Fahd, Kuhshal, habt ihr euch schon die Hände gewaschen?«, fragte sie in Richtung ihrer beiden kleinen Jungs, die dicht bei ihrem Gast saßen und ihn aus ihren großen dunklen Knopfaugen anstarrten wie einen Außerirdischen. Sie schienen gebannt an seinen Lippen zu hängen, obwohl sie kein Wort verstanden. »Ab mit euch!«

Widerstrebend standen sie auf und rannten mit der unbeschwerten Ungeduld von Kindern über den brüchigen Estrich in Richtung des Badezimmers.

Als das Leben von Familie Derawal und ihrem Gast ausgelöscht wurde, geschah das so schnell, dass Saimas Neuronen nur ganz kurz einen Anstieg der Hitze registrierten, der nicht einmal in ihr Bewusstsein vordrang. Die MQ-9 Reaper von Sergeant Dwayne White stürzte direkt auf ihr Haus, ein altes, unverputztes Betongebäude, das von Bündeln schwarzer Stromleitungen umgeben war. An Bord befanden sich weniger als dreißig Liter Kerosin, die beim Aufschlag jedoch ausreichten, um die beiden GBU-12 Paveway II Freifallbomben unter den Tragflächen zur Detonation zu bringen. Die kombinierten hundertachtzig Kilo Tritonal-Sprengstoff verwandelten das Haus der Derawals in einen Feuerball und die umstehenden Gebäude in rauchende Gerippe. Sechsundvierzig Menschen wurden von Druck und Hitze augenblicklich in Schlacke verwandelt, zwanzig in den umstehenden Häusern von Schrapnellen zerfetzt und weitere hundertundzehn Frauen, Männer und Kinder verletzt. An diesem Tag verloren sechzehn Piloten in der Ramstein Air Base den Kontakt zu ihren Drohnen in Afghanistan, dem Jemen, Pakistan, Irak und Somalia.

7 Linus

»Nach dem Ausfall der durch Satellitennetzwerke synchronisierten Uhrzeiten sind europaweit Backup-Systeme am Boden angeschaltet worden, um zentralisierte, akkurate Zeitsysteme zu etablieren. Trotzdem kommt es immer häufiger zu sogenannten Zeitfrakturen von wenigen Millisekunden oder Sekunden, die für Verzögerungen bei der Nutzung von Suchmaschinen führen. Betroffen sind außerdem sämtliche in Europa verfügbaren Cloudsysteme, was neben Privatkunden vor allem die Wirtschaft empfindlich trifft.«

Linus schnaubte und warf den Kronkorken seiner gerade geöffneten Bierflasche nach dem Fernseher.

»Ein Hoch aufs Kabelfernsehen«, brummte er lakonisch und schüttelte den Kopf, während er den apokalyptischen Schilderungen des Nachrichtensprechers lauschte, der so bieder und normal seinen Text vorlas, als wäre nichts geschehen.

»... ein Sprecher der Bundesnetzagentur warnte am Morgen, dass Stromausfälle wie in Erfurt, Bochum und Oberbayern sich in den nächsten Tagen häufen würden. Als Grund nannte er die Transmissionsnetzwerke, die bundes- und europaweit den Energiebedarf erfassen, und entsprechend die Netze mit Strom versorgen. Diese sind ebenfalls auf die Zeitangaben der Satelliten angewiesen und es kommt aufgrund der minimalen Zeitunterschiede zwischen den Uhren am Boden zu Problemen, die Bedarfe in Echtzeit zu erfassen und zu bedienen«, fuhr der adrett gekleidete Nachrichtensprecher fort, doch Linus schaltete ab und ließ sich in sein Sofa zurücksinken, zusammen mit einigen leeren Bierdosen und alten Chipskrümeln, die ihn durch die Trainingshose zwickten.

Er hatte das alles schon zigmal gehört und es wieder und wieder im nächsten »Brennpunkt«, »Sonderbericht«, oder »Krisengespräch« zu hören, machte es auch nicht besser. Die Stromausfälle hatten mancherorts für Plünderungen gesorgt und die Polizei war wie immer überfordert. Es überraschte ihn, wie schnell Menschen sich an Notsituationen gewöhnten und direkt in einen Bereicherungsmodus schalten konnten. Seiner erworbenen Misanthropie gefiel diese Erkenntnis jedoch nicht schlecht. Die Welt ging vor die Hunde und die Leute hatten nichts Besseres im Sinn, als sich gratis Chips und Nutella unter den Nagel zu reißen oder den nächstgrößeren Fernseher. Der würde ihnen natürlich nichts bringen, da das Satellitenfernsehen ausgefallen war. Auch Netflix und andere Streaminganbieter waren nicht mehr erreichbar, seit sämtlicher Datenverkehr durch Glasfaser und Unterseekabel geroutet werden musste und das Internet so zähfließend geworden war wie Lava. Für jemanden, der Recherche sein liebstes Hobby nannte – wie Linus – war das natürlich die schlimmstmögliche Nachricht gewesen. Suchmaschinen spuckten teilweise erst Minuten später Antworten aus, wenn die Verbindung nicht komplett den Dienst versagte. Er konnte zusehen, wie er in seiner Wohnung immer blinder wurde und die Welt immer größer und jeder Ort entfernter. Selbst von seinen Kabelprogrammen funktionierten nur noch zwei, weil, wie er herausfinden musste, auch diese Sender ihre Programme bisher über Satelliten in ihre Kabelknotenpunkte gespeist hatten. Diese zwei Fenster in die Welt waren also seine letzte

Bindung an den Rest der Zivilisation, wenn er nicht draußen in der Trinkhalle mit Frankfurts feinsten Köpfen den Weltuntergang diskutieren wollte. Die Politiker in Berlin waren nicht mehr um die Ecke und einen Klick entfernt, sondern in unerreichbare Ferne gerückt, genau wie das Barracudas, was ihn sehr betrübte. Immerhin konnte er ein Taxi rufen, wenn ihm danach zumute war, aber faktisch war er zu frustriert über den Abgang seines Autos, um sich in das eines anderen setzen zu wollen, der ihm auch noch Geld aus der Tasche zog.

»Dir sind die Satelliten scheißegal, was?«, fragte er seinen Kater Gizmo, der schnurrend neben ihm lag, den Kopf auf einer leeren Bierdose abgelegt und jenen Schlaf schlafend, den nur eine Katze finden konnte. In dem kleinen Glöckchen an Gizmos Halsband konnte er die Reflexion seines eigenen Gesichtes erkennen. »Dir ist ja alles scheißegal.«

Auf dem niedrigen Couchtisch, der ihn von dem Fernseher trennte, brummte etwas. Die vielen Lagen Papier, Zigarettenschachteln und zerknüllte Alufolie von vertilgten Dönertaschen gerieten leicht in Bewegung – eine Art Junggesellentreibsand, wie er meinte. Früher hätte er das vielleicht sogar charmant gefunden, oder sich besonders hart gefühlt als Teenager, heute war dieser Treibsand jedoch nichts weiter als ein Sinnbild seines Lebens, das ebenfalls in Treibsand geraten war.

Er begann zwischen dem Müll zu kramen und fand sein Smartphone, das einen unbekannten Anrufer ankündigte und mit rotem und grünem Button um seine Aufmerksamkeit rang. Im selben Moment, als sein Daumen den grünen berührte, sprang der »unbekannter

Anrufer«-Schriftzug zu »1 verpasster Anruf« um.

»Toll.« Er warf das Gerät zurück auf den Tisch und öffnete noch ein Bier. *Ob wohl die Lieferkette eingehalten werden kann ohne Satelliten?*

»Nein, kann sie nicht«, erklärte er in Gizmos Richtung, der kurz missbilligend ein Auge öffnete und es wieder schloss, ohne sich zu rühren. »Ohne GPS funktionieren die ganzen Traktoren nicht, wusstest du das?«

Ein tiefes Schnurren.

»Nein, das wusstest du nicht. Die Bauern fahren ihre Routen nach GPS ab. Ohne wird alles deutlich ineffizienter und damit länger dauern, also können wir uns auf Versorgungsengpässe einstellen, und das Anfang des einundzwanzigsten Jahrhunderts.« Linus lachte ein freudloses Raucherlachen, als erneut sein Smartphone über die Tischplatte vibrierte. Er nahm einen tiefen Schluck von seinem Bier, zog an seiner Zigarette und nahm das Gespräch an.

»Karlsson.«

»Hallo, Linus, hier ist Julija.«

»Julija?« Er ging im Kopf automatisch die Namen der Mädchen im Barracudas durch, mit denen er für Privatbesuche Nummern getauscht hatte.

»Julija Lazar.«

»Ah, *die* Julija, die nicht zur Taufe ihres Patenkindes kommen konnte, weil sie die Deadline für ein Paper einhalten wollte«, erwiderte er und lächelte freudlos, als er ein Schnauben in seinem Ohr hörte.

»Du vergisst auch gar nichts, oder?«, fragte Julija.

»Ich habe die Angewohnheit, mir sämtliche schlechten Dinge zu merken, weil in meinem Leben keine anderen vorkommen.«

»Ich würde ja gerne mit dir über dein Selbstmitleidsproblem sprechen«, gab die Astronomin zurück. »Aber ich habe nicht viel Zeit.«

»Zeit für was?«

»Um dir zu erklären, dass ich deine Hilfe brauche.«

»Meine Hilfe?« Linus machte große Augen und stupste Gizmo an, der missbilligend seinen wuschigen Kopf hob und ihn anfauchte. »Sie braucht meine Hilfe, hast du das gehört?«

»Was?«

»Ich glaube, das ist mein Part«, entgegnete er und klemmte seine Zigarette in den Mundwinkel, um mit der freigewordenen Hand eine neue anzünden zu können. »Wie bist du überhaupt zu mir durchgekommen?«

»Prioritätsschaltung.«

»Was?«

»Spielt das eine Rolle?«, fragte sie ungeduldig zurück und etwas in ihrer Stimme ließ ihn aufhorchen. Sie klang angespannt, was er von ihr gar nicht gewohnt war.

»Was kann ich für dich tun, während Europa vor die Hunde geht?«

»Ich brauche deine Fähigkeiten.«

»Selbstzerstörerisches Verhalten? Geld verschwenden? Einen Zigarettenhersteller reich machen? Korrupte Politiker bloßstellen und dafür vom Verfassungsschutz überwacht werden? Mein Tableau an Talenten steht dir jederzeit zur Verfügung.« Während er das sagte, musste er feststellen, dass er tatsächlich keine Ahnung hatte, was die ehemals beste Freundin von Natalja von ihm wollen könnte. Er verstand von ihrem Fachgebiet in etwa so viel wie Gizmo vom Fasten.

»Kannst du in einer Stunde in Darmstadt sein?«, fragte Julija, statt auf seine Fragen einzugehen. Schon wieder war da dieser drängende Tonfall.

»Bist du in letzter Zeit mal Auto gefahren?«

»Ich bin gestern mit einem Helikopter geflogen.«

»Schön für dich. Für uns Würmer hier am Boden sieht die Sache nicht so rosig aus. Überall Stau, weil keiner mehr weiß, wo er langfahren muss. Viele Leute finden nicht einmal mehr ihre verkackte Arbeit ohne Navi. Und wenn gerade kein Stau ist, erfolgt ein Massenprotest, der in zügellose Gewalt- und Plünderorgien mündet, weil die Börsen geschlossen wurden und die Geldautomaten nicht mehr funktionieren. Abgesehen davon habe ich kein Auto mehr«, erklärte er und fragte sich währenddessen mehrfach, ob er auch ganz sicher nicht in ein verfrühtes Delirium geraten sein könnte.

»Warte mal kurz.« Julijas Stimme brach ab, nachdem es kurz rauschte, als zöge sie etwas über ihr Mikrofon, dann hörte er ihre gedämpfte Stimme, ohne einzelne Worte zu verstehen. Einige Augenblicke später raschelte es wieder. »Kannst du in einer Stunde im obersten Stockwerk der Skybank sein?«

»Das ist die in der Nähe des Römers, oder?«

»Keine Ahnung, ich lebe in der Schweiz«, gab sie zurück.

»Ich glaube, ich weiß, wo das ist, auch ohne Google Maps.«

»Sehr gut. Dann in einer Stunde.«

»Nein«, sagte er einfach.

»Wie, nein?«

»Nein, ich gehe da nicht hin. Ich werde mich gleich besinnungslos trinken, möglicherweise pornographisches Material konsumieren und dann auf dem Sofa oder dem Küchenboden ohnmächtig werden. Heute ist schließlich Freitag.«

»Donnerstag«, korrigierte sie ihn.

»Ah.« Er nickte sich selbst zu. »Dann werde ich wahrscheinlich dasselbe tun.«

»Du solltest in Therapie gehen, Linus.«

»Da war ich schon. Dort wurde mir gesagt, dass Rituale sehr wichtig sind für einen geordneten Alltag.«

Julija schnaubte am anderen Ende der Leitung. »Es ist wirklich wichtig!«

»Das ist es immer«, widersprach er und blies kleine Rauchringe aus.

»Ich brauche deine Fähigkeiten, um einige Politiker bloßzustellen«, versuchte sie einen erneuten Anlauf und tatsächlich hielt Linus kurz inne.

»Du kennst meine Reizwörter, bravo.«

Julija schien sein Schweigen als Aufforderung zu verstehen, weiterzusprechen. »Es ist wirklich wichtig und hat mit dieser ganzen ... *Sache* zu tun.«

»Du meinst mit den Stromausfällen, dem Zusammenbruch unseres geliebten Kapitalismus und den Plünderungen? Hast du eine Lösung in den Sternen gefunden?«, fragte er lapidar.

Zu seiner Überraschung schwieg die Astronomin einen Moment lang.

»So ähnlich. Ich brauche deine Fähigkeiten als Journalist«, fuhr sie schließlich fort.

»Ich bin kein Journalist mehr«, entgegnete er, ohne zu zögern.

»Dann musst du jetzt wieder einer sein. In einer Stunde holt dich ein Helikopter auf dem Dach der Skybank ab.« Julija legte auf.

Linus hielt das schwarz gewordene Display seines Smartphones vor sich und betrachtete sein Spiegelbild, das von grauem Rauch umweht war.

Sie setzt auf meine Neugierde, kluger Schachzug, musste er ihr in Gedanken zugestehen und nickte anerkennend.

»Ich bin noch nie in einem Helikopter geflogen«, sagte er laut zu Gizmo, der ihn ignorierte. »Vielleicht könnte mir unterwegs auch etwas zustoßen in dem Chaos da draußen.«

Interessant.

Linus leerte seine Bierdose in einem Zug, ging zur Küche und schnappte sich eine frische Packung Trockenfutter für Gizmo, die er aufriss und auf den Wohnzimmertisch stellte. Nach kurzem Überlegen stieß er sie um. Die kleinen eklig riechenden Krümel verteilten sich wie Spritzwasser und er zuckte mit den Schultern. »Nicht alles auf einmal essen.«

Eilends schnappte er seinen noch immer nassen Mantel und seine Wohnungsschlüssel und ging hinaus. Bis zum Römer waren es nur zwanzig Minuten zu Fuß, also würde er sogar ein wenig Puffer haben.

Das Treppenhaus war leer, genau wie die gesamte Lessingstraße – ein gedrungener Straßenzug zwischen zwei Reihen grauer Plattenhäuser aus den siebziger Jahren, als Bauverbrechen noch an der Tagesordnung gewesen waren. Als er in den leichten Nieselregen trat, der von gelegentlichen Windböen in sein Gesicht gepeitscht wurde, fielen ihm sofort die wenigen Autos auf. Normalerweise parkten sie auf jeder Seite der viel zu schmalen Straße, und zwar Stoßstange an Stoßstange. Wahrscheinlich war ein Großteil seiner gesichtslosen Nachbarn bereits am Vortag in die Taunusgebiete geflohen, um den Unruhen und Plünderungen zu entgehen. Eine Wolke aus Furcht lastete auf Frankfurt und vermutlich wussten sie instinktiv, dass die nur allzu schnell in Gewalt umschlagen konnte.

Linus zog den Kragen seines Mantels hoch, genau wie seine knöchernen Schultern und lief, so schnell es seine Raucherlunge erlaubte, Richtung Kettenhofweg zur Alten Oper. Dort wurde er bereits von lautem Hupen, wütendem Geschrei und einem Meer aus blinkenden Rücklichtern erwartet. Auf der riesigen Kreuzung zwischen Bockenheimer Landstraße und Taunusanlage war der Verkehr auf beiden Seiten zum Erliegen gekommen und wütende Autofahrer standen hinter ihren geöffneten Türen und schrien Richtung Norden. Zwischen den Fahrzeugen walzte gleichzeitig eine Art Demonstration tausender Menschen, die quer über den Opernplatz Richtung Römer zog. Sie skandierten keine Schlachtrufe, keine Forderungen und hielten auch keine Transparente hoch. Sie wälzten sich einfach nur durch die Häuserschluchten, und kreischten hier und da unverständliches Zeug. Irgendwo klirrten die zerborstenen Scheiben von Schaufenstern, und Alarmanlagen erwachten schrill zum Leben.

»Na toll«, murmelte Linus und schob sich seufzend in die Masse. Wie eine gesichtslose Ameise ließ er sich von dem Strom dunkel gekleideter Demonstranten mitziehen, von denen die meisten junge Männer und Vermummte waren, bis auf einen rundlichen Kerl direkt neben ihm, der schief grinste und das alles für einen großen Spaß zu halten schien, den er mit seinem Smartphone filmte.

»Warum denn so ernst?«, fragte er und Linus schüttelte den Kopf. »Guck mich nicht so urteilend an, du machst doch selber mit, gell? Warum bist du hier? Ein neues iPhone vielleicht? Ich glaube, den Apple Store an der Oper haben sie schon leergeräumt.«

Der Fremde lachte gackernd über den Lärm hinweg.

»Ich bin nicht deswegen hier«, brummte Linus und sah wieder nach vorne. Er hatte keine Lust, mit einem dieser hirnverbrannten Krawalltouristen ins Gespräch zu kommen. Außerdem spürte er, dass sich hier etwas Toxisches zusammenbraute.

»Natürlich nicht«, höhnte der Dicke.

»Halt einfach die Fresse.«

»Oh, wir haben wohl ...«

Linus sah zur Seite, als der andere stockte und folgte dem Blick des Mannes, der sein Smartphone jetzt in die Höhe hielt. In der dunklen Wolkendecke über der Skyline, die wegen der Lichter der Stadt gräulich schimmerte, bewegten sich vier blinkende Lichtpunkte abwärts und wurden größer.

»Was zur Hölle ist das?«

»Keine Ahnung«, gab Linus zu und stieß heftig mit seinem Vordermann zusammen, der abrupt stehengeblieben war. Erst jetzt fiel ihm auf, dass die gesamte Demonstration ins Stocken geraten war und sich sämtliche Köpfe nach oben richteten, zu diesen seltsamen Lichterscheinungen, die durch den grauen Regendunst immer näher kamen. Obwohl sie sich mindestens einen Kilometer weiter vorne befanden, wirkten sie aufgrund ihrer Intensität doch bedrohlich nahe.

Gerade als ihm auffiel, dass es bis auf die jaulenden Alarmanlagen seltsam still geworden war, begann sich eine Welle Geschrei von weit vorne in seine Richtung auszubreiten.

»Das ist ein verdammtes Flugzeug!«, hauchte er, als die riesige Boeing 787 wie ein Stein durch die zerklüftete Wolkendecke fiel, und schräg zwischen zwei Wolkenkratzer stürzte. Es geschah beinahe wie in Zeitlupe, dass die blau bemalte Maschine mit der Nase die Glasfassade eines Bankenturms traf und aufriss, und am Boden in einem riesigen Feuerball aufging. Mit kurzer Verzögerung erreichten ihn zuerst ein ohrenbetäubender Knall und dann eine Hitzewelle, die so heiß loderte, dass er das Gefühl hatte, die Regentropfen auf seinem Gesicht würden kochen.

Er wurde gestoßen. Erst einmal, dann zweimal, schließlich immer öfter, als sich die wild schreienden Massen in die entgegengesetzte Richtung wälzten. In den kurzen Momenten, in denen er Gesichter und Augenpaare erkennen konnte, während er sich gegen die Masse stemmte, sah er blanke Panik. Neben ihm stürzte ein schlaksiger junger Kerl und wurde innerhalb weniger Atemzüge totgetrampelt.

»Scheiße!«, fluchte Linus und tat das einzige, was sein Leben retten konnte: Er schloss sich dem Strom an und lief mit den tausenden Leibern um sich in die umgekehrte Richtung. Dabei bewegte er sich aber nach und nach weiter nach links, fing sich einige Male im letzten Moment, als er angerempelt wurde und rettete sich endlich in einen kleinen Häusereingang. Keuchend rang er nach Luft und schubste einen Mann fort, der versuchen wollte, ihn hinaus zu zerren und seinen Platz einzunehmen, um anschließend von der Menge fortgerissen zu werden wie von einem reißenden Fluss.

Mit zitternden Fingern zog er sein Smartphone aus der Hosentasche und wählte Julijas Nummer, bis ihm einfiel, dass sie von einem unbekannten Anschluss angerufen hatte und oben links ohnehin »kein Netz« geschrieben stand.

»Toll«, kommentierte er sein Unglück und überlegte kurz, was er als Nächstes tun sollte. Zurücklaufen und warten, dass sie ihn erneut anrief? Es einfach dabei belassen und sich hemmungslos betrinken, was definitiv seine Vorzüge hatte? Oder doch seiner Neugierde nachgehen, was es mit dem seltsamen Anruf von Julija auf sich hatte? Aber würde sie überhaupt kommen? Ein Flugzeug, das in Frankfurts Innenstadt stürzte? Wie konnte das überhaupt geschehen? Durften Helikopter überhaupt noch fliegen?

Linus leckte sich über die Lippen und drückte sich tiefer in den winzigen Hauseingang, als die vorbeirennende Menschenmenge langsam lichter wurde. Die vom Nieselregen zersetzte Nacht leuchtete in den fernen Flammen in bedrohlichem Rot auf, das sich in wallenden Kaskaden in den Hausfassaden spiegelte.

»Ich hasse dich«, knurrte er sich selbst an und huschte aus seinem Versteck, hielt sich dicht an die Ladenfassaden gedrückt, während er in die Richtung vordrang, aus der die Leute noch immer in wilder Panik flohen. Die Masse hatte sich jedoch bereits so sehr gelichtet, dass er zwischen den zahllosen Beinpaaren Dutzende Leiber erkennen konnte, die auf dem Asphalt lagen und sich nicht mehr regten. Widerwillig riss er seinen Blick von ihnen los und kämpfte sich weiter in Richtung der Flammenhölle vor, die sich ganz in der Nähe seines Ziels befand. In der Ferne hörte er Sirenen näher kommen, die bereits laut genug waren, um das Geschrei der sich auflösenden Menschenmasse zu übertönen. Vielleicht sollte er seinen Puffer nutzen und über die Nebenstraßen weiterlaufen, falls die nicht von Flüchtenden verstopft waren, sonst würde ihn noch die Polizei aufgreifen – auf sein Glück konnte er schließlich nicht vertrauen. Wer hätte schon damit gerechnet, dass direkt auf seinem kurzen Weg zur Skybank ein verdammtes Flugzeug abstürzte?

8 Kashikoi

Ein Piepton, der direkt aus der Hölle zu stammen schien, riss Kashikoi aus seinem Traum von zarten Kirschblüten, die seine Heimat in ein Meer aus explodierenden Farben tauchten. Murrend griff er nach dem altmodischen Funkwecker, den er sich extra für diesen Tag gekauft hatte. Als er ihn ertastet hatte, wischte er ihn mit einem Ruck vom Nachttisch und grunzte zufrieden, als er Plastik bersten hörte und das nervtötende Geräusch verstummte. Er hatte unbedingt vermeiden wollen, schlecht zu schlafen, weil er sich beim Einschlafen sorgte, dass sein Smartphone nachts keine Akkulaufzeit mehr hatte oder irgendeine Fehlfunktion der Alarm-App verursachte, dass es im wichtigsten Moment seines Lebens stumm blieb.

Noch während er nachdachte, wie viel Zeit er sich wohl gönnen konnte, um seine Müdigkeit zwischen den Kissen abzustreifen, klopfte es dreimal kurz hintereinander an der Tür.

»Ja?«, krächzte er im Halbschlaf.

»Du bist zu spät!«, bellte jemand aufgeregt und Kashikoi war blitzartig wach und schoss in die Höhe. In der Tür – einem Rechteck aus kaltem LED-Licht, das ihn so sehr blendete, dass seine Augen schmerzten, stand Peter Browning mit ernstem Gesichtsausdruck.

»Was?«, fragte Kashikoi entsetzt.

»Ein kleiner Scherz!«, lachte der Kommandant und grinste bis über beide Ohren. »Ich dachte, dass du eine kleine Starthilfe vor dem Start brauchen kannst.«

»Vielen Dank auch.«

»Das Frühstück steht in der Kantine bereit. Wenn du

also so weit bist ...«

»Ich bin gleich da.« Kashikoi ließ sich in die Laken zurückfallen, als die Tür wieder zuging und ignorierte die schleichenden Schmerzen in seinen Knien und Ellenbogen – jahrelange Erfahrung machte es möglich.

Einige Minuten später putzte er sich rasch die Zähne und schlüpfte in seinen Overall, bevor er sich zu den anderen gesellte, die bereits in der kleinen Kantine saßen und an ihren Proteinriegeln knabberten.

»Frühstück für Gewinner«, meinte Marcus und warf ihm zwei der bunt bemalten Riegel zu.

»Wir wollen nicht, dass ihr beim Start oder bei einsetzender Mikrogravitation die Kapsel vollkotzt«, meinte Michelle und wedelte mit ihrem eigenen, halb gegessenen Frühstück. »Aber bis zum Docking mit den externen Boostern im Orbit werdet ihr einige Stunden in euren Sitzen verharren müssen und Energie brauchen.« Sie zuckte mit den Schultern. »Während des Fluges gibt es dann das ganz feine Zeug! Püriertes Filet Mignon aus Plastikschläuchen, Bratwürstchen mit Kartoffelbrei aus der Mikrowelle und jeden Tag grüne Smoothies, bei denen auch garantiert sämtliche Vitalstoffe zu Tode pasteurisiert wurden.«

Gekicher machte am Tisch die Runde, doch Kashikoi fiel nicht ein, sondern schlang widerwillig seine beiden Proteinriegel hinunter und verabschiedete sich. Er wollte genügend Zeit zum Umziehen haben und vor den anderen im Umkleidebereich sein. Er legte nicht besonders viel Wert darauf, dass die anderen ihm zusahen, wie er seine Windel und den Kondomkatheter anlegte. Außerdem wollte er nicht, dass jemand im letzten Moment Verdacht schöpfte und er am Ende noch zurückbleiben musste, oder die Mission abgesagt wurde.

Erst als er zwei Stunden später über die Gangway in hundert Metern Höhe auf das senkrecht in den Himmel ragende Raumschiff zumarschierte, entspannte er sich ein wenig – paradoxerweise in jenem Moment, in dem die anderen wackelige Knie bekamen und immer schmallippiger wurden. Von hier oben sah die SpaceX South Texas Launch Site geradezu winzig aus mit ihrem kleinen Hauptgebäude, dem langen Hangar für die Endmontage und dem Lager vor dem Wasserturm. Viel eindrucksvoller war der Himmel über dem südlichen Texas, der sie mit einem knallroten Sonnenaufgang begrüßte und sich auf der blütenweißen BFR in helles Orange verwandelte. Die BFR, auf deren oberste Sektion sie gerade zumarschierten wie eine Schar Gänse, sah aus wie ein schlanker Wolkenkratzer. Lediglich in den obersten fünfzehn Metern waren kleine Fenster zu erkennen, die aufgrund des noch schwachen Lichts und der grellen Strahler vom Boden aussahen wie gähnende Löcher.

Als sie in die Crewsektion, ganz oben in der konischen Spitze, traten, nahmen sie schweigend in den fünf Sitzen Platz, die kühle Gemütlichkeit ausstrahlten und an die minimalistische Aufgeräumtheit eines Apple Stores erinnerten. Zwei Plätze befanden sich vorne, drei dahinter und alle waren auf sechs gleichgroße Monitore in einer tiefhängenden Armatur ausgerichtet, auf der Bilder von Außenkameras und Telemetriedaten zu sehen waren. Erstere wurden bereits seit Stunden live ins Internet übertragen.

»Wenigstens müssen wir nicht mehr diese klobigen

Dinger tragen, die ich im Fernsehen gesehen habe«, meinte Masha neben ihm und klickte ihre Dreipunktgurte vor dem Bauch zusammen. Die Niederländerin war ein wenig bleich um die Nase, doch ihre Augen verrieten eine gewisse Vorfreude.

Kashikoi sah auf seinen weißen Anzug mit den gepolsterten Gelenkelementen und nickte zustimmend. »Wenn du live im Internet zu sehen bist, dann doch bitte mit Stil.«

»Du meinst wohl: Wenn du mit Modemarken zum Milliardär geworden bist, hast du selbst beim Flug zum Mond einen Ruf zu verlieren.«

»Das habe ich nur am Anfang gemacht«, entgegnete er und reckte einen Daumen hoch, als Peter und Michelle sich zu ihnen umdrehten.

»Alles okay?«

»Alles okay!«

»Ich hoffe es stimmt, dass die Beschleunigungskräfte nur etwa halb so heftig ausfallen werden wie in der Zentrifuge im Training«, fuhr Masha fort, ohne in seine Richtung zu blicken. Kashikoi schätzte es nicht besonders, wenn Leute nur um des Redens willen redeten, konnte der Fotografin aber auch keinen Vorwurf machen, schließlich waren sie im Begriff, etwas zu tun, das sowohl gefährlich, als auch von wenigen Menschen bisher vollbracht worden war. Also entschied er sich für einen Mittelweg.

»Was erwartest du von unserer Reise?«, fragte er und sah sie an, während Peter und Michelle die Systemchecks und Sicherheitsprozeduren per Checkliste mit dem Kontrollraum durchgingen.

»Hm?« Sie sah ihn überrascht an und er deutete nach

oben.

»Hm. Ich weiß es nicht. Entweder werde ich enttäuscht sein oder vollkommen von den Socken. Ich habe vor zehn Jahren, als ich gerade mit der Ausbildung fertig war, eine Weltreise mit dem Fahrrad gemacht. Von Amsterdam über den Iran und Zentralasien nach Russland und in die Mongolei, und von dort weiter durch China nach Indien und schließlich Australien. Mich hatte wohl der Traum von der Reiseromantik gepackt und ich wollte die schönsten Orte sehen und fotografieren. Doch jedes Mal, wenn ich sie erreicht hatte, war ich enttäuscht. Klar, sie sahen schön aus, aber zwei Dinge haben das Erlebnis getrübt: Erstens sah es meistens genauso aus wie in den Dokumentationen, aber nicht so schön wie auf den ausgezeichneten Bildern von Profifotografen, die immer mehr aus einem Motiv herausholen als es wahrhaftig hergibt.« Masha schüttelte den Kopf und rieb sich mit einem Handschuh den Rand ihrer Bundhaube, die fest auf ihrer Stirn saß.

»Und zweitens?«

»Zweitens kommt vor Ort hinzu, was man beim Sehen einer Dokumentation oder eines Bildes nicht erlebt: Hunger, Durst, Kälte, Mückenstiche, Höhenkrankheit, Reisedurchfall, Kopfschmerzen, Heimweh, Muskelkater, Streit mit dem Reisepartner – such dir was aus«, erklärte sie und seufzte. Als er nicht sofort antwortete, fuhr sie fort: »Deinen Körper nimmst du eben überall mit hin. Vielleicht landen wir auf dem Mond und ich habe gerade eine Migräneattacke. Wer schon einmal eine hatte, weiß, dass einem dann so ziemlich alles am Arsch vorbeigeht und man einfach nur die Augen schließen, seine Ruhe haben und eine Tablette nehmen will. Vielleicht werde ich auch Durchfall haben und mir nur Gedanken machen, wann ich mir in die Hosen mache und ob meine Windel dicht bleibt. Möglicherweise bekomme ich wider Erwarten eine Panikattacke oder eine Art Weltraumdepression, wer weiß das schon.«

»*I can't get no satisfaction*«, rezitierte Kashikoi und lächelte verstehend.

»Hm?«

»Die Rolling Stones. Was wir auch tun, wir sind nie zufrieden. Das scheint das Grundproblem unserer Existenz zu sein«, meinte er und schnaubte. »Ich bin so reich, dass es schon unanständig ist. Glaub mir, wenn ich dir sage, dass ich ganz genau weiß, wovon du sprichst. Am Ende können wir nur sitzen, stehen, liegen und gehen. Klar, wir können das in einem teuren Auto tun, in einem besonders hochwertigen Bett oder in Schuhen aus Krokodilleder, aber am Ende tun wir doch immer eines dieser vier Dinge, egal wie reich oder berühmt wir sind oder was um uns herum geschieht. Den Unterschied in der Qualität dieser vier Zustände macht einzig und allein der hier aus.« Kashikoi tippte sich seitlich an die grauen Schläfen und lächelte. »Weißt du, wie du diese Erfahrung zu der besten deines Lebens machen kannst?«

»Jetzt bin ich aber gespannt!«

»Besinne dich auf dein Ziel. Albert Einstein hat einmal gesagt, dass es einfach sei, ein glückliches Leben zu führen, man müsse sich nur ein Ziel geben, das man verfolgt. Mein Ziel ist es, die Raumfahrt voranzubringen und das mit möglichst vielseitigen künstlerischen Eindrücken von dieser Reise, weil ich glaube, dass wir den

Rückhalt der Öffentlichkeit benötigen, um den Weltraum zu besiedeln und unsere Spezies zu retten. Ich weiß, dass dieser Start, jede geflogene Meile und jeder meiner Schritte auf dem Mond eine Meile und ein Schritt in die Richtung dieses Ziels sind und darum werde ich sie zu jeder Zeit genießen und wertschätzen.« In Gedanken fügte er hinzu: *Unter anderem.*

»Ich werde die besten Mondfotos schießen, die du je gesehen hast«, versicherte sie ihm und zeigte ein beinahe entspanntes Grinsen der Vorfreude.

»Das hoffe ich doch, schließlich habe ich dir das teuerste Reiseticket der Welt spendiert«, scherzte er und zwinkerte ihr zu.

Bis zum Start vergingen weitere drei Stunden. Nach zwei Stunden pinkelte er das erste Mal in seinen Kondomkatheter, weil er seinen Urin nicht mehr zurückhalten konnte. Das Gefühl, einfach laufenzulassen während er neben Marcus und Masha angeschnallt in seinem Sitz saß, erinnerte ihn an die peinlichen Momente in seiner Kindheit, als er im Halbschlaf geträumt hatte, auf einer Toilette zu sitzen und in Wahrheit gerade ins Bett machte. Immer wieder starrte er auf seine Hose und schnüffelte, wenn die anderen nicht hinsahen, um sicherzugehen, dass sich kein Fleck auf dem schnittigen Anzug ausbreitete oder jemand sein Malheur riechen konnte. Als endlich der Countdown erklang, packte er instinktiv seine Armlehnen und umklammerte sie fest. Keinen Herzschlag später krallte sich Mashas rechte Hand in seine linke und sie lächelten sich ein letztes Mal nervös zu.

Der Schub kam zuerst geradezu sanft, als würden sie in einer Achterbahn auf den höchsten Punkt gezogen, mit dem Unterschied, dass alles vibrierte und wackelte. Doch dann wurden die Beschleunigungskräfte sukzessive heftiger und begannen schon bald so fest an Muskeln und Sehnen zu zerren, dass er schwer zu atmen begann. Schweißperlen sammelten sich auf seiner Stirn, als sich seine Gelenke anfühlten, als würden sie brutal auseinandergerissen. Unerträgliche Schmerzen flammten in seinen Gliedern auf und beschleunigten seinen Atem so heftig, dass er beinahe das Bewusstsein verlor. Immer wieder drängten sich schwarze Flecken von den Seiten in sein Blickfeld und komprimierten es zu einem kleinen Tunnel.

Ich ... darf ... nicht ... ohnmächtig ... werden, dachte er mit so heftig zusammengebissenen Zähnen, dass seine Kiefermuskeln verkrampften. Als er die Schmerzen nicht mehr ertragen konnte und fühlte, dass ihm jeden Moment schwarz vor Augen werden würde, tat er das einzige, was ihn jetzt noch retten konnte: Er schrie seinen Schmerz hinaus, brüllte so laut und heftig, wie seine Stimmbänder es zuließen und ignorierte, dass er selbst das ohrenbetäubende Rauschen und Rattern in der Kabine übertönte und die anderen besorgt ihre Gesichter zu ihm umwandten.

Die Köpfe von Marcus und Masha sahen aus wie Animationen, die mit einem Schütteleffekt versehen worden waren – unwirkliche, beinahe geisterhafte Erscheinungen, deren Münder sich wie in Zeitlupe bewegten. Als er realisierte, dass sie ihm etwas zuriefen, ließ die Beschleunigung plötzlich nach und die riesige Faust, die auf seine Brust gedrückt hatte, die gewaltigen Sprungfedern, die seine Gelenke auseinandergerissen hatten, waren verschwunden. Auch die Schmerzen verflüchtigten sich nach und nach, bis sein Körper kein Gewicht mehr zu haben schien und er zwischen Sitz und Gurten schwebte.

»Kashikoi? Kashikoi?« Die Stimmen klangen, als stammten sie aus der Tiefsee und drangen kaum zu ihm durch. Als sie es schließlich doch taten, wandte er langsam seinen Kopf in Mashas Richtung. Sie war ganz blass und sah besorgt aus.

»Kashikoi? Bist du in Ordnung?«

»Ja ...«, murmelte er und räusperte sich einige Male, bevor er gegen die Trockenheit in seiner Kehle anschluckte.

»Du weinst!«, stellte sie erschrocken fest.

»Ich ... ich bin okay«, versicherte er ihr erst langsam, dann noch einmal eindringlicher: »Ich bin okay!«

Die Schmerzen in seinen Gelenken verhallten wie ein fernes Echo und waren nach einigen Atemzügen schon zu Erinnerungen verblasst. Dieses Gefühl war unbeschreiblich. Nein, kein Gefühl, sondern das *Fehlen* eines ganz besonderen Gefühls: Dem Gefühl chronischer Schmerzen, die seinen Körper seit mehr als zwanzig Jahren fest im Griff hatten, ihn zuerst erholsamen Schlaf, dann viele seiner Hobbys und irgendwann das seelische Gleichgewicht gekostet hatten. Diese Freiheit des Körpers, die er jetzt erlebte, war so fremd und doch so vertraut aus der Zeit vor seiner Krankheit, dass er die Tränen nicht mehr zurückhalten konnte, die über seine Wangen kullerten. Nur für diesen einen Augenblick der Leichtigkeit und der Erinnerung daran, wie leicht das Leben sein konnte, hätte er alles und noch mehr auf sich genommen.

»Was ist es?«, fragte Masha ernst.

»Nichts«, wimmelte er sie ab.

Jetzt, da sie den Orbit erreicht hatten, gab es zwar kein Zurück mehr und sie konnten ihn nicht mehr von der Reise abhalten. Außerdem war das Schlimmste überstanden. Von jetzt an würden sie in vollkommener Schwerelosigkeit reisen und auf dem Mond einen Spaziergang in Mikrogravitation machen – die nächsten zwei Wochen würden also die schmerzfreisten und glücklichsten in seinem Leben werden. Erst beim Wiedereintritt in die Erdatmosphäre bestand noch einmal Gefahr, doch sollte er dabei sterben, war es ihm egal. Damit hatte er gerechnet und schon früh akzeptiert, dass er nicht um jeden Preis zurückkehren würde. Diese zwei Wochen waren dieses Risiko mehr als wert. Trotzdem wollte er sich nicht die Blöße geben, vor allem nicht, da er nichts so sehr verabscheute wie Mitleid.

Zu seiner Überraschung nickte Masha nur, nachdem sie kurz überlegt hatte, und übergab sich dann in den langen Plastikschlauch, den sie in weiser Voraussicht bereits in der Hand gehalten hatte.

»Ist dahinten alles in Ordnung?«, fragte Peter von vorne, nachdem er den Funkverkehr mit dem Kontrollzentrum beendet hatte. »Kashikoi?«

»Alles in Ordnung«, versicherte er dem Kommandanten erschöpft, aber wahrheitsgemäß, und schob schließlich doch noch eine Lüge hinterher: »Freudenschreie. Und ein bisschen Angst.«

»Sehr gut«, antwortete der Amerikaner neutral. »Masha?«

»Ich hab gekotzt und mein Magen fühlt sich an, als wolle er sich in sämtliche Richtungen gleichzeitig ausstülpen, aber ich bin noch ganz.« Masha blähte die

Wangen auf.

»In Ordnung, Marcus?«

Keine Antwort.

»Marcus?«

»Hm? Ja?«

»Alles in Ordnung bei dir?«, wiederholte Peter vor ihnen.

»Ja, echt irre, Mann!«, rief der Autor begeistert. »Können wir uns abschnallen und herumschweben?«

»Nein«, mischte sich Michelle sofort ein. »Wir bleiben noch die nächsten zwanzig Minuten angeschnallt, bis wir LEO verlassen haben.«

»LEO?«

»Low Earth Orbit. Erinnert euch an die Missionsbesprechung, ihr habt das alles schon geübt!«, drängte die Astronautin von vorne.

»Verstanden«, versicherte Marcus ihr schließlich mit offensichtlicher Enttäuschung in der Stimme.

»Klar und deutlich, Ground Control«, hörte Kashikoi den Kommandanten vorne in sein Headset sprechen. Dann eine kurze Pause. »Wie war das? Bitte wiederholen, Ground Control.«

Erneut eine kurze Pause.

»Verdammter Mist!«, fluchte Peter schließlich und Kashikoi verkrampfte sich sofort.

»Was ist los?«

Als niemand antwortete, aber die beiden Astronauten in den Sitzen vor ihm wild zu diskutieren begannen, wiederholte er noch einmal laut: »Was ist los?«

»Wir müssen ein Ausweichmanöver fliegen«, rief Michelle angespannt zurück.

»Was?«

»Trümmerwolke! Die Europäer haben der NASA gemeldet, dass sie den Kontakt zu zweien ihrer Satelliten verloren haben. NASA hat gerade bestätigt, dass zwei Satelliten kollidiert und aneinander zerschellt sind. Die Trümmerwolke rast jetzt mit zwanzigtausend Kilometern pro Stunde durch unsere Flugbahn!«

»WAS?«, schrien er und Masha gleichzeitig.

»Wir haben noch zehn Minuten Zeit für die Eingaben, die Ground Control durchgibt, um den neuen Kurs festzulegen. Die Berechnungen wurden bereits durchgeführt. Das ist mehr als genug Zeit«, versicherte ihnen die erste Offizierin, während Peter auf seinem Touchscreen Eingaben machte. Seine wilden Bewegungen sahen nicht so aus, als hätten sie tatsächlich genügend Zeit.

Angst breitete sich in der Kabine aus wie eine zähe Flüssigkeit, die sich drückend in jeden freien Raum wälzte und die Luft zu dick zum Atmen machte. Niemand sagte etwas, während sie lautlos durch die Schwärze dahinzogen, rasend schnell und doch gefühlt gemächlich, da sich hinter den Fenstern nichts bewegte und nur gähnende Schwärze ihren Weg begleitete.

9 Zwischenspiel

»Scheiße kalt heute«, bemerkte Leutnant Goroschin auf der russischen Fregatte Novosibirsk, als er durch die Leetür auf die Brücke zurückkehrte und sich trotz seiner Fellmütze und seinen Fellhandschuhen in die Hände blasen musste, um noch ein Gefühl in ihnen zu spüren.

»Mein Schätzchen hat wohl ein bisschen sibirische Heimat in die Ostsee gebracht«, erwiderte Kapitän Biskow, der auf seinem Kommandostuhl saß. Die Brückencrew bestand nur aus einer Rumpfmannschaft von vier Unteroffizieren und zwei Offizieren, da es sich um die Hundswache handelte. Goroschin hatte erwartet, dass sein Kapitän wie immer zu dieser unangenehmsten aller Schichten in seiner Kajüte sein und schlafen würde. Dass er nun doch nicht das Kommando über die Wache hatte, störte ihn zwar nicht, da sie ohnehin langweilig war, verwundert war er aber doch.

»Ich konnte nicht schlafen«, erklärte Biskow, als hätte er seine Gedanken gelesen, und schlürfte an seiner Kaffeetasse, in die mit Sicherheit auch ein Schuss Wodka den Weg gefunden hatte. Ihr Kapitän war bekannt dafür, es mit den Dienstvorschriften nicht so genau zu nehmen, was den Alkohol anging, und das wurde allgemein toleriert, da er einerseits niemals sturztrunken war und andererseits Rückendeckung aus Moskau bekam, weil er einer der erfahrensten und loyalsten Kapitäne der russischen Marine war. »Wie sieht die Wache bisher aus?«

»Die Manöver der Nato südlich von Trondheim sind seit gestern eingestellt worden. Unsere Störsender haben sich als überaus effektiv erwiesen. Eine ihrer neuen Stealth-Fregatten ist doch gestern tatsächlich mit einem Tanker zusammengestoßen und gesunken.« Goroschin konnte nicht an sich halten und stieß ein bellendes Lachen aus, das der Tiefe seiner Kehle zu entstammen schien wie ein Gurgeln.

»Ja, habe ich gehört. Also sollten wir uns nicht so blöd anstellen, hm? Astaroschna!«

»Natürlich, Kapitän«, gab Goroschin zurück und deutete einen Seemannssalut an.

»Gut. Kreuzen Sie noch eine Weile nah genug an dem ehemaligen Manövergebiet, um die NATO-Jungs zu provozieren, und dann machen wir die Biege.«

»Ja, Kapitän.« Goroschin wandte sich an die Unteroffiziere an den Eingabekonsolen ihrer neuen Fregatte, die erst im letzten Jahr vom Stapel gelaufen war. Endlich Touchdisplays und keine metallischen Kippschalter mehr. »Ihr habt den Mann gehört: Kurs zwei Strich südwestlich für dreißig Meilen, dann kehrt machen vier Strich südlich. Ich will eine feine Kurve sehen und keinen Crazy Ivan, verstanden?«

»Ja, Herr Leutnant«, antworteten sie im Chor, als über ihm plötzlich eine Warnmeldung auf dem Overheaddisplay des Kommandanten aufblinkte. Kapitän Biskow war bereits an der Tür, als sich zu der Warnmeldung ein Warnton hinzugesellte.

»GPS-Ausfall«, murmelte Goroschin erst und wiederholte dann laut: »GPS-Ausfall!«

»Wir haben auch keinen Satellitenkontakt mehr«, meldete eine der Unteroffizierinnen von vorne und zog sich nervös die Mütze vom Kopf.

»Stören uns die Schweine von der NATO etwa zurück?«, fragte Biskow, der wieder näher gekommen war und Goroschin jetzt vom Kommandantensessel fortscheuchte, um erneut Platz zu nehmen.

»Ich weiß es nicht, aber es könnte sein, ja.«

»Ich dachte, deren Manöver sei schon seit gestern vorbei?«

»Das war es auch. Vielleicht haben sie einzelne Einheiten von der Stör- und Fernaufklärung zurückgelassen, um uns für unsere Störaktionen zu bestrafen«, mutmaßte Goroschin und blickte finster in die Nacht vor den Brückenfenstern.

»Herr Kapitän, wir empfangen einen Funkspruch von dem Ziviltanker Nordhavn 2«, meldete einer der Unteroffiziere von seiner Konsole. »Sollen wir unser AIS anschalten?«

»Nein. Durchschalten«, befahl Biskow.

»Aber mit unserer geringen Radarabstrahlung werden die denken, dass wir bloß ein ...«

»Ich sagte: Durchschalten!«

»Hier spricht die Nordhavn 2, unidentifiziertes Schiff, Sie befinden sich auf Kollisionskurs, drehen Sie nach Backbord ab«, ertönte eine tiefdröhnende Stimme, die dem Akzent nach einem Norweger gehören müsste, auf Englisch.

»Was befindet sich backbords von uns?«

»Das kann ich nicht eindeutig sagen, Herr Kapitän«, sagte der Unteroffizier und kratzte sich unter seiner Fellmütze. »Das Sonar funktioniert und es gibt keine Sandbänke oder Felsen, die uns gefährlich werden können. Die Zwölfmeilenzone des norwegischen Staatsgebiets können wir allerdings nicht mehr exakt nachvollziehen, ebenso wenig wie die Küstenlinie. Das müssen wir mit Fernstechern machen, was unter den Sichtbedingungen unmöglich sein dürfte.«

»Negativ, Nordhavn 2«, antwortete Biskow mit rollend-zähem, russischem Akzent. »Hier spricht Kapitän Biskow von der Fregatte der Russischen Föderation Novosibirsk. Drehen Sie backbord ab. Wir haben GPS-Ausfall an Bord und dürfen die Souveränität von Norwegen nicht verletzen.«

»Novosibirsk, drehen Sie entsprechend der Seefahrtsordnung nach backbord ab. Wir können die Fahrrinne nicht verlassen. Wir haben mehrere hunderttausend Tonnen geladen. Wir schicken Ihnen unsere genaue Route mittels Koordinaten, die Sie mit ihren Karten abgleichen können. Sie sind sehr nah, ich wiederhole, Sie sind sehr nah!«

»Der Kerl hat recht«, bemerkte Goroschin, der an die Sonar- und Radarstation getreten war. »Wenn dieser Punkt auf dem Radar wirklich ein Containerschiff ist, müssen wir backbord abdrehen, sofort.«

»Wie nah sind wir der Zwölfmeilenzone?«, fragte Biskow mit roter Nase und angespanntem Blick.

»Wie gesagt, das lässt sich ohne GPS nicht mehr eindeutig bestimmen. Sollten wir nicht die Mannschaft wecken, Herr Kapitän?«

»Wegen eines kleinen Ausweichmanövers?« Der Kapitän schnaubte so heftig, dass seine Barthaare vibrierten.

»Wie Sie wünschen, Herr Kapitän.«

»Gut, drehen Sie nach Backbord ab, aber nicht zu stark, wir wollen gerade aus ihrem Fahrwasser kommen, aber nicht riskieren, in Norwegens Hoheitsgewässer vorzudringen. Für solch eine Provokation haben wir vom Kreml nicht die Befugnis erhalten«, befahl Biskow, während die Brückenmannschaft den neuen Kurs setzte, von Hand, nach Gefühl und alten Seemannskarten und eingezeichneten Winkeln. Es dauerte lange und gerade, als sie die Kurve eingeleitet und einmal angepasst hatten, knackte es im Funk.

»Nordhavn 2 hier, ich kann ihre Brückenfenster sehen, verdammt! Sie sollen hart Backbord ausweichen!«

»Nordhavn 2, hier Kapitän Biskow von der Novosibirsk. Wir haben kompletten GPS-Ausfall, wiederhole, kompletten GPS-Ausfall. Meine Männer tun alles, was sie können, um uns ...«

Der restliche Teil von Biskows Worten wurde von einem brutalen metallischen Kreischen unterbrochen, und Goroschin und der Kapitän von den Stühlen geworfen. Die Unteroffiziere an den Konsolen knallten so heftig gegen ihre Monitore, dass drei stürzten und sich blutende Platzwunden an der Stirn zuzogen.

Nun schrillte ein kratziger und gleichzeitig alles durchdringender Sirenenton durch die Novosibirsk. Noch immer schienen sich die Planken unter ihnen aufzubäumen und ein kurzer Blick aus dem Brückenfenster brachte die Katastrophe zutage. Riesige Scheinwerfer an Bord des dreihundert Meter langen und mindestens doppelt so hohen Containerschiffs beschienen grell die kleinen Fenster aus Panzerglas.

Sie sind so nah, dachte er schockiert. Es sah aus, als hätte sich der Bug der Nordhavn 2 durch den Rumpf ihres Schiffes geprügelt und dabei sogar die Mittelsektion zerstört.

»Herr Kapitän! Wassereinbruch in den vorderen Sektionen!«, meldete einer der Männer an den Konsolen, der sich mit blutender Stirn wieder an die Arbeit gemacht hatte.

»In welchen?«

»In sämtlichen!«

»Bliad!«, schimpfte Biskow nicht gerade in feinem Ton. Er rief eine Schemadarstellung der Notfallanalyse auf seinen Kommandantenschirm und seine geröteten Augen wurden immer größer. Sektionen, die vorher Grün leuchteten, blinkten jetzt Rot und machten knapp ein Drittel des Schiffes aus. Die gesamte vordere Sektion. »Schiff evakuieren. Notruf absetzen!«

»Mayday, Mayday, Mayday«, begann der Funker bereits in seine Funkkonsole zu brüllen.

Biskow ergriff sein eigenes Funkgerät, das er wie ein Trucker aus der Deckenarmatur ziehen konnte und machte eine Schiffsweite Durchsage. »Kameraden, hier spricht der Kapitän. Wie es aussieht, sind wir nach einem GPS-Ausfall mit einem norwegischen Containerschiff kollidiert und sinken aktuell mit einer starken Bugneigungsrate. Ich befehle hiermit, das Schiff zu evakuieren. Ihr alle kennt den Drill, also will ich in spätestens fünf Minuten keinen Seemann mehr an Bord sehen. Das ist keine Übung. Wiederhole. Das ist keine Übung.«

Er legte auf und sein Gesicht sah bei weitem nicht so ruhig und gelassen aus wie seine Durchsage geklungen hatte.

»Das gilt auch für euch, los! Macht, dass ihr raus kommt!«, brüllte er durch die Brücke und Goroschin eilte zu dem Schrank mit den Schwimmwesten und den Thermoüberzügen, die er eilig unter den Matrosen verteilte. Dann lief er hinaus und stellte sich auf den Überhang des Treppengeländers, das zur Brücke führte.

Überall strömten halb bekleidete und hastig mit Schwimmwesten versorgte Soldaten aus den Türen der grauen Fregatte und erste Offiziere standen bei den automatischen Schleudern für die Rettungsinseln. Über allem hing das grelle Licht der Bugscheinwerfer des Containerschiffes, dessen spitz zulaufende Front riesenhaft über ihnen thronte wie das Schwert eines Riesen.

Eo dast problemy, dachte er mit pumpendem Herzen und meinte damit nicht bloß seine Mannschaft und die Konsequenzen für den Führungsstab des Schiffes, sondern auch die internationalen Komplikationen, die dieser Vorfall nach sich ziehen würde. *Und ich bin mittendrin.*

Teil 2: Europa im Dunkeln

10 Zwischenspiel

»Sir?« Die Stimme klang fern und schwach, obwohl sie gleichzeitig etwas unangenehm Drängendes hatte, das Jerome wütend brummen ließ. Als schwirre eine lästige Fliege vor seinem Gesicht herum, wedelte er abwesend mit einer Hand Richtung Stimme.

»Sir!« Diesmal dermaßen nachdrücklich, dass Jerome erschrocken hochfuhr, als er realisierte, dass er eingeschlafen war und vor allem *wo* er eingeschlafen war.

»Was? Ja!«, stammelte er schlaftrunken und fuhr ruckartig nach vorne, als die Feder in der Stuhllehne seine Bewegung verstärkte.

»Direktor, wir ... haben etwas Seltsames entdeckt«, erklärte der junge Referent vor ihm, dessen Hemd falsch zugeknöpft war und der ihm gerade eine dampfende Tasse Kaffee entgegenstreckte.

Jerome nahm sie entgegen und schlürfte prüfend an der schwarzen Flüssigkeit. Er war letzte Nacht nicht nach Hause gefahren, weil er gewusst hatte, dass das Meeting mit den Regierungsvertretern lange dauern und morgens fortgeführt werden würde. Es wäre also sinnlos gewesen, zu Martha zu fahren, nur um sich anhören zu müssen, dass er nie zuhause sei und nur noch an seine Arbeit denke. Natürlich hatte sie damit recht, doch er schob diese Tatsache nicht nur darauf, dass er seinen Job liebte, sondern auch auf die Trümmer ihrer Ehe, die sie praktisch aus Gewohnheit fortführten. Niemand hatte in ihrem Alter noch Lust, Single zu sein und außerdem hatten sie sich in den letzten dreißig Ehejahren gut arrangiert. Vielleicht lag allein darin schon Qualität.

»Etwas Seltsames?«, fragte er desinteressiert und gähnte unverhohlen, bis seine Kiefer schmerzten.

»Ja, Sir.« Der wissenschaftliche Referent, den sein Namenschild als Paul Schrader auswies, nickte eindringlich und die beeindruckenden Tränensäcke unter seinen geröteten Augen wackelten dabei.

»Ich trinke meinen Kaffee, gehe kurz in die Cafeteria und bin dann bei Ihnen, einverstanden?« Jerome verkniff sich einen bissigen Kommentar, obwohl er seiner schlechten Laune am liebsten freien Lauf gelassen hätte. Viel zu oft buhlten die vielen Neuen, die von den Universitäten kamen, um seine Aufmerksamkeit, um mehr Budget für ihre Projekte zu bekommen. Wirklich substanziell wichtige Dinge kamen selten heraus und er gehörte seit seinem Amtsantritt ohnehin zu jenen, die am liebsten nur die wirklich großen Ziele mit Geld fütterten – beispielsweise den Bau der internationalen Raumstation im Mondorbit. Was spielte es kurzfristig schon für eine Rolle, welcher genveränderte Mais am besten im Weltraum wuchs, wenn man bald keine Station mehr im Weltraum hatte, wo man ihn anbauen konnte?

»Sir, ich denke, Sie sollten sich das wirklich ansehen«, beharrte Schrader und ließ sich zu Jeromes Überraschung nicht einmal von seiner *Ich-ziehe-meine-Augenbrauen-düster-zusammen*-Miene abschrecken.

»Wieso ...«

»Wir haben einige irritierende Daten vom Hubble Teleskop erhalten.«

»Aha, und ...«

Wieder unterbrach der Referent ihn und Jerome spürte einen Anflug von Wut in sich aufsteigen, die von seiner Müdigkeit angefacht wurde.

»Sir, bitte kommen Sie mit ins MCC.«

»Mission Control?«, fragte Jerome überrascht und seine Wut löste sich in Überraschung auf.

»Ja.«

Das war seltsam. Normalerweise wurden Telemetriedaten in den kleineren Büros ausgewertet und teilweise in Simulationen übersetzt, nicht aber im Mission Control. Das war Großprojekten wie Raketenstarts, Satellitenmanövern und anderen Ereignissen vorbehalten.

»Gehen Sie voran«, sagte er schließlich und erhob sich mit steifen Gliedern aus seinem Sessel im Konferenzraum, der im matten Halbdunkel des hereinbrechenden Morgens lag.

Schrader führte ihn durch die Gänge des Bürogebäudes zum Ausgang und setzte sich ans Steuer des kleinen Caddies, mit dem sie zu dem klotzartigen Bau fuhren, in dem sich das MCC befand.

»Rücken Sie schon raus, wie war Ihr Name? Schrader? Was haben Sie entdeckt, dass Sie einen schlafenden alten Mann wecken, der sich mit Politikern rumärgern musste?«, fragte Jerome während der Fahrt, vorsichtig den Becher in seinen Händen balancierend, um sich in den Kurven nicht den Anzug zu versauen.

»Ich habe es nicht entdeckt, sondern die Ingenieure vom Hubble, Sir.«

Vor dem Mission Control Center hielten sie an und gingen hinein. Durch die hintere Tür zu dem großen, leicht abfallenden Raum mit den vielen Leinwänden und Monitoren drängten sie sich durch einen Pulk Männer und Frauen, die wild diskutierten.

»Was ist denn hier los?«

»Ich glaube, Sie gehören zu den Letzten, die davon erfahren haben«, meinte Schrader mit einem Achselzucken. »Es war nicht leicht, Sie zu finden.«

»Hmpf«, brummte Jerome und kämpfte sich mit lauten »Vorsicht, heiß!«-Rufen durch die Menge, bis er hinter der letzten Arbeitskonsole stand und einem Mitarbeiter an der Station auf die Schulter tippte.

Als der Mann ihn ansah, tippte er auf dessen Standmikrofon.

»Ruhe!«, rief er schließlich hinein, als sein Mitarbeiter einen Daumen hochreckte und tatsächlich wurde es nach und nach still. Das Kontrollzentrum platzte aus allen Nähten: Zwischen den Arbeitsbereichen mit den integrierten Monitoren standen dichtgedrängt Männer und Frauen mit bunten ID-Karten um den Hals und diskutierten wild, während sie in Richtung der vorderen Bildschirme gestikulierten. »Wir verhalten uns jetzt wie erwachsene Menschen, klar? Wir sind hier bei der NASA und nicht in Washington. Wer hat die Schichtaufsicht?«

Es ärgerte Jerome, dass er es nicht aus dem Kopf wusste, aber die meiste Zeit verbrachte er dieser Tage pendelnd zwischen den einzelnen NASA-Einrichtungen und der Schlangengrube in Washington, sodass er nur noch wenig vom operativen Tagesgeschäft seiner Behörde mitbekam. Es schmerzte ihn, weil er sich nicht mehr als Teil des Teams fühlte, und wusste, dass auch die anderen ihn nicht mehr als solches sahen.

Eine Frau mit grauem Zopf in der ersten Reihe hob eine Hand. Sheva Rapalli erkannte er nicht nur an ihrer zimtfarbenen Haut, sondern auch an ihrer kräftigen Statur.

»Mrs. Rapalli«, sagte er ins Mikrofon und sah über die Monitorreihe vor sich. »Würden Sie mir bitte erklären, was dieser Trubel hier soll?«

»Ja, Direktor«, erwiderte sie, nachdem sie sich ebenfalls an ein Mikrofon gestellt und einem weiteren Systemoperator gestikulierend Zeichen gegeben hatte. Das Bild auf dem Hauptschirm änderte sich von einer gepunkteten Diagrammkurve zu einem gräulichen Bild des Saturns mit seinen Ringen. Die über hunderttausend speichenartigen Partikelkränze, die den Gasriesen umgaben wie ein Diskus, waren wunderschön wie immer. In sanften Pastellfarben von schimmerndem Pink über Grauschattierungen zu einem Anflug Braun erfüllten sie die hochauflösende Monitorwand. Zuerst wollte er fragen, warum er sich die Cassini-Bilder von 2009 noch einmal anschauen müsse, als ihm etwas auffiel: Offenbar hatte sein übermüdetes Gehirn die Bilder automatisch zu einem logischen Ganzen zusammengefügt. Was er da sah, war aber nicht logisch. Auf einer Seite der Ringe schienen die Staub- und Eispartikel ihre Bahnen verlassen zu haben und spitzzulaufend in den Weltraum hinausgezogen zu werden. Als hätte jemand eine Art unsichtbaren Staubsauger angelegt und auf volle Kraft geschaltet, zeigte ihm die Bilderabfolge, wie ein wandernder Bereich der Ringe ins All strebte.

»Was ist das? Ein Scherz?«

»Nein, Direktor«, versicherte ihm Rapalli und schüttelte den Kopf, nachdem sie sich zu ihm umgedreht hatte. »Wir haben die Daten mehrfach überprüft. Irgendeine extrem starke Gravitationsquelle zerrt an den Ringen des Saturns und scheint sich dabei zu bewegen.«

»Woher stammen diese Aufnahmen?« Jerome spürte, wie sich seine Müdigkeit in einem Schauer aus Adrenalin auflöste.

»Wir haben das Hubble-Teleskop standardmäßig neu ausgerichtet und Testbilder im Nahbereich aufgenommen, wie üblich. Die Auswertungsergebnisse wurden gerade erst von einem unserer wissenschaftlichen Praktikanten ausgewertet.« Rapalli schien dieser letzte Punkt peinlich zu sein, denn sie senkte die Stimme leicht. Dabei war es klassisch, dass man die Praktikanten der unteren Unijahrgänge für solche meist fruchtlosen und eher langweiligen Aufgaben einsetzte. Das ermöglichte den älteren Mitarbeitern eine stärkere Fokussierung auf wichtigere Projekte.

»Wie alt sind die Daten?«, fragte er und merkte erst jetzt, dass er sich an die Tischkante geklammert hatte.

»Zwei Wochen.«

»Haben Sie etwas über die Bewegungsrichtung der Gravitationsquelle herausfinden können?«

»Ja, Direktor«, antwortete die indischstämmige Ingenieurin und tippte den Mitarbeiter an der Station neben sich auf die Schulter. Bahnlinien mit mathematischen Symbolen erschienen auf dem Monitor und das Bild zoomte heraus, bis ein blauer und ein bräunlicher Punkt zu sehen waren. Eine rote Linie verband beide miteinander. »Wenn unsere Berechnungen stimmen, legen die Partikelabweichungen der Saturnringe nahe, dass sich die Gravitationsquelle auf die Erde zubewegt. Allerdings sind diese Berechnungen komplex und anders als einige Kollegen würde ich mich noch nicht auf sie versteifen.«

Sobald Rapalli geendet hatte, erhob sich geräuschvolles Gemurmel, das schnell zu lauten Diskussionen anschwoll, wie auf einem asiatischen Basar.

»Ruhe, Leute!«, rief Jerome in sein Mikrofon und tippte noch einige Male mit dem Finger auf die gepolsterte Abdeckung. Als sich der Lärm wieder etwas gelegt hatte, räusperte er sich. »Eine Gravitationsquelle haben Sie gesagt? Aber ich sehe dort keine Masse, schon gar keine so große, die eine solche Anziehungskraft auf die Ringe ausüben könnte. Sie müsste so groß sein wie Luna und dann auch noch so dicht dran, dass wir sie von hier mit einem Hobbyteleskop entdecken würden.«

»Das ist richtig, Sir«, pflichtete Rapalli ihm bei und ihre Stimme klang über die Lautsprecher geradezu entschuldigend. »Aber es gibt keine andere Erklärung. Außerdem haben wir ...«

»... über Europa gesehen, dass dort genau dasselbe geschieht, nur dass es sich um Satelliten und keine Brocken aus Gestein und Eis handelt«, vollendete er ihren Satz. »Setzen Sie sich wieder an diese Berechnungen, überprüfen Sie alles dreifach oder vierfach, aber seien Sie sich sicher! Nehmen Sie sich dafür so viel Personal, wie Sie brauchen. Wenn wir sicher genug sind ...«

Jerome brach ab, als er den aufgeregten Blick des Mitarbeiters bemerkte, der, neben ihm sitzend, zu ihm starrte. »Was?«

»Wenn es dort ein Objekt gibt, das so viel Masse hat, dass es die Saturnringe verschiebt, wenn auch nur kurzzeitig, und es auf dem Weg zur Erde ist ...«

»Ich weiß«, unterbrach Jerome ihn und blickte mit kribbelnden Händen auf die schematische Darstellung auf der Leinwand, bevor er sich abwandte und aus dem Raum marschierte.

Er musste mit dem Präsidenten sprechen.

11 Julia

»Landen Sie!«, schrie Julija in das Mikrofon ihres klobigen Headsets und deutete durch das Fenster in Richtung der Landepads auf dem Dach des Wolkenkratzers, als könne der Pilot sie in der Passagierkabine sehen. Trotz ihrer Schallschutzkopfhörer klang das unablässige Dröhnen der Rotorblätter in ihren Ohren nach.

»Da ist gerade ein Flugzeug abgestürzt!«, protestierte der Pilot über Funk. »Der gesamte Luftraum über der Stadt wurde gesperrt.«

»Aber wir müssen doch erst noch aus dem Luftraum rausfliegen, oder nicht?«, beharrte sie und drückte ihre Nase an das kalte Fenster der Tür, um das Dach der Skybank nach Linus abzusuchen. *Wo steckst du, verdammt nochmal?*

Weit unter ihnen loderten die Flammen des brennenden Kerosins zwischen den Glasmonolithen des Frankfurter Bankenviertels, als habe sich die Hölle einen Weg nach oben gebahnt. Dichte schwarze Rauchschwaden wallten in die Höhe und verdeckten in unregelmäßigen Abständen die zahllosen Blaulichter ringsum.

»Wir dürfen den Luftraum nicht nur verlassen, wir *müssen*!«, funkte der Pilot angespannt, und ihr Helikopter neigte sich leicht nach vorn.

»Hören Sie«, rief Julija in ihr Mikrofon und drückte es mit einer Hand ganz dicht vor den Mund. »Wir brauchen Linus Karlsson in Brüssel. Wenn Sie einen Beitrag leisten wollen, dass wir diese Krise überstehen, geben Sie ihm noch fünf Minuten. Dann können wir immer noch verschwinden.«

Der Pilot antwortete nicht, doch ihr Helikopter verharrte über der Dachkante, was sie erleichtert aufatmen ließ.

»Mama«, meldete sich Mirijam ebenfalls über Funk zu Wort und Julija sah kurz zu ihrer Tochter, die angespannt in ihre Richtung blickte und die Wasserflasche umklammert hielt, die sie seit ihrem Aufbruch aus Darmstadt nicht mehr losgelassen hatte. »Wieso ist das Flugzeug abgestürzt? Ich dachte sämtlicher Flugverkehr wurde gestern Abend schon eingestellt?«

»Ich weiß es nicht, Liebes«, gab Julija zu und sah wieder aus dem Fenster in den Regen, um das Dach nach irgendeinem Zeichen von Linus abzusuchen. »Vielleicht ein verspäteter Langstreckenflug, der nicht mehr sicher aus dem Luftraum dirigiert werden konnte. Ohne GPS-Echtzeitdaten und mit reinem Funkkontakt können die Behörden das Flugaufkommen sicher nicht mehr stemmen. Dazu sind viel zu viele Maschinen in der Luft, die nicht kollidieren, zu wenig Treibstoff haben oder eine falsche Route nehmen dürfen. Es grenzt eher ein Wunder, dass es nicht mehr als die zwanzig Abstürze gestern gegeben hat bei all dem Chaos.« Das Reden tat ihr gut, um sich nicht den Kopf darüber zerbrechen zu müssen, wo Linus steckte und ob sie zu viel Aufwand betrieben hatte für jemanden, der notorisch unzuverlässig war.

»Werden wir auch abstürzen?«

»Nein, Liebes, das werden wir nicht. Das hier ist eine Militärmaschine, die haben ganz eigene Hardware und Notfallsysteme für solche Fälle«, mutmaßte sie mit bemüht fester Stimme und hoffte, dass jedes einzelne ihrer Worte der Wahrheit entsprach.

»Hier wird es gleich ungemütlich«, meldete sich der

Pilot wieder zu Wort. »Die Polizei funkt mich an und fordert mich auf, unverzüglich den Luftraum zu verlassen.«

»Haben wir keinen militärischen Code, oder so etwas?«

»Wir haben militärische Transpondercodes, aber bis die in dem aktuellen Chaos und der fehlenden Satellitenunterstützung Abgleiche angestellt haben, sind wir schon abgeschossen oder vertrieben worden.«

»Verflucht. Dann landen Sie!«

»Auf keinen Fall! Wenn wir landen, könnten Zivilisten aufs Dach laufen und die Kabine stürmen.«

»Aber da unten ist niemand!«

»*Noch* nicht«, hielt der Pilot dagegen, und seine im Funk kratzig klingende Stimme begann Julija wütend zu machen.

»Landen Sie, verdammt nochmal, dann sind wir vom Polizeiradar verschwunden und haben etwas mehr Zeit. Denken Sie nach, Mann! Die Polizei will uns weg haben, dessen können wir sicher sein, aber dass hinter der Tür dort unten eine Horde wilder Flüchtlinge wartet, die unseren Helikopter stürmen will, ist längst nicht sicher – abgesehen davon, dass das totaler Blödsinn ist! Jetzt machen Sie schon!«

»Mama, wieso brauchen wir Linus?«

»Er soll die Leute in Brüssel zwingen, mir zuzuhören, wenn wir angekommen sind.«

»Aber wenn Linus redet, hören die meisten Leute doch eher weg«, gab Mirijam zu bedenken und unter anderen Umständen hätte Julija über diese überraschend spitzfindige Bemerkung ihrer sonst eher unbedarften Tochter sicherlich gelacht.

»Außer dir, meinst du.«

Mirijam zuckte mit den Achseln, als sich ihre Blicke kurz trafen. »Ich mag ihn eben.«

»Da bist du bis heute die Einzige.«

»Er ist nun einmal ehrlich und scheißt drauf, was andere über ihn denken. Ich finde ihn cool.«

»So reden wir nicht, hast du mich verstanden?«

Ihre Tochter schnaubte und Julija sah wieder auf das Dach, das unter ihnen langsam größer wurde. Für einen Moment wähnte sie sich in einer Episode von *The Walking Dead* oder in einem von Mirijams Zombiefilmen, die sie so scheußlich fand. In ihrer Fantasie sprang die Tür zum Dach auf und eine Horde geifernder Untoter stürmte heraus und auf sie zu. Einer schaffte es immer zu den Kufen und dann kamen mehr, zogen an dem ersten und letztendlich stürzte der Helikopter ab.

Wir sind nicht in einem Zombiefilm, rief sie sich in Erinnerung, während sie angespannt auf das nasse Dach starrte, auf dem der wiederum einsetzende Regen kleine Pfützen bildete. Der schwarze Rauch des abgestürzten Flugzeugs wallte trotz der Feuchtigkeit in konvulsivischen schwarzen Wolken an der rechten Seite empor und flackerte immer wieder rötlich auf. Die Feuer am Boden waren noch lange nicht unter Kontrolle und wahrscheinlich hatte das brennende Kerosin zu Sekundärexplosionen in einem der benachbarten Hochhäuser geführt. Julija fand, dass das rote Schimmern aussah wie ein Blick in eine heiße, schmutzige Hölle, die sich als apokalyptischer Vorbote in ihre Welt gekämpft hatte. Sie konnte kaum glauben, dass vor zwei Tagen noch alles normal gewesen war und sie sich darum gesorgt hatte, ob sie pünktlich zur Arbeit erscheinen würde. Es war schon erstaunlich, wie wenig Relevanz Alltagsprobleme hatten, wenn sich ein größeres Problem einstellte. Könnte man sich doch nur später an diese Erkenntnis erinnern und fortan unbeschwerter leben und sich weniger Gedanken um Kleinigkeiten machen.

Die Kufen des Helikopters setzten endlich auf dem Dach auf, das mit breiten Platten aus Spritzbeton ausgelegt war. Da der Pilot die Rotoren kreisen ließ, tanzten die Wassertropfen rundum auch weiterhin auf und ab und wurden an den Rändern fortgefegt wie in einem Orkan.

»Zwei Minuten!«, rief der Pilot über Funk. »Dann hauen wir ab!«

Julija wollte etwas Wütendes erwidern, doch die Stimme des Soldaten ließ keinen Zweifel daran, dass er es ernst meinte und nicht mit sich feilschen ließ. Linus hatte also noch genau zwei Minuten Zeit, um zu ihr zu gelangen. Er musste es einfach schaffen, da sie außer ihm kein Ass im Ärmel hatte und ahnte, dass sie ihn dringend brauchen würde.

Als endlich die Tür des kleinen Aufbaus aufflog, der keine zwanzig Meter entfernt wie ein hässlicher Pickel aus dem Dach wuchs, machte ihr Herz einen Sprung. Die hochgewachsene, dürre Gestalt im Mantel konnte nur Linus sein.

»Da ist er!«, rief sie aufgeregt und verstummte, als sie hinter ihm eine Handvoll Personen sah, die ebenfalls aus der schmalen Tür drängten. Sie rannten hinter Linus her auf sie zu und in ihren Gesichtern sah sie blanke Panik. »Verdammt!«

Ihrem ersten Impuls folgend griff Julija nach dem Türgriff und riss die Seitentür auf. Sofort wehte ihr ein

Schwall feuchtkalter Luft entgegen und der Lärm der Rotoren verstärkte sich durch ihre Kopfhörer von einem dumpfen Dröhnen zu einem aufdringlichen Rumpeln. Mit hastigen Bewegungen deutete sie Linus, sich zu beeilen. Seine langen Haare klebten nass auf seinem bleichen Gesicht.

»Ich hab' es Ihnen doch gesagt!«, fluchte der Pilot in ihre Ohren und Julija sah aus den Augenwinkeln, wie die kleine Tür zum Cockpit aufflog und der Copilot mit gezückter Pistole in der Kabine erschien.

»Machen Sie die Tür zu!«, forderte er sie auf, doch sie ignorierte ihn und sah fieberhaft zu Linus, der die Hälfte des Weges überbrückt hatte – genau wie die Zivilisten hinter ihm. Sie konnte erkennen, dass es sich um vier junge Männer und zwei Frauen handelte, denen nackte Angst ins Gesicht geschrieben stand.

Der Copilot, ein kräftiger Kerl in schwarzer Uniform mit aufgenähter deutscher Flagge und einem Stern auf der Schulter, drängte sich an ihr vorbei und wollte sich an der Tür zu schaffen machen. Kurzentschlossen sprang sie dazwischen und stieß mit ihm zusammen.

»Sind Sie vollkommen irre?«, wütete der Soldat über Funk und schien einen Moment mit sich zu kämpfen. Sie fürchtete schon, er würde sie angreifen oder gar erschießen, als er die Zähne fletschte und an ihr vorbei auf die kleine Gruppe zielte, die sie beinahe erreicht hatte.

»Stehen bleiben!«, schrie er so laut, dass sie es durch ihre Schallschutzkopfhörer über den Rotorenlärm hinweg hören konnte.

Bevor jemand reagieren konnte, spürte Julija einen Ruck durch den Helikopter gehen und sah, wie sich der

Boden langsam entfernte. Im selben Moment machte Linus einen Satz und bekam mit seinen langen, spinnenartigen Fingern die Kante zwischen Kabine und Hülle zu fassen.

Julija packte instinktiv zu und krallte sich in seine Unterarme. »Ich hab' dich!«

Linus Lippen bewegten sich, doch sie konnte nichts verstehen. Sie sah über ihn hinweg, da einige Schatten ihre Aufmerksamkeit auf sich lenkten. Einige Flüchtende hatten sich an die Kufen gehängt, die jetzt etwa zwei Meter über dem Dach schwebten. Der Helikopter machte einen Schwenk nach links, als das Gewicht von vier Personen ihn zur Seite kippen ließ und Julija verlor beinahe das Gleichgewicht. An ihren Schultern spürte sie, wie sich Hände in ihre Jacke geklammert hatten.

»Hab' dich, Mama!«, rief Mirijam über ihr Headset, und sie begann hastig an Linus zu ziehen, der ächzend versuchte, sich hoch zu zerren. Der Copilot hing derweil mit einer Hand an der Tür halb draußen und hatte offenbar seine Pistole verloren. Er ruderte heftig mit seinem freien Arm und Julija traf eine Entscheidung: Mit ihrer linken Hand packte sie Linus am Kragen und mit der rechten den Soldaten, den sie am Gürtel zu fassen bekam. Ihre Arme brannten sofort wie Feuer und sie betete, dass Mirijam genug Halt hatte und sie nicht durch die gefährlich geneigte offene Seite nach draußen stürzen würden.

Knurrend zwang sie sich, ihre Fäuste um die Kleidungsstücke der beiden Männer geschlossen zu halten, auch wenn alles in ihr danach schrie, loszulassen. Ihre Sehnen fühlten sich an, als würden sie jeden Augenblick reißen wie zu stark gespannte Seile.

»Wir haben zu viel Gewicht an den Kufen!«, schrie der Pilot von vorne und die Maschine machte einen kurzen Satz nach rechts, als die Rotoren hin und her schwankten wie eine Wippe. Drei der vier Männer, die an der blanken Metallstange hingen, verloren den Halt und stürzten zurück auf das Dach, wo sich die beiden Frauen gerade zu der Tür zurückzogen und die Arme schützend vor die vom Sturm gepeitschten Gesichter hielten.

Als die Füße der Stürzenden gerade die Betonplatten berührten, schwankte der Helikopter aufgrund der veränderten Gewichtsverteilung erneut hin und her. Linus und der Copilot wurden in die Kabine geschleudert. Die Rotoren kippten gefährlich zur Seite und berührten beinahe das Dach – stattdessen fraßen sie sich wie riesige Säbel in den kleinen Pulk Männer, die augenblicklich in einen Mahlstrom aus Fleisch und Blut verwandelt wurden.

Ehe sie sich versah, war Julija klatschnass und schmeckte die metallische Note frischen Blutes in ihrem Mund. Noch bevor der Gedanke ganz zu ihr durchgedrungen war, dass sie sich gerade die Reste von Menschen aus dem Gesicht wischte, krümmte sie sich nach vorne und übergab sich heftig.

Der Pilot hatte den Helikopter wieder unter Kontrolle gebracht und zog über die Dachkante, als sie von mehreren Händen gepackt und auf eine der Sitzbänke gezogen wurde. Sie wollte ihren Blick abwenden, starrte jedoch wie gebannt auf die Tür, die von jemandem geschlossen wurde, den sie nur schemenhaft erkannte. Die gesamte Glasfläche war knallrot und die Flüssigkeit – *das Blut* – bildete dicke Tropfen, die sich gegen die

Flugrichtung zum Heck bewegten und hässliche Streifen bildeten. Hier und da sah sie dunkle Stückchen dazwischen, die sich nach und nach lösten.

»Zigarette?«, fragte jemand, als sie wieder in der Lage war zu blinzeln und den Blick abzuwenden. Wie in Trance stellte sie fest, dass sie angeschnallt auf der Bank saß. Neben ihr saß Linus und hielt ihr fragend eine Zigarette hin. Rechts von ihm saß Mirijam sichtlich bleich über eine Kotztüte gebeugt und würgte.

»Hier ist Rauchen nicht erlaubt«, flüsterte sie heiser.

»Ist mir egal. Wenn ein paar Leute hinter mir durch den Schredder gejagt werden, rauche ich üblicherweise erstmal eine, damit ich nicht kotzen muss wie ihr.« Linus zuckte mit den Achseln, als er ihren Blick bemerkte und zündete sich die Zigarette an. Der sanfte Schimmer des glühenden Tabaks spiegelte sich auf seinem nassen Gesicht wider, auf das sie am liebsten eingeschlagen hätte, wenn sie ihrem ersten Impuls gefolgt wäre.

»Danke übrigens«, sagte er und als sie ihn fragend ansah, deutete er zu der geschlossenen Tür. »Für die Hilfe. Wäre fast abgekratzt.«

»Diese Leute, sie ...« Julija unterbrach sich, als ein neuer Schwall Übelkeit sie überkam. Ihr gesamter Torso fühlte sich an wie ein ausgewrungenes Handtuch und ihr Würgen brachte nichts außer einem heißen Schmerz in der Magenröhre hervor. Sie war über und über von dem Blut fremder Menschen durchnässt, als wäre sie in ein Fass roter Farbe gefallen.

»Darf ich fragen, wo wir hinfliegen?«, fragte Linus im Plauderton und sie hörte ihn wie durch einen dicken Dunstschleier, als befände er sich ganz weit entfernt.

»Was?«

»Wohin fliegen wir?« Erst jetzt bemerkte sie, dass er einen schützenden Arm um ihre Tochter gelegt hatte, die sich zitternd an seine Seite lehnte. Es machte sie wütend, weil sie fand, dass sie es war, die Mirijam umarmen sollte, doch sie war unfähig, sich zu bewegen. Ihre Glieder fühlten sich an, als hätte jemand sie mit Blei ausgegossen.

»Nach Brüssel«, flüsterte sie und nahm ein Taschentuch entgegen, das er ihr reichte. Er machte eine wischende Bewegung bis sie verstand und sich das Gesicht abrieb. Als sie das Tuch wieder herunter nahm, war es Rot und mit dunklen Stückchen gespickt.

»Hast mir echt Angst gemacht mit diesem Horrorgesicht«, kommentierte Linus und sie sah ihn grimmig an.

»Du bist widerlich. Ist für dich alles Spaß?«

»Würde es dir besser gefallen, wenn ich auch kotze und anfange zu heulen?«, fragte er ungerührt und sog lange an seiner Zigarette. »Beides habe ich oft genug getan, um nichts mehr davon übrig zu haben. Aber das weißt du ja.«

»Diese Leute«, sagte sie zögernd und zwang sich, nicht zur Tür zu sehen. »Wer war das?«

»Keine Ahnung. Die hingen vor einer Wohnung rum, als ich über die Absperrung des letzten Treppenteils gestiegen bin, um aufs Dach zu gelangen. Die meinten, dass ich das nicht dürfte, und sind mir hinterher. Ich glaube, die sind von der Straße geflohen. Da unten ist die Hölle los. Die Leute plündern und rasten komplett aus. Ich nehme an, sie wollten einfach nur raus aus diesem Drecksloch.«

»Die waren wie verrückt. Sich an einen Helikopter

hängen?«

»Überleg's dir. Wenn du unbedingt raus willst, aber alles in Flammen steht, weil gerade ein Flugzeug abgestürzt ist und du sofort verbrennst oder an einer Rauchvergiftung stirbst – würdest du lieber die Strafe in Kauf nehmen, unerlaubt einen Helikopter bestiegen zu haben.« Linus zuckte mit den Achseln und zündete sich eine neue Zigarette an. »Ich würde es vermutlich tun.«

»Und jetzt ... jetzt sind sie tot.«

»Selbst schuld. Das war wohl das Risiko, das sie eingegangen sind. Hätte mir auch passieren können.«

»Aber dir wäre es scheißegal gewesen, oder?«, knurrte sie, als ihre Wut den Weg an dem Kloß in ihrem Hals vorbei fand. Alles an ihm machte sie in diesem Moment nur zornig.

»Jo, das wäre mir scheißegal gewesen«, bestätigte er ungerührt.

»Du bist widerlich.«

»Ich weiß. Der liebe Gott hat mich zu dem gemacht, der ich heute bin«, spielte er auf ihren Glauben an und fachte die Wut in ihr damit nur noch weiter an. »Ich danke ihm jeden Morgen, wenn ich mir mit billigem Penny-Gin die Zähne putze. Vielleicht hat er ja noch Krebs oder sowas für mich parat. Ich bin ehrlich gespannt.«

Julija überlegte, ob sie ihrem Drang, auf ihn einzuprügeln, nachgeben sollte, doch ihr Blick fiel erneut auf Mirijam, die er schützend an sich gedrückt hatte und sie schüttelte stattdessen den Kopf.

Lass dich nicht von ihm provozieren, dachte sie und atmete tief ein, um ihren Puls zu beruhigen, der noch immer heftig in ihrer Brust hämmerte und in ihren

Ohren sauste. *Wer weiß, wie du geworden wärst, wenn Mirijam dasselbe zugestoßen wäre wie seinem Kind.*

»Brüssel also, hm? Was soll ich tun? Jemanden unter den Tisch trinken, damit er tut, was du sagst?«, fragte Linus scheinbar belustigt und sein ironisches Grinsen war so fehl am Platz wie seine gesamte hagere Erscheinung, die sie an einen ausgemergelten Vampir erinnerte, der schon seit Jahrhunderten blutleer war.

»Du sollst eine Story vorbereiten, die wir veröffentlichen, falls die Leute in Brüssel nicht zuhören. Nur für den Fall der Fälle«, erklärte sie und musste sich für jedes Wort, das ihre Lippen verließ, anstrengen, um ihre vor Angst und Entsetzen starren Stimmbänder zu bewegen.

»Klingt langweilig.«

»Ich sagte dir doch, dass es mit den Satelliten zusammenhängt.«

»Gibt es geheime Informationen?«

»Vermutlich, ja.«

»Werden die Fettsäcke in Berlin wütend sein, wenn ich veröffentliche, was du geplant hast?«

»Ganz sicher sogar. Vielleicht schicken sie dir ja sogar ein Killerkommando auf den Hals und erlösen dich von deinem Elend.«

Linus wandte den Kopf und warf ihr einen anerkennenden Blick zu. »Sieh mal einer an. Vielleicht wird mir das Ganze ja doch noch Spaß machen.«

»Ich weiß es nicht. Ich hoffe, dass deine bloße Anwesenheit ausreichen wird, damit sich die Fraktionsvorsitzenden in Brüssel gut zureden lassen. Immerhin hängen sie an ihren Jobs wie kaum jemand sonst.«

»Am Telefon hast du gesagt, dass es mit dem ganzen Schlamassel zu tun hat, den der Ausfall der Satelliten erzeugt hat. Ist es das Kessler Syndrom?«

»Nein.« Sie schüttelte müde den Kopf. »Es betrifft lediglich die Satelliten über Kontinentaleuropa. Das Kessler Syndrom hätte sämtliche Satelliten im Orbit betroffen oder zumindest fast alle.«

»Und dieses Problem, für das sie eine Astronomin von der Bundeswehr nach Brüssel einfliegen lassen ... lässt es sich durch meine Story lösen?«

Julija zögerte, als ihr bewusst wurde, dass es nur eine Antwort darauf gab.

»Nein«, gab sie schließlich zu und schüttelte indigniert den Kopf. »Nein, wenn ich richtig liege, gibt es keine Lösung.«

»Jetzt wird es interessant.« Linus schmunzelte um die Zigarette in seinem Mund herum. »Klingt alles genau wie bei meiner großen Enthüllungsstory in den USA.«

»Das hier ist größer, glaub mir.«

12 Linus

Der Presseraum der EU-Kommission war brechend voll. Die Korrespondenten sämtlicher akkreditierter Zeitungen, Fernsehsender und Onlinemedien drängten sich in dem riesigen Saal. Linus hatte dank Julijas früher Einschleusung noch einen der blauen Sitze in der Mitte ergattern können, die ihn an ein altmodisches Kino erinnerten. Es war offensichtlich, dass man den Raum so konzipiert hatte, dass er sich groß, hell und offen darstellte, aber jetzt wirkte er eher wie ein Nachtmarkt in Thailand. In den meisten Reihen saßen nicht bloß Journalisten, sondern sie kauerten auch zwischen den winzigen Abstellflächen an den Rückenlehnen und den Knien der Sitzenden. Auch auf dem Mittelgang und an den Rändern drängten sich Männer und Frauen mit tiefen Augenringen und bunten Halsbändern mit ihren Presseausweisen. Kamerateams hatten das gesamte hintere Ende in Beschlag genommen und richteten ihre Linsen wie Maschinengewehre auf Dreibeinen in Richtung der hell erleuchteten Bühne mit den goldenen Sternen auf blauem Grund.

»Ziemlich viel los, was?«, meinte die junge Frau neben ihm. Sie hatte zimtfarbene Haut und leicht schlitzförmige Augen über breiten Wangenknochen. Er schätzte, dass sie thailändische, vielleicht kambodschanische Vorfahren hatte. Ihr Englisch war jedoch fließend mit einem breiten Akzent, weshalb er tippte, dass sie aus Irland stammte.

»Sieht so aus«, erwiderte er neutral. Er hatte keine Lust auf Smalltalk.

»Ich bin Veronica«, stellte sie sich vor und reichte ihm

lächelnd eine Hand, die er seufzend ergriff.

»Linus.«

»Ah. Personal Press Attaché«, las sie von seinem Presseausweis ab und runzelte die Stirn. Als er nicht antwortete, schob sie schnell hinterher: »Zu wem gehören Sie?«

»Zum CERN.«

»Zum CERN?« Die Journalistin probierte es mit einem weiteren Lächeln, das mehr Frage als Ausdruck echter Emotion darstellte.

Warum müssen Journalisten zu allen Zeiten so verdammt redselig sein? Kann man nicht einfach mal die Klappe halten? Immer dieses Gesabbel, nur weil man nicht akzeptieren kann, dass man aufgeregt ist.

»Ja, ich bin journalistischer Atomphysiker«, log er mit ernster Miene und probierte sich an einem wichtigen Gesichtsausdruck. »Eine seltene Doppelausbildung, aber meine Interessen sind breit gestreut.«

»Wow, Sie müssen lange studiert haben. Sie arbeiten also im Pressezentrum des CERN?«

»Nein, ich bin eher praktischer Physiker und schreibe nur Fachartikel für die Staatssekretäre der Ministerien, die die Gelder an uns freigeben. Für täglichen Kleinkram gebe ich mich nicht her.«

»Aha.« Veronika nickte. Offenbar reichte sein verbaler Durchfall noch immer nicht aus, um sie zu demotivieren, was ihn langsam belustigte. Entweder diese Frau war so aufgeregt, dass es ihr egal war, solange sie nur reden konnte, oder aber sie war so naiv, dass er langsam Interesse bekam, mit ihr zu spielen.

»Was denken Sie, worum es hier heute gehen wird?«

»Na die Satellitenkrise natürlich«, sagte sie sofort und

kicherte, als sie seinen Gesichtsausdruck bemerkte. »Ich meine, sie werden uns hoffentlich Informationen liefern, was passiert ist und wie sie diesen Schlamassel lösen wollen. Sie müssen es schließlich.«

»Wieso?«

»Sie verarschen mich, oder?«

»Nein«, entgegnete er kopfschüttelnd. »Ich weiß natürlich um die Folgen, aber ich will wissen, warum Sie denken, dass er gelöst werden muss.«

»Der gesamte Finanzplatz Europa ist praktisch über Nacht zusammengebrochen und die Wirtschaft folgt mit rasanter Geschwindigkeit. Kein Wertpapierhandel, kein Flugverkehr, keine Navigationsgeräte in Autos, Massenstaus und Unfälle, eingeschränkter Schiffsverkehr, unterbrochene Lieferketten – suchen Sie sich was aus. Verschlimmert wird alles noch dadurch, dass die politischen Entscheidungen und Umsetzungen jetzt unendlich lange dauern, da unsere Entscheidungsträger kaum noch auf das Internet zurückgreifen oder einfach so ihren Standort wechseln können. Das ist eine Katastrophe in nur zwei Tagen und die restliche Welt wird folgen. Langsamer vielleicht, aber sie wird folgen. Europa ist der kaufkräftigste Markt der Welt. Es ist, als wenn Sie zwei Jenga-Steine aus dem untersten Stapel Ihres Turms ziehen müssen. Anfangs schwankt er nur, aber umfallen wird er ganz sicher.« Veronica machte eine wackelnde Bewegung mit einer Hand und zum ersten Mal geriet ihr Lächeln ins Wanken. »Das ist wirklich übel.«

»Die Welt war auch vorher scheiße«, gab er zurück und zuckte mit den Achseln.

»Oh, ein Misanthrop. Kann ich verstehen.«

Verständnisvoll ist sie auch noch, dachte Linus und schnaubte verächtlich.

»Tun Sie das?«

»Ja. Mein bester Freund von der Universität war Auslandskorrespondent der BBC und wurde in Syrien vom Islamischen Staat geköpft. Vor laufenden Kameras und mit einem stumpfen Küchenmesser. Wenn Sie das gesehen haben, ist es mit Ihrer Menschenliebe dahin.«

»Tut mir leid«, sagte er. Zwar konnte er keine echte Anteilnahme in sich finden, aber doch so etwas wie eine Verbindung.

»Ich denke, dass unser Berufsstand es am schwierigsten hat, freundlich auf die Menschheit zu schauen, wenn Sie mich fragen.«

Tue ich nicht.

»Wahrscheinlich.«

»Wir müssen tagein und tagaus über all die schlimmen Dinge berichten, die in der Welt passieren. Jeder Tag ist ein neues Füllhorn schrecklicher Geschehen, die sich auf dem Globus ereignen. Hier explodiert eine Fabrik in Sri Lanka, dort wird jemand in Afghanistan entführt. Im Irak gab es einen Anschlag mit sechzig Toten, die Renten sinken mal wieder und Justin Bieber hat ein neues Album rausgebracht. Die Leute sind süchtig nach schlechten Nachrichten ...«

»... obwohl es sie einen Scheißdreck interessiert«, führte er ihren Gedankengang wie automatisch fort und nickte, bevor er schnaubend kontinuierte. »Die sitzen alle bräsig vor ihren Glotzen und ziehen sich die Scheiße rein, obwohl es sie nicht kratzt, dass irgendwo im Irak Leute in Fetzen gesprengt wurden. *Ah ja, das ist aber schlimm,* denken sie, aber es kratzt sie nicht wirklich. Die sind alle abgestumpft wie zu häufig angespitzte Bleistifte. Das alles passiert weit weg und außerhalb ihres Lebens und trotzdem schalten sie jeden Tag ein und brauchen ihre Dosis schlechter Nachrichten von anderen Menschen. Beim morgendlichen Kaffee vor Tchibo kann man mit anderen darüber sprechen und laut seine politische Meinung kundtun, wie schrecklich die Bonzen in Berlin sind, wie rückständig und dumm die Muslime und wie unzivilisiert die Asiaten, die unter schlimmsten Bedingungen in Fabriken schuften, damit unsere Schuhe nicht mehr als zwanzig Euro kosten. Wenn Sie mich fragen, ist dieser Satellitenausfall das Beste, was uns passieren konnte.«

»Ein kalter Entzug.« Die Kollegin machte ein nachdenkliches Gesicht. »Ich denke nicht, dass das etwas verbessert. Das einzige, was sich ändert, ist eine Verlagerung des Problems. Wir haben jetzt eine Situation, die die Grundfesten der Gesellschaft erschüttert und zwar ganz real bei uns.«

»Genau, jetzt dürfen die Leute in Asien und Afrika vor den Fernsehern sitzen und sich künstlich darüber aufregen, dass Europa vor die Wand fährt.«

»Haben Sie den Start der SpaceX-Rakete gesehen?«, wechselte Veronica so abrupt das Thema, dass sie es tatsächlich schaffte, Linus für einen Moment aus dem Konzept zu bringen.

»Äh, was?«

»Der Start der SpaceX-Rakete. Die haben doch gestern die erste privatfinanzierte Mission zum Mond gestartet.«

»Ich hatte ein paar Empfangsschwierigkeiten was den Fernseher angeht«, entgegnete er sarkastisch.

»Internet.« Sie zückte ein Tablet und tippte darauf herum, bis sie gefunden hatte, was sie suchte und es ihm reichte. Widerwillig nahm er es entgegen und sah die Aufzeichnung eines Livestreams der Firma SpaceX, auf dem eine phallische Rakete zu sehen war, die so riesig war, dass die Dampfwolken an ihrer Unterseite beinahe klein wirkten. Das Kamerabild wechselte und er sah fünf Astronauten in einer futuristischen Kanzel mit Touchpads und aufgeräumtem Design sitzen. Die Visiere ihrer Helme waren groß genug, um ihre Gesichter zu erkennen.

»Ah, dieser reiche Chinese, der sich auf den Mond schießen lässt.«

»Japaner«, korrigierte sie ihn und tippte mit einem rotlackierten Fingernagel auf den Asiaten, der hinter den beiden vorderen Astronauten saß. »Er hat die Mission finanziert und zwei Künstler mitgenommen, die das Ganze nach dem Trip für die Weltöffentlichkeit aufbereiten sollen. Offenbar will er die Raumfahrt wieder populärer machen, damit sie mehr Förderung erhält.«

»Aha.«

»Der Start war erfolgreich.« Sie drückte eine Fläche für *Vorspulen* und sie sahen, wie sich die Rakete langsam und dann immer schneller erhob und über den Küstenstreifen unter sich zog. Im Innenraum schienen die Astronauten zu vibrieren, als stünden sie unter Strom. Die beiden Astronauten vorne sahen konzentriert, aber ruhig aus, während dem ganz rechten Mann hinter ihnen die Angst ins Gesicht geschrieben stand, die Frau die ganze Zeit grinste wie eine Grenzdebile und der Japaner offenbar schrie.

»Sieht aus, als wenn er sich sichtlich freuen würde,

gerade ein paar hundert Millionen Euro verbrannt zu haben«, kommentierte er das Gesehene und reichte ihr wenig interessiert das Tablet zurück.

»Er hat sich einen Traum erfüllt und damit gleichzeitig noch etwas Gutes bewirkt. Man kann als Milliardär sein Geld auch schlechter ausgeben, denken Sie nicht?«

»Nein, das denke ich nicht. Was sollen wir da draußen in der wohl lebensfeindlichsten Umgebung überhaupt? Noch einen weiteren Ort ruinieren? Da kann einem das Universum nur leidtun.«

»Sie sind wirklich nicht besonders gut auf die Menschen zu sprechen, hm?«

»Nein. Wir haben die Erde zu einer Müllhalde voller Idioten gemacht, die Sie auch noch mobben, wenn Sie wissenschaftliche Fakten darüber ansprechen, nur weil sie keine Lust haben, ihre Gewohnheiten zu ändern und sich selbst zu hinterfragen. Stattdessen geilen wir uns an großen Phallussymbolen auf, die wir mit massenweise Brennstoff zu einem Felshaufen schießen, damit ein paar Leute darauf herumhüpfen und schicke Fotos schießen können. Für die Milliarden hätte man auch Entwicklungsprogramme unterstützen können«, redete er sich in Rage und stieß einen Laut aus, der ihn selbst an ein Pferd erinnerte.

Veronica schien einen Moment abzuwägen, ob ihr die Unterhaltung zur Übertünchung ihrer Nervosität noch immer mehr wert war als ihren Zustand schweigend zu ertragen. Schließlich zuckte sie mit den Achseln und verstaute das Tablet in ihrer Tasche.

»Ich finde, dass wir lieber mehrere Optionen haben sollten. Wäre Kolumbus nie nach Amerika gesegelt, säßen wir heute immer noch alle in Europa eingepfercht.«

»Amerika wurde von den Wikingern entdeckt und die haben ihre Entdeckung abgehakt und sind zuhause geblieben. Das hätten wir auch tun sollen. Oder was denken Sie, was die Indianer dazu sagen würden?« Er sah sie erwartungsvoll an, doch er kam ihr mit einer Antwort zuvor: »Ach ja, gar nichts, weil wir die alle abgeschlachtet haben. Heute sind deren einstige Wälder und Steppen in winzige Reservate eingeteilt, in denen sie sich staatlich subventioniert zu Tode saufen dürfen. Die anderen Teile überziehen wir mit unseren Betonwüsten oder als Abbauflächen für Ölsande, um auch den letzten Rest Öl aus der Natur zu quetschen, bevor wir wirklich gezwungen sind, etwas zu ändern. Für wie gut halten Sie also die Idee, lieber nach den Sternen zu greifen, als erst einmal zu lernen mit dem Paradies umzugehen, das uns umgibt?«

»Ich dachte, Sie hassen dieses Paradies?«

»Nur die Leute, die in ihm leben«, erwiderte er und zückte eine Zigarette, die er murrend wieder in seiner Reverstasche verstaute, als sie ihm einen irritierten Blick zuwarf.

Plötzlich kam Aufregung in die versammelten Journalisten und er sah nach vorne. Einige Anzugträger marschierten durch eine kleine Tür auf die Bühne und verteilten sich an die drei Stehpulte. Es handelte sich um alte, graue Männer mit speckigen Gesichtern, wie man sie immer in den Acht-Uhr-Nachrichten sah. Den Mann in der Mitte erkannte Linus anhand seiner dicken Hornbrille als den Präsidenten der EU-Kommission.

»Danke, dass Sie alle hier sind«, begrüßte der Politiker die versammelten Journalisten – Linus schätzte, dass es an die zweihundert sein mussten. Das kalte LED-Licht auf der Bühne ließ den Kommissionspräsidenten wie eine Leiche aussehen – ein Eindruck, der durch seine mächtigen Tränensäcke und die dunkle Verfärbung unter seinen Augen noch verstärkt wurde. Linus schätzte, dass er seit den ersten Satellitenausfällen nicht mehr geschlafen hatte, da sich die gesamte politische Elite des Kontinents im Krisenmodus befand.

»Wie Sie alle wissen, haben vor achtunddreißig Stunden sämtliche Satelliten über Europa ihren Betrieb eingestellt. Das gilt sowohl für solche in einem geostationären Orbit als auch solche, die den Himmel über Europa gekreuzt haben. Sämtliche Satelliten in einem kreisförmigen Bereich haben ihre Positionen verlassen, oder sind von unseren Überwachungssystemen verschwunden. Aktuell liegen der Europäischen Kommission keinerlei verlässliche Daten oder Aussagen vor, was diese Veränderung hervorgerufen haben könnte. Wir können der Öffentlichkeit aber versichern, dass wir mit sämtlichen Behörden in Kontakt stehen, besonders mit der europäischen Raumfahrtbehörde ESA, genau wie mit unseren Partnern in den USA, Japan, Russland, China und Indien. Das Hauptaugenmerk unserer Arbeit liegt aktuell in der Wiederherstellung der öffentlichen Ordnung und des öffentlichen Lebens. Durch den Verlust der Satellitenkontakte mussten die Börsen vorübergehend geschlossen werden, wie Sie alle wissen. Wir werden aber möglichst schnell dafür sorgen, dass der normale Betrieb an den Finanzplätzen wieder fortgeführt werden kann.«

»Wie wollen Sie das machen?«, rief jemand aus dem

Publikum dazwischen und der Kommissionspräsident sah kurz auf, bevor er eine Hand hob und herrschaftlich den Kopf schüttelte. »Bitte beachten Sie das Protokoll. Für Fragen warten Sie bitte, bis ich mein Eingangsstatement beendet habe.«

»Wir wissen, was das Problem ist. Auf unsere Fragen erhalten wir aber seit gestern keine Antworten«, warf jemand anders – der Stimme nach eine Frau – ein und die Miene des Politikers verzog sich, als hätte er in eine Zitrone gebissen. Zu Linus' Überraschung nickte er resigniert und deutete auf eine Person in der ersten Reihe, die er nicht sehen konnte.

»Also gut. Frau Migeot von France Télévisions, bitte.«

»Danke, Herr Präsident. Sie haben gesagt, dass Sie noch nichts über die Ursache der Satellitenkrise wissen, können Sie uns mitteilen, was die möglichen Gründe sind, die auf dem Tisch liegen?«

»In diesem Augenblick wäre jede meiner Aussagen reine Spekulation, was in der aktuellen Situation nicht besonders hilfreich ...«

»Entschuldigen Sie, Herr Präsident, aber die Leute spekulieren doch ohnehin schon und Ihre Weigerung, die Möglichkeiten zu benennen, machen es bloß noch schlimmer. Haben Sie Anhaltspunkte dafür, dass es sich um einen Angriff der Russen oder Chinesen auf unsere Satelliten-Infrastruktur handeln könne?«, beharrte die schwarzhaarige Frau in der ersten Reihe und setzte sich wieder hin.

»Aktuell gibt es keine Hinweise, dass es sich um einen Angriff handelt«, versicherte ihr der Kommissionspräsident, doch Linus glaubte ihm kein Wort. »Da ebenfalls Satelliten der Russischen Föderation und der Volksrepublik China betroffen sind, ist nicht davon auszugehen.«

Nicht davon auszugehen, wiederholte Linus in Gedanken. *Das bedeutet, dass die Option auf dem Tisch lag.*

»Herr Teuben von der ARD, bitte«, rief der Kommissionspräsident den nächsten Journalisten auf.

»Danke, Herr Präsident. Die Ordnungskräfte der europäischen Staaten sind seit mehr als dreißig Stunden im Dauereinsatz, um für die öffentliche Sicherheit zu sorgen. Überall kommt es zu Plünderungen und Hamsterkäufen, weil es immer wieder zu Stromausfällen kommt. Was tun Sie aktuell dagegen, dass unsere Sicherheitskräfte bald zusammenbrechen, weil sie das aktuelle Dienstaufkommen nicht mehr stemmen können, und wie wollen Sie die Probleme mit den Stromnetzen in den Griff bekommen?«

»Das waren zwei Fragen, Herr Teuben, bitte halten Sie sich an die Regeln.« Der Kommissionspräsident seufzte und beugte sich ein wenig über sein Stehpult wie eine Eule. »Das Problem mit den Stromnetzen ist schwer zu lösen. Wir könnten zwar die Stromexporte der Überschussländer stoppen, damit sie ohne die dynamische Netzanpassung keine Ausfälle im eigenen Land mehr haben. Aber das würde bedeuten, dass die Länder, die Strom importieren, ohne dastehen. Ich muss Sie nicht daran erinnern, dass wir eine Solidargemeinschaft bilden. Wir arbeiten daran, das Problem zu lösen.«

»Wie?«, rief jemand.

»Was die zweite Frage angeht: Unsere Polizistinnen und Polizisten leisten hervorragende Arbeit und wir prüfen momentan mehrere Optionen, wie wir sie entlasten können«, überging der Kommissionspräsident die Frage und deutete auf eine andere Person. »Frau Demetriou, von Elliniki Radiofonia Tileorasi, bitte.«

»Danke, Herr Kommissionspräsident. Schließen diese Optionen auch den Einsatz vom Militär im Inland ein?«

»Diese Frage kann ich Ihnen nicht beantworten, Frau Demetriou, das wissen Sie. Die Frage nach dem Einsatz des Militärs im Inland ist eine Frage, die ausschließlich die Mitgliedsstaaten entscheiden können. Ich weiß, dass das in Ihrem Land beispielsweise ganz anders aussieht als in Deutschland. Die Hürden dafür sind in vielen Staaten sehr hoch.«

»Was für eine gequirlte Scheiße«, brummte Linus und Veronica machte große Augen, als sie ihn ansah.

»Was denn?«, fragte er und schüttelte den Kopf. »Der Kerl hat bis jetzt nicht einen Sachverhalt gesagt, den wir nicht schon wussten, oder? Ich hasse diese Pinguine.«

»Pinguine?«

»Verkackte Anzugträger.«

»Sie sollten ... hey, was machen Sie da?«, fragte seine Sitznachbarin perplex, als er sich einfach hinstellte und wartete.

Das aktuelle Zwiegespräch – oder Witzgespräch, wie er fand – ignorierte er und wartete ab, bis sich immer mehr Leute zu ihm umdrehten und allgemeines Gemurmel aufkam.

»Eine Frage, Herr Kommissionspräsident?«, rief Linus laut und sah aus den Augenwinkeln das Sicherheitspersonal auf sich zukommen. Durch den vollkommen verstopften Gang und die Sitzreihe würden sie allerdings lange brauchen, bis sie ihn erreichten.

»Sie sind nicht dran, Herr ...«

»... Linus Karlsson.«

Kurze Zeit wurde es still und in der Miene des Kommissionspräsidenten arbeitete es. Offenbar erinnerte er sich an seinen Namen, konnte ihn aber nicht wirklich zuordnen. Vielleicht lag es daran, dass er ihn nicht in diesem Raum erwartet hatte und eins und eins nicht zusammenbringen konnte.

»Halten Sie sich bitte an die Regeln, Herr Karlsson«, sagte der Kommissionspräsident schließlich und wollte fortfahren, als Linus einfach weitersprach.

»Sie können gerne dabeibleiben, aber ich habe keine Lust meine und die Zeit meiner Kollegen hier zu verschwenden. Sie haben keine einzige Frage beantwortet. Das hier ist eine Pressekonferenz, oder?« Gekicher wurde laut und vereinzelt wurde geklatscht, während der Vorsitzende der mächtigen EU-Kommission durch das Mikrofon hörbar mit den Zähnen knirschte.

»Ja, wie Sie wissen ...«

»Gut«, fuhr Linus ihm dazwischen, während Veronica neben ihm in ihrem Sitz immer weiter hinabsank. Es widerte ihn an, dass Leute selbst im Angesicht einer existenziellen Krise noch so viel Wert darauf legten, was andere über sie dachten. Ihm war es egal. »Dann bin ich hier ja doch richtig und Sie haben sicherlich kein Problem, mir folgende Frage zu beantworten: Sie haben vor kurzem Experten von CERN und ESA mithilfe des Militärs eingeflogen. Was haben diese Fachleute als mögliche Gründe und Lösungen auf den Tisch gelegt?«

Ein Raunen ging durch die Menge. Offenbar wusste niemand davon, dass das Militär eingeschaltet worden war, um bestimmte Personen herzuholen. Schlagartig wurde es still im Raum.

»Ich weiß nicht, woher Sie diese Information haben,

aber …«

»Bitte. Beleidigen Sie uns nicht, indem Sie es leugnen, ich war selbst an Bord eines der Helikopter.«

Dem Kommissionspräsidenten entglitt seine Miene für eine Sekunde, was Linus so etwas wie einen Funken Zufriedenheit verschaffte, und sah zu seinen beiden Kollegen, bevor er sich räusperte und wieder ihn fixierte.

»Die Pressekonferenz ist beendet«, sagte er knapp, nahm seinen Stapel Papier und lief unter dem aufbrausenden Proteststurm der Journalistenschar aus dem Raum. Wütendes Gemurmel umwehte Linus, das sich bestimmt zur Hälfte gegen den Präsidenten und ihn richtete, der dafür gesorgt hatte, das niemand mehr die Fragen stellen konnte, für die sie bezahlt wurden.

Immerhin hatte er jetzt schon einmal das Feld für das bereitet, was zu tun er hier war. Zumindest das, was er glaubte, das Julija ihn tun lassen wollte. Zufrieden schob er sich durch die Reihen und zuckte ungerührt mit den Achseln, wann immer böse Blicke ihn trafen.

13 ZWISCHENSPIEL

Es war gerade sechs Uhr fünfzig, als Lisa Lohmann zum zehnten Mal auf ihre Armbanduhr sah und schließlich frustriert die Fäuste ballte.

»Sie kommen tatsächlich nicht«, sagte sie laut und rückte ihr rotes Poloshirt mit dem goldumrandeten Namensschild zurecht, das sie als Filialleiterin kennzeichnete.

»Wahrscheinlich sind die im Stau hängen geblieben, oben zwischen Lauenau und Rehren«, meinte Faruk, ihr langjähriger Mitarbeiter, und kratzte seinen dichten schwarzen Bart. Gemeinsam sahen sie durch die breite Schaufensterfront auf den Parkplatz, der deutlich größer war als das tatsächliche Supermarktgebäude. Dort standen nur einige wenige Wagen geparkt, dafür aber bereits eine Menge mehrerer hundert Männer und Frauen.

»Ich sehe keine Kinder«, murmelte Lisa und sah zu Emily hinüber, die mit eingestecktem Schlüssel an der Steuerung für die elektrisch getriebenen Stahlrollläden stand und auf ihr Zeichen wartete. Auch sie wirkte nervös.

»Was?«, fragte Faruk.

»Keine Kinder!«, sagte sie lauter als beabsichtigt und knetete ihre feucht gewordenen Finger. »Das sind nur Männer und Frauen. Alte Leute sind da auch nicht. Alte Leute sind aber immer die ersten, die direkt zur Ladenöffnung vor der Tür stehen.«

»Du denkst doch nicht, dass ...«

»Doch, das denke ich. Ich bin gestern extra zur Polizei gefahren, weil ich mit dem Telefon nicht durchgekommen bin. Nur um mich von denen abwimmeln lassen zu müssen, weil sie keine freien Streifenwagen hätten.«

»Mach dir keine Sorgen, die Leute werden schon nicht gleich ausrasten, nur weil ein paar Produkte fehlen«, versuchte Faruk sie zu beruhigen, doch Lisa war weit über jeden Punkt der Beruhigung hinaus. Sie hatte Angst, dass eine Situation entstehen würde, die sie nicht unter Kontrolle hatte, Angst, ihren Job zu verlieren, Angst, sich zu verschulden, wenn die Versicherung nicht bezahlte und man ihr die Schuld gab, weil sie falsch entschieden hatte.

»Ein paar Produkte?«, geiferte sie und packte ihn an der Schulter, um ihn in Richtung der Regalreihen zu drehen, von denen etwa die Hälfte leer war. Es fehlten keine ganzen Reihen, sondern immer wieder Produkte zwischendrin, als wäre löchrig einsortiert worden.

»Na ja, es fehlt schon viel, aber die Leute können immer noch mehr als genug kaufen. Wir haben noch jede Menge Zucker, Mehl und H-Milch.«

»Ja, aber kaum frische Produkte mit niedrigem Haltbarkeitsdatum. Keine frische Milch, minimal Butter, Joghurt, Wurst, kein Frischfleisch, wenig Käse und wir haben keine Eier, weil wir die nächste Lieferung nach der Chargenvernichtung vom Gutshof heute bekommen sollten, schon vergessen?«, meckerte sie ihn an, als sei das alles seine Schuld. Ein Teil von ihr realisierte, dass sie ihm Unrecht tat, doch ihre Angst ließ nicht zu, dass sie diesem Teil eine Stimme verlieh.

»Also gut, sollen wir das Gitter wieder schließen?« Faruk blieb ruhig und sah sie abwartend an.

»Ich weiß es nicht. Ich weiß nicht, was ich tun soll. Wenn ich den Laden jetzt wieder schließe, kriege ich vielleicht Ärger mit der Geschäftsleitung wegen eines vollen Tages Verkaufsausfalls. Wenn ich jetzt zumache, werden die Leute möglicherweise wütend.«

»Aber wenn die erstmal alle hier drin sind und dann wütend werden, bekommen wir sie nicht mehr hinaus, weil keine Polizei da ist«, komplettierte Faruk ihr Dilemma und sie atmete zischend ein.

»Ja.«

Draußen wurden erste Rufe laut und vereinzelte Leute klopften heftig gegen die Scheibe und deuteten auf ihre Armbanduhren.

Mein Gott, es ist erst sieben Uhr eins. Was ist los mit diesen Leuten?

»Die sind echt verzweifelt. Seit zwei Tagen gibt es Lieferengpässe und die meisten haben wahrscheinlich Angst, bald kein Essen mehr zu bekommen, dabei verzögert sich doch alles nur ein bisschen.«

»Ein bisschen?«, fragte sie und schüttelte den Kopf. »Wegen des verdammten Stromausfalls gestern mussten wir schon mehrere Tonnen wegschmeißen. Ich glaube nicht, dass wir die einzige Region sind, die davon betroffen ist.«

Sie überlegte einen Moment, während das Pochen an den Schaufensterscheiben immer lauter und drängender wurde. Dann gab sie Emily einen Wink und die junge Mitarbeiterin sah aus, als würde ihr ein Stein vom Herzen fallen, als sie den Schlüssel umdrehte und sich die Gitterjalousie langsam senkte.

Als die Menge das sah, schwollen wütende Rufe zu allgemeinem Geschrei an und erste Fäuste wurden in ihre Richtung geschwungen.

»Schneller, schneller«, murmelte Lisa angespannt und

hätte am liebsten selbst an dem Gitter gerissen, das aussah, als würde es sich in Zeitlupe bewegen.

Als die ersten Menschen mit Steinen und Mülleimern begannen, die Scheiben einzuschlagen, hatte die Jalousie nicht einmal die Hälfte zurückgelegt.

14 Kashikoi

»Fuck!«, fluchte Marcus neben ihm und sprach damit genau das aus, was sie wahrscheinlich alle dachten.

»Keine Panik«, versuchte Michelle, sie zu beruhigen, während sie hastig Eingaben auf ihrer Konsole machte. »Wir haben genügend Treibstoff und hinlänglich Vorwarnzeit, um den Trümmern auszuweichen.«

»Können die überhaupt alles registrieren am Boden?«

»Alles ab zirka einem Zentimeter Größe.«

»Aber schon Objekte, die deutlich kleiner sind, können uns in einer Nanosekunde zersieben, wenn sie mit Orbitalgeschwindigkeit durch unsere Hülle jagen, oder?«, fragte Marcus am Rande der Hysterie.

»Durch die größeren Teile wissen wir, wo sich die Wolke befindet und wie schnell sie sich bewegt. Damit haben wir ein klares Zeitfenster.« Die Astronautin klang beherrscht und geradezu routiniert, doch Kashikoi wusste, dass es ernst war. Der zuvor noch ausgelassene Plauderton der Amerikanerin war einer professionellen Kälte gewichen, die er aus dem Unternehmerumfeld aus Krisensituationen kannte. Diese Art Mensch konnte Emotionen und sogar Angst beiseiteschieben, wenn es darauf ankam. Das bedeutete aber auch, dass erst einmal Angst vorhanden gewesen sein musste, die beiseitegeschoben werden konnte. Vor dem Astronautenprogramm bei SpaceX, das sich als hartes und extrem vielseitiges Training erwiesen hatte, war er der Illusion erlegen, dass man dort lernte, keine Angst mehr zu haben. Das war aber nicht der Fall gewesen. Im Gegenteil hatte man ihnen bei der *Ausbildung Light*, wie ihr Ausbilder es genannt hatte, eingetrichtert, dass Angst ein guter Indikator für verschiedene Dinge sei: Erstens, dass man handeln müsse und dafür handlungsfähig bleiben solle, und zwar um jeden Preis. Zweitens, dass Eile geboten ist und drittens, dass man dem Überlebenstrieb eine Richtung geben muss. Kashikoi hatte das schnell eingeleuchtet. Im Prinzip ging es darum, eine Situation zu analysieren, indem man aufgrund von Angst merkte, dass etwas nicht stimmte. Im nächsten Schritt handelte man in einer strukturierten Richtung, beispielsweise nach den Notfallhandbüchern, die sich unter ihren Sitzen und auf ihren Computern befanden. Das gab dem Überlebenstrieb Aufgaben, die er abarbeiten konnte, statt zu grübeln und die Angst immer weiter zu nähren.

Er machte sich also keine Sorgen um seine beiden Mit-Touristen. Sie hatten Angst, ja, aber das war erwartbar gewesen. Es gab immer ein bestimmtes Pensum bei der Vorbereitung einer Sache, die man vorher nicht simulieren kann – wie einen Flug ins All. Bei ihren Flügen im Kotzbomber jedenfalls hatte er deutlich mehr um sein Leben gefürchtet als jetzt. Ein altes Flugzeug, das in waghalsigen Wellenbewegungen durch die Luft raste, war ihm deutlich weniger geheuer als eine Rakete im Vakuum, wo sie immerhin in keine Richtung fallen und zerschellen konnten.

Dafür können wir von Mikroschrott zerfetzt werden, rief er sich in Erinnerung und starrte angespannt aus den kleinen Fenstern, die sie wie ein Halbkreis umgaben, links mit der blau leuchtenden Erde verwöhnten und rechts mit tiefer Schwärze bedrohten. Er stellte sich unwillkürlich vor, wie in diesem dunklen Nichts plötzlich glitzernde Teilchen auftauchten und immer größer wurden.

Das war natürlich Unsinn, da die Trümmerstücke der kollidierten Satelliten so klein waren, dass er sie nicht würde sehen können, und sich so schnell bewegten, dass er nicht einmal realisieren würde, dass er gerade zerfetzt wurde.

»Ground Control hat sämtliche Eingaben überprüft und abgewunken«, informierte Peter Browning sie über Funk und seine Stimme echote mehrfach durch Kashikois Helm, in dem sich nur sein Atem als rauschendes Auf und Ab abhob. »Beginne jetzt mit Kurskorrektur. Da wir ein wenig beschleunigen müssen, werdet ihr das spüren, aber keine Sorge, maximal vier G.«

Vier G, wiederholte er im Kopf und kniff schon einmal die Augen zu, als ein Ruck durch ihr Schiff ging und sie nach vorne katapultiert wurden. Der Schub dauerte nur vier Sekunden, doch jede dieser Sekunden sandte Wellen heftiger Schmerzen durch seine Gelenke, die ihm beinahe den Atem raubten.

Nicht so schlimm wie der Start, nicht so schlimm wie der Start, sagte er sich mantraartig in Gedanken und atmete bewusst ein und aus wie eine Schwangere bei der Entbindung.

»Schubphase abgeschlossen. Angepasster Anflugvektor an Triebwerksmodul angeglichen«, meldete Peter. »Trümmerwolke passiert uns in vierundzwanzig Sekunden.«

»Sieht alles gut aus«, meinte auch Michelle und hob einen Daumen nach oben. Kashikoi, Masha und Marcus taten es ihren beiden Kommandanten gleich, wie sie es abgesprochen hatten, und so etwas wie Erleichterung legte sich über sie. Trotzdem war die Stimmung noch immer beklemmend.

»Sind wir jetzt in Sicherheit?«, fragte Marcus.

»Mit ziemlicher Gewissheit, ja.« Es war erneut Michelle, die antwortete, während ihr Kommandant damit beschäftigt schien, irgendetwas auf seinem Display einzustellen. »Zu hundert Prozent wissen wir es, wenn uns die Wolke passiert hat, was in diesem Moment geschehen ist.«

»Wie?«, fragte Marcus verdutzt.

»Die Trümmerwolke hat uns soeben passiert.«

»Einfach so? Wir sind durch?«

»Ja.«

»Aber ...«

»Aber du hast nichts gesehen oder gefühlt, weil wir nicht getroffen wurden. Ist ja nicht so, als würdest du einen Feuerstrahl vorbeifliegen sehen.« Michelle klang noch immer ganz geschäftsmäßig, als sei das alles nur ein Routineflug.

»Heilige Scheiße, dieser Ort ist wirklich nicht für Menschen gemacht.«

»Der Ozean auch nicht«, warf Kashikoi ein, um ihn indirekt an seine Aufgabe zu erinnern. »Trotzdem haben wir irgendwann angefangen, nicht mehr darin zu ertrinken, sondern ihn mit Schiffen zu bereisen. Genauso war es auch mit der Luft. Beim Fliegen rast du durch Luft bei minus sechzig Grad Celsius. Sehr lebensfeindlich und trotzdem sicher.«

»Stimmt schon, aber hier habe ich das Gefühl, gar nicht zu verstehen, was gerade abgeht.«

»Das liegt daran, dass du darin nicht ausgebildet wurdest«, meldete sich wieder Michelle zu Wort und ihre Stimme klang sehr milde.

Marcus brummte bloß und sah wieder aus den Fenstern zu den Sternen.

»Wir bekommen gerade eine Meldung von Ground Control rein, ich schalte euch alle zu«, funkte Peter irgendwann, vielleicht nach zwanzig Minuten, soweit Kashikoi das abschätzen konnte.

»Moon One, hier Ground Control. Wir haben eine Nachricht von der NASA erhalten, dass eine Gravitationsanomalie in der Nähe des Saturns gesichtet wurde, die sich offenbar auf die Erde zubewegt.«

»Gravitationsanomalie?«, fragten Kashikoi, Marcus und Masha gleichzeitig.

»Ja, irgendein Objekt hat die Saturnringe verweht, die sich nach dem Vorbeiflug erst langsam wieder in ihren normalen Orbit einfügen werden«, bestätigte die männliche Stimme aus dem Kontrollzentrum in Hawthorne.

»Vorbeiflug? Was ist es denn? Eine Gravitationsanomalie kann ja so ziemlich alles mit einer Masse sein«, schaltete sich jetzt auch Peter ein.

»Wir wissen es nicht, NASA weiß es nicht. Sie haben uns Bilder vom Hubble geschickt, die allerdings nur die betroffenen Bereiche der Saturnringe zeigen. Es ist kein Objekt sichtbar – zumindest nicht im optischen Spektrum. Aktuell richten die Jungs von der NASA ihre anderen Teleskope aus, um auch mit Ultraviolett, Infrarot, Gamma und Röntgen nach der Anomalie zu suchen. Vielleicht lag sie einfach nur im Schatten Saturns.«

»Dann hätten wir aber auch die Ringe nicht sehen können, oder?«

»Wir wissen es wirklich nicht. Wir haben die Bilder und einen anhand der Verwehungen berechneten Kurs der Anomalie, was auch immer das wert ist. Es kann alles und nichts sein, vielleicht hat auch jemand die

Bilder ganz einfach gefälscht«, meldete der Mann aus dem Kontrollzentrum und der letzte Teil des Satzes klang wie ein mentales Achselzucken.

»Irgendeine Statusänderung unserer Mission?«, fragte Peter jene Frage, vor der sich Kashikoi am meisten gefürchtet hatte.

»Elon will, dass ihr das entscheidet. Eine Rückkehr jetzt ist ebenso riskant wie abzuwarten, was geschehen wird. Gerade wegen der neuen Trümmerwolke wissen wir noch nicht, wie sich das auswirken wird. Im schlimmsten Fall haben wir es mit einem Kaskadeneffekt bis hin zum Kessler-Syndrom zu tun. Was diese angebliche Gravitationsanomalie angeht, wissen wir ehrlich gesagt nicht, was wir denken sollen. Darüber grübelt aktuell die halbe Belegschaft.«

»Wir besprechen das, danke Ground Control.« Peter trennte die Verbindung und überprüfte ein letztes Mal den Autopiloten auf Rendezvouskurs mit dem Treibstoff- und Antriebsmodul, bevor er sich gemeinsam mit Michelle zu ihnen umdrehte, indem er seinen Sitz auf Knopfdruck herumfahren ließ. Nachdem ihr kleiner Kreis gebildet war, blickte er sie nacheinander an und nahm seinen Helm ab, den er in der Halteklammer über seiner Schulter einrasten ließ.

»Also Leute«, sagte er, nachdem sie es ihm gleichgetan hatten und mit verschwitzten Hauben dasaßen. »Irgendetwas passiert am Saturn, was keiner erklären kann. Gleichzeitig passiert auch etwas über Europa, was ebenfalls keiner erklären kann. Das sind ziemlich viele seltsame Vorkommnisse für einen so kurzen Zeitraum und die Probleme ähneln sich offenbar. Irgendein Gravitationseffekt zerrt an den Eisbrocken beim Saturn und gleichzeitig auch an den Satelliten über Europa. Das ist ... ich habe keine Ahnung was das ist.«

»Du bist der Kommandant«, sagte Michelle tonlos. »Es ist allein deine Entscheidung, ob wir abbrechen oder nicht.«

Abbrechen, wiederholte Kashikoi innerlich und spürte, wie ihm das Blut in den Adern gefror. *Wir können nicht abbrechen. Wir DÜRFEN nicht abbrechen.*

»Nein, Michelle.« Peter schüttelte den Kopf. Er sah irgendwie steif und verklemmt aus, was aber auch daran liegen konnte, dass ihm die Sicherheitsgurte kaum Bewegungsfreiheit ließen. Dem Protokoll entsprechend mussten sie noch eine weitere halbe Stunde angeschnallt bleiben, bis sie die letzten Satellitenbahnen passiert hatten. »Das hier können wir nur zusammen entscheiden. Es geht nicht nur um mein Leben, sondern auch um das der anderen.«

»Okay, was sind unsere Optionen?«, fragte Kashikoi, der wegen seiner Erfahrungen als Leiter eines riesigen Unternehmens wusste, dass es wichtig war, bei Entscheidungsprozessen schnell die Initiative zu übernehmen. Ansonsten blieb am Ende nur die Möglichkeit des Abnickens übrig und damit hatte er sich noch nie zufriedengegeben.

»Wir können umkehren und uns einen sicheren Rückkehrkurs berechnen lassen, oder wir setzen die Mission fort und hoffen darauf, dass auch in zwei Wochen das Fenster noch offen und diese Gravitationsanomalie nicht in unserem Weg ist.«

»Was sind die jeweiligen Gefahren?«

»Wenn wir jetzt zurückkehren, könnte es schwierig sein, einen sicheren Kurs zu berechnen, weil wir noch nicht wissen, ob sich die Trümmerwolke ausweitet und wenn ja, wie stark und in welche Richtung«, zählte Peter auf und hob einen Finger. Dann kam ein zweiter hinzu. »Wenn wir in zwei Wochen wie geplant zurückkehren, könnte es zu einem Kessler-Syndrom gekommen sein, also einer unkontrollierbaren Kettenreaktion aus Trümmern, die immer weitere Satelliten zerstören und damit die Trümmerwolke immer dichter machen, bis die gesamte Erde unter einer zwanzigtausend Stundenkilometer schnellen Splitterwolke verborgen liegt. Dann gibt es keinen Weg zurück und für die da unten keinen Weg mehr hier rauf. Das ist das Ende nicht nur der bemannten, sondern auch der unbemannten Raumfahrt, mindestens für Jahrzehnte, wenn nicht Jahrhunderte. Aktuell gibt es für diese übrigens gar nicht unwahrscheinliche Prognose keine Lösungsansätze und was passiert, wenn wir erstmal keine Satelliten mehr haben, sehen wir aktuell in Europa. Ich glaube also nicht, dass man so schnell eine Lösung entwickeln kann.« Ein weiterer Finger kam hinzu, während Kashikoi schwer schluckte. Er hatte von dem Kessler-Syndrom gehört und es hatte ihm einen riesigen Schrecken eingejagt. Die Vorstellung, dass ihr Heimatplanet in einem selbstgeschaffenen Gefängnis aus Müllgeschossen vergraben werden konnte, jagte ihm einen Schauer über den Rücken. »Variante Drei ist, dass diese Gravitationsanomalie tatsächlich existiert, tatsächlich unterwegs zur Erde ist und tatsächlich hier einen Effekt hat. In diesem hypothetischen Fall allerdings habe ich keine Ahnung, wie sich das auswirken würde.«

»Die Wild-Card«, übersetzte Kashikoi und erntete dafür verständnislose Blicke. »So nennen wir in Unternehmerkreisen ein Ereignis, das sehr unwahrscheinlich ist, aber bei seinem Eintreten wahrscheinlich extrem starke, unvorhersehbare Auswirkungen hätte«, erklärte er und hob beide Handflächen nach oben. »Eine Menge Unbekannte, wenn ihr mich fragt.«

»Dieses Kessler-Syndrom«, warf Masha ein und sah mit gerunzelter Stirn in die Schwärze hinaus. »Das klingt wirklich übel. Ich will hier draußen nicht ausgesperrt sein.«

Marcus grunzte zustimmend, während Peters und Michelles Mienen reglos blieben.

»Wenn ihr mich fragt, ist die einzige Variante, von der wir die meisten Variablen kennen, die Fortführung unserer Mission«, entgegnete Kashikoi schnell genug, um den anderen zuvorzukommen und gerade noch langsam genug, um nicht nervös oder drängend zu klingen. »Wir wissen, wo wir hinwollen, wir haben durchgeplant, wie lange es dauern wird und wie wir fliegen und wir sind gut vorbereitet. Die beiden anderen Varianten, sofortige Rückkehr und Gravitationsanomalie, sind in meinen Augen am gefährlichsten. Das ist, als wenn ich mit meinem Produkt in einen fremden Markt gehe, ohne im Vorfeld die geringste Marktforschung durchgeführt zu haben. Das kann nur im Desaster enden. Die aktuellen Trümmer sind nicht kartografiert und stellen ein unkalkulierbares Risiko dar, genau wie eine Notfallrückkehr. Klar, solche Pläne gibt es, aber sie sind eben nur für den Notfall gedacht, wie bei Apollo Dreizehn. Hektik zieht immer Fehler nach sich und jeder Fehler hier draußen ist potenziell tödlich. Wenn wir es dann doch schaffen und das Kessler-Syndrom nicht eintritt, werden wir uns ärgern, dass wir jetzt, wo wir schon das Schlimmste überstanden haben, einen Rückzieher gemacht haben.«

»Aber das Risiko ...«, wandte Marcus ein, doch Kashikoi unterbrach ihn sofort.

»Wenn ich zwischen Stillstand und Risiko entscheiden muss, entscheide ich mich immer für das Risko. Sonst wäre ich heute nicht da, wo ich bin.«

»Im Orbit mit einer Trümmerwolke im Rücken und einer Gravitationsanomalie vor der Brust?«, fragte Masha ironisch und er warf ihr einen sauren Blick zu.

»Ich meine es ernst, Leute. Denkt darüber nach.«

»Ich denke, dass er recht hat«, erhielt er unerwartete Schützenhilfe von Peter, der nachdenklich nickte. Kashikoi fand, dass er mit seinen grauen Schläfen in diesem Moment wie ein sinnierender Großvater aussah – ein Großvater, der offenbar ausreichend Weisheit besaß, um keine falschen Entscheidungen zu treffen.

»Was ist, wenn die Krise in Europa schlimmer wird?«, fragte Marcus und Kashikoi musste sich beherrschen, um nicht mit den Augen zu rollen. Warum musste es in jeder Gruppe jemanden geben, der immer nach dem Haar in der Suppe und dem kleinsten Risiko suchte? Was half ihnen das in diesem Moment? Nichts. Und warum hatte er dieses zaghafte Verhalten in der Auswahl nicht gezeigt?

Vielleicht hat der Weltraum diesen Effekt auf Leute, wer weiß das schon. Plötzlich ist man vollkommen allein und nur noch durch eine Komposithülle vom lebensfeindlichen Vakuum getrennt, in dem dich nicht einmal mehr jemand schreien hört.

»Die Europakrise ist jetzt schon so schlimm, wie sie nur sein kann. Ich habe im Newsfeed von Ground Control gelesen, dass einzelne Mitgliedsstaaten bereits ihre Armeen im Inland einsetzen, um die innere Sicherheit aufrechtzuerhalten. Wenn ihr mich fragt, wäre ein Kessler-Syndrom ohnehin das Ende für die Zivilisation, da können wir unsere Karten auch lieber gleich auf einen positiveren Ausgang setzen«, erwiderte Peter gelassen und zuckte mit den Mundwinkeln. »Aber wir sollten das abstimmen, damit wir alle an der Entscheidung beteiligt waren. Wie ich schon sagte: Das hier ist etwas, das ich nicht alleine entscheiden kann und will. Wir sind keine militärische Mission und ich werde vom Recht als Kommandant nur Gebrauch machen, wenn es um die Sicherheit dieser Mission geht.«

»Tut es das nicht gerade?«, fragte Masha.

Peter sah die Fotografin einen Moment an und nickte. »Ja, das tut es in der Tat, aber das betrifft die Gesamtlage und nicht die unmittelbare Sicherheit des Schiffs. Jede Variante ist ab diesem Punkt gefährlich, so ist das eben hier draußen.«

»Also gut, Leute. Stimmen wir ab. Wer ist dafür, mit der Mission fortzufahren?«, schaltete sich Michelle ein, die offenbar keine Lust mehr hatte, zu warten.

Kashikoi hob seine Hand, dann Peter und nach einem Seitenblick zu ihrem Kollegen auch Michelle. Masha seufzte kurz und hob ebenfalls die Hand, bevor auch Marcus seufzte und die Hand hob.

»Scheiß drauf«, meinte der Autor. »Wenn wir nicht zurückkönnen, kenne ich wenigstens die Rezensenten meines neuen Buches und weiß wo sie wohnen, damit ich sie verprügeln kann, wenn sie Mist schreiben.«

Kashikoi grinste. *Wenn wir hier draußen draufgehen, war es das wert.* Erneut konzentrierte er sich auf seine

Gelenke, in denen nur noch ein ferner Funken Schmerz zu spüren war. Er war zu einem leisen Echo verklungen, das kaum mehr war als eine Erinnerung, als habe es ihn nie gegeben. Niemand, der nicht einmal Schmerzpatient gewesen war, würde nachvollziehen können, dass man sein gesamtes Leben ohne zu zögern gegen nur zwei Wochen der Schmerzfreiheit eintauschen würde. Oder einen einzigen Tag.

Der Rest ihres Fluges zum Antriebsmodul dauerte noch fünfzig Stunden, die sie in ihren winzigen Privaträumen und dem gemeinsamen Wohnmodul verbrachten. Die meiste Zeit spielten sie mit der Schwerelosigkeit, indem sie Peters und Michelles Anweisungen folgten, um zu lernen, wie man sich in ihr bewegte. Schnell artete das Ganze jedoch in Spielereien aus, gegen die die beiden echten Astronauten nichts einzuwenden hatten. Kashikoi schätzte, dass sie es begrüßten, wenn die Touristen sich ein wenig locker machten. Das Gefühl, kein Eigengewicht mehr zu besitzen, war so faszinierend und euphorisierend, dass die schwere Atmosphäre aus Angst und Sorgen tatsächlich bald kindlicher Freude wich. Sie machten Purzelbäume, spielten mit Wassertropfen und simulierten Superman, indem sie sich mit vorgereckter Faust abstießen und durch den Zentralkorridor flogen. Danach krümmten sie sich zusammen und ließen sich abwechselnd als menschlichen Ball zwischen den anderen hin und her werfen.

Schwierig wurde es erst, als es ums Schlafen ging. Dafür schnallten sie sich in aufrecht stehenden Schlafsäcken fest, die an der Wand angebracht waren. Nein, nicht aufrecht. Natürlich gab es hier draußen kein unten und kein oben, was die Orientierung in dem Schiff erstaunlich schwierig machte, obwohl es relativ klein war, gemessen an einem Haus. Trotzdem fühlte sich Kashikoi, als wenn er im Stehen schlafen müsse und hatte gleichzeitig das Gefühl, dass sein Blut in den Kopf stieg, als hinge er mit den Füßen aufgehängt in Richtung Boden.

Am dritten Tag ihres scheinbar endlosen Flugs durch den Orbit, der aus orbitalmechanischen Gründen offenbar so lange dauern musste, bis sie im richtigen Winkel und mit der richtigen Geschwindigkeit an dem Antriebsmodul andocken konnten, erreichten sie endlich ihr Ziel. Auf den vergrößerten Aufnahmen der Bugkameras sah es aus wie ein langweiliger glänzender Zylinder, der in etwa so groß war wie ihr Raumschiff selbst. An der Seite sah man beim Vorbeiflug eine amerikanische Flagge und das Logo von SpaceX.

Der Computer navigierte sie mittels kleiner Kaltgasraketen genau vor das Modul und initiierte am Ende das Andockmanöver, das geschlagene vierzig Minuten dauerte, in denen immer wieder korrigiert wurde. Peter überwachte die gesamte Prozedur mit einer Hand an seinem Joystick, um jederzeit einschreiten zu können, wenn der Computer an seine Grenzen stoßen sollte. Dann waren sie eingeklinkt und Peter reckte endlich einen Daumen hoch.

»Geschafft. Alle Systeme grün. Aufgetankt und einsatzbereit.«

»Auf zum Mond«, flüsterte Kashikoi.

15 JULIJA

Der kleine Konferenzraum war zum Bersten gefüllt. Wissenschaftler aus siebenundzwanzig Mitgliedsstaaten drängten sich um den ovalen Holztisch bis an die schmucklosen Wände und schnatterten wie eine Schar Gänse. Julija erkannte Professor Armanidis von der Universität Athen, einen der bekanntesten lebenden Astronomen – in ihren Augen ein Schwätzer, der sich mehr für seine populärwissenschaftlichen Bücher interessierte als für echte Forschung. Er war längst nicht der beste Wissenschaftler hier, nur derjenige, der am besten erklären konnte, warum der Himmel schwarz war. Sie und Anton repräsentierten die ESA, da CERN-Generaldirektorin Bianchi nur sich und ihren Adjutanten Lasse Breisel mitbringen durfte. Anton hatte freundlicherweise seinen Adjutanten draußen gelassen und stattdessen Julija mitgebracht. Offenbar glaubte er wirklich, dass sie recht hatte.

Die restlichen Wissenschaftler stammten aus Beratergremien der Kommission und waren ihr größtenteils unbekannt. Das wunderte sie nicht besonders, da es sicherlich schwierig gewesen war, unter den aktuellen Umständen die richtigen Leute zu erreichen und auch noch herzubringen. Brüssel war aktuell hermetisch abgeriegelt, besonders um die Zentren der europäischen Machtbasis, während überall in Europa absolutes Chaos herrschte – besonders im Verkehr.

Die Luft wurde bereits stickig, als der Kommissionspräsident und sein kleines Gefolge der Anzugträger hereinkamen und sich durch die dichtgedrängten Reihen zum Tischende kämpften.

»Dreißig Minuten«, flüsterte Anton ihr von der Seite ins Ohr. »Er hat nur dreißig Minuten Zeit eingeräumt bis zur Pressekonferenz, das ist lächerlich.«

»Wahrscheinlich macht er diesen Termin nur, weil er ihn machen muss. In Wirklichkeit hat er schon längst eine Meinung, so ist es doch immer.«

»Dann müssen wir eben unser Bestes tun, um ihn umzustimmen.«

»Du hast nicht oft mit Politikern zu tun, oder?«, fragte Anton und seufzte, als es plötzlich stiller wurde.

»Also gut«, begann der Präsident. »Ich habe gleich eine Pressekonferenz, was können Sie mir Neues berichten über unser Problem?« Er deutete wie nicht anders zu erwarten auf Armanidis.

Der Grieche räusperte sich in bester TV-Moderatoren-Manier, um auch ja sicherzustellen, dass sämtliche Aufmerksamkeit im Raum ihm gehörte, wie er es gewohnt war.

»Wir wissen nicht viel, Herr Präsident, aber ich halte folgendes Szenario für am wahrscheinlichsten: Ein Himmelskörper, der von unserem Frühwarnsystem nicht entdeckt wurde und in einer solchen Flugbahn durch das Sonnensystem gereist ist, dass er in einen geostationären Orbit eingeschwenkt ist. Dass wir ihn noch nicht gesehen haben, ist gar nicht so unwahrscheinlich«, erklärte Armanidis in gutem Englisch mit starkem griechischem Akzent. »Denken wir nur an die Katastrophe in Russland von 2013. Der Meteor von Tscheljabinsk in Sibirien war groß genug, um einen so lauten Überschallknall zu erzeugen, dass die Fensterscheiben zitterten. Es handelte sich um einen sogenannten Superboliden von zwanzig Metern Durchmesser mit einem

Gewicht von zehntausend metrischen Tonnen. Seine Eintrittsgeschwindigkeit lag bei rund zwanzig Kilometern pro Sekunde und als er auseinanderbrach, war die Druckwelle stark genug, um sämtliche Fensterscheiben der Ortschaft zersplittern zu lassen. Die Bilanz? Dreitausendsiebenhundert beschädigte Häuser, tausendfünfhundert verletzte Personen. Wann hat unser Frühwarnsystem diesen Koloss entdeckt? Gar nicht. Wir haben erst von ihm erfahren, als die ersten Videos seines Atmosphäreneintritts veröffentlicht wurden. Da oben allerdings«, Armanidis deutete Richtung Decke, »gibt es deutlich schlechtere Lichtverhältnisse für Kameras und Teleskope. Dass wir ein solches Objekt übersehen haben, ist sehr wahrscheinlich.«

Julija hob ihre Hand und Anton machte neben ihr große Augen.

»Deswegen hast du mich doch mitgenommen, oder?«

Der Deutsche nickte und hob ebenfalls seine Hand.

»Ja, Herr Meyer von der ESA?«, rief der Präsident ihn auf.

»Ich würde gerne das Wort an meine Kollegin Julija Lazar übergeben. Sie ist leitende Astronomin am CERN.«

»Am CERN?« Der Politiker schaute zur Generaldirektorin Bianchi, die ihm bestätigend zunickte. »Also gut.« Er machte einen gnädigen Wink.

»Danke, Herr Präsident. Ich muss dem Kollegen Armanidis deutlich widersprechen. Zwar hat er in einzelnen Punkten recht: Einen Meteoriten, selbst von dieser Größe, zu übersehen, ist relativ wahrscheinlich. Allerdings müsste ein Meteorit mit genügend Masse, um sämtliche Satelliten über unserem Kontinent abzulenken so groß wie der Mond sein oder größer, und dichter an ihnen sein als die Erde. Das zu übersehen ist vollkommen unmöglich!« Julija sah in die Runde und erkannte, dass die meisten ihrer Kollegen mit Unbehagen in den Blicken die Köpfe senkten. Nur nicht Armanidis, der sie, offenbar wütend über ihre Unterbrechung, mit einem stechenden Blick fixiert hatte. Sie ignorierte ihn. »Um die Satelliten abzulenken, muss die Anziehung größer sein als die der Erde. Die Abweichungen sind sehr gering, darum muss die Gravitationsquelle nicht zwangsweise massereicher als die Erde sein, nur deutlich näher. Riesengroß wäre sie aber allemal. Außerdem wäre sie mittlerweile mehrfach in den Lichtbereich der Sonne getreten und damit gut sichtbar am Himmel zu sehen gewesen – selbst mit dem bloßen Auge.«

»Was schlagen Sie also vor, Frau ...«

»Lazar.«

»Frau Lazar.« Der Kommissionspräsident sah sie müde an und schien in Gedanken bereits bei der Pressekonferenz zu sein.

»Dunkle Materie.« Ein Raunen ging durch die versammelten Wissenschaftler, doch in den Blicken ihrer Kollegen sah sie auch Zustimmung.

»Dunkle Materie? Erklären Sie das.«

»Herr Präsident, geladene Baryonische Materie macht nur etwa fünf Prozent unseres ...«

»Gnädige Frau, ich bin kein Wissenschaftler, bitte«, unterbrach er sie und wedelte mit einer Hand in ihre Richtung.

»Entschuldigen Sie. Materie, die Sie sehen und anfassen können, die also elektromagnetisch wechselwirkt, macht nur etwa fünf Prozent des beobachtbaren

Universums aus. Was Sie um sich und beim Aufblicken zum Nachthimmel sehen, sind diese fünf Prozent, könnte man vereinfacht sagen. Der Rest besteht zu etwa zweiundzwanzig Prozent aus Dunkler Materie und Dunkler Energie. Beide nennen wir *dunkel,* weil sie sich unseren Blicken und Messmethoden größtenteils entzieht.«

»Größtenteils?«, hakte der Kommissionspräsident nach.

»Ja. Wir können die gravitativen Auswirkungen beobachten und messen.« Julija machte eine wegwerfende Handbewegung. »Es geht dabei besonders um Bewegungen von Galaxien und Sonnensystemen in Relation zu ihrem galaktischen Zentrum. Das ist zu kompliziert. Aber Sie können sich vorstellen, dass so etwas wie riesige Würmer als eine Art Gravitationsautobahnen durch unsere Galaxie verlaufen und sich in ihrem Zentrum häufen. Einer dieser Würmer, die grundlegend Sternenströme sind, rast mit etwa fünfhundert Kilometern pro Sekunde durch unser Sonnensystem, genauer gesagt unsere Sonne. Das ist doppelt so schnell wie die Bahngeschwindigkeit unseres Zentralsterns. Dieser *S1-Strom* genannte Hurrikan aus Dunkler Materie überschneidet sich also mit unserer Sonne, da seine Bahn durch die Galaxie fast dieselbe ist. Es gibt eine Menge mehr Dunkler Materie in unserem Sonnensystem als Baryonische ... Verzeihung, *sichtbare Materie* in unserer direkten kosmischen Umgebung. Wir wissen noch recht wenig darüber, aber ihre Anwesenheit könnte dafür sorgen, dass die Gravitationskräfte im Sonnensystem eben so sind, wie sie sind. Hier auf der Erde wird spekuliert, dass sich überall Fäden dieser

Dunklen Materie befinden, die ebenfalls für Gravitationseffekte sorgen, aber das ist noch spekulativ und über das *Wie* wissen wir noch so gut wie gar nichts.«

»Das ist ja alles ganz nett und hat jetzt ...« Der grauhaarige Politiker sah betont auf seine Armbanduhr, »... fünf Minuten gedauert. Worauf wollen Sie hinaus?«

»Ich glaube, dass es sich um eine Ansammlung Dunkler Materie im Orbit handelt, die groß genug ist, um für diese minimalen Abweichungen der Satelliten zu sorgen. Außerdem glaube ich, dass die Anomalie, die nahe des Saturns gesehen werden konnte, ebenfalls auf eine Ansammlung Dunkler Materie zurückzuführen ist, die auf dem Weg hierher ist und sich mit der Ansammlung in unserem Orbit verbinden wird«, fuhr Julija fort und reckte das Kinn vor, als Gemurmel laut wurde und einzelnes Gelächter aufkam.

»Das ist doch totaler Unsinn«, schnaubte Armanidis und schüttelte scheinbar amüsiert den schwarzen Lockenkopf. »Der S1-Strom, den Sie angesprochen haben, verläuft durch die Sonne. Wenn es sich bei der Anomalie am Saturn, auf die uns die NASA mit Bildern hingewiesen hat, um Dunkle Materie handeln sollte: Wo soll die bitteschön herkommen? Der Saturn liegt in der anderen Richtung.« Er deutete mit dem Daumen hinter seine Schulter und schüttelte erneut den Kopf.

»Das weiß ich nicht, aber ...«

»Natürlich wissen Sie es nicht, weil Sie Dunkle Materie am CERN nicht einmal nachgewiesen haben.«

Julija wollte bereits antworten, besann sich jedoch eines Besseren und sah erst fragend zu ihrer italienischen Vorgesetzten, die ihr zunickte.

»Doch, das haben wir. Die Daten sind noch nicht veröffentlicht, weil wir erst Zweitversuche zum hundertprozentigen Nachweis erbringen müssen. Aber: Wir haben im LHC ein leichtestes supersymmetrisches Teilchen erschaffen und seine Zerfallsprodukte analysiert. Dunkle Materie ist echt und es handelt sich bei ihr um Partikel, die nicht oder kaum elektromagnetisch wechselwirken.«

Wieder erhob sich Gemurmel, diesmal jedoch aufgrund hörbaren Erstaunens. Ursprünglich hatten sie geplant, mit der Veröffentlichung der Forschungsdaten zu warten und ihr die entsprechend verdiente Aufmerksamkeit der Medien zu garantieren. Aber jetzt spielte das keine Rolle mehr, da kaum noch jemand Fernsehen empfangen konnte und das Internet am Rande des Zusammenbruchs stand.

»Sie haben es doch selbst gesagt«, ätzte Armanidis. »Der wirkliche Nachweis muss erst mit einem zweiten Versuch erbracht werden, der den ersten bestätigt.«

»Könnte mir jemand sagen, worüber Sie hier reden?«, mischte sich der Kommissionspräsident grollend ein. »Was reden Sie da?«

»Sie reden davon, dass Herr Armanidis ein Baryonen-Chauvinist ist«, sprang Fabiola Bianchi Julija zur Seite und Gelächter wurde laut, während sich die Miene des Griechen immer mehr verfinsterte.

Der Kommissionspräsident sah sich um, offenbar unglücklich darüber, von diesem Witz ausgeschlossen worden zu sein. »Was?«

»Wie meine Mitarbeiterin Frau Lazar schon sagte, Herr Präsident, besteht unser Universum zu fünfundneunzig Prozent aus nicht sichtbarer Materie und Energie. Zur Erklärung unseres Problems lediglich die fünf

Prozent sichtbarer Materie heranzuziehen, ist in etwa so, als wollten sie ein Auto reparieren, aber statt des gesamten Werkzeugkastens nur einen einzigen Schraubenschlüssel verwenden«, erklärte Bianchi.

»Dieser Metapher nach würde das aber auch bedeuten, dass wir von sämtlichen anderen Werkzeugen in dem Werkzeugkasten keinen blassen Schimmer haben, wie sie funktionieren. Wir könnten sie nicht einmal sehen«, wandte der Kommissionspräsident ein und sprach damit genau jenen Punkt an, der Julija argumentativ Sorgen bereitete. Sie hatten gerade einmal einen Nachweis erbracht, der nahelegte, dass es sich bei Dunkler Materie tatsächlich um das leichteste supersymmetrische Teilchen handeln könnte und standen noch ganz am Anfang der Grundlagenforschung. Nichts von dem, was sie heute wussten, kam über das Stadium theoretischer Physik hinaus und daran würde auch ihre Theorie nichts ändern.

»Hören Sie«, fuhr der Kommissionspräsident fort, als niemand etwas sagte und schlug einen scheinbar versöhnlichen Ton an. »Was Sie da erzählen, klingt ja äußerst interessant und wäre für jemanden mit mehr wissenschaftlichem Hintergrundwissen als ich es habe womöglich eine Bereicherung. Meine Probleme sind aber äußerst handfester Natur und beziehen sich auf die sichtbaren fünf Prozent, von denen Sie sprachen. Die Leute haben Angst, keine Sicherheit, die Wirtschaft kollabiert im Eiltempo und unsere Versorgungswege sind blockiert. Seit gestern ist kein einziges Flugzeug mehr geflogen und ich muss Ihnen die Horrornachrichten nicht wiederholen. Europa steht am Abgrund, meine Damen und Herren, und das ist ein sehr sichtbares

Problem. Kann mir also jemand etwas Handfestes auf den Tisch legen?« Sein Blick schweifte hin und her und gerade als er im Begriff war aufzustehen, räusperte sich Julija und hob widerwillig eine Hand.

Ich muss es tun, sonst gibt es kein Zeitfenster mehr, dachte sie und versuchte sich innerlich gegen den Spott zu wappnen, der ihr entgegenschlagen würde.

»Ja, Frau ... Lazar?«

»Ich ...«, begann sie und sah zuerst zu Fabiola Bianchi und dann zu Anton neben ihr. Die Italienerin wich ihrem Blick aus, aber der Direktor der ESA straffte seine Schultern und nickte entschlossen.

»Ja ...?«, fragte der Kommissionspräsident erneut und diesmal schwang deutliche Ungeduld in seiner Stimme mit.

»Ich glaube, dass es sich um eine außerirdische Intelligenz handeln könnte«, sagte sie so schnell, dass sie sich beinahe verhaspelte und für einen Moment wurde es still im Raum. Es gab kein Gelächter, wie sie erwartet hatte, stattdessen wurde sie einfach nur stumm angestarrt, als hätte sie etwas so vollkommen Irrsinniges gesagt, dass es allen die Sprache verschlug. Nun ja, genau das war wahrscheinlich auch der Fall.

»Entschuldigen Sie, ich bin mir nicht sicher, ob ich Sie richtig verstanden habe«, meinte der Präsident, offensichtlich aus der Fassung gebracht, und kniff die Augen zusammen. »Könnten Sie das wiederholen?«

»Ich glaube, dass es sich um eine außerirdische Intelligenz handeln könnte«, wiederholte sie, nachdem sie ihren Atem beruhigt hatte. »Ich spreche nur den Elefant im Raum an, Herr Präsident.«

»Doktor – ich bin sicher, Sie haben einen Doktortitel,

richtig? – ich bin ja selbst ein großer Fan von Science Fiction, aber das hier ist eine ernste Sache und ...«

»Ich meine es auch ernst«, beharrte sie und stupste Anton mit dem Ellenbogen in die Seite.

»Was meine Kollegin sagen will«, schaltete sich der Deutsche ein und knetete die Hände, »ist, dass wir die exakte Position der Gravitationsquelle ermittelt haben, die für die Positionsabweichungen verantwortlich ist.«

Ein Raunen ging durch die Versammelten und der Kommissionspräsident runzelte erst die Stirn und kniff dann wütend die Augen zusammen.

»Und das sagen Sie mir jetzt erst?«

»Ja, weil die Position einen Hinweis darauf enthält, warum es sich um eine Intelligenz handeln könnte, und diese Möglichkeit hat Frau Lazar gerade erst dargelegt.«

»Und?«

»Was und?«

»Wo zur Hölle ist die Position des Problems?«, polterte der Präsident ungehalten.

»Es befindet sich direkt über dem Zentrum des CERN«, gab Anton ruhig zurück und das Raunen wurde zu Getuschel und schließlich lauten Diskussionen. Die Gespräche schwollen zu einer Wolke aus wirrem, akustischem Durcheinander an, das sich wie Pfropfen in Julijas Ohren setzte.

»Ruhe!«, rief der Präsident und schlug auf den Tisch. »Ruhe! Herr Meyer, darf ich fragen, was das zu bedeuten hat?«

»Das bedeutet«, antwortete Julija an seiner Stelle, »dass dieses Objekt, was immer es auch sein mag, nicht zufällig genau über dem Herzen Europas aufgetaucht sein kann. Es befindet sich den Berechnungen der ESA zufolge exakt über jenem Ort, an dem wir gestern ein leichtestes supersymmetrisches Teilchen erschaffen haben. Wenn etwas nicht dem Zufall entstammt und keinem erkennbaren Determinismus folgt, muss es eine Handlung intelligenten Ursprungs sein.«

»Das ist lächerlich«, spottete Armanidis und schnaubte. »Absolut lächerlich! Eben sagten Sie noch, dass es sich um Dunkle Materie handelt und jetzt sind Sie schnell auf Aliens umgeschwenkt, noch viel hanebüchener.«

Zustimmendes Gemurmel kam auf, doch die meisten der anwesenden Wissenschaftler und Staatssekretäre schien eher perplex wegen der Richtung, die diese Sitzung genommen hatte.

»Nein, werter Herr Kollege. Ich sage, dass es sich um intelligente Dunkle Materie handeln könnte«, entgegnete Julija, und erst jetzt breitete sich Kopfschütteln aus wie eine La Ola im Fußballstadion. Lediglich Fabiola Gionotti sah sie mit einer Mischung aus Neugier und Irritation an.

Julija wartete mit erzwungener Gelassenheit ab, obwohl sich in ihr alles zusammenkrümmte aufgrund der Blicke, die sie von allen Seiten zugeworfen bekam. Als sie damals den Artikel über Außerirdische auf Basis Dunkler Materie geschrieben hatte, war das noch als interessanter Denkansatz akzeptiert, aber nicht ernst genommen worden. Man hatte ihr bescheinigt, dass sie lediglich einen Punkt hatte machen wollen, und zwar, dass man sich bei der Suche nach Antworten nicht zu sehr auf eine Schiene festlegen sollte. Das war allerdings Universitätswissenschaft und keine Revolution gewesen, darum hatte ihr Artikel auch nicht besonders viel Resonanz erfahren.

»Bevor Sie sich alle den Mund fusselig lästern, lassen Sie mich bitte erklären«, ergriff sie wieder die Initiative. »Wir suchen seit geraumer Zeit nach Leben da draußen und jede unserer Suchmethoden bezieht sich auf Baryonische Materie, also fünf Prozent des Universums. Ich verstehe das, weil wir eben nur Messmethoden für diese fünf Prozent kennen und gar keine Möglichkeit besitzen, die anderen zweiundzwanzig Prozent Materie zu erforschen. Aber trotzdem ist diese Suche, als würden wir nach Leben im Ozean suchen, aber nur von oberhalb der Wasseroberfläche. Klar würden wir vielleicht irgendwann einmal eine Rückenflosse zu Gesicht bekommen, aber der Großteil des Lebens würde sich darunter abspielen. Wir schauen also in die statistisch unwahrscheinlichere Richtung, wenn Sie mich fragen. Es gibt vier- bis fünfmal so viel Dunkle Materie wie Baryonische, warum sollte also nicht auch die Chance auf intelligentes Leben vier- bis fünfmal so hoch sein in diesem Umfeld? Nur, weil wir es nicht messen und sehen können? Mir ist klar, dass außerirdisches Leben, das auf Dunkler Materie basiert, so vollkommen verschieden von unserem wäre, dass wir es nie auch nur ansatzweise begreifen könnten, aber das heißt nicht, dass es das nicht gibt. Das heißt nur, dass es nicht auf den uns bekannten Wechselwirkungen basieren würde. Da Dunkle Materie für uns unsichtbar ist und nur ihre Auswirkungen beobachtet werden können, könnte das gesamte Universum voller Leben sein, ohne dass wir es mitbekämen.«

»Aber was hier passiert, bekommen wir sehr wohl mit«, wandte der Präsident ein. »Das Problem ist nicht *unsichtbar.*«

»Ja, aber auch hier nur die Auswirkungen. Die Quelle des Problems ist sehr wohl unsichtbar. Seine Position direkt oberhalb jenes Ortes, an dem wir gerade ein Partikel Dunkler Materie erschaffen und zerstört haben, lässt allerdings darauf schließen, dass es sich nicht um einen Zufall handelt. Wir können diesen Fakt nicht ignorieren«, fuhr sie fort, mittlerweile alles andere als eingeschüchtert von den Blicken der anderen und voll in Fahrt. »Genauso wenig wie die Bilder und Berechnungen der NASA, die darauf schließen lassen, dass sich eine zweite Gravitationsanomalie auf uns zubewegt. Das wäre dann schon der zweite Zufall, meinen Sie nicht?«

»Das ist verrückt.« Der Präsident schüttelte den Kopf und sah die anderen Wissenschaftler in der Runde nacheinander an. »Das ist doch verrückt, oder?«

»Es ist zumindest nicht auszuschließen«, sagte Bianchi diplomatisch, doch den Blicken der anderen nach zu urteilen, war sie mit ihrer Unterstützung für Julija allein auf weiter Flur. Die meisten schüttelten ihre Köpfe oder tuschelten miteinander.

»Das ist wissenschaftlicher Unfug, Herr Präsident«, schaltete sich Armanidis wieder ein und Julija wäre ihn am liebsten angesprungen, um ihm sein selbstverliebtes Gesicht einzuschlagen. »Dass es Dunkle Materie überhaupt gibt, ist längst nicht gesichert und nur graue Theorie. Es ist sogar möglich, dass wir lediglich die Newton'schen Gesetze erweitern müssen, um die beobachteten Gravitationseffekte zu erklären. Jetzt auch noch Aliens in der Dunklen Materie zu vermuten, das ist vollkommener Unfug und der Gipfel der Spekulation. Es ist sogar wahrscheinlicher, dass Außerirdische in getarnten Raumschiffen aufgetaucht sind und diese Effekte mit irgendeiner Magie bewirken.«

Zu Julijas Entsetzen kam zustimmendes Gemurmel auf und Armanidis fühlte sich dadurch noch deutlich wohler, während er sich in die Brust warf, um die Aufmerksamkeit auch auskosten zu können.

»Selbst wenn es so wäre, wie Sie sagen. Könnten wir irgendetwas gegen diese ominösen Außerirdischen tun?«, fragte der Präsident, und sein Gesichtsausdruck verriet bereits, dass es sich um eine rhetorische Frage handelte.

»Ich wüsste nicht ...«

»Dachte ich es mir.«

»Aber, Herr Präsident ...«

»Eine solche These hilft in dieser Situation niemandem weiter. Wir müssen reale Probleme lösen und nicht mit abgehobenen astrophysikalischen Theorien um uns werfen«, plapperte der Grieche genau das vor, was der Kommissionspräsident wahrscheinlich hören wollte. Es war widerlich anzusehen, wie ein Wissenschaftler wie er sich für die Politik prostituieren konnte und das vor dem Hintergrund einer solchen Krise.

»Ich finde nicht, dass wir etwas ausschließen sollten ...«

»Doch, Frau Lazar, genau das sollten wir tun. Ohne Optionen auszuschließen, haben wir keine Handlungsmöglichkeiten, auf die wir uns konzentrieren können. Das ist aber genau das, was wir jetzt machen müssen: handeln!« Der Präsident schüttelte den Kopf und sah sie beinahe mitleidig an. »Haben Sie irgendeine Möglichkeit, um ihre Theorie in nächster Zeit zu beweisen?«

»Nein«, gab sie zu und senkte den Kopf. *Natürlich nicht! Dunkle Materie!*

»Sie können also weder überprüfen, ob Sie recht haben noch könnten Sie etwas dagegen tun, wenn Sie recht hätten. Damit wäre das Thema wohl vom Tisch und ich habe jetzt eine Pressekonferenz zu leiten, falls nicht jemand von Ihnen noch eine weitere unüberprüfbare Theorie auf den Tisch werfen möchte?« Er sah sich um und niemand hob den Blick. »Fantastisch, dann werde ich jetzt der Presse Rede und Antwort stehen, ohne dass es irgendwelche Antworten geben würde, weil wir noch immer im Dunkeln tappen. Ich muss Sie wohl nicht daran erinnern, dass wir eine Panik vermeiden und schnell Lösungen finden müssen. Bitte halten Sie sich mit abstrusen Theorien zurück und reden Sie mit keinen Pressevertretern. Wenn die Menschen jetzt auch noch denken, dass wir von unsichtbaren Marsmenschen angegriffen werden, wird uns selbst ein Militäreinsatz im Inneren nicht mehr weiterhelfen.«

»Tut mir leid«, sagte Anton, als sich die Versammlung in Papiergeraschel und laute Gespräche auflöste.

»Ist schon gut. Ich habe damit gerechnet.«

»Ich schätze, dass du dich jetzt um deinen Fluggast kümmern wirst?«

»Ja. Er ist sozusagen mein Plan A, falls Plan B schief geht, und genau das ist gerade erwartungsgemäß der Fall gewesen«, seufzte sie und sah ihm bewusst ins Gesicht, um nicht die Blicke der Kollegen ertragen zu müssen, die all das für eine öffentliche Blamage gehalten haben mussten.

»Was ich aber noch nicht verstehe, ist: Selbst wenn du recht hast, wie können wir diese Intelligenz im Orbit vertreiben?«

»Das weiß ich selbst noch nicht«, gab sie unumwunden zu. »Aber das werden wir herausfinden müssen, falls ich recht habe.«

»Wo ist Linus Karlsson jetzt?«

»In der Pressekonferenz.«

»Du hast ihn da reingeschleust?«

»Ja.«

»Wieso? Der Kerl ist doch komplett instabil und verrückt.«

»Ich habe mir schon gedacht, dass der Kommissionspräsident ein, ähm, pardon, Arschloch ist.« Sie lächelte ein Lächeln, das langsam breiter wurde. »Linus ist sozusagen meine Rache an ihm.«

»Na toll, und meine Unterschrift steht wahrscheinlich auf seinem Presseausweis, richtig?«

Julija schüttelte den Kopf und deutete auf die Generaldirektorin des CERN. »Nein, *ihre*.«

»Okay, Bianchi ist selbst für ihn unantastbar. Wir sollten gehen und Mirijam abholen.«

16 Linus

Linus verließ den Pressesaal mit dem Rest der Journalisten, die sich lautstark unterhielten. Ihr aufgeregtes Geschnatter schien in den gedämmten Wänden einen Widerhall zu finden, der nach Empörung, Ratlosigkeit und Frustration klang. Ihm war das freilich egal, er hatte erreicht, was er hatte erreichen wollen und dabei noch so etwas wie Spaß gehabt. Politiker bloßzustellen wurde einfach nie alt und es erstaunte ihn immer wieder, wie einfach es doch war, wenn man erst einmal seine Scheu ablegte. Viele seiner ehemaligen Kollegen waren daran erkrankt, dass sie in eine Art Ehrfurchtsblase gezogen wurden, sobald sie einem Menschen mit viel Macht begegneten. Dann versäumten sie, sich daraus zu befreien, wozu eine Menge Aufwand nötig war. Immerhin war diese Blase recht massiv und nährte sich aus der Angst vor dem Verlust der Akkreditierung, der Redegewandtheit der Politiker, die einen regelmäßig bloßzustellen versuchten, und dem Anspruch, sich nicht vor allen Leuten zu verhaspeln. Immerhin waren Journalisten notorische Besserwisser und Klugscheißer und man konnte sicher sein, dass sie auf einem rumhacken würden, sobald man etwas Falsches sagte und sich blamierte.

Wieso sich also nicht gleich blamieren und den Politiker mit sich ziehen?

»Herr Karlsson?«

Linus hob überrascht den Blick von dem kleinen Buffet mit Schnittchen und Mineralwasser, von dem er sich gerade ein Käsebrötchen genommen hatte. Neben ihm stand ein kleiner Mann mit dickem Bauch, seiner braunen Haut nach zu urteilen vielleicht ein Italiener oder Grieche, obwohl er eher das füchsische Gesicht eines Italieners hatte, wie er fand.

»Und Sie sind?«

»Marco Rosso, vom ...«

»Interessiert mich nicht, für wen Sie arbeiten«, unterbrach Linus ihn schmatzend und musste gestehen, dass das Brötchen tatsächlich gut schmeckte. Gelber Schweizer Käse mit einer Note Zigarettenqualm. Er hatte schon schlechter gefrühstückt.

»Ja, ähm, ich dachte, dass Sie vielleicht ...«

»... mehr wissen als Sie?«, half er dem kleinen Italiener auf die Sprünge, der geradezu scheu aus seinen dicken Lupen von Brillengläsern zu ihm aufsah und schließlich heftig nickte.

»Ja, Sie haben erwähnt, dass Sie vom Militär eingeflogen wurden, da sind Sie, glaube ich, der Einzige von uns. Natürlich sind Sie ein Star der Zunft, das ist mir schon bewusst, aber ich habe mich doch gefragt, ob Sie diese Sonderbehandlung durch einen Wissensvorsprung erfahren haben.«

»Ich dachte schon immer, dass ich mehr weiß als alle anderen.«

Marco Rosso sah ihn irritiert an und Linus seufzte. »Sollte ein Scherz sein. Halten Sie das mal.« Er drückte dem Italiener sein Brötchen in die Hand, um sich eine Zigarette in den linken Mundwinkel zu stecken und anzuzünden, während er mit der rechten Seite weiter kaute. »Danke.«

»Ah ein Scherz, divertente!«

»Sie brauchen nicht so tun, ich bin es gewohnt, dass man mich scheiße findet und meinen Humor nicht teilt.«

Einige andere Journalisten passierten sie und grüßten Rosso im Vorbeigehen. Das war nun schon mehrere Male passiert und brachte Linus kurz ins Grübeln.

»Aber wissen Sie denn nun ...«

»Ich weiß, dass die Politiker hier etwas wissen, das sie nicht mit uns teilen wollen und das bezieht sich auf Informationen aus dem CERN«, antwortete er schließlich mit gesenkter Stimme und hätte beinahe gelacht, als er sah, wie sich Rosso mit verschwörerischer Miene immer weiter zu ihm beugte. »Die wollen aber nicht, dass das rauskommt.«

»Deswegen war der Kommissionspräsident so erbost.« Rosso machte große Augen und nickte theatralisch. »Was für Informationen sind das aus dem CERN?«

»Guter Versuch«, meinte Linus und tippte seinem Kollegen mit einem Finger auf die Brust. »Wirklich gut.«

»Wir sitzen doch alle im selben Boot«, versuchte Rosso es erneut, doch Linus schüttelte den Kopf.

»Tut mir leid, Mann. Ich kann meine Quelle nicht diskreditieren. Aber wenn mich nicht alles täuscht, werden Sie es bald erfahren. Sie scheinen gut vernetzt zu sein in Brüssel.«

»Ich bin der dienstälteste Medienvertreter, mehr als vierzig Jahre hier.« Der Italiener zuckte mit den Achseln. »Da hat man genügend Zeit, wirklich jeden kennenzulernen und Kontakte zu knüpfen.«

»Wie wäre es damit, Marco: Ich spreche mit meiner Quelle und frage sie, ob ich meine Informationen mit Ihnen teilen darf, okay? Wenn sie ja sagt, schicke ich Ihnen alles zu und Sie können es veröffentlichen, meinetwegen auch unter Ihrem Namen«, schlug Linus vor und sah, wie sich die Miene seines Gegenübers mit jedem seiner Worte etwas aufhellte.

»Das würde ich nie ...«

»Ist mir egal, wirklich.« Linus winkte ab und stopfte sich mit dem rechten Daumen den letzten Bissen Käsebrötchen in den Mund. Dabei schaffte er es sogar noch, einen Zug aus seiner Zigarette zu nehmen, die bereits böse Blicke der anderen Buffetteilnehmer auf sich zog.

Rosso schien das zu bemerken und zu überlegen, ob er etwas dazu sagen sollte. Schließlich gewann aber anscheinend doch seine Gier nach einer guten Story und einem Vorsprung vor den Kollegen.

»Einverstanden. Hier ist meine Karte.« Der Italiener zog eine Visitenkarte aus seiner Hosentasche und hielt sie Linus hin, der allerdings keine Hand frei hatte, weil er links die Zigarette hielt und mit der rechten gerade eine Tasse Kaffee genommen hatte. Also schob er sie ihm einfach in die Reverstasche seines Mantels.

»Danke«, nuschelte Linus schmatzend und grinste in sich hinein, als Rosso sich mit einem letzten falschen Lächeln verabschiedete. Andere Menschen zu manipulieren war so einfach, dass er sich nicht entscheiden konnte, ob ihn das erheitern oder erschrecken sollte. Nützlich war es in jedem Fall, so viel stand fest. Ironischerweise kam die Fähigkeit, diese Schwäche des modernen Homo sapiens auszunutzen erst wirklich zur Reife, wenn es einem egal war, was andere über einen dachten, denn dann brauchte man nicht mehr durch die Fahrwasser der sozialen Konventionen navigieren. Man konnte einfach eine Strategie vor sich ausbreiten und dann überall dort zuschlagen, wo man es für sinnvoll erachtete, ohne eine Reserve zurückzuhalten oder sich zu verstecken. An diesem Punkt wurde es dann zu einem Kinderspiel, weil all diejenigen, die noch einen Furz darauf gaben, was andere dachten und wohin sich ihre Karriere entwickeln würde, immer eine Reserve zurückhielten. Wie fair war eine Schlacht, wenn eine Seite nur mit halbem Einsatz kämpfte? Es war wie ein Pokerspiel, bei dem ein Spieler nur zwei Karten auf der Hand hielt und der andere fünf. Fast schon zu einfach.

Während er am Buffet stand und sich abwechselnd den Bauch vollschlug oder von anderen bissige Seitenkommentare über seine Zigaretten anhören musste, kamen immer wieder Kollegen an seine Seite und fingen anscheinend beiläufige Gespräche an, die allesamt darauf hinausliefen, dass sie wissen wollten, was er wusste. Rosso war ihm lieber gewesen, weil der wenigstens direkt zum Punkt gekommen war, ohne ihn in einem Netz aus schmierigem Smalltalk zu verheddern. Letztendlich sagte er ihnen nichts, weil sie für seine Idee wertlos waren. Er hatte bereits den Kopf der Schlange vorbereitet, die alles für den Rest des Anhangs verdauen würde, wenn er ihr einen Köder hinwarf.

Etwa eine halbe Stunde später, als sich das Buffet in dem langen Flur gelichtet hatte und nur noch wenige kleine Grüppchen Journalisten und Parlamentsmitarbeiter zusammenstanden, kamen Julija und Anton mit Mirijam angelaufen. Die Slowenin schien wütend, der Deutsche besorgt zu sein und Mirijam unter Drogen zu stehen. Ihr Blick war seltsam entrückt und abwesend, während sie hinter ihrer Mutter und dem ESA-Direktor her stapfte.

»Kommst du bitte mit?«, fragte Julija, als das ungleiche Trio ihn erreicht hatte und ihre Stimme klang sehr angespannt.

»Klar, hab eh keinen Hunger mehr.« Linus sog an seiner Zigarette und warf den Stummel in den Rest seines Kaffees, bevor er seinen Mantel glatt rieb und ihr bedeutete, voranzugehen.

Sie brauchten nicht lange, bis sie im angeschlossenen Nachbarkomplex in einem Büro standen, in dem es beinahe so chaotisch aussah wie bei ihm zuhause.

»Was fällt dir eigentlich ein?«, fragte Julija mit bebender Stimme, sobald die Tür hinter ihr ins Schloss gefallen war und Anton und Mirijam zuckten wie vom Blitz getroffen zusammen.

»Puh, eine ganze Menge, da wäre beispielsweise mein Kater Gizmo, der mir gerade eingefallen ist, als ich daran denken musste, dass er in einem ähnlichen Chaos wie diesem hier ganz alleine …«

»Denkst du, dass das hier ein Witz ist?« Julija kam näher und hielt ihm einen ausgestreckten Zeigefinger unter die Nase, als wolle sie ihn damit aufspießen.

»Nein, Witze haben gute Pointen, das hier scheint mir eher tragikomisch zu sein.«

»Ich habe dir diese Akkreditierung besorgt mit dem klaren Hinweis, dass du dich auf unser Ziel konzentrieren sollst. Und was machst du? Du stellst den Kommissionspräsidenten bloß, posaunst geheime Informationen aus und beendest vorzeitig die Pressekonferenz!« Die Slowenin schnaubte wie ein Büffel und begann aufgeregt vor ihm hin und her zu stampfen. »Ich fasse es einfach nicht!«

»Das hatte seine …«

»Das hatte die Folge, dass deine Akkreditierung entzogen wurde und du dieses Gebäude noch zur Stunde verlassen musst. Kannst du mir bitte erklären, wie das dabei hilft, sich *auf unser Ziel zu konzentrieren?*«

»Falls du mich reden lässt, könnte ich es mal versuchen.« Er zuckte ungerührt mit den Achseln, fischte eine Zigarette aus seiner beinahe leeren Schachtel und schob sie in den Mundwinkel, doch Julija zog sie abrupt heraus und warf sie fort.

»Da bin ich aber mal gespannt«, schimpfte sie und er fand, dass sie wie ein aufgeplusterter Vogel aussah.

»Gut. Dann können wir jetzt reden wie Erwachsene?« Er wartete ihre Antwort nicht ab, sondern fuhr mit hochgezogener Braue fort: »Ich habe versucht, den Präsidenten zu einer ungewollten Aussage zu drängen, indem ich die Informationen über meinen Flug hierher mitgeteilt habe. Die anderen Kollegen dachten dann offensichtlich zwei Dinge: Erstens, dass ich ein Angeber und Profilneurotiker sei und zweitens, dass ich irgendeinen Sonderstatus habe und damit einen Wissensvorsprung besitzen muss. Journalisten handeln und arbeiten mit Wissen. Immer. Der Kommissionspräsident dachte das auch und hat mir deshalb die Akkreditierung entzogen. Die Kollegen aber dachten es und haben mich nach der Konferenz bestürmt, um mehr zu erfahren. Dabei habe ich zufälligerweise auch den dienstältesten Journalisten Marco Rosso kennengelernt, der unbedingt erster sein will, wenn es ums Veröffentlichen geht. Ich habe vielleicht keine Akkreditierung mehr, aber ich habe den besten Verteiler in Brüssel für mich gewonnen. Da du willst, dass ich eine Story bringe, schätze ich, dass die Pressekonferenz ziemlich gut für uns gelaufen ist, denkst du nicht?«

Julijas Wut zog noch einige Augenblicke über ihr Gesicht wie ein Gewitter, das sich langsam auflöste, dann atmete sie tief durch und ließ sich in einen der Schreibtischstühle fallen, um ihren Kopf mit den Händen abzustützen.

»Tur mir leid«, sagte sie schließlich und schüttelte den Kopf. »Ich dachte ...«

»Ist mir egal«, fuhr er dazwischen und es war ihm wirklich egal. Er erwartete von anderen nicht, dass sie ebenso fatalistisch und ungerührt waren wie er. Im Gegenteil gönnte er jedem Menschen seinen eigenen Weg, um herauszufinden, dass das Leben mit Fairness nichts zu tun hatte und sich jederzeit in einen Haufen Scheiße verwandeln konnte.

»Ich verstehe immer noch nicht, was uns eine Story bringen soll«, wandte Anton ein, der die noch immer etwas neben sich stehende Mirijam auf den Stuhl gegenüber dem Schreibtisch absetzte, und näher kam.

»Wir müssen die Öffentlichkeit warnen, dass es sich um eine Intelligenz handeln könnte, die durch unsere Experimente im Teilchenbeschleuniger auf uns aufmerksam wurde. Der Zusammenhang ist zu deutlich, um zufällig zu sein. Kurz nach unserem ersten Experiment zur Erschaffung eines leichtesten supersymmetrischen Teilchens erscheint ein unsichtbares Objekt, das offenbar ausschließlich gravitativ wechselwirkt, direkt über dem LHC im Orbit? Das kann doch niemand als Zufall abtun.«

»Vielleicht müssen wir den Kollegen im wissenschaftlichen Ausschuss Zeit geben. Immerhin haben sie eben erst von dem erfolgreichen Versuch erfahren«, gab Anton zu bedenken und zog immer wieder an seiner

Krawatte, als versuche er, sich damit zu erdrosseln.

»Und wie viel Zeit sollen wir ihnen geben? So lange, bis alle Städte brennen, weil Feuerwehr und Polizei durch das Verkehrschaos nicht mehr durchkommen? So lange, bis es die ersten Aufstände wegen weitreichender Lieferengpässe in der Lebensmittelindustrie gibt? Oder so lange, bis das Riesenobjekt vom Saturn hier ist und die Erde auseinanderreißt?«, fragte Julija mit bohrendem Blick und die Erdrosselungsversuche des Deutschen wurden immer heftiger.

»Ich sage ja nur, dass ich momentan nicht sehe, wie wir eine Story ans Volk bringen wollen? Sämtlicher Internetverkehr geht durch Unterseekabel und Festnetzanschlüsse, was kein großes Problem wäre, wenn die Zeitfrakturen durch den GPS-Ausfall nicht wären. Die winzigsten Zeitabweichungen im Netz addieren sich unglaublich schnell auf, beispielsweise bei Suchanfragen. Die Fernsehsender können wir vergessen, nur ein Bruchteil der Kabelsender, die wirklich über Kabel einspeisen und nicht nur über Kabel an die Haushalte liefern, funktioniert noch. So wird das nichts mit einer Masseninformation.«

»Selbst wenn es funktionieren würde«, schaltete sich Linus ein und zündete sich schnell eine Zigarette an, als Julija versunken an ihm vorbei sah. »Was sollte es bringen? Einen Massenprotest der Zivilbevölkerung? Selbst wenn das in dem Chaos ginge, würde kaum Druck auf die Regierung entstehen, weil niemand davon erführe. Und was sollten sie fordern? Ich verstehe dieses ganze Dunkle Materie Zeugs ja selbst nicht. Was ist die Lösung, die gefordert werden soll?«

»Wir müssten als allererstes die Ausmaße des Objekts

bestimmen«, erklärte Julija von plötzlicher Energie ergriffen und stand auf. Sie schien nicht einmal seine Zigarette zu bemerken, als sie sich an das Whiteboard stellte und einen dicken Filzstift zur Hand nahm. Sie malte eine große Kugel in die Mitte und eine kleine daneben.

»Wenn das das Objekt ist«, sie tippte mit dem Stift auf den kleinen Kreis, »dann müssen wir die genauen Ausmaße und seine gravitative Kraft kennen, um die Folgen zu bestimmen, die es haben wird. Das könnte man beispielsweise mittels Interkontinentalraketen, die in der Lage sind, den Orbit zu erreichen. Man lässt sie nah hinfliegen und sieht zu, wie sich ihre Flugbahnen verändern ...«

»Ich stoppe dich hier mal«, unterbrach Anton sie und trat an ihre Seite, um mit einem Finger auf die stilisierte Erde zu drücken. »Das ist unser Problem. Selbst wenn wir das Objekt genau vermessen würden – und ich glaube nicht, dass die Großmächte ihre ICBMs opfern würden – wäre da immer noch das Problem, dass dieser eventuell aus Dunkler Materie bestehende Ball, der zu uns geschleudert wurde, da ist und unsere Satelliten aus ihrer Bahn wirft.«

»Ja, aber ...«

»Wir müssen dafür sorgen, dass das Objekt verschwindet, aber wie sollen wir das anstellen, wenn es mit keiner der vier Grundkräfte außer Gravitation wechselwirkt?«

»Vielleicht halten die uns gerade eine Knarre an den Kopf«, schlug Linus achselzuckend vor und blies kleine Rauchringe aus.

Julija und Anton blickten ihn mit gerunzelter Stirn an

und schienen aus seiner Miene erschließen zu wollen, ob er scherzte.

»Na das Ding hätte ja auch auf die Erde krachen und uns zerstören können wie ein Meteorit, oder?«

»Nein.« Anton schüttelte den Kopf. »Aufgrund der fehlenden Wechselwirkung mit den starken und schwachen Kernkräften und der fehlendem Wechselwirkung im elektromagnetischen Spektrum würde dabei nicht viel passieren.«

»Aber sie hätten mittels der Anziehungskräfte ihres Dunkle Materie Balls da oben einen echten Asteroiden auf uns schleudern können, so wie Julija in ihrem Buch geschrieben hat. Ja, das habe ich gelesen. Dunkle Materie ist schuld daran, dass die Dinosaurier von einem Asteroiden ausgelöscht wurden. Sehr dramatisch. Hielt ich immer für bescheuert, aber wer weiß das heute schon«, erklärte er mit einem schmalen Lächeln.

»Vielleicht hat er recht«, murmelte Julija und hielt Anton mit erhobener Hand von seinem aufkeimenden Protest ab. »Mir ist klar, dass, selbst wenn es sich um außerirdische Intelligenzen handelt, die auf Dunkler Materie basieren, sie keine Möglichkeit hätten, einen Baryonischen Asteroiden überhaupt zu sehen. Aber sie könnten mindestens seine gravitative Wechselwirkung erkennen.«

»Aber vielleicht erkennen sie auch nur ihre eigenen Teilchen. Ihr habt eins davon im LHC erschaffen, als ihr ein leichtestes supersymmetrisches Teilchen erschaffen habt. Möglicherweise ist es für sie, als würde neben uns plötzlich ein Mensch auftauchen, der dann sofort in seine Einzelteile explodiert, wie in eurem Beschleunigerring. Dann würden wir vermutlich auch da hingehen, wo es passiert ist und versuchen zu ergründen, was da geschehen ist.« Anton ließ endlich seine Krawatte los und runzelte die Stirn. »Oder …«

»Oder es handelt sich um einen zusammenhängenden Organismus. Eine Intelligenz, die aus all seinen Einzelteilen besteht. Wenn jedes Dunkle Materie Teilchen Teil eines einzigen Bewusstseins wäre, hätten wir ihm mit unserem Experiment etwas zugefügt und sofort wieder genommen und der Ort des Geschehens wäre spürbar«, beendete Julija seinen Gedankengang und nickte langsam.

»Ähm …« Linus sah zwischen den beiden grübelnden Wissenschaftlern hin und her. »Habt ihr da gerade Gott erfunden? Das klingt mir ziemlich nach richtig schlechter Science Fiction.«

»Wir tappen hier im Dunkeln.« Julija hob die Hände, als wolle sie sich ergeben. »Jede Erklärung muss an dieser Stelle auf den Tisch.«

»Das würde aber immer noch nicht erklären, warum ein zweites Objekt auf dem Weg zu uns ist.«

»Das stimmt«, gab Anton ihm recht. »Wir müssen herausfinden, wohin genau das zweite Objekt unterwegs ist.«

»Kannst du deine Kontakte bei der NASA anzapfen?«, fragte Julija hoffnungsvoll. »Vielleicht sind die schon weiter in ihren Berechnungen.«

»Ich kann Jerome anrufen, den Direktor, er würde es mir wahrscheinlich sagen.«

»Dann solltest du das tun!«

»Okay.« Anton zückte sein Smartphone. »Vorrangcode Delta, Delta, Zebra, Zwo, Zwo, Drei, Sieben, Sieben.«

Es dauerte einige Augenblicke, in denen der ESA-Direktor angespannt zwischen ihnen hin und her sah, dann schien sich etwas zu tun.

»Jerome, hier ist Anton. Ja, danke. Nein, noch nicht. Haben eure Berechnung schon eine genauere Flugbahn der Saturnanomalie ergeben?«

Der Deutsche sah ins Leere, während er zuhörte und immer wieder stumm nickte.

»Das ist seltsam. Die ist doch stillgelegt worden? Hast du eine Ahnung? Hm. Okay, falls du was hast, melde dich. Ja, okay. Danke!«

Anton legte auf und runzelte die Stirn.

»Und?«, fragten Julija und Linus gleichzeitig.

»Die Saturnanomalie wird ihren Berechnungen zufolge mit der Erde kollidieren, wenn sie nicht abbremst, und zwar mit einem Gebiet in Texas, nahe der Stadt Waxahachie. In fünf Tagen.«

»Kollidieren?«, fragte Linus, während Julija gleichzeitig fragte: »Waxahachie?«

»Ja ...«

»Aber das macht keinen Sinn!« Julija rieb sich aufgeregt das Kinn und schüttelte immer wieder den Kopf.

»Nicht nach unserer bisherigen Theorie, nein«, stimmte Anton ihr zu.

»Könntet ihr mir kurz erklären, wovon ihr da redet?«, mischte sich Linus wieder ein und die Blicke der beiden Wissenschaftler wandten sich ihm mit einiger Ungeduld in den Augen zu.

»In Waxahachie wurde in den achtziger Jahren mit dem Bau eines riesigen Beschleunigerringes, des Superconducting Super Colliders begonnen, der knapp einhundert Kilometer Lauflänge gehabt hätte. Das ist viermal so lang wie unser Large Hadron Collider im CERN. Aber das Projekt wurde eingestellt, weil es keine Finanzierung mehr gab«, erklärte Julija.

»Eine kleine Anomalie über dem LHC, eine deutlich größere über einem deutlich größeren Beschleunigerring, der nie fertig gestellt wurde. Wenn diese Anomalie jetzt viermal so groß ist wie die erste, würde ich sagen, das passt wie Arsch auf Eimer«, sagte Linus.

»Ja, aber wie gesagt, der SSC wurde nie fertiggestellt.«

»Außer, er wurde doch fertiggestellt und die haben auch ein leichtestes supersymmetrisches Teilchen erschaffen. Oder gleich mehrere«, wandte er ein.

»Aber wer sollte ...«

»Was weiß ich. Das Militär vielleicht? Die Amis stehen doch auf geheime Testanlagen.«

»Wir müssen herausfinden, ob das stimmt.« Julija machte einen Schritt auf Linus zu, der schnell seine Zigarette in Sicherheit brachte, doch sie schien sich gar nicht dafür zu interessieren und fixierte ihn mit zusammengekniffenen Augen. »Diese Anschuldigung damals, dass du mittels irgendwelcher Hackingsachen die Daten über den US-Präsidenten herausgefunden hast. Sag mir, dass das stimmt.«

Linus verzog das Gesicht, als hätte er in eine Zitrone gebissen.

17 KASHKOI

Der Flug Richtung Mond zog sich erstaunlich lang hin. Kashikoi hatte erwartet, dass er jeden Tag der Reise wie gebannt vor den Fenstern verbringen würde, um sich vom Anblick der Erde, des Mondes und der sie umgebenden Sterne faszinieren zu lassen. Doch die langen Tage an Bord, an denen er nur wenig Schlaf fand, weil er ständig das Gefühl hatte, das Blut würde ihm zu Kopfe steigen und den anschwellen lassen, wurden schnell langweilig.

Selbstverständlich empfand er die Reise noch immer spannend, sah wiederkehrend hinaus oder zuckte zusammen, wenn er ein Geräusch hörte, das er nicht zuordnen konnte. Doch trotz allem verging die Zeit sehr zäh. Im Prinzip erinnerte ihn der Flug ein wenig an seine Erfahrungen mit der Transsibirischen Eisenbahn. Damals als Student hatte er sein gesamtes Gespartes zusammengekratzt, um von Ulan Ude östlich des Baikalsees nach Moskau zu fahren. Hundert Stunden wunderschöne Natur des herbstlichen Sibiriens, in dessen Wäldern die Farben explodierten und sich die Schönheit dieser rauen Wildnis vor ihm ausbreitete. So hatte er zumindest gedacht. Rein faktisch war ihm bereits nach einigen Stunden langweilig geworden, weil er sich doch recht schnell sattgesehen hatte und es immer das Gleiche war. Die Wälder, Flüsse und Hügel hatten wunderschön ausgesehen, in gewissem Sinne sogar viel schöner als der Weltraum hier draußen und doch hatte er sich bald an seinem Laptop wiedergefunden, er hatte die Zeit mit Serien und Filmen totschlagen wollen.

Nun war es wieder so weit. Er befand sich in einem *Raumschiff,* einem echten *Raumschiff,* das mit ihm an Bord unterwegs zum Mond war. Also in gewisser Weise die wohl spektakulärste Reise, die einem Menschen möglich war. Ohne Zweifel hätte ein Großteil der sieben Milliarden Zurückgelassener gerne mit ihm getauscht, um diesen Anblick und dieses Gefühl erleben zu können. Nicht zuletzt aus diesem Grund fühlte er sich seltsam schuldig, weil er den Eindruck hatte, es nicht verdient zu haben, diesen Ausblick zu haben, weil er ihn nicht wertschätzte. Sein Verstand sagte ihm zwar, dass das Blödsinn war, aber das war nun einmal sein Gefühl. Vermutlich wäre es jedem hier oben so gegangen und bald spielten sie Karten, was gar nicht so einfach war in der Schwerelosigkeit. Dafür hatte Kashikoi seit über zwanzig Jahren nicht mehr so viel Spaß bei einem Spiel gehabt – obwohl er Kartenspiele noch nie sonderlich gemocht hatte. Die Schmerzfreiheit aber, die ihm die Schwerelosigkeit schenkte, machte all das wieder wett. Er genoss es, zu spielen, zu schweben und nicht ständig mit der halben Aufmerksamkeit bei seinen Gelenken zu sein und sich zu fragen, ob sie sich eher anfühlten, als stünden sie unter Feuer oder als schneide ihm jemand mit Rasierklingen ins Mark.

»Hey, warum denn so nachdenklich?«

Als Kashikoi den Kopf drehte, sah er Masha Geusen neben sich und schüttelte die Grübeleien aus seinen Gedanken.

»Ich habe mich über mich selbst gewundert«, gab er vieldeutig zurück und lächelte matt.

»Du kämpfst selbst damit, dass es irgendwie langweilig ist, oder?«

Überrascht und ein wenig beeindruckt nickte er. »Ja.«

»Ist normal. Menschen sind eben unersättlich und wenn etwas Tolles passiert, lautet die nächste Frage sogleich: Was kommt jetzt?« Die Fotografin machte ein Gesicht, als verstünde sie es selbst nicht, und gemeinsam blickten sie eine Weile aus dem großzügig bemessenen Fenster. Links war die Erde als blauer Medizinball zu sehen und vor ihnen jede Menge Schwarz und ganz viele helle Punkte.

»I can't get no satisfaction«, zitierte er die Rolling Stones und fragte sich bei dieser Erkenntnis nicht zum ersten Mal, was mit den Menschen nicht stimmte.

»Vielleicht ist das einfach der menschliche Zustand«, schien die Niederländerin auf seine Gedanken zu antworten und zeigte eine Reihe weißer Zähne, als sie lächelte. Er fand, dass sie ihren beeindruckenden blonden Haarschopf überaus kunstvoll in das kleine Netz geknotet hatte, das dafür sorgte, dass ihre Haare nicht in alle Richtungen abstanden, als hätte sie in eine Steckdose gefasst.

»Ja, vielleicht. Bei mir mischt sich nur ein wenig Schuldgefühl dazu«, gab er freimütig zu und sein Seufzen schien durch das Fenster ins Vakuum zu diffundieren. Zwischen den Sternen verwehte es zu absoluter Bedeutungslosigkeit. Ohnehin kam er sich hier draußen so klein und bedeutungslos vor, dass er nicht umhinkam, sein gesamtes bisheriges Leben zu hinterfragen.

»Oh Gott, es hat dich auch befallen.«

»Was denn?«, fragte er irritiert.

»Du hast den *das Universum ist so groß und ich so klein*-Blick aufgesetzt. Ich wünschte, ihr würdet das alle sein lassen. Ich fühle mich schon dumm und unreflektiert, weil ich das nicht habe, wenn ich da raus gucke.« Masha schüttelte den Kopf und deutete aus dem Fenster. »Das ist doch alles nur ein weites Nichts. Ich finde, dass unser Leben da unten dadurch nur noch mehr Bedeutung gewinnt, weil es ganz offensichtlich kostbar und besonders ist.«

»So kann man es auch sehen, schätze ich. Aber ich habe mein ganzes Leben im Widerstand verbracht. Widerstand gegen meine Konkurrenten, Widerstand gegen wirtschaftliche Zwänge, Widerstand gegen den Misserfolg und Widerstand gegen meine ...« Abrupt brach er ab und räusperte sich.

»Gegen deine was?«

»Schon gut.« Er winkte ab und musste sich schnell mit der anderen Hand festhalten, um nicht ins Taumeln zu geraten. *Ich muss mich besser konzentrieren!*

»Meinst du deine Krankheit?«, fragte sie und er sah sie völlig perplex an.

»Du ...«

»Weißt davon? Na klar. Marcus weiß es auch, wir sind doch nicht blöd. Es gibt niemanden, der mir weismachen kann, dass er beim Training im Fitnessraum jedes Mal schreien muss, um sein Chi zu fokussieren. Außerdem weiß ich zufälligerweise, dass das Konzept des Chi aus China kommt.« Masha schnaubte belustigt. »Ich glaube, dass sogar Peter und Michelle wussten, dass etwas nicht stimmt, sie aber lieber diese Mission schaffen wollten, als der Sache nachzugehen. Wer kann es ihnen verübeln?«

»Ich ... ich habe Rheuma.«

»Scheiße, tut mir leid.«

»Ist schon gut«, log er und schüttelte schnell den

Kopf. »Nein, in Wahrheit ist es nicht gut. Ich habe mehrfach überlegt, mir eine Kugel in den Kopf zu jagen. Meine Form ist besonders progressiv und ich habe ständig Schübe, die es noch schlimmer machen. Ich kann kaum noch schlafen und je weniger Schlaf ich finde, desto labiler wird mein psychischer Zustand. Hier oben aber ... es ist einfach paradiesisch. Meine Schmerzen sind fast verschwunden, weil kein Druck mehr auf meinen Gelenken lastet.«

»Kann mir gar nicht vorstellen, wie furchtbar das sein muss«, meinte Masha und schürzte die Lippen. »Aber irgendwie hat ja jeder sein Päckchen zu tragen, hm?«

»Was meinst du?«

»Naja, mein Cousin hat eine seltsame Tumorerkrankung. Jedes Jahr muss er einmal operiert werden, damit Wucherungen aus dem Genick entfernt werden. Er ist jedes Mal drei Wochen im Krankenhaus und bekommt eine Vollnarkose, die Risiken addieren sich irgendwann auf. Meine Schwester ist taub geboren, mein Onkel leidet an Depressionen und dem Mann meiner besten Freundin ist auf Kreta ein Stein auf den Kopf gefallen, als sie zusammen durch die Samariaschlucht gewandert sind. Oh, und wir haben Bekannte, deren Tochter in Mexiko beim Zelten am Strand geköpft wurde. Die werden ihres Lebens nicht mehr froh. Ich schätze, du könntest aus deinem Umfeld auch solche Stories beitragen, oder?«

»Ja, schon«, sagte er und nickte verstehend. »Offenbar sind wir zum Leiden geboren.« Kashikoi meinte es nur halb im Scherz, denn er hatte schon oft über den Wahrheitsgehalt dieses Gedankens nachgedacht.

»Und dazu, darüber hinauszugehen«, hielt sie

dagegen und fasste ihn sanft an der Schulter. Es war eine warme, herzliche Geste, die ihm guttat und sich als wohliger Schauer von seiner Schulter in seinen Rumpf fortsetzte. »Das kann man ganz einfach sehen: Du wolltest unbedingt schmerzfrei sein und hast es geschafft, an den einzigen Ort zu reisen, der Menschen versperrt bleibt und an dem es klappen kann: den Weltraum. Das nenne ich mal menschlichen Willen und Durchhaltevermögen.«

»Ich habe geschummelt, ich bin reich«, entgegnete er mit einem schwachen Lächeln und nickte schnell, als sie etwas einwenden wollte. »Du hast schon recht. Auf einer rein psychosozialen Ebene bin ich sehr arm. Es gibt Menschen mit einem noch viel schlimmeren Schicksal, heftigeren Schmerzen, dem Verlust von Familienmitgliedern, Folteropfer, Amputierte, zu Unrecht eingesperrte Häftlinge – die Liste ist lang. Trotzdem gibt es auf dieser Liste viele Menschen, die es geschafft haben, sich mit ihrem Los zu arrangieren. Das bewundere ich wirklich. Ich dagegen wollte mir eine Kugel in den Kopf jagen, oder einmal hier hoch kommen, um zu wissen wie es ist, schmerzfrei zu sein.«

»Schwächling«, sagte sie und er machte große Augen, als sie ihn kurz ernst ansah und dann loslachte. »Ich mache doch nur Spaß. Ich bin froh, dass es dir hier draußen bessergeht. Außerdem tust du sogar noch etwas Gutes für die Menschheit, indem du die Raumfahrt unterstützt.«

»Hey ihr Zwei, kommt ihr mal hoch ins Cockpit?«

Sie drehten sich mit beiden Händen an den Haltegriffen herum und erkannten Michelle in der geöffneten Schleusentür, die vom kleinen Aussichtsdeck zum Zentralkorridor führte. Sie hing mit angewinkelten Beinen in der Schwerelosigkeit wie eine Spinne und winkte sie heran.

»Wir haben Nachrichten von Ground Control. Es kann sein, dass wir unsere für morgen geplante Landung abbrechen müssen«, sagte die Astronautin mit ernstem Gesicht und Kashikoi und Masha warfen sich besorgte Blicke zu.

»Aber ...«, setzte er an, doch Michelle winkte ab.

»Wir reden im Cockpit.«

Ohne ein weiteres Wort verschwand sie im Korridor und Kashikoi schwebte mit Masha zur Tür, schneller, als seine Fähigkeiten zuließen und langsam genug, um nicht mit etwas zusammenzustoßen und sich womöglich zu verletzen. Beim Durchgang angekommen, wären er und Masha beinahe miteinander kollidiert, doch im letzten Moment fing er sich an einem der zahlreichen Haltegriffe ab und ihre Gesichter verharrten für einen Augenblick direkt voreinander.

»Äh, nach dir«, sagte er ungewohnt schüchtern und wandte den Blick ab.

»Ha, ist nicht so, als hätten wir es gerade getrieben, komm schon«, lachte die Niederländerin und glitt in den Zentralkorridor.

»*Gaikoku hito*«, seufzte er. Es war seltsam, dass er sich selbst nach so langer Zeit, die er schon mit Ausländern zu tun hatte, nicht an deren Direktheit gewöhnt hatte. Besonders Europäer schienen keinerlei Filter zu besitzen, geschweige denn sechzehn verschiedene Höflichkeitsformen in der persönlichen Anrede. Ein Teil von ihm liebte diese Offenheit und Unbeschwertheit im sozialen Miteinander, doch wenn es ihm peinlich war wie in diesem Fall, wünschte er sich manchmal nach Japan zurück. Dort verstand er die Welt und deren Bewohner wenigstens.

Durch den Zentralkorridor brauchten sie sich nur nach oben zu hangeln, da sich das Cockpit über dem Aussichtsdeck befand. Es war erstaunlich, wie viel Platz – relativ gesehen – SpaceX der Raumschiffbesatzung gegönnt hatte. Für die Firma stand offenbar fest, dass Menschen bei einem Flug zum Mars, wofür dies ein Testlauf war, Platz und Komfort brauchten. Niemand würde freiwillig sechs Monate in einer Sardinenbüchse verbringen. Zumindest nicht, ohne einen psychischen Schaden davonzutragen.

Die anderen saßen bereits in ihren Sitzen, die so gedreht waren, dass sie zueinander gerichtet waren. Da ihre Kollegen angeschnallt waren, wirkte es, als würde wieder Schwerkraft herrschen und er und Masha die einzigen sein, die wie Fische durch die Luft schwebten.

»Also, was gibt's?«, fragte Kashikoi mit kitzelnder Nervosität im Nacken, sobald er seine Gurte geschlossen hatte, um sich nicht bei jeder kleinen Bewegung festhalten zu müssen.

»Wir haben gerade mit Ground Control gesprochen«, antwortete Peter und ein heiteres Kichern machte die Runde.

»Was?«

»Du tust doch den ganzen Tag nichts anderes«, meinte Marcus grinsend. Es war tatsächlich so, dass ihr Kommandant die meiste Zeit im Cockpit verbrachte, um sich mit dem Missionszentrum in Hawthorne auszutauschen. Kashikoi konnte nicht einschätzen, ob es daran lag, dass das nun einmal seine Aufgabe war, oder der

Amerikaner doch nervös war.

»Ich will auf dem Laufenden bleiben, was diese Saturnanomalie angeht und genau um die geht es auch«, erklärte er und zeigte auf einen der Bildschirme hinter sich. Dort war der Saturn zu sehen, weit entfernt die Erde und eine mehrfach geschwungene Linie, die beide miteinander verband.

»Fliegt sie in unsere Richtung?«, fragte Masha blinzelnd, als habe sie Schwierigkeiten, auf die Entfernung etwas zu erkennen.

»Nein, die exakte Fluglinie wurde bereits vor etwas mehr als vier Tagen berechnet, darum wissen wir, dass die Anomalie höchstwahrscheinlich Texas treffen wird.« Peter machte einige Eingaben auf seinem Touchdisplay, das wie eine Art Beule aus seiner Armlehne ragte, und der Mond erschien in der Darstellung. Er befand sich erschreckend nah an der Linie. »Wir werden in sechs Stunden auf Luna landen und haben dann drei Stunden Zeit, bis die Anomalie so nah ist, dass sie unseren Rückflug beeinträchtigen würde. Also den Rückflug von der Mondoberfläche in deren Orbit. Wir müssen das Zeitfenster von den geplanten vier Stunden auf zwei kürzen, damit wir eine Stunde Puffer haben. Zur Sicherheit.«

Kashikoi spürte Enttäuschung in sich aufsteigen, wusste jedoch, dass es keine andere Möglichkeit gab und sie kein Ventil haben würden. Die Sicherheit der Mission ging im Zweifel vor.

»Aber das ist noch nicht alles«, fuhr Peter fort und seine Stimme bekam einen angespannten Unterton, der Kashikoi aufhorchen ließ. »Wenn die Anomalie Texas trifft, können wir dort nicht landen und davon müssen wir momentan ausgehen. Die Berechnungen für ein Ausweichen nach Französisch-Guayana wurden abgeschlossen und wir haben mehr als genug Treibstoff. Die ESA wird für den Rückflug die Missionskontrolle übernehmen, sobald wir wieder in einen hohen Erdorbit eingetreten sind.«

»Gut, das klingt technisch alles toll und so«, entgegnete Marcus und deutete mit einem Daumen über seine Schulter. »Aber wenn die Anomalie wirklich Texas treffen sollte und die Eierköpfe recht haben, ist es doch egal, wohin wir zum Landen ausweichen, oder? Ein Objekt, das so massereich ist, dass es die Ringe des Saturn verweht, wird den gesamten Planeten zu Staub zermalmen, oder hab ich etwas verpasst?«

»Nun, wir wissen noch immer nicht, was es überhaupt ist. Die Teleskope der NASA und sämtlicher anderer Weltraumbehörden haben nichts finden können.«

»Das ist echt gruselig, Mann«, mischte sich Masha ein und blähte die Wangen wie ein Fisch, der nach Sauerstoff rang.

»Ich weiß«, gab Peter zu. »Aber wir müssen uns darauf verlassen, dass sich die Experten zuhause damit auseinandersetzen und Ideen auf den Tisch legen. Solange das nicht der Fall ist, müssen wir sehen, was passiert und darauf reagieren. Genau wie im Notfallhandbuch.«

»Ändert sich noch irgendetwas, abgesehen von der vorgeschlagenen Ausweichroute für die Landung und dem reduzierten Aufenthalt auf der Mondoberfläche?«, fragte Kashikoi mit gefalteten Händen.

»Nein.« Peter schüttelte den Kopf. »Sonst ändert sich

nichts. Ground Control hat unserer Entscheidung zugestimmt, die Mission weiterzuführen. Flugbahn und Timing der Anomalie, sollte sich nichts ändern, werden uns nicht weiter beeinflussen.«

»Treibstoff haben wir auch genug?«, fragte Marcus.

»Ja. Wir sind mit dreißig Prozent mehr Treibstoff losgeflogen, als wir unseren Berechnungen nach brauchen würden. Das ist die maximale Sicherheitsmenge und wir haben nur zirka drei Prozent davon verbraucht, als wir das Ausweichmanöver im Orbit fliegen mussten. Von dieser Seite gibt es also keinerlei erwartbare Probleme.«

»Okay Leute, ich schlage vor, dass wir uns alle nochmal aufs Ohr hauen, bevor wir landen. Peter und ich machen die finalen Checks vor dem Abkoppeln vom Antriebsmodul, aber ihr solltet trotzdem eine halbe Stunde vor dem avisierten Entkopplungsprozess im Cockpit erscheinen, klar?« Michelle sah sie der Reihe nach ernst an und holte sich von jedem ein Nicken ab. »Gut. Ihr habt etwas mehr als fünf Stunden Zeit, die ihr nutzen solltet, schließlich wollt ihr ja nicht schlaftrunken über den Mond stolpern, wenn die ganze Welt zusieht, oder?«

Niemand lachte oder lächelte auch nur. Sie schnallten sich schweigend ab und schwebten in Richtung ihrer kleinen Kabinen. Die Situation war so seltsam und gleichzeitig unwirklich geworden, dass Kashikoi kaum noch wusste, was er denken sollte. Zuerst die seltsamen Vorkommnisse in Europa, dann die Kollision zweier Satelliten im Orbit und schließlich die Nachricht von einer seltsamen Gravitationsanomalie in der Nähe des Saturns – einer Anomalie, die offenbar auf dem Weg zur

Erde war. Die Tatsache, dass kein Wissenschaftler zu verstehen schien, was gerade vor sich ging, machte ihm wirklich Sorgen. Wenn sie nicht weiter wussten, wer dann?

Jetzt war er seinem Ziel so nah und doch lagen die Augen der gesamten Welt nicht auf ihrer Mission, die den Anfang eines neuen Raumfahrtzeitalters hätte einläuten sollen, sondern auf mysteriösen kosmischen Vorgängen, die möglicherweise sogar das Leben auf der Erde zerstören könnten. Die Tatsache, dass diese Option ganz real im Raum stand, erreichte ihn irgendwie nicht, drang nicht zu ihm durch. Manchmal, so schien es ihm, war die Wirklichkeit zu unglaublich, zu wirr, um sie begreifen zu können. Oder lag seine Verwirrung daran, dass um ihn alles so normal wirkte? Nun ja, zumindest so normal, wie ein Raumschiff eben wirken konnte. Aber man gewöhnte sich an alles.

Schweigend schwebte er zu seiner Kabine, schloss die Tür hinter sich und begab sich in seinen Schlafkokon, indem er sich hineinstellte und festschnallte. Den Reißverschluss zog er bis zum Hals zu, wie er es gelernt hatte, und schloss die Augen. Er hatte keine Probleme einzuschlafen, obwohl er durchaus aufgeregt war. Seit er keine, oder zumindest keine für sein abgestumpftes Empfinden spürbaren Schmerzen mehr litt, schlief er wie ein Baby. Zuerst hatte ihn das Gefühl des nicht mehr entsprechend der Schwerkraft zirkulierenden Blutkreislaufs gestört, doch das war schnell der Freude gewichen, nicht mit brennenden Gelenken schlafen zu müssen. Er regulierte noch kurz den Alarm über das kleine Display an der Seite seiner Schlafkammer und zurrte den Schlafsack wieder zu.

Als ihn der Schlaf fand, geschah es sanft wie eine mütterliche Umarmung. Er träumte nicht und vor allem wusste er nicht, dass nach seinem Erwachen in exakt fünf Stunden und acht Minuten die zehn aufregendsten und gefährlichsten acht Stunden seines Lebens anbrechen würden.

Teil 3: Die Anomalie

»Bianchi?«, meldete sich die Generaldirektorin des CERN mit müder Stimme.

»Hier ist Julija. Fabiola, ich muss ...«

»Das war eine ganz schöne Show, die Sie da hingelegt haben.«

»Tatsächlich habe ich nur gesagt, was möglich ist«, versuchte sie, sich zu rechtfertigen, und schüttelte ungehalten den Kopf. Für solch ein Geplänkel hatte sie keine Zeit.

»Also gut, was kann ich für Sie tun, Julija?«

»Sie müssen den nächsten Test unterbinden. Den nächsten LSST-Test«, drängte Julija ihre Vorgesetzte. »Vielleicht irre ich mich, vielleicht aber auch nicht. Falls ich mich nicht irre, wäre ein nächster Versuch allerdings gefährlich.«

»Ich kann Ihnen versichern, dass wir in Anbetracht des aktuellen Chaos und eines evakuierten CERN mit Sicherheit keine weitere Suche nach leichtesten supersymmetrischen Teilchen starten werden«, gab Bianchi zurück und Julija seufzte erleichtert. »Selbst wenn die Krise bald beendet ist, werden wir dieses Jahr mit Sicherheit nicht mehr so weit sein.«

»Okay, das ist sehr gut, ich ...«

»Hören Sie, Julija, ich weiß Ihre Sorge zu schätzen und Ihre Theorien sind vielleicht orthodox, aber nicht dumm. Sie haben ihre Ideen dargelegt und das respektiere und unterstütze ich. Trotzdem möchte ich Sie bitten, dieses Thema ab jetzt ruhen zu lassen. Sprechen Sie wenigstens nicht im Namen des CERN oder Ihrer Funktion als leitende Astronomin darüber«, forderte die

Italienerin sie auf.

»Das kann ich nicht, ich glaube wirklich, dass ...«

»Nun, Sie müssen entscheiden, über was Sie mit wem sprechen, aber ich muss als Ihre Vorgesetzte entscheiden, welche Konsequenzen das für Sie als meine Mitarbeiterin haben wird.«

»Das müssen Sie wohl«, erwiderte Julija durch zusammengepresste Lippen, als sie von einer Woge Trotz erfasst wurde.

»Machen Sie es gut.«

Julija warf ihr Smartphone auf den Tisch, als sie das gleichmäßige Tuten hörte und raufte sich die Haare.

»Und?«, fragte Anton, der neben Mirijam auf der anderen Seite des Schreibtischs saß und sie wie gebannt anstarrte.

»Es wird keinen Test geben, nicht einmal mehr dieses Jahr. Das war zu erwarten, aber sicher ist sicher.«

»Sehr gut, sehr gut.« Der ESA-Direktor schien erleichtert.

»Aber sie hat mir quasi einen Maulkorb verpasst.«

»Und wenn du dich weigerst, folgst du mir in die Arbeitslosigkeit?«, fragte Linus von seinem Platz an der Tür, wo er lässig an der Wand lehnte und mit einer Münze zwischen seinen Fingern spielte.

Julija ignorierte ihn und sah auf ihre Armbanduhr. Drei Stunden waren vergangen, seit Linus' Deadline abgelaufen war, nach der er sich vom Gelände hätte entfernen müssen. Doch sie hatte bereits geahnt, dass in dem aktuell herrschenden Chaos niemand dafür sorgen würde, dass er sich auch daran hielt. Jetzt konnten sie sicher sein, dass der Sicherheitsdienst nicht bloß langsam war, sondern tatsächlich Wichtigeres zu tun hatte.

»Also gut«, sagte sie. »Wir können loslegen.«

»Wartet mal«, meinte Anton und sah zwischen ihr und Linus hin und her. »Wie genau stellt ihr euch das vor? Wir marschieren in den Serverraum und schließen deinen Laptop an?«

»Ja«, antwortete Linus für sie.

»Okay, mal angenommen, dass wir da unbehelligt reinkommen, was dann? Wie funktioniert das überhaupt?«

»Du willst im Prinzip wissen, wie ich an die Steuerdaten des US-Präsidenten gelangt bin und zusätzlich auch noch an sämtliche seiner damit zusammenhängenden Finanztransaktionen, stimmt's?«

»Die ganze Welt will das wissen«, entgegnete Anton entschuldigend.

»Leider hast du keine Ahnung von Informatik, nehme ich an?«

»Nein.«

Linus seufzte. »Da Europa gerade vor die Hunde geht, macht es wohl eh keinen Unterschied. Wenn du es ausplauderst, töte ich dich trotzdem.« Anton grinste bei seinen Worten, doch als der ehemalige Journalist sein Grinsen mit ernster Miene erwiderte, wich es langsam aus seinem faltigen Gesicht.

»Ich mach's kurz«, fuhr Linus fort. »Es handelte sich um eine sogenannte Seitenkanalattacke. So nennt man in der Kryptoanalyse das vorläufige Auslesen von Speicherzellen durch den Prozessor, ohne die dafür nötigen Rechte zu besitzen. Ironischerweise funktionieren diese Zugriffe auf Kernel Speicher und physische Speicher mittels genauer Zeitmessung, wie unsere ausgefallenen GPS-Satelliten. Über einen Computerwurm, den ein

Kontakt bei Anonymus entwickelt hat, konnte ich sämtliche Daten ausfindig machen und an vorbereitete Emailkonten verteilen. Das war recht einfach, weil sämtliche bei der amerikanischen Steuerbehörde gemeldeten Unternehmen und Privatpersonen schon damals mit ihrer Emailadresse gemeldet sein mussten. Der Wurm konnte sich über den zentralen Emailverteiler ausbreiten und die Daten zurückmelden.«

»So einfach?«, fragte Julija verwundert.

»Das klingt vielleicht einfach.« Linus schniefte, als sei er beleidigt. »In der Praxis ist es das nicht. Außerdem musste ich den Wurm relativ schnell sich selbst löschen lassen, bevor er entdeckt wurde und womöglich noch Rückschlüsse auf mich hätten gezogen werden können.«

»Aber man hat dich doch verdächtigt.«

»Ja, aber nie angeklagt. Man wusste, dass die Daten des US-Präsidenten wegen einer Sicherheitslücke entwendet worden waren, aber die Datenforensik hat nicht herausgefunden, wie das geschehen konnte. Zwar hatten sie den Verdacht, dass ein Wurm im Spiel gewesen war, aber sie haben ihn nicht finden und damit auch nicht analysieren können. Später, als ich die Story über den Präsidenten brachte, kamen die Anschuldigungen auf und man hat mich ohne Beweise von der Bildfläche verschwinden lassen. Hintenrum, indem man jeden unter Druck setzte, dem ich Stories anbot.«

»Das ist ja alles sehr schade für dich, aber wir brauchen dieses Wurm-Ding jetzt, damit wir deine Story unters Volk bringen können«, murrte Julija in einem seltenen Anflug von Ungehaltenheit. Wie sie erwartet hatte, war Linus allerdings nicht beleidigt, sondern schien im Gegenteil belustigt zu sein, als er sie ansah.

»Also gut, der Plan ist, dass mein Wurm, der ganz sicher nur noch bei Privatanwendern funktioniert, eine Nachricht auf die Computer der Nutzer schickt, damit die über dein Gespenst namens Dunkle Materie informiert werden«, fasste Linus zusammen. »Ich weiß immer noch nicht, was das bringen soll. Das versteht doch niemand.«

»Falls du deine Meinung nicht geändert hast und mit deinen Mitteln nach einem geheimen Teilchenbeschleuniger in Texas suchen kannst: ja.«

»Ich sagte schon, solch ein Milliardenprojekt wäre vom Militär abgeschirmt, das wird nie was. Ich bin kein Code Monkey, ich habe Ahnung von der Anwendung von Hilfsmitteln, die man mir in die Hand drückt und ein bisschen Glück hatte ich auch. Ich bin ein guter Schütze, könnte man sagen, aber ich habe keine Ahnung, wie man Waffen baut.« Linus kam zu ihr herüber und stützte sich auf dem Schreibtisch ab. »Daher bleibt die Frage: Was soll es bringen, normale Leute, wenn sie denn am Rechner oder Laptop sind, darauf hinzuweisen, dass da oben Dunkle Materie herumschwirrt, die ihnen den Arsch aufreißen will?«

»Gar nichts«, stimmte sie ihm zu und er kräuselte überrascht seine Stirn. »Aber die Leute glauben an Verschwörungstheorien. Nein, die Leute lieben Verschwörungstheorien sogar. Schreib einfach, dass die Regierungen sich verschworen haben, ihnen die Wahrheit vorzuenthalten und dass in Brüssel, der bösen europäischen Schaltzentrale, alle wissen, was das Problem ist. Im Zeitalter von alternativen Fakten und Blödsinn, der nur geglaubt wird, weil er Stimmung gegen *die da oben* macht, dürfte das nicht so schwer sein.«

»Ah.« Linus grinste zufrieden, offenbar entzückt von der Idee, den Opfern seines Wurms eine möglichst polemische Nachricht aufzutischen. Sie wusste schon, warum sie einen Misanthropen und Zyniker wie ihn für diesen Job brauchte.

»Du meinst einen Kram wie *Echsenmenschen in der Haut von normalen Menschen beherrschen uns*?«, fragte Anton stirnrunzelnd.

»Genau und wir wissen davon nichts, weil die Chemtrails unsere Erkenntnis mittels Gedankenkontrolle löschen. *Danke, Merkel!*«

»Wird man ja noch sagen dürfen«, gluckste Anton.

»Außerdem ist die Erde doch flach, wissen viele gar nicht.« Linus zog eine neue Zigarette aus seiner Schachtel, die Julija ihm wegriss und auf den Schreibtisch donnerte.

»Seid ihr fertig?«

»Oh, da ist aber jemand angefressen.«

Julija fixierte Linus mit zusammengekniffenen Augen. »Für dich ist wirklich alles ein Witz, oder?«

»Nein, ein dummer Witz«, korrigierte er sie.

»Da draußen sterben Menschen in dem verdammten Chaos. Du solltest das also ernst nehmen und wenigstens einmal nicht nur an dich selbst denken.«

»Soll ich stattdessen auch an meine Frau und mein Kind denken?«, fragte er sarkastisch und nickte, als sie den Blick abwandte. »Dachte ich mir.«

»Ähm, wie machen wir es jetzt? Sollen wir runter zum Serverraum?«, mischte sich Anton ein, dem die Richtung ihres Streits offenbar Unbehagen bereitete und Julija atmete tief durch.

»Ja, gehen wir, bevor wir kalte Füße bekommen.«

»Die habe ich schon.«

Gemeinsam verließen sie das Büro und gingen zu den Fahrstühlen, um in die IT-Abteilung zu fahren, die sich im Keller befand. Auf den Gängen war wenig los, da die einzelnen Arbeitsgruppen wahrscheinlich schon in ihren Konferenzräumen saßen und über den vielfältigen Problemen brüteten, mit denen die Union aktuell konfrontiert war. Der Kommissionspräsident war mit Sicherheit bereits aus dem Gebäude verschwunden und von den Parlamentariern waren die meisten gar nicht in Brüssel anwesend, sondern in ihren Wahlkreisen und Büros.

Die IT erstreckte sich über zwei Untergeschosse, von denen das untere die Serverschränke in ihrem speziellen Kühlsystem beherbergte. Der Büroteil darüber war anders als die anderen Bereiche voll besetzt. In den mit halbhohen Wänden abgetrennten Parzellen saßen überwiegend Männer in verschiedensten Hemden und bunten Krawatten und brüteten teilweise zu mehreren vor den vielen Bildschirmen. Als sie eintraten und etwas planlos vor den Aufzügen standen, stupste Linus sie von der Seite an.

»Niemand beachtet uns, entweder hier ist oft Verkehr, oder aber die sind so in ihre Arbeit vertieft, dass es ihnen egal ist«, murmelte er.

»Das ist ja hier kein Hochsicherheitsbereich. Der Serverraum unter uns allerdings ist gut gesichert«, gab sie zurück.

»Da brauche ich nicht hin. Ich muss nur an einen der Rechner, die direkten Kontakt zu den Servern haben. Ich sorge mal dafür, dass wir alleine sind und dann lege ich los.«

Noch bevor Julia fragen konnte, was er damit meinte, stapfte Linus schon in Richtung der Toiletten auf der rechten Seite davon.

»Und jetzt?«, fragte Anton, der sich sichtlich unwohl fühlte, als wären Scheinwerfer auf ihn gerichtet. Dabei beachtete sie noch immer niemand.

»Jetzt tun wir so, als bräuchten wir Hilfe bei einem IT-Problem.«

»Aber dafür ruft man doch eigentlich an.«

»Heute nicht«, entgegnete sie einfach und packte ihn an der Hand, um ihn hinter sich herzuziehen in Richtung der ersten Parzelle. Darin saß ein junger Mann mit roten Haaren und Sommersprossen, dessen Namensschild ihn als Paul Walsh auswies.

»Hallo, Paul«, begrüßte sie den jungen Iren auf Englisch und lächelte breit.

»Äh, hallo.«

»Paul, wir haben ein Problem mit unserer Internetverbindung.«

»Warum haben Sie nicht angerufen?«

»Telefon geht nicht.« Sie hob die Hände und zuckte mit den Achseln. Mit gespielt dümmlicher Stimme fügte sie hinzu: »Ob das vielleicht an den kaputten Satelliten liegt?«

»Nein, das sind Festnetzanschlüsse. Die einzigen Probleme gibt es bei internationalen Anrufen aus Europa hinaus.« Walsh schüttelte den Kopf und wandte sich wieder seinem Bildschirm zu.

»Aber mein Internet geht nicht, könnt ihr da nichts machen?«, beharrte sie und sichtlich entnervt wandte sich Walsh ihr wieder zu. Er schien gehofft zu haben, dass sie wieder verschwunden war.

»Das Internet ist momentan überlastet aufgrund von Bandbreitenverlust. Selbst mit unserer Infrastruktur kann das vorkommen. Die Behörden haben einige Leitungen gekappt, um Privathaushalte auszusperren und Bandbreite für Behörden und Militär freizumachen. Trotzdem ist alles immer noch langsamer als sonst«, erklärte der Ire und lächelte unverbindlich, als wolle er ihr damit *auf Wiedersehen* sagen. Julija sah sich über die Schulter nach Linus um, konnte ihn aber nirgendwo entdecken. Was auch immer er vorhatte, sie hoffte, dass er sich beeilen würde.

»Aber ich verstehe das nicht, das Internet funktioniert doch nicht über Satellit, oder?«, fragte sie, um einen naiv-freundlichen Tonfall bemüht.

»Das denken alle.« Walsh verdrehte die Augen. »Natürlich funktioniert das Internet über Kabel und nur in Ausnahmen über Satellit. Aber sämtliche Clouddienste und Suchanfragen arbeiten mit exakten Zeitstempeln, genau wie die Börsen. Durch den GPS-Ausfall und damit den Ausfall des weltweit angeglichenen Netzwerks an Atomuhren, die nur alle dreihunderttausend Jahre eine Abweichung von einer Sekunde produzieren, gibt es Zeitfrakturen. Zwischen Amerika und Europa zuerst nur den Bruchteil einer Sekunde, doch diese kleinen Fehler summieren sich und machen alles langsamer. Ich kann Ihnen sagen, dass das Internet bald ganz aufhören wird zu funktionieren, wenn die Zeitschere weiter auseinandergeht. Die Börsen sind ja schon zu. So wird's mit dem Internet auch sein.«

»Und was ist ...« Julija wurde von einem lauten Kreischen unterbrochen, das sie augenblicklich zusammenzucken ließ. Bis sie erkannte, dass es sich um eine Sirene handelte, die so laut jaulte, dass es in ihren Ohren klingelte, war Walsh bereits aufgesprungen.

»Okay, Leute, Feueralarm! Ihr wisst, was zu tun ist. Zum Treppenhaus und dann über das Erdgeschoss ins Freie! Keiner benutzt die Fahrstühle.«

Julija wollte sich schon umwenden, um der Aufforderung Folge zu leisten, als sie begriff, dass Linus dahinterstecken musste. Sie packte Anton kurz am Ärmel und schüttelte kaum merklich den Kopf, als Walsh in seine Schublade griff und sich eine gelbe Weste mit der Aufschrift *Brandschutz* überwarf.

»Los jetzt«, sagte er und lief an ihnen vorbei aus der Parzelle. Julija und Anton sahen den knapp fünfzig Leuten zu, die schnell, aber nicht besonders aufgeregt zum Notausgang liefen. Offenbar hielten sie es für eine Übung, was ihnen vermutlich nicht besonders viel Zeit lassen würde. Als sie sicher sein konnten, dass niemand sie beachtete, duckten sie sich schnell unter den Schreibtisch und warteten ab.

»Ist noch jemand hier drin?«, rief jemand – sie glaubte, Walshs Stimme zu hören – nach etwa einer Minute und als es still blieb, hörten sie eine Tür ins Schloss fallen.

»Na also«, rief Linus von irgendwoher und sie wagten sich zaghaft aus ihrem Versteck.

Der Deutsche kam von den Toiletten zu ihnen herübergeschlendert, in der Hand eine glühende Zigarette.

»Feueralarm?«, fragte Anton.

»Ja, es geht doch nichts über hörige Mitarbeiter, die Brandschutzverordnungen überaus ernst nehmen. Jetzt brauche ich nur noch den Computer vom Chef.« Linus sah sich kurz um und deutete dann zielsicher auf ein durch Glaswände abgetrenntes Büro am linken Ende der offenen Etage.

»Wie viel Zeit brauchst du?« Julija sah sich besorgt zur Tür um, die ins Treppenhaus führte, als könne die jeden Augenblick aufspringen und jemand sie entdecken.

»Keine Ahnung. Ich muss dem Wurm den Befehl geben, von hier aus in sämtliche Prozessoren einzudringen und sich zu vervielfältigen«, erklärte er, während sie zu dem Büro liefen. »Da sind wir hier bezüglich Bandbreite wahrscheinlich am besten Ort. Ich muss einfach nur ein paar Programme starten und anpassen. Es ist nicht so, als würde ich wie in einem schlechten Film eine Stunde auf der Tastatur herumhacken und dann die Zugangscodes von Fort Knox in der Hand halten.«

»Wie auch immer, am besten beeilen wir uns, weil ich nicht glaube, dass dein kleiner Trick uns besonders lange den Rücken freihalten wird.«

Linus zuckte mit den Achseln und öffnete die Glastür, um sich zum Schreibtisch zu begeben und in den Sessel fallen zu lassen.

»Ist noch an«, stellte er zufrieden fest und zog einen USB-Stick von seinem Schlüsselbund, den er in den Rechner steckte. Als er sie und Anton in der Tür stehen sah, blickte er fragend in ihre Richtung. »Ihr könnt mir dabei nicht helfen. Macht irgendwas, aber starrt mich bitte nicht an.«

Anton ließ sich das nicht zweimal sagen und machte auf dem Absatz kehrt, doch Julija wartete noch. »Du solltest in die Nachricht reinschreiben, dass die USA südlich von Dallas einen geheimen Teilchenbeschleuniger betreiben. Den Superconducting Super Collider in

Waxahachie. Das wird den Druck auf sie erhöhen.«

»Und dann steht der CIA vor meiner Tür und stellt mir ein paar letzte Fragen, bevor ich nach Guantanamo gebracht werde.«

»Hm, du hast recht. Ich habe nicht daran gedacht, dass du mit deinem Namen ...«

»Ich habe nur einen Witz gemacht.« Linus winkte ab. »Ist mir scheißegal, was die CIA dazu zu sagen hat. Ich bin Investigativjournalist, schon vergessen?«

»Vielleicht können wir die Nachricht anonym lassen?«, schlug sie vor, da sie ein schlechtes Gewissen bekam. Sie mochte Linus nicht besonders, aber die Vorstellung, dass er wegen ihr in einem CIA-Gefängnis landen würde, gefiel ihr ganz und gar nicht.

»Nein, dann glaubt es erst recht keiner. Meine Unterschrift wird das Einzige sein, was der Nachricht Glaubwürdigkeit verleiht. Nicht vergessen: In der Bevölkerung bin ich noch immer so etwas wie ein Star. Nichts finden die toller, als *einen von ihnen,* der *die da oben* bloßstellt.«

»Aber wenn ...«

»Nichts *aber*«, unterbrach er sie und scheuchte sie mit wedelnden Händen fort. »Wir verschwenden Zeit. Geh schon mal nach oben zu deiner Tochter und bleib bei ihr. Ich glaube, dass sie das Tavor nicht besonders gut vertragen hat.« Er machte ein nachdenkliches Gesicht. »Oder zu gut vertragen. Jedenfalls gibt es hier nichts, was du tun könntest. Also bis später.«

Widerwillig verließ Julija das kleine Büro und fand Anton vor den Fahrstühlen.

»Sind abgeschaltet«, sagte der ESA-Direktor. »Uns bleibt also nur die Treppe und da sind Kameras.«

»Die sind hier auch«, bemerkte sie und deutete in die Ecken des Büros, in denen kleine schwarze Punkte zu sehen waren. »Ich gehe mal davon aus, dass die Sicherheitszentrale gerade nicht besetzt ist wegen des Feueralarms und Linus sich um die Aufzeichnungen kümmern wird.«

»Hoffen wir's«, murmelte Anton, der sich sichtlich unwohl fühlte in seiner neuen Rolle als Gesetzesbrecher.

»Mach dir keine Sorgen.«

»Du hast gut reden. Wenn das hier raus kommt, bin ich meinen Job los.«

»Wenn wir das hier nicht tun, sind wir unsere Erde los«, konterte sie und er antwortete mit einem sauren Gesicht.

»Du hast schon recht. Wir müssen herausfinden, ob die Amerikaner einen Teilchenbeschleuniger haben und ebenfalls ein leichtestes supersymmetrisches Teilchen erzeugt haben. Dann würde die Anomalie Sinn ergeben und wir hätten unsere Antwort, warum sie direkten Kurs auf Texas nimmt. Das kann doch kein Zufall sein.«

»Nein, kann es nicht. Vielleicht wird diese Nachricht die US-Regierung zum Antworten zwingen, spätestens wenn die EU Druck macht und das wird sie nach Linus' Story ganz sicher.« In Gedanken wusste Julija, dass mehr Hoffnung als Erwartung aus ihr sprach, aber es war ihr egal. Sie taten das ihnen Mögliche und wenn es nicht reichen würde, hatten sie es wenigstens versucht, anders als ihre vielen Kollegen in der Sitzung.

»Los, beeilen wir uns.«

19 LINUS

Linus saß mit Julija, Mirijam und Anton in ihrem Hotelzimmer des *Rois XIV* und tippte sich mit der unbenutzten Zigarette immer wieder in die geöffnete Handfläche. Das Hotel gehörte zu der hermetisch abgeriegelten Enklave rund um die europäischen Schaltzentralen der Macht im Herzen Brüssels und besaß Notstromgeneratoren, die die alle paar Stunden auftretenden Stromausfälle kompensierten. Wann immer sie ansprangen, ging das Licht kurz aus, nur um flackernd wieder anzuspringen.

Laut seiner Armbanduhr war es sechs Uhr morgens. Die anderen schliefen noch: Julija und Mirijam in einem der beiden Doppelbetten und Anton in dem anderen. Er selbst hatte in den zwölf Stunden, seit sie aus dem Parlamentsgebäude verschwunden waren, kein Auge zubekommen. Obwohl alles reibungsloser funktioniert hatte als erwartet, niemand frühzeitig zurückgekommen war und auch im Nachhinein niemand nach ihm fahndete, war er über alle Maßen angespannt. Sogar so sehr, dass er das Rauchen vergessen hatte, was reichlich paradox war. Er konnte sich nicht erinnern, wann er das letzte Mal so etwas wie eine annähernd vergleichbare Aufregung verspürt hatte.

Der Fernseher, auf dem die ARD über Kabel gesendet wurde, lief seither ohne Unterbrechung und er konnte einfach die Augen nicht von den wechselnden Sprecherinnen und Sprechern der verschiedenen Sondersendungen abwenden. Jedes Mal, wenn ihm die Augen zugefallen waren, war er sofort hochgeschreckt vor lauter Angst, genau das verpasst zu haben, worauf er wartete.

Als es wieder so weit war und seine Augenlider den Weg nach unten antraten, riss er sie von Neuem hoch und sah neben der blonden Sprecherin der laufenden Sendung zur Satellitenkrise ein eingeblendetes Textfeld.

»Da ist es!«, rief er laut und hörte hinter sich protestierendes Gemurmel.

Schnell griff er nach der Fernbedienung und stellte lauter.

»Geäußert haben sich heute auch Fahnder der Bundespolizei in Bezug auf ein neues Computervirus, das sich weltweit verbreitet und Nutzern eine Falschmeldung auf ihre Geräte projiziert, die diese nicht in der Lage sind, wegzuschalten oder zu löschen«, erklärte die Nachrichtensprecherin und Linus ärgerte sich, dass der Text in der Einblendung unscharf war, sodass man ihn nicht lesen konnte.

»Was'n los«, brummte Anton schlaftrunken in seinem Rücken.

»Pssst!«

»Ist das ...«, meldete sich auch die gähnende Julija zu Wort.

»Pssst!«

»Die Behörden haben mittlerweile herausgefunden, dass der Unterzeichner des Schreibens, der Journalist Linus Karlsson, bereits seit mehreren Monaten per Haftbefehl gesucht wird«, fuhr die Nachrichtensprecherin fort und Linus' Augen wurden immer größer.

»Was erzählen die da? Das ist eine Lüge!«

»Karlsson, der in der Veröffentlichung eines Leitartikels in der FAZ über die Steuervergehen des ehemaligen US-Präsidenten berichtet und mehrere hundert Seiten

Beweise vorgelegt hatte, stand schon länger im Verdacht der Ermittler, auf illegale Art und Weise an diese Daten gekommen zu sein. Jetzt fanden sie heraus, dass dasselbe Computervirus zum Einsatz kam, wie amerikanische Behörden bestätigten.« Die Nachrichtensprecherin verstummte und eine Überblendung zeigte einen Polizeibeamten, der per Untertitel als Björn Halland, Hauptkommissar Cyberkriminalität vorgestellt wurde.

»Na, damit werden die bestimmt nicht weit kommen. Das sind alles alte Kamellen und den Leuten ist es egal, wie ich an die Daten gekommen bin, die hassen den reichen Scheißer und seine Steuervergehen einfach«, redete Linus vor sich hin und fuhr sich durch die strähnigen Haare.

»Pssst!«, ermahnte ihn diesmal Julija.

»... der Gesuchte psychisch instabil ist und schon seit langem von Wahnvorstellungen geplagt wird, wie neueste Ermittlungen ergeben haben«, endete der Hauptkommissar gerade und Linus hielt den Atem an, als er ein bekanntes Gesicht vor der Kamera sah. Es war Minu, die Prostituierte aus dem Barracudas, die er seit so vielen Jahren besuchte und der er so viel anvertraut hatte.

»Er war öfter bei mir und hat gesagt, dass ich von den Politikern belogen werde und die alle Dreck am Stecken haben und uns die Wahrheit nicht sagen wollen«, erklärte Minu gerade, und Linus erkannte sofort, dass der Ausdruck ihrer Augen anders war als sonst. Sie sah aus wie ein aufgescheuchtes Reh. »Er war immer recht zerstreut. Ich glaube aber nicht, dass ...«

Das Bild wurde ausgeblendet und die Nachrichtensprecherin rückte wieder in den Fokus. Sie sah aus wie ein frisch geschlüpftes Küken, das man direkt nach der Geburt mit Puder überschüttet hatte.

»Betroffenen wird geraten, ihre ...«

»Das gibt es nicht«, hauchte er und ließ entrüstet die Fernbedienung fallen.

»Diese ... Frau ... warst du wirklich viele Jahre bei der?«, fragte Julija halb angeekelt, halb ungläubig.

»Ja«, gab er freimütig zu. »Und du musst keinen so despektierlichen Ton an den Tag zu legen, sie ist eine gute Frau.«

»Eine gute Frau, die dich gerade diskreditiert hat. Jeder mag einen Helden, der gegen die reichen Eliten antritt, aber niemand mag einen Helden, der jahrelang zu Prostituierten geht und bei ihnen Verschwörungstheorien loswird.« Julija schnaubte. »So ein Mist. Jetzt glaubt dir doch kein Mensch mehr. Wahrscheinlich mutmaßen die Leute eher, dass du ein gefallener Held bist, der wieder um Aufmerksamkeit heischt.«

»Hat sie die Wahrheit gesagt?«, fragte Anton dazwischen und sein Tonfall war ruhig.

»Ja«, gab Linus abermals zu. »Ich habe das zu ihr gesagt, aber es ist komplett aus dem Zusammenhang gerissen und wer weiß, was sie bei dem Bericht abgeschnitten haben. Sie würde normalerweise niemals unsere Gespräche ausplaudern, außer sie wurde unter Druck gesetzt. Diese verdammten Dreckschweine.«

»Vielleicht hat man ihr auch einfach Geld geboten?«

»Ich glaube nicht, dass ...« Er verstummte und rieb knurrend seine Kiefer aufeinander. *Hat sie mich wirklich für Geld verraten und schlecht dastehen lassen? Oder will ich einfach nicht wahrhaben, dass sie eine Professionelle ist, der es um Geld geht, nicht um mich? Wer würde schon freiwillig mit einem Wrack wie mir ins Bett steigen?*

Linus hatte sich schon für vieles gehalten, aber nicht für naiv.

»Das kann sein, ja«, gab er schließlich zu.

»Ganz toll. Damit ist dieser Plan schon mal im Eimer«, ärgerte sich Julija laut. »Bei einer verdammten Prostituierten. Ich glaub es nicht. War ja klar, dass dein widerlicher Lebensstil dazu führt, dass die ganze Scheiße über uns zusammenbricht.«

Linus und Anton sahen gleichzeitig zu der Slowenin, die wie ein menschlicher Dampfkessel vor ihrem Bett hin und her stapfte. Auch Mirijam war mittlerweile wach und ihre Miene zeigte eine Mischung aus Erstaunen und Entsetzen, als könne sie sich nicht entscheiden, wie sie diesen seltenen Ausbruch ihrer Mutter bewerten sollte.

»Vielleicht gibt es eine andere Lösung«, sagte Anton vorsichtig und Julija fuhr zu ihm herum wie eine Klapperschlange, und fixierte ihn mit todbringendem Blick. »Wie denn? Soll ich die Dunkle Materie wegzaubern?«

»Ich meinte ja nur ...«

»Was meintest du? Welche andere Lösung gibt es denn, hm?«

»Ich denke, er wollte nur sagen, dass du kein Arschloch sein sollst, so wie ich«, versuchte Linus sich an einer Übersetzung und ihr Blick heftete sich auf ihn, brodelnd vor Zorn, doch nach und nach wich dieser Zorn aus ihren Augen wie eine aufbrechende Wolkendecke.

»Ich ... es tut mir leid, Anton«, seufzte sie schließlich und rieb sich mit beiden Händen die Schläfen. »Ich habe einfach Angst, dass alles vorbei ist, wenn diese Anomalie hier ankommt.«

»Ist schon gut.«

»Nein, ist es nicht, es tut mir leid, wirklich. Ich weiß gar nicht, was in mich gefahren ist.«

»Ich weiß es«, mischte sich Linus wieder ein und hob einen Finger wie ein Schüler im Unterricht. Allerdings wartete er nicht auf die Aufforderung zu sprechen, sondern legte gleich los: »Du hast Schuldgefühle, weil du eine der Hauptverantwortlichen bei dem Experiment zum Nachweis der Dunklen Materie warst. Wenn deine Theorie stimmt, hat dieser Versuch dafür gesorgt, dass wir jetzt zwei massive Ansammlungen Dunkler Materie über unserem Planeten schwirren haben. Oder zumindest sind es bald zwei. Das muss hart sein.«

»Ich ...« Der Zorn kehrte für einen Moment in ihre Augen zurück, doch er verschwand wieder, bevor er sich manifestieren konnte und sie blickte zu Boden. »Ja, vielleicht.«

»Aber das hast du niemals wissen können! Außerdem waren tausende Wissenschaftler beteiligt«, protestierte Anton.

»Das weiß ich, trotzdem fühle ich mich verantwortlich und jetzt kann ich nicht einmal dafür sorgen, dass die Konsequenzen verstanden werden.«

»Können wir nicht noch eine Nachricht absetzen?« Anton sah halbwegs verzweifelt zu Linus, der gleich den Kopf schüttelte.

»Keine Chance. Das Internet ist mittlerweile so langsam geworden, dass Google sich nicht mehr öffnen lässt und nur noch Time Outs produziert.«

»Können wir telefonieren oder eine Email verschicken?«

»Nein, selbst dafür reicht es nicht mehr. Das Internet in Europa befindet sich kurz vor dem kompletten Stillstand, beziehungsweise Zusammenbruch. Wir würden maximal noch eine Nachricht via Messenger hinausbekommen. Ob die ankommt, steht allerdings in den Sternen.«

»Gut, dann tun wir das«, sagte Anton bestimmt und Julija und Linus sahen ihn verwundert an.

»Was meinst du?«

»Wir schicken eine Nachricht an Gregory Blake, er ist leitender Sicherheitsingenieur bei SpaceX. Ich habe seine Handynummer und er hat einen direkten Draht zu Musk.«

»Und was genau soll uns das bringen?«, fragte Linus.

»Wenn jemand bereit ist, Risiken einzugehen, die einen großen Gewinn versprechen, dann ist es SpaceX, die sich ja die Rettung der Menschheit durch den Weltraum auf die Fahnen geschrieben haben. Was gebe es für einen besseren Weg als diese Anomalie zu vertreiben?« Anton stand auf und deutete auf Linus. »Wir sollten uns beeilen.«

»Moment, Moment«, bremste Linus den ESA-Direktor aus. »Jetzt sind wir schon bei der Lösung des Problems angekommen? Habe ich irgendwas verpasst? Wie sollen wir die Anomalie denn bitte verschwinden lassen? Und dann auch noch mit der Hilfe eines privaten Raumfahrtkonzerns?«

»Anton, das ist genial!«, mischte sich Julija ein und packte ihren Freund an den Unterarmen, um ihn leicht zu schütteln. »Wirklich genial.«

»Äh, hallo?« Linus fuchtelte mit den Händen zwischen den beiden Wissenschaftlern herum, um ihre Aufmerksamkeit zu erlangen. »Könnte mir jemand verraten, wovon ihr da redet?«

»Geometrie!« Julija sah ihn mit entrücktem Blick an und leckte über ihre Lippen, während ihre Augen hin und her zuckten, als stelle sie virtuelle Berechnungen an. »Dunkle Materie kann uns nicht sehen und messen und wir sie nicht, außer eben die gravitativen Auswirkungen. Das ist unsere einzige Überschneidung an physikalischen Grundkräften. Wir werden sie niemals sehen können, aber wir können uns bemerkbar machen.«

»Aber ...«

»Wenn wir davon ausgehen«, fuhr sie ihm dazwischen, als habe sie ihn gar nicht gehört, »dass die Dunkle Materie ein einziger intelligenter Organismus ist und die Quelle zerstören will, in der Teile von ihr erschaffen und zerstört werden, dann weiß sie wahrscheinlich gar nichts von uns. So wenig wie es hier jemand für möglich hält, dass es eine Intelligenz basierend auf Dunkler Materie gibt, ist es bei ihnen vielleicht auch. Wenn es sich aber um eine Intelligenz handelt, ist sie womöglich vernunftbegabt und wir müssen uns nur bemerkbar machen, damit sie uns in Frieden lässt.«

»Und wir dürfen keine Versuche zur Erschaffung von Dunkler Materie durchführen«, fügte Anton hinzu.

»Ja.«

»Und wie machen wir uns bemerkbar?«, fragte Linus, der sich mehr und mehr dumm vorkam.

»SpaceX hat ein Raumschiff da draußen!«

»Ja, mit drei Weltraumtouristen, die auf dem Mond rumhüpfen, während hier unten Europa im Chaos versinkt.«

»Und genau das könnte unsere Rettung sein.«

»Bitte bring mich nicht dazu, nochmal zu fragen, wovon du redest.«

»Was sie sagen will, ist: Mit dem Raumschiff könnten sie ein exaktes geometrisches Muster um die Anomalie fliegen. Mathematik ist die Sprache des Universums. Wenn die Dunkle Materie also intelligent ist, wird sie diese Sprache wahrscheinlich sprechen. Künstliche geometrische Muster sind klare Zeichen von Intelligenz und sie könnten anhand der gravitativen Spuren des Raumschiffs bei seinem Flug dieses Muster nachvollziehen«, erklärte Anton geduldig.

»Ihr wollt quasi auf mathematischem Weg rufen: Hey, wir sind hier?« Linus schnaubte. »Das klingt ein wenig sehr fantastisch.«

»In Wirklichkeit ist es sogar überraschend simple Physik«, wandte Julija ein. »Aber das Ganze hängt von vielen Faktoren ab, zum Beispiel der Treibstoffmenge an Bord des Raumschiffs.«

»Und ob SpaceX uns glaubt«, fügte Anton hinzu.

»Oh, und ob wir überhaupt zu SpaceX durchkommen«, setzte Linus noch einen drauf. »Erstens müssen wir die Nachricht verschicken, die muss aber kurz sein und wird kaum eure ganze Theorie erklären können. Dazu müssten wir wahrscheinlich direkt mit denen sprechen und ihr irgendwelchen Wissenschaftlerkram mit Edding auf ein Whiteboard malen, wie in einem schlechten Science Fiction Film. Leider sitzt SpaceX in Kalifornien auf der anderen Seite der Welt, wenn mich nicht alles täuscht.«

»Er hat recht«, stimmte Julija ihm zu und ihre Schultern sackten ein Stück ab.

»Vielleicht können wir in der Nachricht um ein Taxi aus Europa hinaus bitten.«

»Das ginge nur mit dem Flugzeug, aber sämtlicher Linienverkehr wurde in Europa eingestellt. Mit dem Schiff dauert es so lange, dass die Saturnanomalie uns längst zerstört hat.« Linus zog eine Zigarette aus seiner Schachtel und zündete sie an. Niemand störte sich daran. Im Gegenteil: Anton und Julija fischten sich ebenfalls je eine Zigarette heraus und ließen sie sich etwas unbeholfen und mit zittrigen Fingern von ihm anstecken.

»Mama!«, rief Mirijam empört von ihrem Bett aus.

»Mama muss jetzt nachdenken!«

»Du hast recht«, kehrte Anton zu Linus' Einwänden zurück und sog an dem Filter, nur um zu husten und mit einer Hand vor seinem Gesicht herum zu wedeln. »Aber der Ausfall der Satelliten ist kreisförmig um das CERN zu beobachten. Ich glaube, dass die äußeren Ausläufer des Gebiets durch Schottland gehen. Soweit ich weiß, ist Aberdeen als nördlichste Großstadt bisher nicht betroffen. SpaceX besitzt Privatmaschinen, mit denen sie uns von dort abholen könnten. Wenn ich in der Nachricht sage, dass ich einen Weg kenne, die Anomalien aufzuhalten und extrahiert werden muss, werden sie kommen. Gregory kennt mich und weiß, dass ich nicht lügen würde, um mich zu retten.«

»Wunderbar, Aberdeen also«, meinte Linus grinsend und schnaubte, als Anton ihn zufrieden ansah. »Das war ein Witz! Wie sollen wir denn bitte nach Aberdeen kommen?«

»Mit einem Hubschrauber.«

»Aha und mit was für einem?«

»Ich habe noch immer das Recht auf einen Rückflug nach Darmstadt zur ESA. Soweit ich weiß, können Helikopter bis zu achthundertfünfzig Kilometer fliegen, das dürfte gerade so für Aberdeen reichen, obwohl ich das erst nachschauen müsste.«

»Ah-ah.« Linus schüttelte den Kopf. »Kein Google, schon vergessen?«

»Mist. Dann müssen wir es drauf ankommen lassen.«

»Aber Aberdeen ist nicht Darmstadt«, warf Julija ein und paffte mehrmals an ihrer Zigarette, bevor sie sich zu dem kleinen Tisch zwischen ihnen und dem Fernseher beugte und sie im Aschenbecher ausdrückte.

»Das ist tatsächlich ein Problem«, gab Anton zu und seufzte. »Einen besseren Plan habe ich nicht.«

»Dann sagen wir dem Piloten einfach, dass wir nach Darmstadt fliegen wollen und zwingen ihn dann, stattdessen nach Aberdeen zu fliegen«, schlug Linus vor. In den Augen der beiden Wissenschaftler konnte er erkennen, dass sie abzuschätzen versuchten, ob er scherzte. Als ihnen offenbar bewusst wurde, dass er es nicht tat, weiteten sich ihre Lider.

»Du meinst das ernst?«

»Klar. Ihr wollt doch die Welt retten, oder? Ohne ein paar Risiken geht das nun einmal nicht.« In Gedanken sah er sich bereits in Handschellen abgeführt werden und in einem dunklen Kellerloch verschwinden. Vielleicht kein schlechtes Ende, auch wenn er hoffte, dass in diesem Fall jemand Gizmo finden würde.

»Gut, dann sollten wir schnell die Nachricht an Gregory verschicken. Ich habe seine Handynummer und seine Emailadresse, reicht das?«, fragte Anton.

»Natürlich, ich schicke einfach eine Nachricht, was

hast du gedacht?«

»Ich dachte ...«

»Spielt jetzt keine Rolle«, mischte sich Julija ein und deutete auf den Deutschen. »Ruf am besten schon mal den Helikopter.«

»Sollten wir nicht erst die Antwort abwarten?«

»Wenn Linus recht hat und das Internet bald ganz zusammenbricht, bekommen wir womöglich gar keine. Wenn wir aber in Aberdeen ankommen und es dort Satellitenempfang und Internet geben sollte, könnte es klappen.«

»Vielleicht sollten wir dazu schreiben, dass wir in einem Bundeswehrhelikopter kommen?«

»Je kürzer die Nachricht, desto höher die Chance, dass sie auch ankommt und gelesen wird«, gab Linus zu bedenken, ohne von seinem Laptop aufzusehen, das er aufgeklappt und an ein altmodisches Netzwerkkabel angeschlossen hatte.

»Ruf den Helikopter«, wiederholte Julija und Anton nickte schließlich.

»Ich kann nur das Büro anrufen, damit sie es in die Wege leiten. Dann bekomme ich eine Antwort.«

»Ich hoffe, dass dein Anruf durchgeht.«

»Wir gehen rüber ins Parlament und sprechen direkt mit ihnen. Da ich zum Krisenstab gehöre und die ESA im Mittelpunkt der Aufklärungsbemühungen steht, müsste es recht schnell gehen mit dem Flug. Wir werden bestimmt vier Stunden nach Aberdeen brauchen, da sie keine Höchstgeschwindigkeit fliegen können, wenn der Sprit für die Maximalstrecke reichen soll.«

»Also müssen wir dort warten und hoffen, dass uns

die Piloten nicht verpfeifen«, schloss Linus, während er einige Eingaben machte.

»Wir werden sehen. Hast du die Nachricht verschickt?«

»Ja.«

»Dann los.« Anton zog seine Jacke vom Stuhl und ging zur Tür. Sie hatten sich für die Nacht nicht einmal umgezogen, so müde waren sie in ihre Betten gefallen. Linus klappte seinen Laptop zu und stopfte ihn in den kleinen Jutebeutel, der genauso braun war wie sein hässlicher Mantel und stand mit knackenden Gelenken auf.

»Komm Mirijam«, rief Julija ihrer Tochter zu, die mit müden Augen aus dem Bett kroch und sich gähnend ihre Schuhe zuband. Immerhin protestierte sie nicht.

»Was hat sie denn für Medikamente bekommen?« Linus schüttelte den Kopf und sah mit beinahe so etwas wie Sorge zu dem Teenager. Er mochte sie. Sie verkörperte etwas Rebellisches und gleichzeitig Sorgloses, was junge Leute irgendwann verloren – meist zusammen mit ihrer Lebensfreude. Dann wurde das Leben sehr ernst und eng.

»Tavor und Zopiclon.«

»Sagt mir nichts, solltest du auch nehmen, wenn du das nächste Mal ausflippen und mich anschreien willst.«

»Zu früh für Witze, Linus«, erwiderte Julija mit genervtem Gesichtsausdruck und scheuchte ihn Richtung Tür.

»Okay, dann ohne Spaß: Wir wissen immer noch nicht, ob es diesen geheimen Teilchenbeschleuniger in Texas wirklich gibt. Wie wollen wir das Problem lösen?«

»Das muss SpaceX für uns herausfinden. Bis dahin

müssen wir einfach davon ausgehen ...«

»... weil deine Theorie sonst für den Arsch ist, wir umsonst einen Helikopter gestohlen haben, ich umsonst diskreditiert wurde und wir umsonst ein Raumschiff lächerliche Muster fliegen lassen? Das alles ist eine ziemlich dünne Theorie, weißt du?« Linus half Mirijam in ihre Jacke und blickte über ihre Schulter in Julijas Gesicht.

»Sie ist dünn, aber sie ist auch die einzige. Erstmal muss es ohnehin so weit kommen, dass unser Plan funktioniert, wovon ich noch nicht überzeugt bin. Am besten gehen wir ein Problem nach dem anderen an.«

20 JULIJA

Die »Bestellung« des Helikopters ging schnell, da auf dem freigemachten Platz der Nationen hinter dem Parlament noch immer reihenweise Militärfluggeräte standen und auf wichtige Fluggäste warteten. Nachdem sie unter Antons Führung im zuständigen Büro des Verteidigungsausschusses eine Anfrage gestellt hatten, dauerte es etwa zwei Stunden, bis sie die Nachricht erhielten, dass ihr Marinehelikopter bereitstand. Falls Anton recht haben sollte, war das gut für sie, da diese Modelle aktuell offenbar die höchste Reichweite verfügbar machen konnten. Anschließend waren sie mit Mirijam, für deren Platz an Bord sie diesmal lange gut zureden und schließlich hatten betteln müssen, beim Europaplatz angekommen und weilten jetzt inmitten der kalten Nacht neben noch kälteren Militärmaschinen, die in perfekt ausgerichteten Reihen standen und alle gleich aussahen. Für Julija waren es glänzende Elstern in einer Art Tiefschlaf, die nur von den spärlichen Lichtern der Nacht erfasst und so geweckt werden konnten.

»Welcher ist es?«, fragte sie ratlos und drehte sich mehrmals um die eigene Achse.

»Da vorne leuchtet ein Positionslicht, vielleicht es der und sie fahren gerade alles hoch«, schlug Anton vor und wartete ihre Zustimmung gar nicht erst ab, sondern lief los. Gemeinsam eilten sie zwischen zwei großen Mannschaftstransportern hindurch, deren Heckrotoren wie Damoklesschwerter über ihnen hingen und erreichten schließlich einen langgezogenen Helikopter, der vermutlich Grau angestrichen war – es war schwer zu sehen bei den herrschenden Lichtverhältnissen. Aus der

Pilotenkanzel drang Licht zu ihnen und strahlte beinahe etwas Heimeliges aus, wo es hier draußen doch nur kühlen Stahl gab.

»Das muss er sein«, war Anton sicher und redete etwas lauter, als die Rotoren der Maschine anfingen, sich schneller zu drehen. Nacheinander liefen sie im Gänsemarsch und mit über die Köpfe gezogenen Jacken unter dem einsetzenden Sturm der Rotorblätter zur Seitentür und zogen sie auf. Über den beträchtlichen Absatz kletterten sie in die Kabine, in der sich acht Sitze befanden und schoben die Tür wieder zu. Das sperrte zumindest schon einmal den Wind aus, wenn auch jetzt der Lärm dazu kam.

Die Tür zur Pilotenkanzel öffnete sich und ein junger Mann mit dickem Helm auf dem Kopf und Mikrofon vor dem Mund kam zu ihnen herein.

»Hallo, Herrschaften, ich bin Leutnant Schwarze und neben Leutnant Andersen Ihr Pilot auf dem Weg nach Darmstadt. Wir rechnen mit etwa einer Stunde Flugzeit«, erklärte der junge Mann freundlich und Julija fühlte sich, als machten sie nichts weiter als einen Rundflug für Touristen. »Ihre Headsets mit den Schallschutzkopfhörern finden Sie auf den Kopfstützen, aber wie ich sehe, haben Sie die schon gefunden.« Sein Geschrei ebbte ab, als er darauf wartete, dass alle ihre Headsets aufgesetzt hatten. Dann fuhr er über Funk fort: »Kann mich jeder gut verstehen?«

Nacheinander streckten sie ihm ihre hochgereckten Daumen entgegen.

»Wunderbar. Dann kann's losgehen. Wenn Sie unterwegs irgendwelche Fragen haben, funken Sie uns einfach an, okay? Um aus Ihrer Frequenz zu unserer zu wechseln, drücken sie den Knopf an der rechten Ohrmuschel, klar?«

»Okay«, antwortete Julija für alle und der Copilot zog sich nach einem Nicken zurück in die Kanzel. Als die Tür offenstand, konnte sie einen flüchtigen Blick auf die vielen blinkenden Lichter und Armaturen werfen und einmal mehr faszinierte es sie, dass Menschen so komplexe Maschinen steuern konnten. Was sie dabei aber auch sah, waren die Pistolen, die beide Piloten an ihren Hüften trugen.

Kurz darauf hoben sie auch schon ab, gemächlich wie eine Hummel, die ihre Masse nur mühsam vom Blütenstock hochstemmen konnte, doch schon kurz darauf sahen sie die Lichter der Stadt unter sich vorbeiziehen. Brüssel leuchtete wie ein Feuer aus kaltem Strom und doch waren einige Flecken inmitten des Laternenmeers schwarz, als befände sich dort ein See oder dergleichen. Diese Anblicke würden sich noch häufen, wenn die Experten recht hatten.

»Irgendeine Idee?«, fragte sie in die Runde, als vielleicht fünf oder zehn Minuten vergangen waren. Sie durften nicht zu lange warten, sonst wäre der Umweg zu groß und ihr Treibstoff würde nicht reichen.

»Ich hab' eine«, meldete sich überraschend Mirijam zu Wort und beugte sich konspirativ nach vorn, obwohl sie ohnehin über Funk reden mussten. Julija lauschte ihrer Tochter mit jedem Wort aufmerksamer und irgendwann staunender.

***

»Leutnant Schwarze?«, funkte Mirijam und hielt dabei

den roten Knopf auf ihrem Kopfhörer gedrückt?

»Ja?«

»Ich, ahm, habe eine Frage, es ist mir ein bisschen peinlich, aber ...«

»Nur raus damit«, antwortete Schwarze aufmunternd.

»Könnte ich vielleicht mal das Cockpit sehen? Ich überlege, ob ich Pilotin werden soll, aber meine Mama will das nicht und ich würde zumindest gerne mal eins von innen gesehen haben«, log sie mit erstaunlich wehklagend klingender Stimme. Als Julija eine Braue in ihre Richtung hob, zuckte ihre Tochter nur unschuldig mit den Schultern.

Es dauerte einen Moment, bis die Antwort des Copiloten kam. »Klar, das geht schon, wenn es unser Geheimnis bleibt, hm?« Das Feixen in seiner Stimme war unüberhörbar und als die Tür zum Cockpit aufging, stand der junge Offizier aufmunternd lächelnd in dem winzigen Durchgang, um sie zu sich zu winken.

Mirijam setzte ein geradezu kindliches Strahlen auf und löste ihre Sitzgurte, um ihm entgegenzulaufen.

»Na, dann komm mal rein.« Schwarze zwängte sich wieder auf seinen Sitz und bedeutete ihr, sich zwischen die beiden zu hocken. Es war faszinierend, die schwarzen und grauen Schattierungen unter ihnen zu sehen - Wälder, die hier und da von Inseln warmen Lichts durchsetzt waren.

»Wow, das ist echt irre«, sagte sie laut über Funk.

»Ja, es gibt wirklich schlechtere Jobs in der Marine«, lachte Leutnant Andersen, ein hagerer Mann mit Dreitagebart, der ihr aber gutmütige Blicke zuwarf. »Kannst du die Tür noch hinter dir verschließen? Dann fangen wir an, dir alles zu erklären, wenn du magst.«

»Oh, klar!« Mirijam drehte sich um, nickte ihrer Mama zu und schloss die Tür, ohne die Verriegelung zu benutzen. Als sie wieder zwischen den beiden Offizieren hockte, musterte sie aus den Augenwinkeln die Pistole von Andersen, die rechts an seinem Gürtel im Holster hing. Bei Schwarze musste sie sich ebenfalls rechts und damit auf der anderen Seite befinden.

»Was ist das da?«, fragte sie frei heraus und deutete auf eine Art Kompassnadel in einem kreisförmig aufsteigenden Zahlenraum.

»Das ist der Höhenmesser«, erklärte Schwarze und deutete auf eine Anzeige daneben, die aussah, als wäre sie in den siebziger Jahren gebaut worden. »Und das die Umdrehungen der Rotoren. Dann hätten wir da noch die Sensoren für Luftfeuchtigkeit, Wind und Temperatur.« »Das sieht wirklich kompliziert aus. Ist ja irre, dass ihr das alles versteht.« Immer wieder sah sie über die Schulter zur Tür, ohne dass die beiden es bemerkten.

»Ach, das ist wie mit allen Dingen«, meinte Schwarze, der anders als Andersen aktuell die Hände nicht an seinem Steuerjoystick hatte, und machte eine weite Geste über die gesamte Armatur. »Ist alles eine Frage des Lernens. Wenn du es erst einmal drauf hast, ist es wirklich einfach. Wie bei allen Dingen, schätze ich.«

Mirijam sah aus den Augenwinkeln, wie die Tür aufging und ruckte schnell wieder nach vorne zu Leutnant Schwarze, der sich gerade zu ihr umdrehen wollte. Um das zu verhindern, beugte sie sich ein wenig nach vorne und zeigte auf eine Art Drehzahlmesser ganz weit rechts auf seiner Seite. »Was ist das?«

»Oh, das? Das ist der Ersatzhöhenmesser. So gut wie

alles in dieser Maschine – obwohl sie schon uralt ist – ist doppelt redundant verbaut. Das heißt, wenn ein Teil ausfällt, springt ein zweites, baugleiches an dessen Stelle ein. Das ist ganz praktisch, weil der Verlust einiger Systeme sonst zum Absturz führen könnte.«

Julija, Anton und Linus waren jetzt da und drängten sich plötzlich hinter und zwischen sie.

»Wow!«

»Irre!«

»Sowas habe ich ja noch gesehen!«

»Hey! Was machen Sie hier drin?«, fragte Leutnant Schwarze halb irritiert, halb entsetzt und sah sich nach hinten um. Dabei konnte er sich kaum noch drehen, weil Mirijam und Linus sich so dicht an seine Seite pressten, dass die Bewegungsfreiheit auf beinahe Null gefallen war. Die Pilotenkanzel war maximal für drei Personen ausgelegt und jetzt saßen und standen sechs in ihr und ließen keinen Freiraum mehr für Bewegungen.

Diese Tatsache nutzte Julija und tastete, hinter Schwarzes Sitz stehend, nach dessen Waffe auf der anderen Seite. Ein Nicken von Anton auf der anderen verriet ihr, dass der ebenfalls begonnen hatte. Sie tastete vorsichtig, damit Schwarze sie nicht bemerkte, da er gerade zur anderen Seite sah, um sich mit Linus und Mirijam auseinanderzusetzen, die immer wieder begeistert und erstaunt taten und seine lauten Proteste ignorierten.

Schließlich fand sie den Sicherheitsbügel, löste ihn und sah erneut zu Anton, der wieder nickte. Daraufhin riss sie die Waffe mit einem Rucken aus dem Holster und presste sie dem Leutnant in den Nacken.

»Hey! Was soll das?«, protestierte der Copilot eher

ungläubig als ängstlich.

»Scheiße«, entfuhr es seinem Piloten dagegen kurz und knapp und es wurde einen Moment still.

»Es, äh, tut uns wirklich sehr leid«, fing Anton mit einer Stimme an, die so sehr nach Schuldgefühlen und Aufregung klang, dass dankenswerterweise Linus schnell übernahm.

»Planänderung: Sie fliegen uns nach Aberdeen und drehen jetzt sofort nach Norden ab.«

»Aber ...«

»Kein Aber«, widersprach Linus sofort und gab Julija einen Wink und wackelte mit dem Daumen. Sie verstand und zog den Schlagbolzen zurück. Aber gab es nicht noch so etwas wie eine Sicherung? Sie hoffte es, denn langsam bekam sie Angst vor der Möglichkeit, ganz aus Versehen abzudrücken und ein Menschenleben auf dem Gewissen zu haben.

»Okay, okay«, sagte Schwarze schnell und hob beide Hände. »Was wollen Sie denn in Aberdeen?«

»Europa retten!«, antwortete Anton mit einiger Inbrunst. »Da man uns in Brüssel nicht geglaubt hat, müssen wir andere Wege gehen, um diese Krise vielleicht abzuwenden.«

»Sie wollen aus Europa raus«, mutmaßte Andersen laut, während er den Steuerknüppel nach links zog und sie in eine scharfe Kurve nach Norden abbogen.

»Ja, woher ...«

»Aberdeen ist die erste Stadt Richtung Norden, die nicht von den ausgefallenen Satelliten betroffen ist. Ich habe gehört, dass sie überlegen, die ganzen Staatschefs von dort zu den Vereinten Nationen nach New York auszufliegen. Aber ich denke nicht, dass die Europa jetzt verlassen.«

»Sie glauben wirklich, dass Sie das Problem kennen? Also seine Ursache?«, fragte Schwarze eher neugierig als echauffiert und Julija kam das plötzlich lockere Gespräch irgendwie unpassend vor, da sie noch immer die kalte Mündung einer Pistole in seinen Nacken presste.

»Ja.«

»Könnten Sie mir verraten, was es ist?«

»Dunkle Materie.«

»Was?«

»Dunkle Materie und Energie machen einen Großteil des Universums aus, vielleicht vier Fünftel. Wir können sie weder sehen noch messen, aber wir können ihre Auswirkungen beobachten, und zwar Gravitationseffekte. Um es einfach zu machen: Die Krise da oben im Orbit ist eine Gravitationskrise. Die Satelliten werden von einer unbekannten Gravitationsquelle angezogen und aus ihren Bahnen gezogen. Dabei können wir nichts sehen oder messen, was auf eine solche vorhandene Masse hindeutet«, erklärte sie frei heraus, da es ihr guttat, über etwas zu sprechen, das sie verstand. Es lenkte sie davon ab, dass sie gerade jemanden mit einer Waffe bedrohte.

»Okay, äh, ich kein Physiker oder so«, meldete sich jetzt Andersen zu Wort, dessen Stimme deutlich gepresster klang. »Aber das klingt ziemlich abgefahren. Kein Wunder, dass Ihnen niemand glaubt.«

»Tja, ist nicht das erste Mal, dass die Wissenschaft übergangen wird, wenn es um die Lösung von Problemen geht.«

»Ich dachte, dass die Chinesen eine neue Anti-Satellitenwaffe getestet haben«, gab der Pilot zu.

»Und das tun sie, indem sie den kaufkraftstärksten Binnenmarkt der Welt zerstören, an dem sie sich dumm und dämlich verdienen?«, fragte Julija. »Das ist doch vollkommen unlogisch. Und wie sollten die eine unsichtbare Gravitationsanomalie aus dem Hut zaubern?«

»Keine Ahnung, Sie sind die Wissenschaftler.«

»Genau, darum müssen wir auch so schnell wie möglich nach Aberdeen«, mischte sich Anton ein, der sich noch immer sichtlich unwohl zu fühlen schien bei der ganzen Sache.

»Was genau soll denn da passieren?«

Anton sah zu Julija rüber, die kurz überlegte und dann den Kopf schüttelte. Es war zu riskant, den beiden Soldaten irgendetwas zu erzählen. Vielleicht wollten sie wirklich helfen und banden sich an die Hoffnung, wirklich helfen zu können, die aktuelle Krise zu beenden - immerhin ging es hier um die Zukunft des Kontinents oder vielleicht sogar der Erde. Aber es bestand auch die Möglichkeit, dass sie bloß mitspielten, um sie als Amateure in Sicherheit zu wiegen und dann zuzuschlagen, wenn sie ausreichend eingelullt waren.

»Das ist egal. Wichtig ist, dass Sie beide dahin fliegen, wohin wir wollen, damit wir nicht Ihre Gehirne auf der Frontscheibe verteilen«, sagte Linus mit erschreckend kalter Stimme und die Temperatur in der Kanzel schien sich auf einen Schlag halbiert zu haben. Manchmal fragte sie sich, ob sie den Exmann ihrer verstorbenen Freundin noch kannte. Er hatte längst nichts mehr mit jenem Linus gemeinsam, den Natalja geliebt hatte. Es war kaum vorstellbar, aber damals hatte sie deren Liebe noch nachvollziehen können. Er war ein überaus einfühlsamer und kluger Mann gewesen.

»Werden wir es schaffen? Mit dem Sprit?«, fragte er mit kühler Stimme weiter.

»Ich ... schwer zu sagen«, entgegnete Andersen. »Ohne GPS können wir keine optimale Route fliegen, die normalerweise Benzin und Zeit spart. Wir schaffen vielleicht achthundert Kilometer, mit Rückenwind etwas mehr. Es ist eine Glücksfrage.«

»Das Problem wird eher ein anderes sein«, schaltete sich der Copilot ein. »Wir sollten in einer Stunde in Darmstadt landen und wenn wir das nicht tun, wird man nach uns suchen. Sie haben Glück, dass unser automatischer GPS-Abgleich nicht mehr funktioniert und nur Nahbereichstransponder intakt sind, sonst wären wir schon längst angefunkt worden.«

»Dann hoffen wir, dass das Glück uns hold bleibt«, murmelte Julija.

»Wenn wir über dem Meer sind, müssten wir außerhalb der Zwölfmeilenzone sein und dürften zumindest nicht von den Briten abgefangen werden.« Andersen fühlte sich sichtlich unwohl bei dem Gedanken, dass er sich irrte.

»Wir werden sehen. Einen Weg zurück gibt es jetzt sowieso nicht mehr.«

Also flogen sie über die Wälder und Dörfer der Beneluxstaaten in Richtung der Nordsee, die aufgrund tiefhängender Wolken kaum Mondlicht abbekam und aussah wie ein Meer aus Dunkelheit, das hin und her waberte wie ein lebendiger Organismus. Bald wurde jedoch klar, dass der Sprit den Karten und Positionsbestimmungen der Piloten zufolge nicht reichen würde und das stellte sich als Problem heraus: Sie hatten keinerlei Möglichkeiten, die Aussagen der Piloten zu überprüfen. Vielleicht suchten die nur einen Vorwand, die Situation im Cockpit aufzulösen, indem sie Julija, Linus, Anton und Mirijam voneinander trennten um etwas Dummes zu versuchen? Also entschieden sie, dass Linus und Mirijam mit den beiden Waffen im Cockpit hinter den Piloten bleiben würden. Andersen und Schwarze versicherten ihnen zwar, dass sie sie an ihr Ziel bringen wollten, um bei der Lösung der Krise zu helfen, doch keiner wollte ihnen weit genug trauen, um ihre gesamte Idee in die Hände der Soldaten zu legen.

Also machte sich Julija mit Anton und einem Werkzeugkasten daran, die Sitzreihen abzuschrauben, indem sie die eingerasteten Halterungen der Verplombungen lösten. Es handelte sich um eine Art Baukasten System, mit dem man die Kabine in mehrere Ausstattungen umformen konnte: Sitze, Sitzreihen, Lagerfläche. Als sie fertig waren, öffneten sie eine der Seitentüren und schoben, auf dem Boden kauernd, die Sitzreihen nacheinander mit den Füßen ins Meer. Laut dem Piloten würde das etwa zweihundert Kilo Gewicht sparen. Den Werkzeugkasten warfen sie hinterher, da sie fanden, dass er ebenfalls viel zu schwer war. Es folgten einige Sturmgewehre und sie schlossen die Tür wieder.

Der restliche Flug führte sie an der Ostküste der britischen Insel entlang. Sie zog als grau abgegrenzte Linie am Horizont vorbei, wo sich die Schwärze der Nordsee mit der Schwärze des Himmels hätte treffen müssen. Immer wieder durchzogen helle Flecken das Nichts aus Dunkelheit – Dörfer und Städte, die entlang der Küste für so etwas wie technologische Leuchtfeuer inmitten von Hoffnungslosigkeit sorgten. Julija fragte sich bei dem Anblick, ob die Leute, die im Bereich dieser Lichter lebten, überhaupt verstanden, wie ernst die Lage war. Die meisten waren womöglich von sämtlichen Informationsmedien abgeschnitten. Gerade auf den Dörfern, wo keine marodierenden, plündernden Meuten umherzogen, gab es womöglich noch Menschen, die gar nicht verstanden, was gerade passierte. Besonders ältere Menschen, die sich in den ersten Stunden nicht informiert hatten, als das Internet noch halbwegs schnell funktionierte, würden jetzt das Nachsehen haben.

»Was schaust du so düster?«, fragte Anton über Funk und sie streifte ihre Grübeleien von sich, um in sein müdes Gesicht zu sehen. Es erinnerte sie an eine verwelkte Blume, blass und faltig.

»Ich frage mich gerade, ob alles noch schlimmer wird.«

»Nicht, wenn wir es verhindern können«, versicherte er ihr und rang sich ein Lächeln ab. Manchmal beneidete sie ihn um seinen Optimismus und manchmal hasste sie ihn dafür. Oder war sie einfach nur neidisch? Vielleicht eine Mischung aus beidem.

»Ich hoffe, dass wir das können.«

»Hey Leute«, wurden sie von Linus unterbrochen. Julija sah sich instinktiv um, um sich dann in Erinnerung zu rufen, dass er sich mit Mirijam im Cockpit befand. *Wo er und meine Tochter zwei Soldaten Pistolen ins Genick drücken.* Am liebsten hätte sie geschrien.

»Was ist?«

»Unser Sprit wird nicht reichen«, rief Linus und das Rattern der Rotoren erzeugte einen blechernen Widerhall in seiner Stimme. »Der Pilot sagt, dass er in Crawton, etwa einundzwanzig Meilen südlich von Aberdeen runtergehen muss, wenn wir nicht mit leerem Tank über der See abstürzen wollen.«

»Verdammter Mist«, fluchte sie.

»Was?«

»Ich sagte *verdammter Mist!* Dann müssen wir eben einen Weg finden, um von dort zum Flughafen zu kommen.«

»Schätze schon. Wir brauchen noch zwei Stunden.«

»Okay, danke. Wir lösen euch gleich ab.« Sie wandte sich Anton zu, der genau wie sie auf der nun kalten Ladefläche saß und sich hinter dem Rücken mit den Händen abstützte. »Komm, geben wir den beiden eine Verschnaufpause.«

»Ist gut.« Anton rappelte sich auf und gab ihr die Hand, um ihr auf die Beine zu helfen. »Einundzwanzig Meilen ist nicht so viel, die bekommen wir auch noch hin. Vielleicht haben wir sogar Glück und dort gibt es bereits Empfang, dann könnten wir nachsehen, ob wir eine Antwort von SpaceX bekommen haben.«

»Ja, in dem Fall wissen wir wenigstens, ob sie wirklich auf dem Flughafen auf uns warten.«

»Ich denke eher, dass es sich um einen der Privatflugplätze handeln wird, da der Flughafen nach der Einstellung des Flugverkehrs höchstwahrscheinlich dicht ist.«

»Also wissen wir gar nicht, wo wir hinfahren sollen, falls sie nicht geantwortet haben«, schloss sie und nickte frustriert.

»Nun, wenn sie gar nicht geantwortet haben, holen sie uns wahrscheinlich auch nicht ab.«

21 Linus

Der Hubschrauberpilot landete ihre Maschine auf einer Wiese südlich von Crawton, das als heller Fleck hinter dem Wald die Wolken beleuchtete. Für Linus sah die Szenerie ein wenig aus wie in einem Spielbergfilm aus den achtziger Jahren, in denen er sich noch Alienbesuchen gewidmet hatte. Die Wiese lag beinahe vollständig im Dunkeln und wurde nur von den Positionslichtern des Helikopters beleuchtet, während sie von den umstehenden Bäumen der schottischen Wälder beobachtet wurden. Die Schatten zwischen den dunklen Stämmen schienen Augen zu haben und sorgten dafür, dass Linus sich unbehaglich fühlte. Der Eindruck, dass die Lichter Crawtons hinter den nördlichen Wipfeln wie ein kaltes Feuer aussahen, brachte auch keine Abhilfe.

»Und was sollen wir jetzt machen?«, fragte Leutnant Schwarze, als die Rotorblätter immer langsamer und leiser ihre Kreise drehten. Er stand gemeinsam mit seinem Kameraden Leutnant Andersen vor der geöffneten Kabinentür und blickte sie ein wenig ratlos an. Seinen Helm hatte er abgenommen und unter seinen Arm geklemmt.

»Keine Ahnung«, schnarrte Linus und zuckte mit den Schultern. »Gehen Sie nach Aberdeen, dem wohl einzigen Ort, an dem Sie vielleicht noch Internet bekommen können.«

»Sehr witzig. Was glauben Sie, wie weit Sie kommen, nachdem Sie einen Militärhubschrauber entführt haben?«

Linus hob die Pistole, die er dem Piloten abgenommen hatte und hielt sie in dessen Richtung. »Vielleicht sollte ich Sie beide besser umlegen, damit Sie nicht petzen können.«

»Hey«, ging Julija dazwischen und legte ihm eine Hand auf den vorgereckten Arm. »Wir sind keine Mörder.« An die beiden Soldaten gewandt fuhr sie fort: »Wir wollen Ihnen nichts tun. Wir glauben wirklich, dass wir diese Krise lösen können, aber dafür müssen wir eben einige ... unorthodoxe Methoden anwenden.«

»Gesprochen wie eine echte Wissenschaftlerin«, gluckste Anton, dem Müdigkeit und Aufregung nicht besonders gut bekommen waren, soweit man das anhand seines plötzlich bubenhaften Verhaltens sagen konnte.

»Ich denke, dass die beiden Herrschaften sich lieber eine andere Story ausdenken werden, als von einem Alkoholkranken, zwei Wissenschaftlern und einem Teenager überwältigt worden zu sein, um diese nach Schottland auszufliegen, hm?« Julija sah mit gekräuselter Stirn zu den beiden Soldaten, die ein paar kurze Blicke austauschten und mit verzogenen Mündern nacheinander nickten.

»Verschwinden Sie einfach«, meinte Leutnant Schwarze und kletterte zurück in die Kabine seines Helikopters.

»Genau das sollten wir auch tun«, schlug Linus vor und warf die Pistole weit von sich ins Gras. Julija tat es ihm nach kurzem Zögern nach und dann liefen sie in Richtung des finsteren Waldrands, hinter dem Crawton in der Nacht glühte.

Im Wald roch es nach nassem Reisig und modrigem Moos. Da es sich um einen Forst handelte, konnten sie mit vorsichtigen Schritten querfeldein gehen. Ab und zu stieß Linus, der voranging, mit herabgefallenen Ästen und Baumstümpfen zusammen und stieß wilde Flüche aus, doch insgesamt kamen sie gut voran. Irgendwann kreuzten sie einen Schotterweg, der sich in Richtung der Kleinstadt schlängelte.

»Echt gruselig nachts im Wald«, meinte Mirijam, die ihre Mutter an der Hand hielt und sich ständig umschaute, als könnten die Schatten ein Eigenleben entwickeln und über sie herfallen.

»Du guckst zu viele Horrorfilme«, erwiderte Julija und Linus drehte sich murrend um.

»Vielleicht sollten wir nicht so laut rumschreien. Wenn uns jemand hört, wird er sich wohl wundern, warum hier Leute Deutsch sprechen und im Wald rumirren.«

Ihren Gesichtern konnte er nichts entnehmen, da sie nur unklare Silhouetten hinter ihm waren, die sich kaum von der umliegenden Dunkelheit abgrenzten. Aber niemand sagte etwas, also wandte er sich wieder um und sah mit zusammengekniffenen Augen in Richtung des hellen Flecks weit vor ihnen. Offenbar war der Wald dort zu Ende und der Weg ging in einen offenen Bereich, vielleicht sogar die ersten Ausläufer Crawtons, über.

»Kommt schon, ist nicht mehr weit.«

Ohne weitere Worte liefen sie wieder los, begleitet von dem Knirschen des Schotters unter ihren Schuhen, als plötzlich ein lautes »Pling« die Stille zerriss wie ein Vorschlaghammer eine Papierwand.

Erschrocken fuhr Linus herum, um in das von einem Display beleuchtete Gesicht von Anton zu blicken, das auf sein Smartphone gerichtet war.

»Ich habe eine Antwort bekommen.«

»Was?«

»Von SpaceX!«, rief der Deutsche aufgeregt und wedelte mit dem Gerät in Linus' Richtung.

»Und?«, fragte der ungeduldig und kam ein wenig näher. Auch Julija und Mirijam stellten sich dichter zu ihnen, sodass sie schnell einen kleinen Kreis gebildet hatten, in dem sich ihre Köpfe beinahe berührten.

»Sie holen uns ab. Sie holen uns wirklich ab!«, frohlockte Anton und entblößte eine Reihe gräulich glänzender Zähne. »Gregory sagt, dass wir zum Flugplatz von Kirkton of Maryculter kommen sollen, dort wartet eine Bombardier Global 8000 auf uns, was auch immer das für eine Maschine sein soll.«

»Und? Was noch?«

»Wie, was noch?«

»Hat er noch was geschrieben?«, drängte Julija.

»Nein. Nur das.«

»Funktioniert deine Navi-App?«, fragte Linus schnell, als die Slowenin wieder etwas sagen wollte.

»Ja, ich glaube schon, ich bekomme ein GPS-Signal rein.«

»Gut, dann mach das Ding in den Flugmodus und erst wieder an, wenn wir dort sind. Nicht, dass uns wie in einem schlechten Film noch der Akku krepiert, bevor wir da sind.«

»Gute Idee.« Anton fummelte kurz auf dem Display herum und steckte sein Smartphone wieder weg. Schlagartig wurde es dunkel zwischen ihnen und um sie.

»Beeilen wir uns.«

Von Aufregung und der Hoffnung getragen, dass sie

es tatsächlich aus Europa hinaus schaffen würden, liefen sie den Schotterweg entlang und erreichten bald den Waldrand auf der anderen Seite. Crawton lag in einer kleinen Talsenke, zu der eine fahl vom Stadtlicht beschienene Wiese führte. Die ersten Häuser waren nur wenige hundert Meter entfernt und in den meisten waren die Fenster dunkel, da es mitten in der Nacht war.

»Irgendeine Idee, wie wir ans Ziel kommen sollen? Für zehn oder zwanzig Meilen brauchen wir ja ewig, das sind fünfzehn bis dreißig Kilometer«, flüsterte Julija, als sie an der ersten Häuserreihe, wo der Schotterweg in eine Asphaltstraße überging, anhielten.

»Wir müssen ein Auto klauen«, befand Linus, ohne zu zögern.

»Bitte was?«

»Wir müssen ein Auto klauen. Wie du schon sagtest: Zu Fuß kommen wir nicht weit.«

»Aber wir können doch nicht ...«

»Was? Ein Auto stehlen, nachdem wir einen Helikopter gestohlen haben? Wohlgemerkt mitsamt Piloten, denen wir Pistolen an den Kopf gehalten haben?« Linus schnaubte verächtlich. »Komm schon.«

»Weißt du überhaupt, wie das geht?«, fragte Julija und er entspannte sich ein wenig, da er fast damit gerechnet hatte, dass sie weiter protestieren würde.

»Ja.«

»Kannst du mir zeigen, wie das geht?«, schaltete sich Mirijam mit hoffnungsvoller Stimme ein, wurde jedoch schnell von ihrer Mutter zum Schweigen gebracht.

»Klar.« Linus deutete auf einen an der Straße geparkten VW Golf. »Nehmen wir doch den hier.«

Er ging zur Fahrertür und beäugte kurz das Interieur und dann das Chassis, nachdem er sich ein wenig entfernt hatte. Ein Modell Vier, schon recht betagt.

»Wartet kurz«, wies er die anderen an, die wie drei Kinder einen Halbkreis bildeten und ihm mit großen Augen nachsahen. Er ging zurück in den Wald, kehrte mit einem dicken Ast zurück und scheuchte Anton, Mirijam und Julija fort, die ihn argwöhnisch beäugten. Als sie sich entfernt hatten, schwang er den Ast und schlug damit die Fensterscheibe der Fahrerseite ein. Mit lautem Klirren barst das Sicherheitsglas und er zog den Ast an den Fugen entlang, um die letzten Splitter zu entfernen.

Als er sich umdrehte, waren die anderen zusammengezuckt und sahen ihn vorwurfsvoll an. Irgendwo bellte ein Hund.

»Bist du wahnsinnig?«, fluchte Julija und schaffte es beinahe, ihr aufgeregtes Flüstern wie ein Schreien klingen zu lassen.

»Wieso?«

»Das war total laut!«

»Na und? Die meisten Leute interessiert das doch nicht. Stell dir vor, du wachst auf, weil du irgendwas gehört hast. Was machst du dann, hm? Du lauschst noch einmal, fragst dich, ob du es dir eingebildet hast oder nicht und falls nicht, ob irgendein Nachbar was fallengelassen hat oder was auch immer. Was du nicht tun würdest, wäre, sofort aus dem Haus zu rennen mit einer Taschenlampe.«

»Hat er recht«, befand Anton und nickte. Julija warf ihm einen bösen Blick zu, seufzte dann aber und warf ergeben die Hände in die Luft.

»Da geht nirgendwo Licht an und ich höre auch nichts«, fügte Mirijam hinzu und sah Linus mit einer Mischung aus Ehrfurcht und Abenteuergeist an.

»Also, fahren wir.« Linus zog seine Hand in den Ärmel seines Mantels zurück und wischte Glas vom Fahrersitz, bevor er sich darauf niederließ.

Linksverkehr, man kann nicht alles haben.

»Wow, du kannst das auch kurzschließen?«, fragte Mirijam vom Rücksitz, wo sie mit Anton Platz nahm, nachdem Linus ihnen über die Zentralverriegelung geöffnet hatte.

»Natürlich kann er das«, antwortete Julija vom Beifahrersitz für ihn und warf ihm einen fragenden Blick zu.

Linus zuckte mit den Schultern und riss die Abdeckung unter dem Zündschloss auf. Dabei schnitt ihm das Plastik tief in die Finger, doch er ignorierte die Schmerzen.

»Ist ein altes Modell mit normalem Zündschlüssel, habe das damals als Korrespondent in Bagdad schon gemacht. Bei den neueren klappt's nicht, aber das hier ...« Er fummelte die Drähte auseinander und schnitt sie an der offenliegenden Kante der Plastikarmatur auseinander, bevor er einige nacheinander prüfend gegeneinander hielt. Der Hund bellte noch immer in der Ferne.

»Bist du sicher, dass ...«, setzte Julija an, doch er warf ihr nur einen bösen Blick über die Schulter zu und sie verstummte wieder. Er probierte es noch mit drei anderen Drähten und endlich funkte es und der Wagen sprang an. Schnell verdrehte er beide miteinander und wartete kurz, um sicherzugehen, dass das Auto auch wirklich lief. Dann setzte er einen zufriedenen Blick auf und lenkte den Wagen auf die Straße.

»Zeit für dein Navi, Anton«, meinte er, als sie auf eine Kreuzung zuhielten. Die niedrig gebauten Steinhäuser um sie gaben ihm das Gefühl, durch das Set eines Mittelalterfilms zu fahren. Er hatte für Großbritannien noch nie viel übrig gehabt und deshalb kaum etwas von dem Land gesehen, wenn man mal von London und dem Flughafen Edinburghs absah. Ihm fiel nicht einmal ein Grund dafür ein, da er zumindest von den Schotten gehört hatte, dass sie ein nettes Völkchen waren. Möglicherweise hatte ihn die Aussicht auf Fish and Chips und von Minzsoße verschandeltes Fleisch auf Abstand gehalten, wer weiß.

»Okay, einfach geradeaus fahren und dann abbiegen auf die Schnellstraße nach Aberdeen, wenn das entsprechende Schild kommt. Die Ausfahrt, die wir nehmen müssen, lautet Kirkton of Maryculter. Dort biegen wir nach der Ausfahrt links ab und müssten ganz in der Nähe sein.«

»Das kann sich sogar mein Alkoholiker-Gehirn merken«, gab Linus zurück und beschleunigte auf die verlassene Hauptstraße, die aus Crawton in westliche Richtung führte.

»Hoffentlich fährt hier keine Polizeistreife und sieht, dass deine Fensterscheibe eingeschlagen ist.« Julija räkelte sich mit sichtlichem Unbehagen auf dem Beifahrersitz und sah ständig zwischen Rück- und Seitenspiegel hin und her.

»Das Auffälligste hier bist du, weil du dich benimmst wie eine entflohene Straftäterin.«

»Das bin ich ja auch. Zumindest erfülle ich sämtliche

Kriterien.«

»Touché«, musste er anerkennen und kniff die Augen zusammen, als sie sich der nächsten Kreuzung näherten. Dort warteten drei Autos an einer roten Ampel und von hinten näherten sich die Scheinwerfer eines weiteren. Das Licht der Straßenlaternen war hier etwas dichter, da es sich um eine Hauptstraße handelte, aber er hoffte, dass es diffus genug war, damit man nicht sofort erkannte, dass er mit zerstörtem statt lediglich geöffnetem Fenster fuhr.

»Wenn wir an der Ampel stehen, wird das ganz sicher jemandem auffallen«, gab Anton zu bedenken.

»Ist mir schon klar«, knurrte er zurück und drosselte die Geschwindigkeit stark genug, dass sie übermäßig lange brauchen würden, um die wartenden Autos zu erreichen. Als die Ampel endlich Gelb und schließlich Grün wurde, trennten sie noch wenige Meter und Linus atmete erleichtert aus. »Hat ja gerade noch gepasst.«

»Gleich sind wir aus der Stadt raus, dann dürfte es unproblematischer werden«, sagte Anton von der Rückbank, doch Linus bedeutete ihm mit erhobener Hand, zu schweigen. »Pssst.«

»Was ist?«

»Seht ihr das da vorne?« Er beugte sich ein wenig über das Lenkrad und riss die Augen auf, als er einen Polizeiwagen sah, der vor einer Eisenbahnbrücke das Auto vor ihnen mit einer Kelle herauswinkte. Auch auf der anderen Seite stand direkt vor dem Brückenpfeiler ein Streifenwagen, vor dem zwei Polizisten mit gelben Reflektorjacken standen und der vordere eine Kelle schwenkte.

Die Autos vor ihnen folgten den Aufforderungen und

fuhren rechts und links an die Seite. Linus steuerte mit gleichbleibender Geschwindigkeit geradeaus, in der Hoffnung, dass es nur die beiden Kellen gab, die er bei den Beamten gesehen hatte. Am liebsten hätte er das Gaspedal durchgedrückt, so nervös wurde er beim Anblick der Polizisten, doch er konnte sich im letzten Moment abhalten und zwang sich, ruhig zu bleiben. Unter eisiger Stille passierten sie die Fahrzeuge rechts und links schließlich und als diese im Rückspiegel kleiner wurden, gestattete er sich endlich, auszuatmen.

»Verfic ...«

»Linus!«

»Verfluchter Mist«, ächzte er und blähte die Wangen. »Habt ihr das gesehen? Die winken Autos raus, das kann doch kein Zufall sein!«

»Nein, ist es nicht, die Piloten haben gepetzt«, stimmte Anton ihm zu.

»Ja, damit hätten wir rechnen können.« Julija sah angespannt in ihren Seitenspiegel. »Aber wir hätten sie auch schlecht erschießen können.«

Linus wollte protestieren, doch er wusste nur zu gut, dass er die zwei unschuldigen Männer nicht getötet hätte. Allerdings hätte er auch niemals gedacht, in seinem Leben noch einmal so nervös zu werden, wie gerade bei den Polizeikontrollen. Was war nur mit ihm los?

»Fakt ist, dass sie es getan haben, das können wir jetzt nicht mehr ändern. Wir sollten von der Schnellstraße runter. Da es hier in der Gegend nicht viel gibt außer Aberdeen, werden sich die Behörden mit Sicherheit auf sämtliche Wege von Crawton nach Aberdeen konzentrieren, angefangen bei den direktesten und schnellsten.

Anton«, sagte er und sah dem Deutschen durch den Rückspiegel in die Augen. »Kannst du einen Weg finden von der nächsten Ausfahrt über kleinere Straßen zu diesem Kirktown of Maryton?«

»Kirkton of Maryculter«, korrigierte Anton ihn. »Ja, das kann ich, warte. Fahr einfach ab, bis dahin habe ich was gefunden.«

»Vielleicht ein paar Feldwege.«

»Ich glaube nicht, dass sie uns suchen werden wie Schwerverbrecher, dafür passen wir in kein Profil.« Julija klang eher verzweifelt als wirklich überzeugt.

»Zwei der wichtigsten Experten für die aktuelle Satellitenkrise und ein europaweit gesuchter Journalist und Hacker?«, fragte Linus und lachte freudlos auf. »Wir passen tatsächlich in kein Profil, außer jenes, dass jeder verfluchte Bobby im Vereinigten Königreich nach uns suchen wird, wenn die wissen, wer an Bord war.«

»Das wissen die ganz sicher, immerhin war unser Abflug aus Brüssel ...«

»Danke, Anton, das hilft wirklich«, meckerte Julija und rollte mit den Augen.

»Bleiben wir ruhig«, mahnte Linus und setzte den Blinker, bevor er sie auf die nächste Ausfahrt brachte und abbremste. Sie fuhren entsprechend Antons Anweisungen in westliche Richtung und bogen dann auf eine verlassene schmale Straße ein, die von erst kürzlich gepflanzten Bäumen gesäumt war. Unterwegs sahen sie einige Male Scheinwerfer von entgegenkommenden Autos, die zwar jedes Mal für Herzklopfen sorgten, sich aber als normale Privatfahrzeuge herausstellten. Ähnlich angespannt beäugten sie Lichter im Rückspiegel, die jedoch jedes Mal irgendwann abbogen und verschwanden. Deutlich mehr Sorgen machte ihnen ein Licht am Himmel, das östlich über der Schnellstraße schwebte und immer wieder Abstecher nach rechts und links machte. Offenbar nahmen die schottischen Ordnungshüter die Hinweise der beiden Piloten äußerst ernst. Ein wenig zu ernst für Linus' Geschmack.

Schließlich erreichten sie den Flugplatz von Kirkton of Maryculter über einen verlassenen Feldweg. Sie hatten Glück, dass der Polizeihubschrauber nicht in dem Moment mit seinem Suchscheinwerfer in der Nähe war, denn ein Auto auf diesem Stück Nichts wäre sicherlich sofort ins Auge gesprungen. Bei dem Rollfeld handelte es sich um eine alte Betonstrecke, aus deren winzigen Fugen bereits Grashalme sprossen, welche im Licht ihrer Scheinwerfer bleich und welk wirkten. Am anderen Ende der Bahn stand ein metallischer Konus mit winzigen Fenstern geparkt, aus denen warmes Licht strahlte.

»Ich hoffe, dass das deine Bombardier ist, Anton«, murmelte Linus. »Und keine Polizeimaschine.«

»Hi, hier ist Anton. Gregory, wir sind am Ende des Rollfelds angekommen, seid ihr da?«

»Was ...« Als er sich umdrehte, sah er, dass der ESA-Direktor telefonierte und ihm einen Daumen entgegenstreckte.

»Okay, verstehe. Ja, alles klar. Ich schätze schon.« Anton legte auf. »Das ist Greg, er ist persönlich da und weiß von der Polizeisuche.«

»Hat er ...«

»Fragen gestellt?« Anton schüttelte den Kopf. »Nein. Er hat nur gesagt, dass wir so schnell wie möglich starten, also sollten wir keine Zeit verlieren.«

Linus ließ sich das nicht zweimal sagen und raste das Rollfeld entlang auf den geparkten Businessjet zu. Alle paar Sekunden vibrierte das Lenkrad unter seinen Fingern leicht, wenn sie über eine der Fugen fuhren. Als sich Scheinwerferkegel und Lichter des Flugzeugs berührten, bremste er ab und hielt neben einem Mann in Jeans und Pullover, der vor der heruntergelassenen Treppe auf sie wartete.

»Ein gestohlenes Auto. Elegant«, bemerkte der Kerl – Gregory, schätzte Linus – in amerikanischem Englisch und hob eine Braue in ihre Richtung, als sie schließlich vor ihm standen und sich nervös umsahen. »Na dann kommt mal rein. Ich bin Gregory, aber ihr könnt Greg zu mir sagen.«

Sie ließen sich kein weiteres Mal bitten und hasteten die sechs Stufen in den Luxusjet hinauf. Die Turbinen waren bereits angelassen und erfüllten den Innenraum mit einem leisen Rauschen, das draußen noch metallisch und rasselnd geklungen hatte. Es gab auf jeder Seite zehn Sitze an den Fenstern, die eher aussahen wie Ledersofas, und zwei Stewardessen in dunkelblauen Uniformen, die sie auf ihre Plätze wiesen. Noch bevor Linus sich angeschnallt hatte und sich in dem sündhaft teuren Interieur umsehen konnte, hörte er, wie die Tür geschlossen wurde und sie zu rollen begannen.

»Tut mir leid für den Ärger«, meinte Anton, der direkt vor ihm saß in Gregorys Richtung. Der SpaceX-Mitarbeiter sah von der anderen Sitzreihe zu dem ESA-Direktor und lächelte milde.

»Elon ist bereit, ein paar Risiken und diplomatische Komplikationen in Kauf zu nehmen, wenn er dafür die Chance hat, eine Anomalie abzuhalten, unser neues

Startzentrum in Texas einzuäschern.« Der Amerikaner zwinkerte ironisch und legte seinen Kopf zurück an die Lehne, als sich die Nase des Jets bereits nach oben ausrichtete und sie in die Nacht über Schottland abhoben. »Ihr könnt euch etwas entspannen. Wir haben fast vierzehntausend Kilometer vor uns bis Hawthorne.«

Erst jetzt sank Linus' Adrenalinspiegel ein wenig und das Rauschen in seinen Ohren ließ nach.

22 JULIJA

Es dauerte geschlagene drei Tage, bis sie Elon Musk treffen konnten. Offenbar musste er aus Texas einfliegen, und es wurde erst ein Termin für sie und Anton anberaumt, als sie ihr Lösungskonzept fertig hatten. Im Grunde genommen hatten sie die gesamten zweiundsiebzig Stunden damit verbracht, ihre Theorie zur Dunklen Materie und den beiden Anomalien schriftlich niederzulegen und graphisch darzustellen. Linus kümmerte sich derweil um Mirijam, die regelmäßig angefangen hatte, zu weinen. Julija hasste sich dafür, dass es nicht sie sein konnte, die sich um ihre Tochter kümmerte, aber sie musste dieses Problem lösen, sonst würde es womöglich keine Erde mehr geben, in der Mirijam ab morgen leben konnte. Wahrscheinlich hatte sie sich die vierundzwanzig Stunden bis zur Ankunft in Hawthorne nur so ruhig und geradezu erwachsen verhalten, weil sie geschockt war. Oder aber die Medikamente hatten ihr eine unnatürliche Stärke verliehen, die jetzt von ihr abblätterte wie morsche Rinde von einem Baum. Kein Teenager sollte sehen müssen, wie Menschen von einem Rotor zerhäckselt wurden, kein Teenager sollte eine Waffe in der Hand halten und jemanden damit bedrohen, und doch war es passiert. Unter Julijas Aufsicht. Sie konnte noch immer nicht fassen, dass sie das so einfach hingenommen hatte. Andererseits war sie jetzt in Sicherheit, weit entfernt von der Satellitenkrise in Europa, weit entfernt davon, Angst um ihr Leben haben zu müssen, und aus dieser Position ließ sich so etwas immer leicht sagen. Wichtig war jetzt jedoch, dass Mirijam sicher war und es sich erlauben konnte, zu weinen.

Sie selbst hingegen musste weiterhin stark sein, zumindest bis sie es geschafft hatte, Elon Musk von ihrer Idee zu überzeugen, sein Raumschiff als Kommunikationsrelais zu missbrauchen.

Zusammen mit Anton hatte sie einen Konferenzraum in dem riesigen Kastengebäude in Beschlag genommen, das vor dem SpaceX-Komplex im Süden von Los Angeles stand. Gregory hatte dafür gesorgt, dass sie sämtliche Hard- und Software bekamen, die sie für ihre Präsentation vor seinem Chef benötigen würden. Offenbar machte er sich Sorgen, dass er einen Fehler gemacht haben könnte, indem er sie hergebracht hatte. Zugegeben, ihre Theorie klang wahrscheinlich allzu fantastisch für ihn, doch er hatte auch zugegeben, dass in einer existenziellen Krise wie dieser jede Lösung zählte und Musk besonders offen für Querdenker sei, weil er selbst einer war.

Nun standen sie nach drei Tagen ohne Schlaf mit Eddingfarbe im Gesicht und widerlichem Kaffeegeschmack im Mund in dem immer kleiner gewordenen Raum und besahen die Ergebnisse ihrer Arbeit. Neben dem großen Tisch standen vier Flipcharts, zwei Whiteboards, mehrere Fernseher, Computer, Laptops und eine Leinwand, die dafür sorgten, dass aus viel Platz ein enges Gedränge wurde. Überall lagen Papier, Stifte, alte Kaffeetassen und Taschenrechner herum und doch starrten sie nur auf die Leinwand, über die der Beamer ihre finale Simulation laufen ließ.

»Denkst du, dass wir wirklich alles einkalkuliert haben?«, fragte sie und strich sich eine ölige Haarsträhne aus dem Gesicht.

»Wenn die Daten, die Gregory uns gegeben hat, korrekt sind, sollten auch unsere Berechnungen korrekt sein.«

»Das sind sie.« Julija und Anton fuhren herum und sahen Gregory eintreten, in seinem Schlepptau eine weitere Person, die Julija erst gar nicht erkannte. Dann wurde ihr klar, dass der große, erstaunlich massige Mann hinter Greg Elon Musk war, der ein freundliches aber müdes Lächeln aufgesetzt hatte und um den Tisch auf sie zu kam. Dabei stieß er sich den Fuß an einem herumstehenden Rollschrank und rutschte beinahe auf einem Stapel Papier aus. Als er sie erreicht hatte und ihnen die Hände schüttelte, grinste er bübisch.

»Hier sieht's ja aus wie damals bei unseren ersten Raketentests.«

»Äh, ja, äh ... entschuldigen Sie bitte, Mr. Musk«, stammelte Julija und ihr Kopf fühlte sich an, als wären die synaptischen Spalten zwischen den Neuronen mit Quecksilber gefüllt.

Oder mit reiner Müdigkeit.

»Elon, bitte.«

Einen der bekanntesten Ingenieure und Unternehmer der Welt zu treffen, schien ihr mit einem Mal so surreal und gleichzeitig absolut normal, dass sie nicht wusste, was sie denken sollte.

»Danke, ich bin Julija, das ist Anton. Tut mir leid, dass es hier so aussieht.«

»Kein Grund für eine Entschuldigung. Das einzige, was ich nicht abkann, sind Faulpelze und Leute, die nur schlaues Zeug reden, aber de facto nichts drauf haben.« Der Südafrikaner winkte ab und sah auf die Simulation auf der Leinwand, die in Dauerschleife ablief. »Spannend, was ist das?«

Offenbar stimmt es, was man über ihn sagt: Er verplempert ungern Zeit, dachte sie und tippte hinter sich auf einen der Laptops.

»Wir haben die Daten zu ihrer Mondmission ausgewertet und in eine Computersimulation eingespeist, die Anton programmiert hat.«

»Das habe ich mir gedacht, aber warum?«

»Sie meinen, was das Problem ist?«, fragte sie.

»Ja.« Musk nickte und sah sie erwartungsvoll an. »Ich würde es gern von Ihnen hören. Was Gregory mir am Telefon erzählt hat, klang genauso wirr wie unglaublich, darum dachte ich, dass es aus Ihrem Mund vielleicht etwas ... logischer klingt.«

»Nun, abgefahren und unglaublich wird es auch gleich noch klingen, aber ich kann Ihnen versichern, dass es absolut im Bereich des Logischen ist.« Sie gab Anton einen Wink, der daraufhin einige Eingaben auf dem Laptop machte. Eine Darstellung des beobachtbaren Universums ersetzte die Simulation. »Das ist eine graphische Darstellung der kosmischen Hintergrundstrahlung, die wir messen können. Das gesamte Universum dehnt sich etwas über dreizehn Milliarden Lichtjahre aus. Hinter den Rändern könnten sich Sternensysteme befinden, die sich seit dem Urknall so schnell fortbewegen, dass ihr Licht uns nie erreichen wird, weshalb es dort draußen für uns Schwarz und leer ist. Wir wissen es schlicht nicht. Ohne Licht gibt es jedenfalls nichts zu sehen.« Julija deutete mit dem Finger auf die Leinwand, wo das Universum wie eine Art verdichtetes Spinnennetz aussah. »Und selbst das, was wir sehen, macht nur die geladene Baryonische Materie aus, also aus Protonen und Neutronen aufgebaute Materie, die elektromagnetisch wechselwirkt. Damit wird sie sichtbar. Aber das wissen Sie ja. Der Rest«, wieder gab sie Anton einen Wink und eine Darstellung der Milchstraße löste das bisherige Spinnennetz ab, »ist Dunkle Materie und Dunkle Energie, über die wir rein gar nichts wissen, außer dass sie von den vier Grundkräften nur in einer wechselwirkt, nämlich der Gravitation.«

Auf der Leinwand erschienen erst die Milchstraße mit ihren Spiralarmen, und dann dicke, wurmartige Gebilde, die sich durch die Galaxie schlängelten wie riesige, dicke Würmer durch einen Apfel. Sie hatten keinen Anfang und kein Ende, ein endloser Strang.

»Was ist das?«, fragte Musk mit verschränkten Armen und beäugte die Leinwand mit interessiertem, aber ebenso irritiertem Blick.

»Das sind sogenannte S1-Ströme oder auch Sternenströme. Sie durchziehen unsere Galaxie und bestehen unter anderem aus Dunkler Materie. Entstanden sind sie, als nahe Zwerggalaxien durch den Schwerkrafteinfluss der Milchstraße zerrissen wurden. Diese Ströme sind das, was von Gas, Sternen und Dunkler Materie übrig geblieben ist. Von ihnen gibt es extrem viele in unserer Galaxie und manche kann man am Himmel sehen, wenn sie viel Gas und Sterne mit sich führen. Sie rasen mit fünfhundert Kilometern pro Sekunde durch das Weltall, doppelt so schnell wie unsere Sonne. Mitten in einem befindet sich unsere Sonne. Unser S1-Strom führt etwa dreißigtausend Sterne mit sich, aber noch viel, viel mehr Dunkle Materie.«

»Warum erklären Sie mir das?«

»Weil ich Ihnen sagen will, dass Dunkle Materie nicht

bloß im Zentrum des Universums und in den Zentren der Galaxien vorkommt, sondern höchst beweglich ist und überall vorkommt, besonders in unserer Nähe. Außerdem bildet sie ein zusammenhängendes Gebilde, das das gesamte Universum durchzieht. Das Universum ist unglaublich leer. Wenn sie in einem Fußballstadion ein Reiskorn in die Mitte legen und auf den äußersten Rang ein Staubkorn legen, entspricht das etwa dem Abstand zwischen Erde und Mars. Und das sind kosmisch gesehen noch winzige Distanzen. Dass alles leer ist, ist allerdings eine Illusion. Es ist nur nicht sichtbar. Das Unsichtbare, Dunkle Materie und Dunkle Energie, ist überall und zwar reichlich vorhanden.«

»Ich verstehe. Was da in unserem Orbit die Satelliten über Europa ablenkt und was vom Saturn auf Texas zurast, können wir nicht sehen oder messen, aber es ist da. Also ist Ihr naheliegender Schluss, dass es sich um Dunkle Materie handelt.« Musk nickte mit noch immer verschränkten Armen. »Das leuchtet mir ein. Fahren Sie fort.«

»Es gibt genau eine Erklärung, warum sich diese Anomalien intelligent verhalten, also exakte Koordinaten einnehmen, die mit Referenzpunkten auf der Erde einhergehen. Es handelt sich um intelligentes, entscheidungsfähiges Leben.« Julija bedeutete Musk mit ausgestreckten Händen, sie ausreden zu lassen. Es war eine beinahe flehentliche Geste, aber es war ihr egal. »Sehen Sie, ein einziges leichtestes supersymmetrisches Teilchen, was nach heutigem Stand der Grundbaustein der Dunklen Materie ist, könnte womöglich keine Intelligenz ausbilden in dem Sinne wie unser Gehirn. Aber das ist nur unsere Sicht auf Leben, das auf Baryonen basiert, also einfach gesagt Atomen. Wir sehen aber nur fünf Prozent des Universums und gehen davon aus, dass es sich bei Intelligenz um komplexe vernetzte Strukturen handeln muss. Bei Dunkler Materie kann alles ganz anders sein. Gehen wir davon aus, dass es gemäß der Stringtheorie elf Dimensionen gibt. Ein einzelnes Proton, aufgefaltet in seine elf Dimensionen und nicht nur eine einzige als Punkt, könnte damit theoretisch größer gemacht werden als unsere Sonne – ein einzelnes Proton! Wenn wir also zu wissen glauben, dass jene Teilchen, die Dunkle Materie ausmachen und nur gravitativ wechselwirken, ähnlich komplex in einfachster Form vorliegen, spricht nichts dagegen, dass sie gemeinsam mit anderen Teilchen komplexe Strukturen bilden, ohne damit zwangsweise eine neue Struktur aufzubauen.«

»Sie meinen, dass die gesamte Dunkle Materie im Universum schwimmt wie ein Meer aus Neuronen, nur dass diese Neuronen keine komplexen Moleküle sondern potentiell komplexe Einzelteilchen sind und im Verbund eine riesige Intelligenz bilden?«, fragte Musk und rieb sich nachdenklich über den Mund.

»Ja, genau.« Julija war froh, dass er offenbar seinen wissenschaftlichen Scharfsinn nicht verloren hatte.

»In Ordnung, wenn es sich um eine Intelligenz handelt, die über das gesamte Universum verteilt ist, was bedeutet das für uns?«

»Das bedeutet, dass sämtliche teilnehmenden Teilchen miteinander in ständiger Kommunikation sind. Sie wissen also immer, was mit jedem Einzelteilchen geschieht, weil es untrennbarer Teil des Einen ist. Allerdings beschränkt durch die Grenze der Lichtgeschwindigkeit. Was mit einem Teilchen hier geschieht, würde der heutige Rand des Universums erst in mehr als dreizehn Milliarden Lichtjahren mitbekommen. Aber wenn wir ein Teilchen zerstören, wie wir es im LHC im CERN gemacht haben, als wir zwei Protonen mit relativistischen Geschwindigkeiten kollidieren und zerfallen lassen haben, wäre es der Tod der gesamten Intelligenz und gleichzeitig auch nicht. Es wäre ein Totalverlust und gleichzeitig kein Verlust, weil es nur ein Teilchen von allen ist. Trotzdem müssten wir bei einer solchen Intelligenz, die sich mit keiner Art Leben vergleichen lässt, das wir kennen oder nur erdenken können, davon ausgehen, dass es das wahrnimmt.« Julija bemerkte, dass sie immer schneller redete und sich beinahe verhaspelte. Sie hatte das Gefühl, keine Zeit zu haben, aber sie musste sich trotzdem bremsen, um Musk nicht verrückt zu machen oder manisch zu klingen, durch all ihre Müdigkeit, die langsam in Überdrehtheit umschlug.

»Wenn dieses Leben so anders wäre, dass wir es niemals verstehen oder auch nur imaginieren könnten, was sollen wir dann tun, wenn es gar keine Überschneidungspunkte gibt? Wenn ich Sie richtig verstanden habe, leben wir im Prinzip nicht einmal im selben Universum.«

»Doch, es ist dasselbe Universum, räumlich gesehen. Bei den wirkenden Kräften und allem, was das Leben ausmacht allerdings, gibt es keinerlei Ähnlichkeiten. Aber es gibt eine Sprache, die das gesamte Universum spricht«, schaltete sich Anton zum ersten Mal ein, der offenbar bemerkt hatte, dass Julija mit ihrem müden und gleichzeitig vom Koffein aufgepeitschten Gehirn zu kämpfen hatte.

»Mathematik.«

»Ja.« Der Deutsche nickte heftig. »Das dringlichste Problem ist die Saturnanomalie, die sich fast dem Mond genähert hat. Wenn sie eine bestimmte Größe hat, wird es ausreichen, dass sie nicht einmal auf Texas stürzt, sondern im Orbit verharrt, und wir werden ein Problem mit unserem Mond bekommen. Wenn also Ihr Raumschiff es schaffen kann, der Dunklen Materie, sofern Julija recht hat und diese intelligent ist, begreifbar zu machen, dass auch wir intelligent sind, gibt es noch eine Hoffnung.«

»Die Hoffnung, dass diese komplett fremdartige, für uns nicht zu begreifende Intelligenz anthroposophische Grundsätze verfolgt«, schloss Musk und sah sie nicht besonders überzeugt an. »Das schließt sich doch argumentativ aus.«

»Nur Intelligenz kann Intelligenz erkennen«, hielt Julija hartnäckig dagegen. »Wenigstens beinhaltet diese Erkenntnis die Chance, dass sie auch so etwas wie Moral besitzen.«

»Wenn das stimmt, haben wir aber noch das Problem, dass wir nie wieder versuchen dürfen, in einem Teilchenbeschleuniger Dunkle Materie herzustellen.«

»Ja.«

»Gut, das ist ein Problem, dem wir uns widmen können, wenn die Welt nicht mehr dem Untergang entgegenstrebt. Wie sieht Ihr Plan aus?« Musk gab ihr mit einem Wink zu verstehen, fortzufahren.

Anton startete wieder die Simulation, das Ergebnis ihrer drei Tage Arbeit. Es zeigte einen schwarzen Planeten in der Nähe der Erde, etwa so groß wie der Mond, vor grauem Hintergrund. In seiner Umlaufbahn befand sich ein roter Punkt.

»Dieser Punkt ist Ihr Raumschiff«, sagte Julija. »Wir müssen es dazu bringen, eine geometrische Form um die Anomalie zu fliegen und darauf hoffen, dass die überwältigende Zahl an Teilchen Dunkler Materie sensibel genug ist, um diese winzige gravitative Abweichung, die die Masse des Raumschiffs erzeugt, zu erkennen.«

»Lassen Sie mich raten: Primzahlen haben damit zu tun?«

»Ja. Unser Vorschlag wäre eine periodische Approximation an Pi in Form eines kleinteiligen ...«

»Könnte mir das jemand übersetzen?«, fragte Gregory, der sich bisher auffällig ruhig verhalten hatte, von der anderen Seite des Tisches und Julija nickte abwesend.

»Ja. Archimedes hat sich der Kreiszahl Pi in Form eines regelmäßigen Polygons genähert, also eines Vielecks, das durch gleichförmige Seiten mit immer steigender Zahl Ecken einem Kreis geähnelt hat. Da sich Pi nicht ermitteln lässt, handelt es sich um eine Annäherung, zu deren Berechnung Primzahlen herangezogen werden, also solche Zahlen, die nur durch Eins und sich selbst teilbar sind. Man könnte sagen, besondere Zahlen, die jeder zur Mathematik fähigen Intelligenz als besondere Zahlen auffallen würden. Wir hatten auch überlegt, etwas mit fermatischen Primzahlen zu machen, also eine Kreisteilung zu simulieren, aber da nur die ersten fünf ...«

»Konzentrieren wir uns doch auf Ihre vorliegende Simulation. Primzahlen werden meines Wissens nicht zur Berechnung von Pi herangezogen.«

»Nein, aber es ist prinzipiell möglich. Wir haben die letzten Tage damit verbracht und, wenn auch unkonventionell, kommt man zu Ergebnissen und uns schienen Primzahlen als allgemeingültige mathematische Größen zu wichtig, um sie nicht zu verwenden. Denken Sie einfach daran, dass wir möglichst viele Kanäle bedienen müssen, wenn wir mit etwas vollkommen Neuem kommunizieren müssen. Wenn Aliens landen würden, würden wir sicherlich auch Schrift, Sprache, Licht, Akustik und vielleicht sogar Strahlung versuchen.«

»Verstehe. Wie viele Geraden und Ecken müsste das Raumschiff abfliegen?«, fragte Musk.

»Nun, um eine Angleichung darzustellen, die klar genug auf eine Kreisannäherung hindeutet, erschienen uns dreihundertsechzig Ecken entsprechend der Gradzahlen für sinnvoll, beziehungsweise das untere Ende der notwendigen Anzahl. Genau lässt sich das natürlich nicht sagen.«

»Reicht der Treibstoff?«

»Ja.«

»Ich meine, auch für eine Rückkehr«, präzisierte Musk und sah sie mit ernstem Blick und durchdringenden Augen an.

»Ja, es müsste genau reichen. Das war auch der Grund warum wir bei dreihundertsechzig Ecken angelangt sind.«

Musk wandte sich zu Gregory um. »Gibt es irgendwelche anderen Lösungsanstrengungen für das Anomalieprojekt, von denen du erfahren konntest?«

»Nein.« Antons Freund schüttelte den Kopf.

»Gut. Ich bin einverstanden.«

Julija seufzte erleichtert und tauschte ein breites Lächeln mit Anton aus.

»Aber.« Musk hob einen Zeigefinger in ihre Richtung. »Ich bin bereit, sämtliche Daten und Ihre Theorie an Peter und Michelle, die beiden Kommandanten der Mission weiterzuleiten und meine Empfehlung auszusprechen. Da es sich allerdings um ein hohes Risiko handelt, überlasse ich die letzte Entscheidung der gesamten Crew da draußen. Wir können das nicht für sie entscheiden.«

»Das verstehe ich«, erwiderte Julija. Sie tat es wirklich.

»Ich will ehrlich zu Ihnen sein. Auch wenn Ihre Herleitungen logisch klingen, klingen sie doch ebenso unglaublich. Da wir momentan aber keine anderen Messer in der Schublade haben, um uns aus diesem Dilemma zu befreien, nehme ich gerne das beste, das ich momentan zur Hand habe. Verstehen Sie mich nicht falsch, ich habe großen Respekt vor Ihnen und Ihrer Arbeit, den Chef der europäischen Raumfahrtagentur habe ich schließlich nicht jeden Tag zu Gast. Ich will nur, dass Sie offen für Anpassungen bleiben. Es gibt so viele Unbekannte in Ihrer Gleichung, dass wir unmöglich das Ergebnis vorhersagen können, geschweige denn, was zwischendurch passiert. Wir wissen ja nicht einmal, ob die Anomalie beschleunigt. Sollte sie das tun, ist Ihre gesamte Simulation nutzlos, weil Sie mit falschen Annahmen gearbeitet haben. Dann wäre auch das Abfliegen dieses Polygons möglicherweise nicht durchführbar. Versuchen sollten wir es aber allemal.«

»Danke«, sagte Julija mit Nachdruck und Musk

zuckte mit den Schultern.

»Danke, dass Sie sich uns anvertraut haben. Wären wir nicht für verrückte Ideen offen, hätten wir es niemals zum ersten privaten Unternehmen gebracht, das zum Mond fliegt. Oder zum ersten, das seine Raketen wieder landen lassen und ein weiteres Mal benutzen kann. Glauben Sie mir, uns wurde schon so oft vorgeworfen, ein Club aus Träumern und Versagern zu sein, dass Sie mit Ihrer Theorie deutlich besser ins Team passen als Sie vielleicht denken. Wenn Sie recht haben, wird die Welt Ihnen danken und zu Ihnen aufschauen, und genau diese Möglichkeit ist es, die wir hier immer im Blick behalten.« Der Südafrikaner rieb sich die Schläfen und unterdrückte ein Gähnen. »Gregory, lass hier aufräumen und bring die beiden ins Kontrollzentrum. Ich will, dass sie die Anleitung und Datenauswertung der Mission persönlich mit überwachen. Wenn das hier funktionieren soll, dürfen wir uns keine Fehler leisten.« An Julija und Anton gewandt, fügte er hinzu: »Sie sind doch fit genug, oder?«

»Ja.«

»Auf jeden Fall«, beteuerte auch Anton.

»Gut. Bis gleich.« Musk verließ den Raum und Julija legte ihrem Freund die Hand auf die Schulter.

»Ich glaube, wir haben die Berechnungen gut gemacht.«

»Sagst du das, um dir selbst Mut zuzureden oder weil du es wirklich glaubst?«

»Beides.«

»Na, dann hoffe ich, dass du recht hast, denn hier unten sind das nur Berechnungen, da oben«, Anton deutete in Richtung Decke, »geht es um Leben und Tod von fünf Menschen.«

»Nein, Anton«, berichtigte sie ihn. »Hier unten geht es um Leben und Tod von mehreren Milliarden Menschen, das dürfen wir nicht vergessen. Der Druck ist also noch viel schlimmer.«

»Ich hoffe nur, dass die Crew da draußen die richtige Entscheidung trifft. Ohne sie sind wir ohnehin verloren.«

23 Kashikoi

Kashikoi wurde vom schrillen Alarm seines Touchdisplays geweckt, das sich direkt vor seinem Gesicht an der Tür zu seinem Schlafsarg befand. Sein Vitaldatenarmband informierte ihn, dass er genau fünf Stunden und zwanzig Minuten geschlafen hatte, seine Körpertemperatur annähernd vierzig Grad betrug und sein Blutdruck ruhig etwas steigen dürfte. Die Temperaturanzeige beunruhigte ihn nur kurz, eher reflexhaft wie ein kurzes Zucken, da sie darauf vorbereitet worden waren, dass nach einigen Tagen in der Schwerelosigkeit die Körpertemperatur deutlich anstieg, ohne dass es zu Fiebersymptomen kam. Ihm war es herzlich egal, solange die Schmerzlosigkeit in seinen Gelenken anhielt. Er fühlte sich wie ein Fisch im Wasser, vielleicht ein wenig aufgeregt aufgrund der bevorstehenden Mondlandung, aber das war eher auf der Habenseite zu verbuchen und kein Problem.

Per Fingerdruck öffnete er die Abdeckung zu seiner Schlafkammer und befreite sich aus seinem Schlafsack, der ihn wie eine einbalsamierte Mumie an der Wand festhielt. Schon etwas eleganter als in den ersten Tagen schwebte er in den kleinen Raum, der durch eine offene Schleuse gegenüber zum Zentralkorridor führte.

»Gut geschlafen?«, fragte Masha, die neben ihm aus ihrer Kammer geschwebt kam, zusammengerollt wie ein Fötus, der sich wie in Zeitlupe in einen ausgestreckten Menschen verwandelte.

»Wie ein Stein«, erwiderte er fröhlich und lächelte sich die letzte Müdigkeit aus dem Gesicht. Er fand, dass die Niederländerin um die Augen ein wenig dunkel aussah. »Und du? Aufgeregt?«

»Hab' kein Auge zugemacht. Ich würde echt gern wissen, wie du das bewirkst.«

»Keine Schmerzen, kein Problem. Ich mache mir einfach keine Gedanken. Sich den Kopf zu zermartern, bringt ja eh nichts.«

»Außer wenn sich diese Gedanken um einen Ausweg aus einer misslichen Lage drehen.« Sie deutete vage in Richtung seiner Knie und lächelte. »Sonst wärst du jetzt ja kaum hier draußen.«

»Stimmt.« Er erwiderte ihr Lächeln abermals und zwängte sich in die dicke Windel, die er dem vorbereiteten Landepäckchen entnommen hatte. Sein Gesicht fühlte sich dabei heißer an als die Sonne selbst, doch er wollte sich Masha gegenüber keine Blöße geben. Sie war bereits nackt und kämpfte mit ihrer eigenen Windel. Offenbar beachtete sie ihn gar nicht. Wenn er sich jetzt zurückzog, würde sie ihn womöglich noch für verklemmt halten. Also musste er sich eben einmal wie ein Nicht-Japaner gerieren. Als er mit geöffneter Windel den Kondomkatheter überzog, drehte er sich vorsichtshalber aber doch ein wenig von ihr fort und war froh, als er die Windel verschlossen hatte und die Funktionskleidung überziehen konnte. Als Nächstes folgten die Druckanzüge, die deutlich schlanker waren als die normalen MMUs von NASA und ESA und auf Anpressdruck durch halbelastische Materialien basierten. Sie sahen schnittig aus, beinahe wie Kostüme aus Science-Fiction-Filmen. SpaceX hatte eben schon immer Wert darauf gelegt, dass ihre Aktionen nicht nur wegweisend und innovativ waren, sondern auch mit einem gewissen Stil vonstattengingen. Nicht zuletzt die Aktion, als Musk seinen roten Tesla Roadster mit der ersten Falcon Heavy in den Orbit geschossen hatte, war der letzte von vielen Beweisen dafür gewesen.

Zuerst half er Masha, ihren Anzug richtig zu verschließen und sämtliche Verschlüsse noch einmal zu überprüfen. Als sie auch in ihren Helmanzeigen nur grüne Symbole sah, reckte sie einen Daumen hoch und lächelte nervös. Sie wiederholten das Prozedere bei ihm und standen schließlich bereit für ihren Mondspaziergang voreinander.

»Wo ist Marcus?«

»Keine Ahnung«, sagte sie und stieß sich leicht mit dem Fuß an dem Durchgang zum Korridor ab, um vor die dritte Schlafkammer zu schweben, die verschlossen war. »Leer.«

»Vermutlich konnte er nicht schlafen und ist stattdessen Peter und Michelle bei ihren letzten Vorbereitungen auf den Keks gegangen.«

»Unser Bestsellerautor, der andere vollquatscht, weil er nervös ist? Neeein«, entgegnete sie lakonisch und die Funkverbindung ließ ihre Stimme leicht hüpfen, als verändere die Frequenz eigenmächtig ihre Stimmlage.

»Sehen wir nach«, schlug er vor und machte eine *nach-Ihnen*-Geste Richtung Zentralkorridor. Sie schwebte an ihm vorbei durch den runden Durchgang und hangelte sich an den Haltegriffen nach links Richtung Cockpit. Er folgte ihr mit einem kleinen Sicherheitsabstand, da sie auch nach mehreren Tagen nie wissen konnten, wann der jeweils andere sich mit seinen Bewegungen verschätzte und abrupt nach einem Griff fassen musste, um nicht mit irgendetwas zusammenzustoßen. Im Cockpit saßen tatsächlich Peter und Michelle in ihren Kommandantensitzen, die etwas weiter vorne angebracht waren und Marcus, der auf seinem Platz links dahinter festgeschnallt war und sich mehr schlecht als recht zu ihnen umdrehte, als sie herein schwebten.

»Sagt nicht, dass ihr ruhig schlafen konntet«, begrüßte er sie.

»Wie ein Stein«, wiederholte Kashikoi zufrieden grinsend und Masha wackelte bloß mit einer ausgestreckten Hand. *So lala.*

»Ihr seid pünktlich, super«, freute sich Peter, ohne sich umzudrehen. Wahrscheinlich hatte er sie über die Bordkameras gesehen. Er tippte genauso eifrig auf seiner Konsole herum wie vor fast sechs Stunden, als Kashikoi sich zum Schlafen zurückgezogen hatte. Ab und zu steckte er den Kopf mit Michelle zusammen, obwohl sie ohnehin kaum zu verstehen waren durch ihre Visiere. Kashikoi schnallte sich mit dem Dreipunktgurt fest und half dann Masha mit deren Gurten. Trotz des schnittigen Sitzes ihrer Anzüge hatte man keinerlei Gefühl in den Fingern, was es schwierig machte, Dinge zu erledigen, die ein etwas filigraneres Arbeiten mit der Hand erforderten.

»Wie sieht es denn aus? Liegen wir im Zeitplan?«, fragte er, als beide festgeschnallt da saßen und Peter und Michelle über die Schultern gucken konnten.

»Alle Systeme sind auf *Go* und wir haben bereits die Hälfte unseres Weges an der abgewandten Seite des Mondes vorbei hinter uns gebracht. Unserer Landung in genau achtundzwanzig Minuten sollte also nichts mehr entgegenstehen.«

So schnell, dachte Kashikoi. Soweit er wusste, hatte bei den Apollo-Mondmissionen jeder Schritt mehrere Stunden gedauert. Allein die Anpassungen der Flugbahn, um die genau richtigen Punkte im Orbit des Erdtrabanten zu treffen. Dann die Vorbereitungen für die Abkoppelung, sobald man den Abwurfpunkt erreicht hatte und als Nächstes stundenlanges Warten auf die Bremsphasen und den Ausstieg. Hier war alles vorberechnet und zeitlich eng getaktet, um möglichst viel Treib- und Sauerstoff zu sparen.

»Müssten wir den Mond von hier nicht sehen können?«, fragte Masha ein wenig enttäuscht. »Wir sind doch sehr nah an ihm dran, oder?«

»Ja, aber er liegt von hier aus komplett im Dunkeln. Ohne Licht gibt es nichts zu sehen«, antwortete Michelle an Peters Stelle. »Die Erde ist auch komplett vom Mond verdeckt. Allerdings müssten wir gleich die Terminatorlinie sehen, dann dürft ihr durch die rechten Fenster schauen und die schönste Sichel im Universum beobachten.«

»Zumindest des für unsere Augen sichtbaren Teils«, korrigierte Kashikoi sie.

»Gibt es denn etwas anderes? Ohne Augen, die etwas beobachten, gibt es auch nichts Beobachtbares, hm?«

»Touché.« Er wandte sich der rechten Fensterseite zu, die von seiner Position quer nach vorne verlief, und aus vier Einzelfenstern bestand, die alle in etwa so groß waren wie die eines Autos. Absolute Finsternis füllte sie von Fuge zu Fuge aus, als hätte jemand sie mit schwarzer Folie zugeklebt. Plötzlich sah er einen hellen Schimmer, so zart, dass er ihn erst als Sehstörung abtat, ähnlich den vereinzelten Blitzen, die er manchmal gesehen hatte, wenn die Schmerzen besonders heftig gewesen waren. Mit jeder verstreichenden Sekunde wurde der

Schimmer allerdings kräftiger und länger. Was als einzelner Punkt begann, wurde bald zu einer Linie, die immer länger wurde und sich mit jedem Zugewinn an Photonen bog, als habe jemand die Ränder mit Gewalt nach unten gezogen. Bald sah er die Terminatorlinie – oder Tag-Nacht-Grenze – in voller Pracht: Eine perfekte Sichel aus Licht, die hier draußen deutlich intensiver wirkte als von der Erde aus, wo die Atmosphäre bei sämtlichen Sinneseindrücken ein Wort mitzureden hatte.

»Scheiße, sieht das schön aus«, meinte Marcus in seiner typisch direkten Art und Kashikoi hatte dem nichts hinzuzufügen. Als schließlich auch noch die Erde als blau-weiße Scheibe über dem Horizont erschien, schaffte er es vor Erstaunen nicht einmal mehr, seinen Mund zuzuklappen, der langsam austrocknete. Ihr Heimatplanet war im Fenster etwa so groß wie ein Zwei-Euro-Stück, das er mit seinem ausgestreckten Daumen hätte verdecken können. Bevor er sich wirklich mit der Materie auseinandergesetzt hatte, dachte er immer, dass der Mond sehr nah an der Erde sei wie ein Ping Pong Ball direkt neben einem Fußball, aber die Distanzen waren eher, als würde er den Fußball in die eine Ecke des Wohnzimmers legen und den Ping Pong Ball in die andere. Hier draußen verstand er den Zusammenhang, als er die kleine Erde sah, so fragil, so zart, so wunderschön und doch so weit weg. Die Vorstellung, dass lediglich ihre Masse, ein Magnetfeld und eine winzige, dünne Atmosphärenschicht dafür sorgten, dass all die Wunder der Evolution dort unten leben und sich entwickeln konnten, machte ihn sprachlos.

»Oh Mann, ich muss Fotos machen!«, rief Masha aufgeregt und schnallte sich ab.

»Sie sollten nicht ...«, hob Peter zum Protest an, doch Michelle legte ihm beruhigend eine Hand auf den Arm.

»Lass sie fünf Minuten Fotos schießen. Dafür ist sie doch hier. Außerdem kommen wir erst dann in die kritische Phase, der Rest ist lediglich Protokoll.«

Peter drehte den Kopf zu seiner Kameradin und nickte. »Also gut.«

Masha hatte derweil nicht auf eine Erlaubnis gewartet, sondern war bereits zu den Fenstern geschwebt und befreite ihre Kamera aus der dicken Tasche, die sie vor der Brust trug wie ein Baby. Das Klacken des Auslösers hörte Kashikoi sogar durch seinen Helm.

»Marcus«, wandte sich Kashikoi an den Autor, ohne seinen Blick von dem ergreifenden Ausblick loszureißen. »Ich hoffe, dass dir bei unserer Rückkehr die passenden Worte einfallen, um das hier zu beschreiben. Mir würde das nicht gelingen. Ich bin einfach nur sprachlos.«

»Oh, da fällt mir schon was ein«, versicherte der Amerikaner. »Einem Schriftsteller fällt immer etwas ein. Es ist, als wenn du einen Maler fragen würdest, ob er sich auch wirklich an die Farben der Szene erinnern kann, wenn er den Pinsel schwingt. Worte sind nichts anderes als die Farbe meiner Erlebnisse und diese Farben«, Kashikoi brauchte ihn nicht ansehen, um zu wissen, dass er in Richtung der über der Mondsichel aufgehenden Erde deutete, »werde ich in meinem Leben nicht vergessen.«

»Ist schon irre, dass sich all die Dramen, all die Schicksale, Kriege und Katastrophen, aber auch Liebesgeschichten, großen Leistungen und Errungenschaften der Menschheit auf diesem winzigen Ball abspielen, der von einer unsichtbaren Schicht aus Gasen umgeben ist, die all das am Leben hält«, sinnierte Kashikoi vor sich hin und fühlte sich mit einem Mal ganz klein. Und fehl am Platz. »Da stellt sich einem die Frage: Was machen wir hier draußen, wenn sich das Wunder des Lebens da unten abspielt?«

»Hier draußen sind wir Pioniere«, wandte Marcus ein. »Pioniere für eine Zukunft, in der wir neue Grenzen ziehen, indem wir die alten auflösen und erweitern.«

»Gesprochen wie ein echter Amerikaner.« Kashikoi konnte sich diese kleine Spitze nicht verkneifen.

»Ich meine es ernst. Der Mensch sucht doch immer nach neuen Grenzen und Herausforderungen. Erst waren es Amerika und Indien, dann der Mond in den sechziger Jahren während des Weltraumrennens und jetzt ist es der Mars, der in den Fokus unseres Entdeckergeistes gerückt ist. Du solltest es am besten wissen, du hast einen großen Teil deines Vermögens in die Unterstützung des Traums von der Zukunft im Weltall ausgegeben. Dass wir uns weiter ausbreiten und unsere Grenzen neu ausloten, ist etwas Grundmenschliches.«

»Aber ist es auch gut?«, fragte Kashikoi nachdenklich und sah versonnen zur fernen Erde, die nicht mehr war als eine blaue Murmel hinter weißen Schleiern, geradezu winzig vor der riesigen Silhouette des Mondes.

»Was meinst du?«

»Wir haben es ja noch nicht einmal geschafft, dieses einzigartige Paradies in Ordnung zu halten. Soweit wir heute wissen, ist die Erde der einzige Planet in Reichweite unserer beachtlichen Messmethoden, der so lebensfreundlich ist und eine solche Vielfalt an Leben hervorgebracht hat. Wenn die Sonne auch nur ein bisschen älter wäre als die knapp viereinhalb Milliarden Jahre, die sie nun einmal alt ist, wenn die Erde nur ein wenig näher an ihr dran oder ein wenig weiter von ihr weg wäre, gäbe es kein Leben. Wenn wir den Mond nicht hätten, der uns stabil hält und mit seinen Gezeitenkräften für Bewegung in unseren Ozeanen sorgt, gäbe es kein Leben. Wenn er nur ein bisschen größer oder kleiner wäre, hätte er nicht diese Auswirkungen auf uns und wir hätten wohl kein Leben auf der Erde. Hätten wir nicht ein so stabiles Sonnensystem mit gravitativen Gegenpolen zur Sonne wie den Jupiter oder den Saturn mit ihren hundertfachen Erdmassen, wäre womöglich kein Leben auf der Erde möglich. Es gibt so viele Parameter, die wie kosmische Zufälle klingen, dass unser Leben wirklich wie ein Wunder wirkt und wir machen uns Gedanken darüber, ob der letzte Kinofilm schlecht war, Katy Perry ihre Silikonbrüste zu freizügig zur Schau stellt und Flüchtlinge unseren Wohlstand und unsere Sicherheit bedrohen.«

»Man kann alles abstrakt betrachten«, entgegnete Marcus bedächtig. »Aber wir sind nun einmal Menschen und damit das Produkt einer langen Evolution. Die hat uns nicht dazu erzogen, über das Universum zu philosophieren, sondern die Probleme, die vor uns liegen, anzupacken und mit ihnen umzugehen. Eines ist, dass die Erde zu voll wird und möglicherweise bald unbewohnbar. Also müssen wir Raum gewinnen.«

»Ich weiß, das sind meine eigenen Worte.« Kashikoi

dachte an die langen Gespräche mit Musk im Vorfeld der Mission und wie sie sich unterhalten hatten, ob die Menschheit es wert war, gerettet zu werden, indem man ihr neue Lebensräume öffnete. »Aber so ein Juwel wie die Erde werden wir lange nicht mehr bekommen. Denken wir nur an den Mars: Ein Paradies wird der nie werden.«

»Es gibt doch genügend Terraformingpläne für unseren roten Nachbarn.«

»Ach ja. Ihn mit Atombomben bepflastern, damit er mehr CO2 anreichert und sich aufheizt. Dann noch schnell Algen in die geschmolzenen Pole pfeffern, die fleißig das CO2 in Sauerstoff umwandeln und der Mars wird ein grünes Paradies. Die Leute vergessen dabei leider immer zwei Dinge: Der Mars hat nur einen Bruchteil der Masse der Erde und ist damit notorisch inkontinent, was seine Atmosphäre angeht. Er ist einfach nicht schwer genug, um Gase an sich zu klammern. Und selbst wenn man die Atmosphäre durch fortlaufende Prozesse immer wieder so anreichern könnte, dass man atmen kann, wären da noch die hohe Strahlung, die sein Magnetfeld womöglich nicht abwenden kann und ein weiteres Problem. Nein, zwei Probleme: Phobos und Daimos, seine zwei hässlichen kleinen Monde. Die sind so nah am Mars, dass sie sich an der Atmosphäre – wenn es sie denn gäbe – reiben würden und was passiert dann?« Er wartete Marcus' Antwort nicht ab, sondern schlug sich mit einer Faust in den geöffneten Handschuh. »Dann stürzen sie auf die Oberfläche und Mars ist für ... sagen wir zweihunderttausend Jahre unbewohnbar. Nein, Mars wird nie eine zweite Erde sein.«

»Schon seltsam. Als du mich für die Mission ausgewählt hast, klangst du irgendwie euphorischer.«

»Versteh mich nicht falsch, ich glaube immer noch, dass wir unbedingt die Besiedlung des Weltalls vorantreiben sollten. Ich meine nur, dass wir dabei im Auge behalten sollten, dass gemachte Fehler nicht wiederholt werden sollten. Die Besiedlung des Sonnensystems wird kein Kinderspiel und nur einigen wenigen vorbehalten sein, die kein gutes Leben führen werden. Entbehrungen, Rationierungen und Unfälle werden deren Alltag bestimmen. Hilfe gibt es dann nicht, weil alles so unfassbar weit weg ist. Kein Krankenwagen von der Erde, keine schnelle Lieferung mit Wasser oder Luft. Kein Spaziergang an der frischen Luft, wenn man sich mal gestritten hat oder sich die Beine vertreten will.«

»Das ist ja auch nur ein Zwischenschritt zu den Sternen.« Marcus winkte ab und Kashikoi wandte sich zum ersten Mal um. Der Amerikaner grinste optimistisch.

»Aber wohin? Proximal Centauri ist, glaube ich, am nächsten. Aber alle dortigen Planeten sind heftigen Sonnenstürmen ausgesetzt, zumindest jene in der potenziell habitablen Zone. Außerdem befinden sie sich in gebundener Rotation und zeigen ihrem Zentralstern immer dieselbe Seite. Am Äquator dürfte daher eine ziemliche Party der Windgeschwindigkeiten jenseits von Gut und Böse stattfinden – aufgrund der Temperaturamplitude. Dann wäre da noch die Distanz. Vier Lichtjahre. Mit Lichtgeschwindigkeit bräuchten wir schon vier Jahre, aber jedes Objekt, das sich der Lichtgeschwindigkeit nähert, wird vorher von der entstehenden harten Gammastrahlung geröstet und sowieso könnten wir nichts so weit beschleunigen. Selbst mit zehn Prozent Lichtgeschwindigkeit, was utopisch ist, bräuchten wir ein Raumschiff für viele Generationen, die an Bord leben und sterben, bis sie das Ziel erreichen, das dann doch nicht in Frage kommt.«

»Wenn ich nicht wüsste, dass du ein paar hundert Millionen hingelegt hast, um hier draußen Werbung für die Raumfahrt zu machen, würde ich denken, dass du ein Gegner von ihr bist«, sagte Marcus und schien ernsthaft irritiert.

»Ich weiß nicht.« Tatsächlich hatte Kashikoi Probleme, sich zu sammeln und zu verstehen, was er in diesen Momenten fühlte. Er kam sich fehl am Platz vor als Mensch hier draußen. Außerdem wurde einem erst inmitten der Schwärze der Unendlichkeit bewusst, wie absurd der Gedanke erschien, die Erde gegen öde, von Strahlung zerfressene Steinklumpen einzutauschen. Auf der Erde klangen Missionen zum Mars oder gar den Monden von Saturn und Jupiter wie spannende Science Fiction - Träumereien, beflügelt von menschlichem Entdeckerdrang und dem Wunsch, Grenzen zu überwinden. Hier hingegen klangen sie nach Ignoranz.

Schmerzfreier Ignoranz, korrigierte er sich in Gedanken und sein Inneres entspannte sich sofort.

»Okay, ihr Philosophen, es geht gleich los«, schaltete sich Peter ein. »Masha, komm bitte zurück und schnall dich fest, wir gehen bald runter.«

»Wenn es sein muss«, seufzte die Fotografin und kam von den Fenstern zu ihnen geschwebt. Kashikoi half ihr, sich abzufangen und wieder festzuschnallen.

»Wir bremsen gleich und entkoppeln vom Triebwerksmodul«, erklärte Michelle geradezu gelassen, während Peter letzte Korrekturen vornahm. »Im

Anschluss geht es für uns auf die Oberfläche. Das Triebwerksmodul wird derweil Luna einmal umrunden, bis wir wieder im Orbit sind für das Rendezvous. Dann geht es zurück zur Erde.«

»Bereiter werde ich nicht mehr sein«, meinte Masha und verzog halb verängstigt, halb begeistert das Gesicht. Es erstaunte Kashikoi einmal mehr, wie schnell sich die Großwetterlage auf den Zügen der Frau verändern konnte.

Es ist fast soweit, dachte er und ließ seinen Helm gegen die Kopfstütze sinken. *Ich werde meinen Fuß auf den Mond setzen.*

24 Kashikoi

Die tatsächliche Mondlandung begann mit einem leichten Rucken, das durch ihr Schiff ging und die Abkopplung vom Triebwerksmodul markierte. Was dann folgte, war ein langer Schwall technischer und gleichzeitig merkwürdig launiger Dialoge zwischen Peter und Michelle, während der Kashikoi, Marcus und Masha schwiegen. Es war ein angespanntes Schweigen, im Zuge dessen sie sich an ihre Armlehnen krallten wie Vögel auf einer Sitzstange.

»Command Module Pilot Adams übernimmt«, verkündete Peter nach der Abkopplung. »Im Folgenden Lunar Module Pilot bis Rückführung und andocken an Triebwerksmodul nach Umrundung.«

»Übernehme manuelle Steuerung. Umschalten auf Autopilot, bereit für Eingriff im Falle einer C1.«

»Verstanden«, bestätigte Peter. »Wie sieht's mit den ECS Radiatoren aus?«

»Primärfluss normal.«

»Manöverkameras?«

»Check.«

»Kaltgasvorräte für Manöverdüsen?«

»Check. Ist es normal, dass der Enddruck in den Radiatoren abfällt?«

»Was war das?«, fragte Peter.

»Wenn ich die Glycol Radiatoren auf *normal* stelle, fällt der Enddruck kurzzeitig um fünfzig Prozent.«

»Hm, die Temperatur?«

»Nein, der Druck«, wiederholte Michelle. Kashikoi spannte sich sofort an wie eine Sprungfeder, aber Peter blieb offenbar ruhig.

»Schätze, das kann schon vorkommen. Ist der Enddruck wieder normalisiert?«

»Ja, nur ein kurzer Abfall.«

»Spucken die Sekundärroutinen irgendetwas über ein Leck aus?«

»Mhm mhm«, verneinte Michelle.

»Gut, dann machen wir weiter mit dem letzten Systemcheck. Master ist auf *on.* Intercom auf *on.* VHF auf *on.* PAD COMM auf *off.* S-Band zwei bis vier Gigahertz auf *on.* IMU?«

»Inertial Measurement Unit auf *on.* Sieht aus, als wären wir startklar. Autopilot ist ebenfalls auf *Go* und spuckt keine Fehler aus«, zeigte sich die Astronautin und Pilotin während ihres Mondfluges zufrieden.

Peter hob demonstrativ die Hände von dem Display vor sich und machte eine großzügige Geste in ihre Richtung. »Dann bring uns runter, XO.«

»Keine große Kunst, hm?« Sie hob geradezu andächtig einen Zeigefinger und drückte ihn auf einen Knopf auf ihrem Display, den Kashikoi nicht sehen konnte. Wahrscheinlich gab sie damit der Pilotensoftware die Erlaubnis, die finale Landephase einzuleiten.

Die kleinen Hilfstriebwerke zündeten und drückten sie leicht in ihre Sitze. Die Schubphase dauerte nur zwanzig Sekunden, um sie in die vorprogrammierte Trajektorie zu bringen, doch diese zwanzig Sekunden reichten aus, um Kashikoi in Erinnerung zu rufen, dass seine Rheumaerkrankung noch allzu präsent war und die Entzündungen in seinen Gelenken sich nicht in Rauch aufgelöst hatten. Es begann als leichtes Ziehen und endete als reißendes Gefühl in Knien und Ellenbogen. Auch nach der Schubphase, als sie wieder beinahe schwerelos waren, hallten die Schmerzen nach. Natürlich war das nichts im Vergleich zu dem, was er auf der Erde hatte erdulden müssen, also wollte er sich nicht allzu sehr beschweren. Trotzdem war es ein Vorgeschmack auf das, was ihm bei seiner Rückkehr auf die Erde blühen würde und er freute sich nicht gerade darauf.

Ihr Weg führte nicht senkrecht auf die Oberfläche, sondern in einer stark gebogenen Bahn, deutlich steiler als später bei ihrer Landung auf der Erde. Bei etwa vier Kilometern Abstand zum Boden drehten die Kaltgasdüsen sie herum und die erste Bremsphase setzte ein. Diese Verlangsamung erfolgte deutlich sanfter als die Schubphase, auch weil Luna nicht besonders stark an ihnen zerrte, sondern schwach genug war, um es ihnen komfortabel zu machen. Trotzdem meinte er, ganz leichte Vibrationen in seinen Armlehnen zu spüren. Möglicherweise lag das aber auch an der Anspannung in seinen Fingern.

»Trajektorie nach Plan«, las Peter von seinen Anzeigen ab. »Kaltgasvorräte nach Plan.«

»Bremsphase Eins abgeschlossen. Automatische Anpassung des Anflugwinkels eingeleitet«, erwiderte Michelle. Kashikoi wusste, das bedeutete, dass ihr Schiff sich jetzt senkrecht zur Oberfläche ausrichtete und in Kürze in die finale Bremsphase übergehen würde.

»Hast du den Treibstoffverbrauch im Blick?«

»Ja, der Verbrauch ist zwanzig Prozent höher als gedacht.«

»Kannst du einen Grund erkennen?«

»Nein.« Michelles Helm neigte sich leicht nach links und rechts. »Offenbar brauchen die Triebwerke mehr

Schub, um ihre Zielgeschwindigkeit zu erreichen, als wir angenommen haben, das ist ... seltsam.«

»Könnte das die Anomalie sein?«, fragte Peter noch immer ruhig. Für Kashikoi klangen zwanzig Prozent erschreckend viel.

»Laut der NASA-Berechnungen sollte die uns bereits passiert haben.«

»Hast du eine andere Idee?«

»Nein«, gab Michelle zu.

»Hm, gut. Wir sind trotzdem noch innerhalb des Toleranzbereichs.«

»Weitermachen?«

»Ja.«

»Gut. Bremsphase Zwei in drei, zwei, eins ... Zündung.« Wieder ging ein ganz leichter Ruck durchs Cockpit. Diesmal hielt der gemäßigte Zug nach unten in den Sitz an und Kashikoi biss sachte die Zähne aufeinander, ließ sich aber nichts anmerken. »Landestützen ausgefahren.«

»Abstand dreihundert Meter. Geschwindigkeit vom System gedrosselt. Anpassungen aus den Manöverdüsen eingeleitet und innerhalb der Anpassung nach Plan. Neue Berechnungen im Soll«, las Peter von seinen Anzeigen ab und klang zufrieden.

»Dann sind wir glücklich.«

Auf den Kamerabildern vor den Pilotensitzen sah Kashikoi, wie der Boden immer näher kam. Zuerst wirkte es, als würde er aus sehr großer Höhe hinabschauen, weil die Referenzpunkte für seine Augen – Krater und Steine – keine Hinweise auf ihre Größe lieferten. Alles sah Grau und farblos aus, Steine hätten Berge sein können und Krater groß wie Meere oder klein wie Teller. Dann jedoch wurde das Bild körnig und unscharf – dachte er zumindest. Als ihm klar wurde, dass es sich um aufgewirbelten Mondstaub handelte, bedeutete das, dass sie fast gelandet waren. Nur wenige Meter trennten sie noch von der steinig-staubigen Oberfläche.

»Anflugwinkel optimal, Kamerafeeds im Soll, Echtzeitberechnungen sehen gut aus. Touchdown in zehn, neun, acht, sieben, sechs, fünf, vier, drei, zwei, eins ...« Ein Rucken ging durch das Raumschiff und mit einem Mal war es still. Kashikoi gestattete seinen verkrampften Fingern, sich von den Armlehnen zu lösen und hob sie prüfend an. Er war nicht mehr schwerelos, spürte einen leichten Zug nach unten, hatte aber kaum Schmerzen. Es war sehr angenehm, weil er das Gefühl hatte, wieder Richtungen zu kennen und einschätzen zu können, auch wenn er diesen Komfort mit der Rückkehr leichter Schmerzen erkaufte.

»Der Adler ist gelandet«, zitierte Marcus, der als erster seine Sprache wiedergefunden hatte.

»Luna One gelandet«, verkündete nun auch Michelle ganz offiziell und Masha und Kashikoi warfen sich ein zufriedenes Grinsen zu.

»Wir haben eine Nachricht von Mission Control reinbekommen«, sagte Peter in den allgemeinen Jubel.

»Oh? Haben wir das übersehen?«

»Offenbar. Ist vor zehn Minuten eingegangen. Wir haben noch Verbindung, warte.« Peter tippte etwas auf seinem Touchdisplay. »Home Base, hier Luna One.«

»Luna One, hier Home Base. Glückwunsch zur Landung!«, kam die Antwort auf dem allgemeinen Funkkanal und im Hintergrund war noch das Gejohle und

Jubeln der gesamten SpaceX-Belegschaft zu hören, die traditionsgemäß hinter der Glasscheibe zum Kontrollraum stand und wahrscheinlich mit den Händen zwischen den Zähnen mitgefiebert hatte.

»Danke, Home Base. Die SpaceX-Flagge liegt bereit zum Einstecken«, antwortete Peter fröhlich. »Wir hatten ein paar seltsame Abweichungen beim Landeanflug.«

»Haben wir gesehen, Luna One. Wir arbeiten daran, den Grund herauszufinden. Möglicherweise hat die Anomalie abgebremst und befindet sich so weit in eurer Nähe, dass ihre Anziehungskraft euren Sinkflug beeinflusst hat.«

»Na bravo«, seufzte der Kommandant. »Habt ihr uns deshalb angefunkt? Leider müssen wir das übersehen haben während der Anpassungen.«

»Ja, Elon möchte mit euch sprechen, es gibt neue Entwicklungen.«

Peter sah zu Michelle und kräuselte die Stirn.

»Er möchte das Gespräch privat halten. Wir stellen ihn aus seinem Büro durch. Bei ihm sind Dr. Julija Lazar vom CERN und Dr. Anton Meyer, Direktor der ESA«, fuhr der Operator aus dem Kontrollraum fort und die Falten auf Peters Stirn wurden zu tiefen Furchen.

»Verstanden, Home Base.«

»Ist das vorgesehen?«, fragte Masha vorsichtig.

»Ein Gespräch mit Elon? Natürlich. Was die neuen Entwicklungen angeht ...« Peter machte eine kurze Pause. »Neue Entwicklungen sind eben neue Entwicklungen.«

»Und ein Codewort für Probleme«, fügte Marcus hinzu. »Diese Europäer, war geplant, dass die da sind?«

»Nicht dass ich wüsste«, gab Peter zu. Er klang ein

wenig abwesend. »Allerdings bin ich auch nicht in sämtliche Pläne eingeweiht.«

»Ich schlage vor, dass ich mit unseren drei Gästen schon mal raus gehe«, meinte Michelle nach kurzem Blickkontakt mit ihrem Vorgesetzten. »Dann kannst du in Ruhe mit Elon sprechen und wir stellen schon mal die Flagge auf.«

»Hm, ja, ich denke, das ist eine gute Idee.«

»Werden wir Kinder jetzt abgeschoben, damit wir die nächste Hiobsbotschaft von dir gefiltert erhalten?«, fragte Marcus düster.

»Hey«, schaltete sich Kashikoi ein. »Was auch immer: Wir haben die Möglichkeit jetzt unseren Fuß auf die Mondoberfläche zu setzen. Ich für meinen Teil wüsste keinen einzigen Grund, der mir das madig machen könnte und Peter wird's schon richten.«

»Da hast du wohl recht«, lenkte der Amerikaner ein und schnallte sich ebenfalls ab.

Als Kashikoi sich erhob, geriet er kurz ins Schwanken. Er hatte das Gefühl, sich wie ein Luftballon zu bewegen, der ein wenig zu viel Drall abbekommen hatte. Jede Bewegung hatte große Auswirkungen und durch seinen Schwung beim Aufstehen wäre er beinahe nach vorne geflogen. Nicht gestürzt. Geflogen. Er wusste, dass die Anziehungskraft des Mondes irgendetwas um ein Siebtel der der Erde entsprach und sein Körper damit siebenmal leichter war.

Und meine Schmerzen siebenmal weniger sind.

»Okay.« Michelle winkte sie zum Zentralkorridor, der jetzt nicht mehr hinter, sondern unter ihm war. Ihr Raumschiff stand wieder wie eine Rakete aufrecht und alles, was vorher noch als hinten gegolten hatte, war das neue Unten. Das führte dazu, dass er auf seinem Sitz stand und sich dabei am Vordersitz, auf dem zuvor die Astronautin gesessen hatte, festhalten musste. »Nehmt einfach die Haltegriffe oder lasst euch neben den Durchgang fallen. Denkt daran, dass wir im Korridor die Leiter haben, extra für diesen Teil der Mission.«

Kashikoi kletterte wie ein Käfer an seinem Sitz entlang, bis er an dessen Rückseite hing und seine Stiefel nur noch knapp einen Meter von dem Metall neben dem runden Durchgang entfernt waren, dann ließ er los und landete federnd mit einem der Haltegriffe zwischen den Füßen. Als Mascha ihm folgte, fing er sie auf und geriet dabei selbst kurz ins Wanken, weil er seinen rechten Fuß zu schnell umgestellt hatte.

»Eure Anzüge sind stoß- und stichfest, trotzdem solltet ihr draußen vorsichtig sein. Wenn ihr zu heftig stürzt und ein spitzer Stein den Anzug aufreißt, könnte das böse enden. Vergesst nicht: Nichts da draußen unterstützt Leben in irgendeiner Form. Also konzentriert euch und bleibt immer in Zweiergruppen zusammen, hört ihr?«, erklärte Michelle.

Nachdem alle genickt hatten, deutete sie auf Marcus und grinste Kashikoi und Masha so kurz zu, dass er nicht sicher war, ob er es sich eingebildet hatte oder nicht. »Marcus mit mir, Kashikoi mit Masha. Das Aufstellen der Flagge gebührt dir, Kashikoi.«

»Nein«, sagte er gleich und schüttelte den Kopf. »Das sollte ein SpaceX-Mitarbeiter tun, also du.«

»Nun, da sage ich ganz bestimmt nicht nein.«

Über die Leiter arbeiteten sie sich abwärts zur Luftschleuse, von der eine Rampe ausgefahren werden konnte, die die letzten zehn Meter des Triebwerksmoduls überbrückte und nach unten führte.

Auf den Mond! Unwillkürlich lief ihm ein Schauer über den Rücken. Bisher war ihm alles so unspektakulär normal vorgekommen, als hätte er alles schon einmal im Fernsehen erlebt und komme mit der Wirklichkeit nicht mit. Jetzt aber wurde ihm bewusst, dass er gleich seine Stiefel auf den Mond setzen würde und diese Gewissheit tauchte ihn in ein Wechselbad der Gefühle aus Ängsten, Vorfreude, Unglauben und jeder Menge Aufregung.

In der Luftschleuse mussten sie nicht lange warten, da es weder Atmosphäre noch Druck gab, der sie sich hätten anpassen können. Trotzdem dauerte es ein wenig, bis die eine Tür verschlossen war und das Bordsystem die äußere Tür entriegelte. Michelle nutzte die Zeit, um die Stille mit ein wenig Wissenschaftlersmalltalk zu überbrücken oder weil sie hoffte, ihnen damit die Aufregung zu nehmen. Kashikoi fand, dass es half, während sie sich die schweren Kastenrucksäcke mit dem Lebenserhaltungssystem gegenseitig aufsetzten und die Anschlüsse überprüften.

»Der Mond hat keine Atmosphäre, aber eine sogenannte Exosphäre, was auf der Erde als Übergang zwischen Atmosphäre und interplanetarem Medium gilt. Faktisch bedeutet das, dass wir bloß auf einen sehr großen Stein im Vakuum hinausgehen. Messbar sind hier in winzigen Konzentrationen Helium, Neon, Wasserstoff und Argon. Letzteres entsteht durch die Magnetwirkung der Sonnenwinde und gast aus dem Regolith, in das es eingespeichert war. Es wird ungefähr gleich viel implantiert und ausgegast, sodass die Konzentrationen immer etwa auf gleicher Stufe sind. Im

Zenit kann die Sonne die Oberfläche auf bis zu hundertdreißig Grad erwärmen, auf der Nachtseite sind es bis zu minus hundertsechzig, genau wie im Weltraum. Bei uns wird es gleich kalt. Ein Sonnenaufgang dauert hier ewig und wir befinden uns in der Randzone.«

»Klingt nach einem abgefahrenen Spaziergang bei bestem Wetter«, scherzte Marcus, doch seine Stimme klang alles andere als selbstsicher.

»Der teuerste Trip, den unser Reisebüro namens SpaceX im Angebot hat.«

Kashikoi und Masha kicherten nervös und drückten sich ganz kurz die Hände, nachdem sie gegenseitig ihre Anschlüsse als richtig sitzend empfunden hatten. Er genoss dieses kurze Zeichen der Zuneigung, obwohl es ihn irritierte. Hier war er nun weit über das Ende der Welt hinaus und kurz davor Geschichte zu schreiben und was ihm wirklich das Herz wärmte, war die Zuneigung einer Frau.

Endlich ging die Tür auf und Michelle ging wie besprochen vor. Kashikoi ging als letzter, da er Masha den Vortritt ließ. Bis sie endlich an der Reihe war, starrte er ihren wuchtigen Rucksack an, ständig darauf wartend, dass er sich bewegen würde. Als es endlich so weit war, verschlief er es beinahe, so angespannt war er. Plötzlich war der Durchgang frei und er blickte auf eine Rampe, die gerade breit genug war, dass ihm nicht sofort schwindelig wurde. Zuerst fiel ihm die Schwärze ringsum auf. Die Lichter ihrer Rakete erhellten einen weiten Bereich um sie, doch ihr Licht war schwach und kalt. Er versuchte, sich bei seinen ersten Schritten auf der Rampe ganz bedacht und vorsichtig zu verhalten, um nicht nach vorne zu stürzen, wovor man ihn gewarnt hatte. Es brauchte viel Disziplin und Körpergefühl, um nicht aus Gewohnheit los zu stapfen, sondern vorsichtige Bewegungen zu machen. Ein Sturz von der Rampe wäre selbst in der Mikroschwerkraft des Mondes gefährlich geworden. Vor ihm gingen die anderen im Gänsemarsch hinab – einem Gänsemarsch in Zeitlupe, so wirkte es. Er fixierte seinen Blick wieder auf Mashas Rücken, bis er endlich das Ende der dunklen Rampe erreicht hatte. Da es keinerlei echte Atmosphäre gab – die winzige Gasansammlung war mehrere Billionen Male dünner als auf der Erde – transportierte auch nichts Geräusche, und es war totenstill. Allein mit seinen eigenen Atemgeräuschen sah er auf den Staub zu seinen Füßen und machte einige prüfende Minischritte.

Ich stehe auf dem Mond, dachte er ungläubig und bog den Rücken durch, um nach oben sehen zu können. Selbst mit dem Licht ihres Raumschiffs, das wie ein riesengroßer Kegel hinter ihnen aufragte, war der Sternenhimmel überwältigend. Der sichtbare Spiralarm der Milchstraße zog sich als helles weißes Band durch die Schwärze, die im Grunde keine Schwärze war, sondern eine Ansammlung dicht beieinanderliegender Lichtpunkte. Selbst im australischen Outback hatte er noch nie eine solche Sternenpracht erlebt. Mit einer sich ausbreitenden Gänsehaut auf Armen und Rücken wanderte sein Blick an den Sternen entlang zur Erde, die als blaue Kugel knapp über dem Horizont hing. Prüfend hob er seinen Daumen und tatsächlich konnte er sie dahinter verbergen, wie man ihm gesagt hatte. Um ihn gab es neben den drei Gestalten, die sich sprachlos umsahen und den Augenblick nicht durch unzureichende Worte ruinierten, nichts zu sehen außer endlosem Staub und

Steinen. Nun ja, zumindest so endlos, dass im ausgeleuchteten Bereich nichts anderes zu erkennen war. Zwar konnte er die Sonne als winzige Lichtquelle am Horizont ausmachen, aber ihr Licht reichte noch nicht aus, um mehr als schemenhafte Felsbrocken und kleinere Krater sichtbar zu machen.

»Luna One, hier Home Base, wie ist das Wetter da draußen?«

»Die Erde ist bereits aufgegangen, Home Base«, sagte Michelle andächtig. »Wenn ihr wüsstet, wie schön ihr von hier ausseht.«

»Danke für das Kompliment, Luna One. Wir haben noch eine Botschaft vom gesamten Team in Hawthorne«, gab der Operator zurück und plötzlich erschallte hundertfacher Jubel in Kashikois Helm. Als er nach einer scheinbaren Ewigkeit abgeklungen war, meldete sich wieder Michelle zu Wort.

»Dieser Jubel gebührt euch allen, denn er beweist, was Teamwork und geteilte Visionen alles erreichen können. Das hier ist nichts weniger als ein atemberaubender Moment menschlicher Exzellenz. Eurer Exzellenz.«

»Macht ein paar Fotos für uns Daheimgebliebene und genießt euren Ausflug. Home Base Ende.«

Kashikoi war noch immer so versunken in den Anblick des Sternenhimmels, dass er gar nicht bemerkt hatte, dass Masha neben ihn getreten war. Erst als sie seine Hand in ihre nahm, befreite er sich aus seiner Starre und sah zu ihr. Ihr Sonnenschutzvisier war bereits heruntergefahren, da sie bald in den ersten Lichtstrahlen stehen und diese ihre Netzhäute sofort verbrennen würden, doch er konnte sich ihren Blick nur allzu gut vorstellen.

»Das ist noch viel schöner, als ich erwartet hatte«, sagte er und atmete tief durch.

»Oh ja«, pflichtete sie ihm bei. »Und ich werde alles auf Bildern festhalten, wie die Welt sie noch nicht gesehen hat. Vielleicht mache ich auch eins von dir.«

»Vielleicht?«

»Wenn du mich fangen kannst«, rief sie verschmitzt, ließ seine Hand los und hüpfte davon.

»Wir sollten nicht ...«, setzte er an, unterbrach sich jedoch selbst. *Du bist auf dem Mond. Sei kein Spielverderber.*

Also lief er los, der Niederländerin hinterher, die wie eine besonders hölzerne Puppe mit roboterartigen Bewegungen vor ihm weglief. Zuerst machte er einen vorsichtigen Schritt, dann noch einen, als er sich etwas sicherer fühlte und merkte, dass jeder ihn über einen Meter nach vorne beförderte. So hüpfte er mehr, als er lief, und versuchte, sich mit abgespreizten Armen im Gleichgewicht zu halten. Tief aus seinem Inneren stieg ein Glucksen empor, das er nicht einsperrte, sondern aufkommen ließ. Als es ihm über die Lippen kam, war es das helle Lachen eines Kindes, das zum ersten Mal im Meer planschte. Ausgelassen wie lange nicht mehr, hüpfte er lachend mit Masha im Kreis, huldigte damit der Schönheit des Universums und der Surrealität der Situation, dass er hier war und Zeuge werden konnte, obwohl er gar nicht hier sein dürfte. Die Tatsache, dass der Funkverkehr wahrscheinlich im Livestream zu hören war, interessierte ihn nicht mehr, er war einfach nur noch er selbst – ein schmerzfreier Junge im Erwachsenenalter, von dem ein ganzes Leben voller Stress und

Willensenergie abfiel zugunsten einer ausgelassenen Freude.

Irgendwann stieß er gegen ein Hindernis und purzelte ungeschickt nach vorne, bis er begriff, dass er mit Masha zusammengeprallt war, die offenbar abrupt angehalten hatte.

»Was ist ...«, ächzte er und rappelte sich auf alle Viere. Masha kniete neben ihm und sah Richtung Sonne. Er folgte ihrem Beispiel und sah die ersten Sonnenstrahlen in ihre Richtung scheinen.

»Ja«, flüsterte sie. »Was ist *das?*« Sie deutete mit ausgestrecktem Arm nach vorne und zuerst wollte er sagen *na die Sonne,* dann aber verstand er, was sie wirklich meinte.

Vor ihnen war die gesamte Mondoberfläche mit ihren Kratern, Steinen und Unmengen an Regolith in ein milchiges Licht getaucht, in dem kleine Körner in die Höhe tanzten. Billionen und Aberbillionen Staubkörner lösten sich von der Oberfläche und glitten zitternd in die Höhe, der sternendurchsetzten Schwärze des Himmels entgegen. Vereinzelt waren auch kleinere Steine dabei, die sich offenbar entschieden hatten, den Newtonschen Gesetzen nicht mehr zu gehorchen und statt zum Schwerkraftzentrum hin von ihm wegzustreben. Sie flogen in die Höhe inmitten eines Meeres aus feinster Masse, das nach oben wogte. Alles strebte ins All hinaus, senkrecht und ohne weitere Bewegungen, sodass die gesamte Szenerie geradezu reglos wirkte.

»Das kann doch nicht sein«, hauchte er, als Michelle und Marcus neben ihnen auftauchten.

»Was geht hier vor?«, fragte Michelle leise und der Ton ihrer Stimme machte klar, dass sie keine Antwort erwartete.

»Peter an die Bodencrew«, erklang die Stimme ihres Kommandanten in Kashikois Helm. »Abbrechen. Kommt sofort zurück!«

»Peter, siehst du das auf den Kameras? Die gesamte Schwerkraft scheint sich auf den Kopf gedreht zu haben!«, rief Michelle, offenbar genauso unfähig, sich von dem Schauspiel abzuwenden wie er. Er betrachtete seine erhobenen Hände und sah den Myriaden Staubkörnchen zu, die sich durch die Finger seiner Handschuhe in die Höhe bewegten, wie von unsichtbaren Fäden gezogen. Er stand inmitten eines Wunders und spürte bereits, wie die winzige Anziehungskraft des Mondes auf ihn nachließ. Ein wenig nur, doch in seinen Gelenken bemerkte er die nachlassenden Schmerzen bereits bei der geringsten Abweichung.

»Das ist die Anomalie!«, rief Peter über Funk. »Sie hat angehalten und wenn sie sich nicht wieder in Bewegung setzt, reißt sie den ganzen Mond auseinander. Wir müssen sofort hier verschwinden!«

»Was ...?« Michelle klang, als versage ihr jeden Moment die Stimme, doch dann fand sie sie wieder und scheuchte Kashikoi und die anderen mit schwingenden Bewegungen in Richtung ihrer Rakete zurück. »Ihr habt es gehört! Zurück jetzt, los, los! Achtet auf eure Schritte! Einer nach dem anderen!«

25 Kashikoi

Kashikoi lief mit kurzen Tippelschritten hinter Marcus her, dicht gefolgt von Michelle, die diesmal den Abschluss bildete. Jeder seiner Schritte kam ihm vor wie in Zeitlupe, als wollten ihm seine eigenen Muskeln nicht mehr gehorchen. Doch die geringe Schwerkraft des Mondes ließ keine schnellen Bewegungen zu, schon gar keinen Sprint, obwohl jede Zelle seines Körpers danach schrie, loszurennen. Das Einzige, was er damit allerdings erreicht hätte, wäre ein Sturz gewesen. Am Fuß der Rampe angekommen war der Orkan des nach oben fliegenden Staubs bereits so dicht, dass er Marcus' Rucksack nur noch schemenhaft erkennen konnte. Um ihn nicht aus den Augen zu verlieren, streckte er eine Hand aus, um ihn zu berühren, und schob vorsichtig einen Fuß vor den anderen. Der Boden war nicht mehr zu sehen, nur noch eine Welt aus grauen Partikeln, die den Gesetzen der Schwerkraft nicht mehr zu gehorchen schienen.

»Weiter!«, rief Michelle von hinten über Funk und die Verbindung wurde von einem kratzenden Geräusch gestört, das Kashikoi erschaudern ließ.

Es fühlte sich wie eine Ewigkeit an, die sie brauchten, um die wenigen Meter über die Rampe hinter sich zu bringen. Vor seinem Visier schien das Universum keinen Sinn mehr zu machen, unten zu oben zu werden und sich alles mit Staub und Gestein zu füllen, das in immer dichteren Bahnen zu den Sternen emporflog. Am unheimlichsten an dem Ganzen war, dass es in vollkommener Stille geschah. Sein Gehirn versuchte ständig, Geräusche zu erfinden, die der Szenerie einen Halt in der Wirklichkeit gaben – das Tosen eines Sturmes, das Prasseln der Staubkörner gegen seinen Anzug und das statische Knistern eines Gewitters. Doch am Ende blieb diese unnatürliche Naturgewalt eine Katastrophe in absoluter Stille, unnachgiebig und formlos und doch bedrückend schwer.

Sein Atem ging in Wellen durch seinen Helm, hallte als abebbendes Echo zurück und trieb ihn wie Trommelschläge voran. Schweiß lief ihm von der Stirn, löste sich von der durchnässten Bundhaube an seinem Haaransatz und lief in immer neuen Tropfen in seine Augenbrauen. Immer wieder musste er seine Augen zusammenkneifen, als sie begannen unter dem Ansturm der Tränen zu brennen.

Kein falscher Schritt, kein falscher Schritt, sagte er sich innerlich wie ein Mantra, als er plötzlich den Kontakt zu Marcus verlor. Er sah nur einen undeutlichen Schemen vor sich, der zur Seite sackte und dann stürzte. Kashikoi handelte mehr instinktiv als bewusst und ließ sich nach vorne fallen. Hart, aber längst nicht so heftig, dass es geschmerzt hätte, landete er auf der Rampe, breitete Arme und Beine aus, damit sie rechts und links hinabhängen konnten und er nicht selbst in die Tiefe fiel.

Mit der linken Hand langte er nach vorne und bekam etwas zu packen, griff so fest zu, wie er konnte und spürte, dass sich unter seinen Fingern etwas zusammenzog. Mit der rechten Hand umklammerte er die Kante auf der anderen Seite der Rampe, als sich sein Gewicht zur Seite verlagerte. Marcus hing wie ein nasser Sack in seiner Hand, nicht übermäßig schwer, eher wie ein Kind, aber doch zitterte Kashikoi unter der Anstrengung nach fünf Tagen Schwerelosigkeit.

»Ich hab dich!«, rief er über Funk. »Ich hab dich!«

»Scheiße, ich kann nichts sehen! Kashikoi?«

»Ja, ich hab dich. Versuch, dich nicht zu bewegen.« Er spürte, wie sein Arm hin und her pendelte und schnell ermüdete. »Hör auf zu zappeln, Marcus!«

»Bleib ganz ruhig«, stimmte auch Michelle in die beruhigenden Worte ein. Er spürte ihre Berührung an seinem Rücken. Zumindest glaubte er, dass sie es war, denn er hatte keinerlei Möglichkeit, etwas zu sehen. Selbst wenn er sich hätte umdrehen können, hätte er womöglich nichts anderes als den dichten Orkan aus Staub und Gestein sehen können. Alle paar Atemzüge, die in seinen Ohren rauschten, meinte er, das bräunlich glänzende Sonnenschutzvisier von Marcus unter sich sehen zu können, doch das konnte auch eine Einbildung seines vor Angst rasenden Verstandes sein.

»Ich kann nichts sehen«, wiederholte Marcus panisch.

»Leute, was ist da los?«, rief Peter aus dem Cockpit.

»Marcus ist von der Rampe gestürzt, Kashikoi hat ihn aber soweit ich das verstanden habe«, antwortete Michelle und zum ersten Mal seit Beginn der Mission klang ihre Stimme angespannt wie ein Drahtseil.

»Verflucht. Könnt ihr ihn hochziehen? Wir müssen hier schleunigst verschwinden!«

»Wir versuchen es!«

»Beeilt euch!«

»Lasst mich nicht zurück«, flehte Marcus und seine Bewegungen wurden wieder heftiger.

»Bleib ruhig, verdammt!« Kashikoi knurrte, als sich durch die Schwingung seine Armbeuge an der Rampe aufscheuerte und einen dumpfen Schmerz durch Brust und Schulter sandte.

»Ihr habt keine Zeit mehr und dann lasst ihr mich zurück«, heulte Marcus und Kashikoi musste sich zwingen, nicht wütend zu werden, sondern voll Mitgefühl zu bleiben. Der Mann hatte einen Panikanfall und wie konnte er ihm das verübeln? Er hatte zwar eine mehrmonatige Astronautenausbildung absolviert, aber nichts konnte einen auf etwas wie das hier vorbereiten.

»Ich glaube, ich habe ihn auch«, hörte er endlich Mashas Stimme. Er hatte sich schon gewundert, wo sie war. »Ich spüre was zwischen meinen Fingern.«

»Lasst bloß nicht los, bitte!«, bettelte Marcus erneut.

»Wir lassen dich nicht los. Du musst dich jetzt beruhigen, hörst du?«, redete Kashikoi mit bemüht beherrschter Stimme auf seinen Kameraden ein, obwohl er selbst von einer pulsierenden Angst ergriffen war. Die Tatsache, dass er gerade einem anderen das Leben rettete, bewahrte ihn davor, selbst durchzudrehen, da er gar keine Zeit hatte, über das nachzudenken, was hier gerade geschah. »Atme vier Sekunden ein, halte vier Sekunden die Luft an und atme vier Sekunden aus, hörst du? Konzentrier dich nur auf das Zählen und deinen Atem. Es gibt nichts, was du im Moment tun könntest, außer dich zu beruhigen und es uns zu ermöglichen, dich wieder hochzuziehen. Wenn du uns unterstützt, können wir es schaffen.«

»Aber ich ...«

»Kein Aber! Fang an zu zählen und atme!«, sagte Kashikoi mit demselben Nachdruck, mit dem er in früheren Übernahmeverhandlungen seine Kontrahenten abgefertigt hatte.

»Okay, okay«, versprach Marcus schnell und dann hörte er auch schon das saugende Geräusch von tiefen

Atemzügen, gefolgt von einer Pause und zischendem Ausatmen. Die Bewegungen am Ende seines Armes ließen augenblicklich nach.

»Okay, Masha, ist dein Griff fest?«

»Ja«, erwiderte sie knapp.

»Gut. Wir ziehen ihn hoch, auf Drei, klar?«

»Ja.«

»Wartet!«, ging Michelle von irgendwo dazwischen, ihre Stimme ein kratziges Echo aus dem Äther – sie hätte weit weg oder direkt neben seinem Ohr sein können.

»Was ist?«, fragte er ungehalten.

»Ihr solltet langsam ziehen, nicht, dass ihr euch verschätzt und mit ihm über die andere Seite stürzt. Steigert eure Kraft langsam, um ein Gefühl für die Schwerkraftverhältnisse zu bekommen«, riet Michelle ihnen.

»Gut, machen wir.« Wieder begleiteten die zittrigen Atemgeräusche von Marcus ihr Gespräch.

»Also los. Eins, zwei, drei.« Kashikoi begann zu ziehen, indem er seine Hand Richtung Rampe hob, spürte die Anspannung in seinen Muskeln und steigerte den Kraftaufwand, bis er schließlich auf einen Widerstand stieß.

»Marcus, kannst du nach der Rampe oder unseren Schultern greifen?«, fragte er.

»Ich ... ja, ich versuche es, warte. Ich glaube, ich spüre etwas.«

»Gut! Kannst du danach greifen?«

»Ja!«, gab Marcus schrill zurück und im selben Moment spürte Kashikoi eine Berührung an seinem Rucksack.

»Greif fest zu!«

Eine rote Warnung sprang in seinem Visierdisplay auf: Warnung: O2-Verlust.

Oh nein, er hat den Sauerstoffschlauch zwischen Rucksack und Helm ausgerissen, dachte Kashikoi erschrocken.

»Beeil dich«, sagt er mit bemüht ruhiger Stimme und kämpfte die aufsteigende Panik in sich nieder. *Du hast noch Luft im Helm, ein kleines bisschen. Und du kannst etwa zwei Minuten die Luft anhalten.*

Kurz darauf spürte er, wie Marcus über ihn hinweg krabbelte.

»Seid ihr alle wieder auf der Rampe?«, fragte Michelle.

»Ja«, erwiderten sie gleichzeitig.

»Gut, runter auf alle Viere und so schnell es geht nach oben in die Luftschleuse!«

Kashikoi tat wie ihm geheißen, zwang sich, seinen Atem flach zu halten und nur an der Luft in seinem Helm zu nippen, doch bereits nach wenigen Bewegungen war sie aufgebraucht und es war, als stopfe ihm jemand einen trockenen Waschlappen in den Mund. Es kam kein Sauerstoff und er musste seine Lippen aufeinanderpressen und ohne Luft weiterkriechen. Am liebsten hätte er die anderen zur Eile getrieben, indem er sie anschrie, doch das hätte ihn nur Atemluft gekostet und er war sicher, dass sie bereits dank ihrer eigenen Panik so schnell machten, wie sie konnten.

Werde ich ersticken? Soll das mein Ende sein?

Die ersten schwarzen Flecken in seinem Sichtfeld tauchten auf, als er bereits eine gefühlte Ewigkeit durch den undurchdringlichen Orkan aus Staub und Gestein kroch. Ab und zu flogen jetzt größere Schatten an ihm vorbei und er konnte spüren, dass sein Körpergewicht immer weniger wurde. Würde er bald ins Weltall gezogen werden? Er wusste nicht, welche Vorstellung er furchteinflößender finden sollte: in seinem Helm zu ersticken oder ins endlose Vakuum gesaugt zu werden.

Der Drang, den Mund zu öffnen und einzuatmen wurde überwältigend, als ihn endlich jemand an den Schultern packte und nach vorne zog. Er konnte nichts sehen, weil sein Sichtfeld zu einem schwarzen Tunnel mit unwirklichen Schemen am Ende verkümmert war. Ferne Stimmen kündeten von Sorgen, Panik und den Nöten anderer, die nichts mehr mit ihm zu tun hatten. Plötzlich geschah etwas, und ohne nachzudenken, riss er – nein, sein Körper – den Mund auf und sog gierig den frischen Sauerstoff ein, der ihn mit einem Mal umgab. Vor ihm tauchte ein Gesicht auf. Michelle? Jemand, vielleicht sie, hielt seine Wangen mit beiden Händen umschlossen.

»Was ist los?«, fragte er benommen.

»Du hast Marcus gerettet, du verdammter Held, und dich fast umgebracht«, antwortete Michelle. Nein, ihre Lippen bewegten sich nicht und die Stimme klang anders. Masha?

»Sind wir ...«

»In Sicherheit?« Nun war es definitiv die Astronautin, die sprach und den Kopf schüttelte. »Nein, wir müssen schleunigst ins Cockpit und uns anschnallen. Kannst du dich bewegen?«

»Ich kann es versuchen«, ächzte er und versuchte seinen Kopf zu bewegen, der wie von einer zähen Masse verklebt war. »Sono yōna garakuta!«

»Was?«

»Ich fühl mich nicht so gut.«

»Darauf können wir jetzt keine Rücksicht nehmen, tut mir leid. Beiß die Zähne zusammen und folge mir, okay?«, drang Michelle auf ihn ein und er nickte schwach.

Mit Masha half sie ihm auf und trotz oder gerade wegen der geringen Schwerkraft fühlte er sich wackelig auf den Beinen. Als er den Kopf hob, sah er, dass die innere Schleusentür geöffnet war und Marcus bereits dabei war, die Leiter nach oben zu klettern.

»Eine Sprosse nach der anderen«, meinte Michelle und deutete in Richtung des Leiteransatzes.

»Er kann noch nicht einmal richtig stehen«, protestierte Masha.

»Darauf können wir jetzt keine Rücksicht nehmen, wir müssen schleunigst weg, bevor das Schiff beschädigt wird oder umfällt.« Michelles Gesichtsausdruck war streng und ließ keinerlei Widerworte zu.

»Ist schon gut«, meinte Kashikoi und versuchte, eine tapfere Miene aufzusetzen. Er wartete eine heftige Schwindelattacke ab, atmete tief durch und packte eine der unteren Leitersprossen mit beiden Händen, nachdem Masha widerwillig vorangegangen war.

»Du kriegst das hin, Kashikoi«, versicherte sie ihm.

»Ja.« Er setzte den ersten Fuß auf die unterste Sprosse und begann den Aufstieg. Seine Lungenflügel brannten noch immer, als wären sie festgeklebt gewesen und gewaltsam auseinandergerissen worden, und in seinem Kopf schwirrten die Neuronen wie ein Schwarm Bienen. Aber er zwang sich Bewegung um Bewegung weiter, so schnell er konnte und angetrieben von Michelles mitfühlenden, aber unnachgiebigen Anfeuerungen.

Als er im Cockpit angekommen war, hatte er den Eindruck, dass das gesamte Raumschiff leicht wackelte. Oder es lag an seinem eigenen Schwindel, falls nicht beides der Fall war.

»Schnallt euch an und dann geht es los! Michelle, ich übernehme.«

»Müssen wir nicht zuerst ...«

»Keine Zeit«, fuhr Peter ihr in ungewohnter Atemlosigkeit dazwischen und tippte wie besessen auf seinem Kontrolldisplay herum. Noch bevor Kashikoi seinen Gurt geschlossen hatte, wurde er in seinen Sitz gedrückt, als die Triebwerke zündeten und sie nach oben schoben. Zuerst geschah es geradezu gemächlich, doch dann schossen sie immer schneller in die Höhe. Von der Außenhülle hörte er lautes Prasseln wie von einem Platzregen auf einem Autodach und ab und zu heftige Schläge, bei denen er jedes Mal zusammenzuckte.

»Das klingt gar nicht gut«, jaulte Marcus von ganz links und Kashikoi konnte ihm nur zustimmen. Zu präsent waren die Bilder von nach dem Start explodierenden Raketen in seinem Kopf. Die winzigsten Abweichungen und Probleme schienen dazu zu führen, dass es zur Explosion kam und das da draußen waren keine Kleinigkeiten, sondern heftige Einschläge.

»Keine Sorge, das Baby wuppt das schon. Solange wir keinen Riss im Tank haben, sollte alles gutgehen«, versicherte Michelle ihnen, doch ihre Stimme klang hohl und abwesend, als habe sie mit ihren eigenen Ängsten zu kämpfen.

»*Solange wir keinen Riss im Tank haben*«, wiederholte Marcus. »Na toll.«

Kashikoi schloss die Augen und ließ sich in seinem

Sitz durchschütteln. Es fühlte sich an wie ein Flug durch Turbulenzen, wie er sie schon oft in seinem Learjet erlebt hatte. Erst jetzt fiel ihm auf, dass seine Gelenke brannten wie Feuer. Angst und Panik hatten die Schmerzen bisher offenbar überlagert, doch jetzt drangen sie wieder auf ihn ein.

Dann wurde er leicht nach links gedrückt, als sich die Schubrichtung veränderte und das Prasseln und Knistern plötzlich nachließen, genau wie die Turbulenzen.

»Ha! Ihr verdammten Asse habt es geschafft!«, frohlockte Marcus exaltiert und lachte überschwänglich.

»Systemcheck«, befahl Peter.

»Druck in der Treibstoffkammer stabil. Kabinendruck stabil. Vier ausgefallene Sensoren, der Rest meldet volle Funktionsfähigkeit. Abrasionswarnung am Hitzeschild, offenbar haben die Kacheln etwas abbekommen, aber der Computer zeigt keinen kompletten Strukturschaden an«, antwortete Michelle mit gesenktem Kopf. »Sieht aus, als wären wir wirklich in Ordnung. Da haben wir noch mal Glück gehabt.«

»Kann mir jemand verraten, was das ist?«, mischte sich Masha ein und deutete in Richtung der linken Fensterreihe. Kashikoi folgte ihrer Geste und sein Mund klappte wie mechanisch auf, als er in einiger Entfernung den riesenhaften Mond sah, von dem eine spitz zulaufende Wolke aus Staub und Gestein in den Weltraum strebte. Sie war so dicht, dass sie massiv wirkte, und sah aus, als ziehe eine unsichtbare Hand an ihr wie an einem gigantischen Dreieck.

»Mein Gott.«

»Das ist die Anomalie«, erklärte Peter, ohne sich von seinem Display abzuwenden. »Während ihr draußen wart, habe ich mit Elon und den Europäern gesprochen. Nach neuesten NASA-Daten hat die Anomalie angehalten, und zwar in unmittelbarer Nähe des Mondes. Ihre Masse muss gigantisch sein, wenn sie so heftig am Erdtrabanten zieht. Wenn das so weiter geht, bricht er in den nächsten Stunden auseinander.«

»Aber da ist doch gar nichts«, meinte Masha, und tatsächlich gab es nichts im Fenster zu sehen, außer der zusammenlaufenden Gesteinswolke, die ins Nichts trieb.

»Die sagen, dass es sich womöglich um eine große Ansammlung Dunkler Materie handeln könnte, deren gravitative Effekte wir hier sehen. Sie haben uns auch einen Plan mitgegeben, wie wir sie möglicherweise aufhalten können.«

»Die Anomalie aufhalten?«, fragte Michelle erstaunt, während sich Kashikois Gedanken noch um die Bedeutung der Worte drehten. *Dunkle Materie?*

»Das klingt wahnsinnig, aber sie glauben, dass es sich um eine Art Intelligenz handeln könnte, die uns angreift, ohne zu wissen, was sie damit anrichtet.« Peter schnaubte. »Ich weiß nicht, was ich denken soll.«

»Aliens? Das da ist das Werk von Aliens?« Marcus Stimme hatte wieder einen schrillen Ton angenommen. »Ich bin Autor und habe zu viel Fantasie, Leute, und wenn das da Aliens sind, gefällt mir gar nicht, was sich mein Kopf gerade ausmalt.«

»Ich sagte doch, die haben einen Plan entwickelt«, knurrte Peter, der Marcus' ständige Schwarzmalerei offenbar leid war, zumal er sich ganz offensichtlich um einen ruhigen Tonfall bemühte, obwohl er selbst Angst haben musste.

»Und wie sieht der aus?«, fragte Michelle schnell, bevor der amerikanische Autor noch etwas sagen konnte.

»Die wollen, dass wir ein Polygon um die Anomalie bilden, indem wir dreihundertsechzig Ecken abfliegen. Das exakte Muster haben sie bereits berechnet und simuliert und uns geschickt.«

»Wir sollen drumherum fliegen?« Marcus schnaubte. »Wir sehen das Ding doch noch nicht einmal, wie sollen wir dann ringsum fliegen, ohne damit zusammenzustoßen.«

»Du solltest jetzt den Mund halten und uns das machen lassen«, entgegnete Peter mit einem Mal ungehalten. »Wenn das Dunkle Materie ist, könntest du gerade durchfliegen und würdest nichts merken, verstanden? Lass das die Profis machen und reiß dich, verdammt nochmal, zusammen, Mann!«

»Dafür müssen wir erst mit unserem Triebwerksmodul koppeln«, gab Michelle zu bedenken. »Wir sind über zwei Stunden zu früh für das geplante Manöver.«

»Ich weiß«, seufzte Peter. »Wir werden die Treibstoffvorräte des Schiffs an die Grenze bringen müssen, um das Andockmanöver hinzubekommen. Wir beschleunigen in Richtung des Moduls, bremsen ab, bis wir uns in einer synchronen Umlaufbahn befinden und koppeln manuell. Setz dich am besten gleich an eine Simulation und schau, was der Computer dazu sagt. Wenn es reicht, haben wir Glück gehabt, wenn nicht, gehen wir so nah dran wie möglich und hoffen, dass wir nicht zu spät kommen.«

Michelle nickte und machte sich an die Arbeit. Kashikoi nutzte die kurze Pause und traute sich an eine Zwischenfrage: »Hat das Triebwerksmodul genug Sprit, um dreihundertsechzig Ecken abzufliegen?«

»Das ist eine gute Frage. Ich weiß es nicht«, gab Peter zu. »Laut Mission Control ja, aber wir werden nach dem Andockmanöver sehen müssen, wie viel wir wirklich haben, falls es einen Fehler in der Sensorik geben sollte.«

»Und kommen wir dann noch nach Hause? So ein Stunt war doch sicher nicht eingeplant?«

»Bestimmt.« Peter klang nicht überzeugt, aber Kashikoi respektierte seine Bemühungen. »Wir haben einen relativ großen Extravorrat für den Notfall im Modul, aber er wird nicht ewig reichen. Wenn wir angedockt haben, werden wir eine Entscheidung treffen müssen.«

»Du meinst, es kann sein, dass wir entweder nach Hause oder dieses Muster fliegen können, um damit eventuell die Erde davor zu bewahren, unter einem zerrissenen Mond leben zu müssen?«

»Ja, das ist möglich, aber bisher wissen wir das noch nicht und haben keinerlei Entscheidungsgrundlage.«

»Doch, wir wissen, dass die Erde ohne Mond nicht überlebensfähig ist, oder?«, fragte Masha.

»Das würde ich so nicht sagen, aber sie würde vermutlich ins Taumeln geraten und die Gezeiten wären verschwunden, was eine Kaskade an negativen Veränderungen nach sich ziehen würde, die wir aktuell noch nicht überblicken können. Wenn ich Elon richtig verstanden habe, hat die Anomalie es nicht auf den Mond abgesehen, sondern auf Texas, wo sich ein geheimer Teilchenbeschleuniger befinden soll, oder so.«

»Was?«

»Die Anomalie schert sich nicht um den Mond, weiß

vermutlich gar nicht, dass er dort ist und es handelt sich um einen Kollateralschaden«, übersetzte Michelle und seufzte langgezogen. »Die Simulation ist durch, wir können laut Computer beschleunigen, bremsen und andocken und haben dann noch Null Komma Drei Prozent Reaktionsmasse.«

»Nicht viel Raum für Fehler«, meinte Peter, nickte jedoch. »Raum für Entscheidungen gibt es allerdings auch nicht. Mach es so. Du bist die bessere Pilotin, das wissen wir beide, also wirst du es machen.«

»Okay«, sagte Michelle. »Der Autopilot hat seine Berechnungen abgeschlossen. Wir können so beschleunigen, dass das Rendezvous in einunddreißig Minuten stattfindet. Der ausschlaggebende Andockprozess wird weitere zwanzig Minuten in Anspruch nehmen. Wir müssen während unserer Beschleunigungsphase noch auf das Triebwerksmodul zugreifen und dessen eingespeicherten Kurs anpassen, damit es nicht an uns vorbeisegelt.«

»Gut, die Treibstoffberechnungen stimmen?«, fragte Peter.

»Ja. Wir werden mit unter einem Prozent andocken.«

»Du schaffst das!«

Michelle antwortete nicht.

»Gut«, fuhr Peter fort. »Hat der Computer schon die Berechnungen von Mission Control für das Polygon abgeglichen, das wir fliegen sollen?«

»Ja.« Michelle zögerte. »Darüber sollten wir sprechen.« Sie machte eine Pause. »Mit allen.«

»Gut. Leite die Beschleunigungsphase entsprechend deiner Berechnungen ein und dann können wir reden.«

»Erledigt.«

Kashikoi sah den beiden zu, wie sie ihre elektrisch bewegbaren Sitze zu ihnen drehten und sie wieder in etwas ähnlichem wie einem Kreis saßen.

»Jetzt kommt die Hiobsbotschaft«, meinte Marcus laut.

Peter verzog das Gesicht. Dem sonst so beherrschten Kommandanten war anzusehen, dass er Marcus' Gejammer zusehends leid war.

»Folgendes Problem: Wir können das Muster abfliegen, das Elon, Dr. Lazar und Dr. Meyer uns vorgerechnet haben.« Er deutete auf den großen Bildschirm in der Deckenkonsole über ihnen, auf dem ein annähernd kreisförmiges Polygon mit unzähligen Ecken erschien, die jeweils grün aufblinkten. »Aber es wird unseren sämtlichen Treibstoff verbrauchen, da wir für das Andockmanöver auch das Triebwerksmodul bremsen lassen müssen. Wenn wir den Plan von Mission Control durchziehen, kommen wir nicht zurück nach Hause.«

»Hab ich's nicht gesagt?«, fragte Marcus und schüttelte den Kopf. »War ja klar, dass die nächste Horrormeldung nicht lange auf sich warten lässt.«

»Elon hat betont, dass es unsere Entscheidung ist, was wir tun.«

»Entscheidung? Was für eine Entscheidung? Sie haben eine Idee für die Lösung dieser Katastrophe und wir können entweder ihre Theorie überprüfen und dabei draufgehen oder zurückkehren als verdammte Angsthasen!«

»Marcus, was ist dein verdammtes Problem?«, schaltete sich Masha mit kaum unterdrücktem Zorn ein. »Denkst du, dass sich irgendjemand an Bord diese Scheiße ausgesucht hat? Was ist los mit dir, Mann? Du bist von der Rampe gestürzt und da draußen geht irgendein abgefahrener Scheiß ab, ja. Aber Kashikoi hat dich gerettet und jetzt sitzt du hier drin. Um uns bricht die Hölle auf und du hast nach alldem nichts Besseres zu tun, als uns die auch hier drin zu erstellen. Ich schlage vor, du hältst jetzt die Klappe.«

Die anderen, Kashikoi eingeschlossen, schwiegen betreten, aber man konnte es auch als zustimmendes

Schweigen deuten und Marcus' Gesichtsmimik geriet in Bewegung, als wolle er viele Dinge auf einmal sagen, versteinerte jedoch mit einem Mal.

»Gut«, befand Masha und sah zu Peter. »Also, wenn wir das als Crew entscheiden sollen, brauchen wir ein paar Informationen, worum es überhaupt geht und warum ein kleines Flugmanöver unseren Planeten retten soll.«

Peter nickte. »Von dem Gespräch mit Elon habe ich Folgendes verstanden: Die kleinere Anomalie über Europa befindet sich im Orbit exakt über dem CERN in Europa. Das Timing scheint genauso seltsam wie deren Position, denn erst wenige Tage vor dem Auftreten der Anomalie haben sie dort Dunkle Materie nachgewiesen. Das funktioniert, indem Protonen mit beinahe Lichtgeschwindigkeit aufeinander zugeschossen werden und bei ihrer Kollision in winzige Teilchen zerfallen. Durch diese Kollision entstehen neue Teilchen, die sofort wieder zerfallen und von verschiedenen Sensoren analysiert werden müssen. Bei diesem Prozess haben sie ein sogenanntes leichtestes supersymmetrisches Teilchen gefunden, das schon lange als Baustein der Dunklen Materie postuliert wurde. Die zweite Anomalie hat sich offenbar auf einen Punkt über Texas zubewegt, genauer gesagt über Waxahachie, einem kleinen Ort, an dem in den achtziger Jahren ein riesiger Teilchenbeschleuniger gebaut wurde, der allerdings offiziell nie in Betrieb genommen wurde. Dr. Lazar und Dr. Meyer vermuten, dass er vom Militär heimlich zu Ende gebaut und genutzt wurde, um nach dem Erfolg des CERN ebenfalls ein leichtestes supersymmetrisches Teilchen nachzuweisen. Die beiden europäischen Wissenschaftler vermuten, dass die Dunkle Materie im Universum und damit auch in unserem Sonnensystem eine zusammenhängende Intelligenz bildet. In diesem Fall würde die Erschaffung von Teilchen Dunkler Materie und deren anschließende Zerstörung eine Art Geburts- und Tötungsvorgang darstellen, wenn man so will.«

»Und die großen Brüder der Dunklen Materie sind jetzt vorbeigekommen, um uns dafür zu bestrafen?«, fragte Marcus und schnaubte. »Bin ich der einzige, der das für den schlechten Plot eines B-Movies hält?«

»Nein«, stimmte Michelle ihm überraschenderweise zu und schürzte die Lippen. »Das klingt für mich ziemlich fantastisch. Ich bin Ingenieurin und habe von theoretischer Physik noch nie viel gehalten oder verstanden. Ich konzentriere mich lieber auf das, was sichtbar und nachweisbar ist. Was ich da höre, klingt wie eine sehr abwegige Erklärung, die es zu uns geschafft hat, weil es noch keine bessere gibt. Unsere Vorfahren dachten, dass Gewitter durch den Zorn der Götter vom Olymp erzeugt würden, weil sie erst viel später elektrostatische Entladungen entdeckten. Nach so etwas riecht das hier auch.«

»Aber wir können doch nicht ignorieren, dass die Anomalien exakt über zweien unserer Teilchenbeschleuniger auftauchen«, gab Peter zu bedenken. »Es gibt keine Möglichkeit, die Beschleunigerringe selbst verantwortlich zeichnen zu lassen, dass die Anomalien entstanden sind – die eine kommt immerhin von weit draußen und hat den Saturn passiert – also muss eine Intelligenz dahinterstecken.«

»Moment mal«, mischte sich Marcus erneut ein. »Die zweite Koordinate bezieht sich auf einen stillgelegten

Teilchenbeschleuniger, der nie fertig gebaut wurde. Dass er heimlich doch vollendet wurde, klingt für mich eher nach einer Verschwörungstheorie, die gerade gut in die These der beiden Europäer passt. Ohne diese Nummer wäre die nämlich einfach nur lächerlich und hätte keinerlei argumentative Grundlage.«

»Ich sage es nur ungern, aber ich stimme ihm in diesem Fall zu.«

»Fakt ist doch«, meinte Masha, »dass von der Erde bisher nur eine einzige Idee zur Lösung dieser Krise gekommen ist und die haben wir von Köpfen bekommen, die sicher schlauer sind als wir – nichts für ungut. Wir sind hier draußen und die einzigen, die etwas tun können, ob es sich nun als Lösung entpuppt oder nicht.«

»Ja, und wenn wir nichts tun, wissen wir, was passieren wird. Europa versinkt jetzt schon im Chaos und wenn der Mond erst zerbrochen ist, wird es für die ganze Welt schlecht aussehen. Wirtschaftlich tut es das ja schon längst.« Kashikoi deutete in Richtung der linken Fensterreihe, vor der noch immer die abgetragene Mondoberfläche ins All hinausströmte. »Das da wird sich jedenfalls nicht von selbst auflösen und wenn bisher niemand eine bessere Erklärung parat hat, wieso sollten wir dann nicht handeln, wenn es uns möglich ist?«

»Ihr solltet beide verstehen, was ihr da vorschlagt«, gab Michelle zu bedenken. »Wenn der Treibstoff versiegt, wird auch die Stromversorgung ausgehen und wir werden im All treiben. Unser Ende wird entweder durch Erfrieren oder Ersticken eingeläutet, ich bin nicht sicher, was zuerst passieren wird. Das ist keine besonders rosige Aussicht und wenn es erst so weit ist, werdet ihr euch fragen, ob ihr wirklich die richtige Entscheidung getroffen habt. Versteht mich nicht falsch, ich würde mich bereitwillig opfern, wenn ich wüsste, dass es auch etwas bringt. Aber das, was Mission Control da vorgeschlagen hat, klingt für mich wie ein Hirngespinst. Am wahrscheinlichsten ist, dass unser Kunstflug da draußen rein gar nichts ändert und wir für nichts unser Leben weggeworfen haben.«

»Und was ist die Alternative?«, fragte Peter mit düsterer Miene. »Dass wir auf die Erde zurückkehren und miterleben, wie sie zugrunde geht? Dann wird ganz sicher der Zeitpunkt kommen, an dem wir uns fragen, ob wir hier und heute nicht anders hätten entscheiden sollen. Wie würden wir mit uns selbst umgehen, wenn wir wüssten, dass wir die einzige Chance vertan haben, etwas zum Besseren zu bewirken?«

»Er hat recht.« Kashikoi hob die Hände, damit Michelle ihn ausreden ließ. »Sterben werden wir sowieso, das Leben endet immer tödlich. Die Frage ist, ob wir unserem Tod einen Sinn geben. Jetzt und hier«, er deutete erneut aus dem Fenster, »haben wir eine Möglichkeit, ihn mit etwas Sinnvollem zu verbinden. Wenn wir mit Sicherheit wüssten, dass es funktioniert, würden wir kein Risiko eingehen. Jetzt aber sind wir gefordert, anderen Menschen zu vertrauen, die schlauer sind als wir ...«

»... oder eine lebhaftere Fantasie haben«, wandte Marcus ein, doch Kashikoi ignorierte seinen Zwischenruf.

»Lösungen gibt es jedenfalls nicht infolge Egoismus, und den bisher einzigen Lösungsvorschlag zu dieser existentiellen Krise können nur wir hier und jetzt umsetzen. Ich jedenfalls will nicht zurückkehren und zusehen wie meine Mitmenschen draufgehen, mit dem Wissen, dass ich sie auch hätte retten können, egal wie klein die Chance auch sein mag.«

»So ist es«, stimmte Masha ihm zu und auch Peter nickte. Marcus schüttelte ununterbrochen den Kopf, sagte aber nichts und Michelle schien in Gedanken versunken zu sein.

»Ich habe zwei kleine Jungs zuhause«, murmelte sie nach einer Weile und der traurige Ton in ihrer Stimme versetzte Kashikoi einen Stich. Es berührte ihn immer, wenn Personen, die ständig nur ihre starke Seite zeigten, plötzlich einknickten.

»Ich weiß.« Peter legte ihr eine Hand auf den Arm und drückte ihn leicht. »Für die sollten wir das tun.«

»Können wir ... können wir noch eine Nachricht absetzen?«

»Natürlich.«

Wieder entstand drückende Stille zwischen ihnen, in der sich die tonlose Schwingung von Angst und Schwermut ausbreitete wie ein Virus, das sie alle bereits infiziert hatte.

»Also gut, wir haben wenig Zeit und sollten abstimmen.« Peter schaute in die Runde und sah betretene Gesichter. In Kashikois Augen hatte Michelle mit einer Sache recht gehabt: Jetzt an diesem Punkt verstand keiner von ihnen, wofür er oder sie sich wirklich gerade entschieden hatte. Erst am Ende, wenn sie dem Tod ins Auge blicken würden, würde es ihnen dämmern, dass es kein Zurück gab und ihr Leben zu Ende war. Jetzt und hier stimmten sie also nicht wirklich über ihren kollektiven Tod ab, sondern ob sie in den nächsten Stunden Helden oder Angsthasen sein wollten.

»Wer ist dafür?«

Kashikoi hob seine Hand, Masha ebenfalls und schließlich auch Peter. Alle Blicke richteten sich auf Michelle, die mit unglücklichem Gesicht schließlich auch ihre rechte Hand hob. Die Tränen in ihren Augen zeigten, dass sie von allen den höchsten Preis zu zahlen hatte, aber auch den meisten Respekt verdiente, wie Kashikoi fand. Sie musste zwei Kinder zurücklassen, während der Rest kinderlos war und nur über das eigene Leben oder höchstens das eines Partners zu entscheiden hatte.

»Ich fasse es nicht, dass ich der einzige bin, der noch halbwegs klar denken kann«, schnaubte Marcus, und warf ergeben die Hände in die Luft, was in der Schwerelosigkeit ein wenig an Dramatik verlor.

Peter ignorierte ihn und legte Michelle erneut eine Hand auf den Arm. »Damit ist es beschlossen.«

Kashikoi wandte seinen Kopf zu Masha, die ihn ebenfalls ansah. Ein trauriges Lächeln, das sie gleichzeitig tapfer aussehen ließ, umspielte ihren vollen Mund und ihr Kinn war trotzig vorgeschoben. Er nahm ihre Hand in seine und drückte sie leicht.

»Ist gut«, sagte sie und irgendetwas in ihrer Stimme ließ ihn an die Wahrheit ihrer Worte glauben. Ein warmes Gefühl breitete sich in ihm aus, als er begriff, dass alles an seinen Platz fiel. Er erinnerte sich an ein altes Sutra aus dem Zen-Buddhismus, das ihm seine Mutter häufiger rezitiert hatte: *Der Schnee fällt, jede Flocke an ihren Platz.* Er war der Erde entflohen, um seinen Schmerzen zu entgehen und anderen Menschen Hoffnung zu geben, indem er half, der Menschheit ihre Visionen und den Forscherdrang zurückzugeben, die sie bereits in den Sechzigern auf den Mond gebracht hatten. Damals hatte eine ganze Generation geglaubt, dass alles möglich sei, wenn man nur zusammen auf ein Ziel hinarbeitete. Dass er nicht zurückkehren sollte, aber der Menschheit durch eine letzte Tat das Überleben sichern konnte, war nun so etwas wie die absolute Essenz seiner Mission. Jeder große Schritt nach vorne benötigte Opfer und nun war er gefordert.

»Bevor wir jetzt Trübsal blasen, gibt es noch eine Menge zu tun«, sagte Peter und brach ihren intimen Moment, was Kashikoi einerseits erleichterte und andererseits empörte.

»Michelle, kümmere dich um das Docking. Alle anderen bleiben ruhig und behalten die Anzeigen im Auge. Kashikoi, du überwachst die Sensoren an der Antriebsgondel. Wenn sich bei der Annäherung irgendwelche Abweichungen zeigen, sag Bescheid. Masha, du kümmerst dich um die Treibstoffanzeige. Falls es zu einem plötzlichen Abfall kommt, müssen wir es wissen. Marcus, würdest du in die Schlafmodule und die Luftschleuse gehen und nachsehen, ob sämtliche Geräte und Systeme abgeschaltet sind, damit wir keinen unnötigen Stromverbrauch haben?«

Nacheinander nickten sie. Kashikoi war klar, dass diese Aufgaben sinnlos waren, weil Peter und Michelle all das von ihren Schirmen ablesen konnten, aber er verstand auch, dass der Kommandant sie einbeziehen und beschäftigen wollte, damit sie nicht zu viel grübelten. Das respektierte er und womöglich hätte er es genauso gemacht.

»Geht klar«, sagte er also und auch Masha nickte. Selbst Marcus schien sich langsam zu beruhigen und zu verstehen. Er brummte zustimmend und schnallte sich ab, um Richtung Zentralkorridor zu schweben.

Das Kopplungsmanöver mit dem Triebwerksmodul fand etwa eine Viertelstunde später statt, während der es im Cockpit totenstill war, um Michelle nicht zu stören, die mit Argusaugen den automatisierten Vorgang überwachte. Das Triebwerksmodul, das offiziell *Starship Orbital Design* oder SOD hieß, war ein glänzender Zylinder, etwas länger als das tatsächliche Raumschiff, in dem sie saßen. Die Sonne lugte bereits über die Silhouette des Mondes und ließ SOD in einem strahlenden Grau erscheinen. Zuerst war das Modul winzig klein wie eine Stecknadel, doch es wurde rasant größer, als es nur noch wenige hundert Meter entfernt war und der langsam gesteigerte Bremsschub stärker wurde. Ihre Geschwindigkeiten passten sich immer weiter an, sodass alles ablief wie in Zeitlupe. Kaltgasdüsen feuerten ununterbrochen und brachten sie parallel zu dem Modul, das seinerseits gegensteuerte, bis es aussah, als würden beide stillstehen. Lediglich die wachsende Eklipse des Mondes verriet, dass sie sich noch immer mit hoher Geschwindigkeit im Orbit bewegten. Mit den Kameras an der Unterseite des Raumschiffs sah man das Triebwerksmodul jetzt als rundes, metallisches Objekt inmitten des Alls, das noch etwa fünfzig Meter entfernt war.

»Seltsam, drei Kameras zeigen vierundvierzig Meter und zweiundzwanzig Zentimeter Abstand, aber die vierte zeigt eine Null an«, meldete Masha und Michelle nickte, ohne sich umzudrehen.

»Ja, ich sehe es auch. Offenbar ist sie von Gesteinsbrocken beschädigt worden beim Abflug von Luna«, knurrte Michelle und schüttelte ihre Hände, als müsse sie sich von Sand befreien, bevor sie einen Knopf drückte und ein Joystick aus ihrer Sitzarmatur fuhr. »Ich mach's manuell. Der Autopilot funktioniert nicht mit Daten aus drei Kameras. Er will immer abbrechen, weil er glaubt, dass sich ein Objekt direkt vor der Linse befindet.«

»Reicht der Treibstoff?«, fragte Peter angespannt.

»Wenn ich alles richtig mache, ja, aber ich bin keine KI.«

»Du schaffst das schon.«

»Kein Druck, Michelle, kein Druck«, sagte sie, sich Mut machend und lenkte mit der rechten Hand den Joystick, während sie mit der linken auf ihrem Touchdisplay herumtippte. Auf dem mittleren Bildschirm wuchs der Torus des Verbindungsstücks an, füllte beinahe den gesamten Horizont aus. Immer neue Stöße der Manövrierdüsen sorgten dafür, dass sich das Ganze stabilisierte, bis keine einzige Bewegung mehr zu erkennen war außer der winzigen Annäherung zwischen den Kameras und dem Triebwerksmodul. Dann hob Michelle ergeben die Hände.

»Das war's, Treibstoff ist leer. Entweder ich habe alles richtig gemacht und wir landen exakt in den Halteklammern und Bolzen oder wir sind erledigt.«

Niemand sagte etwas, bis ein kaum merklicher Ruck durchs Raumschiff ging und die Kameras nur noch Schwärze zeigten.

»Alle Anzeigen auf *Grün*«, verkündete Peter begeistert und packte seine Kameradin an der Schulter, um sie heftig zu schütteln. »Ich wusste, dass du das packst! Ha!«

Die Astronautin lächelte dünn. »Dann kann es ja jetzt losgehen mit unserem letzten Flug.«

»Also gut. Marcus, wie sieht's da hinten aus?«, fragte der Kommandant über Funk und wartete auf eine Antwort, die erst wenige Augenblicke später kam.

»Na ja, so gut es eben aussehen kann, wenn wir in den Tod rasen. In den Schlafräumen ist alles offline.« Marcus Stimme erklang mit einem kurzen Echo über die Cockpitlautsprecher. »Ich checke noch schnell die Luftschleuse.«

»Negativ, komm zurück und schnall dich an, wir dürfen keine Zeit verlieren.«

Kashikoi sah mit eigenen Augen, was Peter meinte, denn über einen der Sensorbildschirme konnte er sehen, wie sich tiefe Risse auf der Mondoberfläche gebildet hatten. Wenn sie schon aus dem Orbit sichtbar waren, mussten sie dort unten gigantisch sein und die Schnelligkeit, mit der sie entstanden, ließ nichts Gutes für die Zeit erahnen, die ihnen noch blieb.

»Wenn, dann sollte ich doch gründlich sein, wenn ich schon ...«

»Nein«, wiederholte Peter. »Wir müssen bereits Gegenschub leisten, um nicht von der Anomalie angezogen und aus dem Orbit katapultiert zu werden. Je länger wir warten desto schlechter unsere Chancen.«

»Verstanden«, lenkte Marcus ein. Wieder war dieses seltsame Echo in seiner Stimme zu hören.

»Vielleicht hat er sich ja tatsächlich damit abgefunden«, seufzte Peter, nachdem er die Verbindung unterbrochen hatte. »Ich glaube nicht, dass er der Richtige für diese Mission war.«

»Er hat alle Auswahlverfahren gemeistert und auch die psychologischen Tests waren einwandfrei«, entgegnete Kashikoi. »Ich glaube, für so etwas wie diesen Trip kann man nicht vorbereitet sein, und man kann auch nicht im Vorfeld austesten, ob jemand diesen Belastungen standhält, weil es auf der Erde nichts Vergleichbares gibt. Jeder Test hat ein Halteseil, nämlich das Wissen, dass man im Zuge dessen nicht sterben wird, so hart er auch sein mag. Das ist hier draußen definitiv anders.«

»Da hast du wahrscheinlich recht. Wir sollten ihn aber im Auge behalten und vielleicht eine Medikation erwägen.« Masha sprach ganz leise, als sei sie Teil einer Verschwörung.

»Er wird es schon schaffen.«

»Sicher?«

»Was ist hier draußen schon sicher?«, fragte Kashikoi. »Sicher ist nur, dass er damit klarkommen muss, weil wir abgestimmt haben.«

»Ich aktiviere schon mal den Autopiloten, damit wir auf Kurs kommen und keine Zeit verschwenden. Ich fürchte, dass uns der Mond gleich um die Ohren fliegt«, sagte Michelle und Peter nickte.

»Ist gut. Die Masse dieser Anomalie muss gigantisch sein. Wenn die Telemetriedaten stimmen, zerreißt sie gerade nicht nur den Mond, sondern hat ihn bereits aus seiner statischen Umlaufbahn gezogen. Falls ich das nicht fehldeute, wird er bald um die Anomalie rotieren – beziehungsweise das, was dann noch von ihm übrig ist.«

»Das hilft nicht, Peter. Keine Katastrophenmeldungen

mehr, bitte!«

»Ähm, was das angeht ...« Masha deutete für die beiden Piloten unsichtbar auf eine rot leuchtende Lampe an der Deckenarmatur. »Ist das nicht die Lampe für die Luftschleuse?«

»So eine verdammte ...«, fluchte Peter ungehalten und wollte sich abschnallen, als Kashikoi ihm von hinten eine Hand auf die Schulter legte und ihn sanft zurückdrückte.

»Ich kümmere mich darum. Du und Michelle, ihr müsst hierbleiben und dafür sorgen, dass ihr das exakte Polygon abfliegt. Ich bin hier ohnehin nutzlos.«

»Könnte mich jemand aufklären, was hier los ist? Wovon redet ihr?«, fragte Masha aufgebracht.

»Hast du das Echo in der Stimme von Marcus gehört?«

Sie nickte.

»Er hat die Luftschleuse nach draußen geöffnet. Er geht raus.«

»Was? Wieso sollte er das tun?«

»Ich weiß es nicht, aber ...«

»Ich weiß es«, entgegnete Michelle. »Er will nicht sterben, also bleibt ihm nur, uns zur Rückkehr zur Erde zu zwingen. Das geht nur, indem er die Sensoren auf der Hülle so beschädigt, dass sie keine exakten Positionsdaten mehr errechnen können. Dann wäre unser Polygon dahin.«

»Ein Grund mehr, ihn aufzuhalten.« Kashikoi schnallte sich ab und schwebte augenblicklich aus seinem Sitz. Als er sah, dass Masha es ihm gleich tat, starrte er sie empört an. »Was tust du da?«

»Ich komme mit dir. Zusammen haben wir größere

Chancen ihn aufzuhalten.«

»Aber ...«

»Ob ich nutzlos hier drin sterbe oder sinnvoll da draußen, ist doch wohl kein Unterschied.«

Er wollte widersprechen, doch ihm fiel kein gutes Argument ein, also atmete er tief durch, stieß sich von seinem Sitz ab und hinein in den Zentralkorridor, an dessen Ende die Luftschleuse Rot blinkte.

27 Kashikoi

Als Kashikoi und Masha die Luftschleuse erreichten, hatten sie es gerade so geschafft, ihre Helme aufzusetzen und zu versiegeln. Durch das kleine Sichtfenster sahen sie das rote Blinklicht des Druckalarms, das in gleichmäßigen Abständen in ihren Augen brannte. Während es seine Runden drehte, wurden immer wieder dieselben Bereiche der kleinen Schleuse beleuchtet, die ihm jetzt unheimlich vorkam. Auf der linken Seite stand das Schott nach draußen offen und zeigte die Finsternis des erdnahen Weltraums. Die Armaturen, Verstrebungen, Kabel und Abdeckungen der Luftschleuse selbst warfen bizarre Schatten, die sich durch die Drehung der Alarmsirene bewegten, indem sie länger und wieder kürzer wurden. Sobald er einmal meinte, erkannt zu haben, was er sah, war der Eindruck auch schon wieder fort und gab ihm das Gefühl, in einen vollkommen fremden Teil des Raumschiffs zu blicken.

»Er ist schon draußen«, stellte Masha überflüssigerweise fest. »Peter, könnt ihr die Außentür von der Brücke aus schließen?«

»Schon dabei«, kam prompt die Antwort. »Hey, ihr solltet euch nochmal ...«

»Ist schon gut«, unterbrach sie ihn. »Wir haben uns entschieden und ich weiß, was du sagen willst.«

»Viel Glück.«

Kashikoi sah zu, wie sich das Schott schloss und der Alarm von Rot auf Gelb wechselte, bevor ein nerviges Piepen zu hören war, obwohl sie hinter der verschlossenen Tür schwebten.

»Klingt als ob Druck und Luft wieder stabil würden«, meinte er ungeduldig und tippte mit dem Finger auf den roten Knopf zum Entriegeln des inneren Schotts. Es kam ihm so unendlich langsam vor, dass er am liebsten mit einem Hammer auf das kleine Fenster eingeschlagen hätte. Doch es half nichts: Der Computer ließ sich in Sachen Sicherheit nicht umstimmen, also hingen er und Masha waagerecht mit nach oben abgeknickten Köpfen in dem Zentralkorridor und starrten auf das Licht des Alarms.

»Ist dir klar, dass wir die Magnetstiefel noch nie ausprobiert haben?«, fragte Masha in die angespannte Stille und Kashikoi verzog das Gesicht.

»Doch, im Unterwassertraining, aber du hast schon recht, das ist wahrscheinlich nicht wirklich vergleichbar.«

»Wir werden sehen. Wenn ich es richtig verstanden habe, werden wir die ersten Menschen sein, die Magnetstiefel im Weltraum eingesetzt haben und das auch noch bei einem Außeneinsatz. Wir werden also nicht nur als Retter der Welt in die Geschichte eingehen, sondern auch in die Astronautenhandbücher«, feixte sie scheinbar unbeschwert. »Na ja, zumindest im unwahrscheinlichen Fall, dass alles stimmt.«

»Wenn schon ein Abgang, dann einer für die Geschichtsbücher, schätze ich«, ließ er sich auf den fatalistischen Humor der Niederländerin ein und lächelte schief. Als plötzlich das gelbe Licht verschwand und die Leuchtdiode neben der Tür von Rot auf Grün umsprang, hieb er viel fester als nötig auf den Knopf und drehte dann hastig an dem Handrad für die manuelle Ver- beziehungsweise Entriegelung. Schließlich hielt er sich mit der rechten Hand am Haltegriff neben dem Schott fest und zog mit der anderen am Rad, bis es mit einem Schmatzen aufglitt und ihm die antiseptische Luft der gerade erst wiederhergestellen Atmosphäre entgegenwehte.

Masha schwebte als Erste hinein und zog ihn mit der freien Hand hinter sich her. Noch bevor er sich in der kleinen Luftschleuse umgedreht hatte, riss sie bereits an dem Handrad auf der Innenseite und drehte es mit flüssigen Bewegungen zu. Als sie fertig war, drückte er den Knopf für das Ablassen der Atmosphäre und postierte sich neben dem Außenschott. Aus einer der Klappen nahm er zwei Sicherungsseile und reichte eines an Masha weiter. Sein eigenes befestigte er mit dem Karabiner an der Öse seines Gürtels und das andere Ende hielt er in seiner Linken bereit. Dann sah er zur Seite und zu Masha, die ebenfalls eingehakt war und sich immer wieder über die Lippen leckte, während sie auf das Schott starrte. Als es schließlich aufging, zuckte Kashikoi heftig zusammen, da er nicht erwartet hatte, Peters Stimme im Ohr zu haben.

»Wir können Marcus über eine der Außenkameras sehen. Ich glaube, er sucht nach den Sensoren, hat sie aber noch nicht gefunden. Das könnte euer Vorteil sein.«

»Danke«, murmelte Kashikoi, nachdem er sich den Schreck aus der Kehle geräuspert hatte.

»Ach und noch etwas: Wir brauchen ungefähr fünfzehn Minuten, bis wir sämtliche Systeme überprüft und die Daten in den Rechner des Triebwerksmodul überschrieben und abgeglichen haben. Dann müssen wir beschleunigen ...«

»... und wenn wir dann noch draußen sind, wird es ungemütlich. Schon verstanden.«

Kashikoi atmete tief durch, als er durch das offene Schott in die Schwärze starrte und verstand, was er gerade im Begriff war, zu tun. Faktisch hätte er halbwegs entspannt sein können – falls so etwas in Anbetracht der Situation überhaupt möglich war –, schließlich war er eben noch über die Mondoberfläche gelaufen und hatte erlebt, wie scheinbar die Gesetze der Physik ausgehebelt wurden. Doch das hier war etwas anderes. Auf dem Mond hatte er sich noch der Illusion hingeben können, dass es fast wie auf der Erde war, nur ein wenig leichter zu laufen. Aber es hatte oben und unten gegeben, eine Schwerkraftrichtung, einen Boden und einen Himmel. Hier draußen war nichts außer Schwärze, Stille und einem durchgedrehten Marcus, der versuchte, sie zum Umkehren zu zwingen.

Und ich versuche, ihn zum Selbstmord für eine gute Sache zu zwingen, dachte Kashikoi und wusste nicht, ob er sich beschämt oder einfach nur im Recht fühlen sollte. Wie ein Held erlebte er sich jedenfalls nicht.

»Wir schaffen das«, redete ihm Masha gut zu und machte den ersten vorsichtigen Schritt nach vorne. Auf der Kante hielt sie inne und drehte sich um die Ecke. Kashikoi tat es ihr auf seiner Seite gleich ohne den Haltegriff an der Innenseite loszulassen bis er das andere Ende des Sicherheitsseils an der Außenhülle in die dafür vorgesehene Verankerung eingehakt hatte. Ein letztes Mal überprüfte er die kleine Trommelspule an seiner Hüfte, die sich automatisch in die Länge oder zusammenziehen ließ und atmete tief ein, bevor er sich gänzlich nach außen drehte, mit beiden Händen an einem Haltegriff. Er machte einen Katzenbuckel und stemmte seine Füße gegen das graue Metall, bevor er einen kleinen Knopf auf seinem Handgelenk drückte, der seine Stiefel magnetisierte. Ein Ruck ging durch seine Fußsohlen, vielleicht bildete er sich das aber auch nur ein.

»Du kannst loslassen«, funkte Masha von der anderen Seite und als er zu ihr sah, stand sie aufrecht auf der Hülle. Der Anblick ließ ihm leicht übel werden, da er das Gefühl hatte, nicht mehr oben von unten unterscheiden zu können. Gegen jeden Instinkt ließ er schließlich den Haltegriff los und richtete sich auf, sah in Gedanken schon, wie er sich vom Schiff löste und in der Schwärze verschwand, doch er rief sich in Erinnerung, dass er immer noch über das Seil verbunden war.

»Siehst du? Nichts passiert. Jetzt müssen wir Marcus schnell finden!«

»Ihr müsst Richtung Triebwerk gehen, wo die US-Flagge aufgemalt ist«, meldete sich Peter einmal mehr zu Wort und erinnerte sie, dass sie zumindest über Funk nicht alleine waren. Obwohl Kashikoi wusste, dass sich sein restliches Leben in einem Zeitraum weniger Minuten oder Stunden abspielte, hatte er hier draußen Angst. Wenn er ehrlich war, lag es daran, dass er sich unermesslich allein fühlte. Die Schwärze war so umfassend, dass sie beinahe erdrückend war, als bestünde sie aus einer zähen, ätzenden Masse. Der Anblick der Sterne half ihm nicht, riefen sie ihm doch bloß in Erinnerung, wie weit alles war. Selbst der Mond auf der rechten Seite sah düster aus mit der winzigen Eklipse auf der Oberseite.

»Gehen wir«, ächzte er und setzte prüfend einen Fuß

vor den anderen. Es ging schwer, als hätte er Gewichte um sein Sprunggelenk gekettet, doch er konnte einige Schritte machen. Er hatte das Gefühl, das Gleichgewicht zu verlieren und begann, mit den Armen zu rudern, was ihn in eine unkontrollierte Bewegung brachte, wie Seegras in der Meeresströmung.

»Kashikoi! Bleib ruhig, hörst du?«

»Ich versuch's.« Als er nach hinten glitt, winkelte er die Arme an und ließ zu, dass er gegen die Außenhülle prallte, bevor er sich vorsichtig aus der Hocke aufrichtete und peinlich darauf achtete, keine hastigen Bewegungen zu machen. Masha tauchte neben ihm auf und fasste ihn am Unterarm. Durch den Druckanzug bemerkte er es kaum. Sie deutete an ihm vorbei nach links. »Siehst du diese kleine Finne?«

Kashikoi sah hin und bemerkte die glatte graue Hülle, die scheinbar von der Finsternis des Alls gebogen wurde, als könne sie dem Druck nicht standhalten. Von hier draußen sah es so fragil und winzig aus, dass er sich gar nicht vorstellen konnte, wie sie es damit hierher geschafft hatten. Dann erspähte er eine winzige Art Flosse.

»Das ist ein Thermosensor, glaube ich. Rechts davon befindet sich die aufgemalte Flagge, wenn ich mich recht erinnere.«

»Dann los«, sagte er, und das Echo seiner eigenen Stimme im Helm beruhigte ihn ein wenig. Es war schrecklich, nur den eigenen Atem zu hören und ansonsten rein gar nichts. Keine Schritte, keine Umgebungsgeräusche und schon gar nichts, das nach Leben klang.

Mit Eile im Herzen, aber der Vorsicht von Anfängern

in den Füßen gingen sie weiter, hielten sich ein wenig nach rechts, sodass sie langsam die Hülle umrundeten, und ließen konzentriert das Sicherheitsseil durch ihre Hände gleiten, damit es nicht an ihren Anzügen scheuerte. Das machte vermutlich keinen Sinn, da das Material fest genug war, doch Kashikoi fühlte sich so sicherer.

Als wenn Sicherheit jetzt noch eine Rolle spielen würde.

»Da ist er!«, rief Masha plötzlich aufgeregt, als auch er es sah: Ein einzelner weißer Helm, konisch wie ein Ei, ragte über die Krümmung des Schiffs hinaus und wurde mit jedem Schritt, den sie machten, größer. Bald kam auch der schlanke Oberkörper des Druckanzugs in Sicht, bis Kashikoi verstand, dass Marcus knien musste.

»Er hat gar kein Seil«, stellte er fest.

»Das gibt mir Hoffnung, dass er entweder komplett durchgedreht oder nervös ist, und das wiederum könnte bedeuten, dass er die Sensoren nicht findet.«

»Im Gegenteil, er ist nah dran!«, widersprach Peter über Funk. »Ein Sensor ist schon ausgefallen. Die Sensoren sind unter einer Keramikabdeckung verbaut in Form eines Bandes, das rings um das Schiff verläuft. Er muss einen Fissionsschneider dabei haben.«

»Aber wenn er die Hülle beschädigt, würden wir beim Wiedereintritt in die Erdatmosphäre doch ohnehin verglühen!« Kashikoi tauschte einige irritierte Blicke mit Masha.

Durchgedreht, dachte er und sah in ihren Augen, dass sie das gleiche dachte.

»Ihr müsst euch beeilen, wenn ein zweiter Sensor ausfällt, war's das!«

Kashikoi ließ sich das nicht zweimal sagen und lief

los. Sein Herz schlug so heftig wie bei einem Sprint, doch in Wirklichkeit lief er wie ein Jogger in Zeitlupe, da die Magnetstiefel - die ersten ihrer Generation - ihn immer wieder auf der Hülle festnagelten. Von Stille umgeben wurde die ihm abgewandte Gestalt von Marcus größer.

»Was können wir Erfolg versprechend tun?«, fragte Masha außer Atem.

»Ich weiß es nicht, wir halten ihn einfach auf. Irgendwie«, gab er zurück und hielt sich leicht nach links, um sehen zu können, was Marcus tat. Als nur noch wenige Meter sie voneinander trennten, erkannte er, dass sich der Amerikaner mit einer Art kabellosem Schneidbrenner an der Hülle zu schaffen machte.

»Marcus!«, rief er über den allgemeinen Funkkanal und sein Gegenüber hielt inne. Der Helm wandte sich um, reflektierte grell im Licht von Kashikois Helmlampen, während Masha von der anderen Seite näher kam.

»Verschwinde!«

»Marcus, wenn du weitermachst, verglühen wir beim Wiedereintritt!«

»Du willst mich nur überreden, damit ihr eure Selbstmordmission starten könnt!«

Kashikoi leckte sich über die Lippen, als Masha beinahe in Reichweite war und die Hände nach unten streckte. Offenbar wollte sie Marcus den Fissionsschneider aus der Hand reißen, dessen Flamme kurzzeitig erloschen war.

»Geh weg!«, knurrte der Amerikaner wie ein in die Enge getriebenes Tier. »Ihr habt alle den Verstand verloren! Wenn wir erst zurück auf der Erde sind, werdet ihr es mir danken!«

Kashikoi war entsetzt, dass Marcus tatsächlich klang, als glaube er, was er von sich gab. Ein Teil von ihm verspürte sogar Mitleid mit dem Mann, immerhin hatten sie über seinen Kopf über sein Schicksal entschieden.

»Ganz ruhig, ich will nur, dass wir alle lebend hier rauskommen«, log er, um Masha etwas Zeit zu verschaffen, doch die brauchte sie nicht mehr. In diesem Moment bückte sie sich und griff quälend langsam in der fehlenden Schwerkraft nach dem Fissionsschneider. Dann geschah die Katastrophe, sie verhedderte sich in dem Sicherheitsseil, das sich durch den abrupten Stopp und ihr Bücken nach vorne aufgestaut hatte und bekam das Werkzeug nur mit einer Hand zu fassen. Marcus wirbelte herum, griff mit beiden Händen zu und entriss es ihr wieder.

Kashikoi fluchte und stapfte viel zu langsam los, als die Flamme des Fissionsschneiders zum Leben erwachte. Er konnte nicht sehen, was passierte, da Marcus' Rücken die Szene verdeckte.

Als er Masha aufschreien hörte, packte er Marcus an den Schultern und riss ihn, so heftig er konnte, zurück. Schweiß lief ihm in die Augen, doch er ignorierte das heftige Brennen und glitt mit dem Amerikaner in seinen Armen nach hinten. Die Sicht auf Masha wurde frei und er konnte sehen, dass ein winziges Brandloch auf ihrem Bein winzige rote Kügelchen in den Schein ihrer Helmlampen vorstoßen ließ. Sie sahen surreal aus wie Seifenblasen und erzeugten in seiner Fantasie blubbernde Geräusche, obwohl es noch immer totenstill war. Marcus wollte mit dem Fissionsschneider nach hinten greifen – die Flamme glühte noch immer auf, doch Kashikoi dachte zum ersten Mal daran, dass seine Erfahrungen im Judo ihm helfen konnten, da er mit einem Bein auf der Hülle und mit dem anderen in Marcus' Kreuz stand. Es war wie eine Bodenrangelei, nur dass er in der besseren Position war. Mit der linken Armbeuge hakte er sich in die des Amerikaners und mit der rechten Hand bog er dessen Hand mit dem Schneider um seinen anderen Unterarm, sodass sich das Werkzeug auf Marcus' Helm zubewegte. Als die erloschene Spitze und dessen Visier sich berührten, drehte er seine Hand um den Griff und drückte mit dem Zeigefinger zu.

Die Fissionsflamme durchschlug das Visier und glitt unter dem erstickten Aufschrei seines Kameraden zur Seite. Sie schnitt wie durch Butter und schwebte dann aus seinen kraftlosen Fingern.

Kashikois Nüstern blähten sich auf, als er schwer schluckte und sich zwingen musste, nicht zu hyperventilieren. Marcus' Schrei hatte nur eine Sekunde oder weniger gedauert und war in ein kurzes Röcheln übergangen. Jetzt war er vollkommen still, obwohl er zappelte und sich mit den Händen am Visier kratzte wie ein Wahnsinniger.

Ich habe ihn umgebracht!

»Kashikoi! Komm da weg!«, krähte Masha und er stolperte benommen rückwärts.

»Leute! Kommt zurück, wir beschleunigen in zwei Minuten!«, drang Peters gehetzte Stimme auf sie ein.

Kashikoi starrte noch immer fassungslos auf den zappelnden Marcus vor sich, dessen Bewegungen immer schwächer und mechanischer wurden.

»Kashikoi!«, wiederholte Masha und er drehte sich langsam zu ihr um. »Gehen wir!«

Ohne etwas zu erwidern, nahm er ihre Hand und wandte sich in die Richtung, aus der sie gekommen waren. Oder war es eine andere? Alles sah so gleich aus. Es gab keine Richtungen, kein oben und kein unten.

»Wo müssen wir hin?«

»Ich weiß es nicht«, gab Masha zu und ihre Stimme wirkte brüchig. Immer weitere Blutbläschen strömten aus ihrem verletzten Bein und beim ersten Schritt knickte sie ein. »Verdammt, ich glaube ich bin erledigt.«

»Sag das nicht! Wir haben noch zwei Minuten. Drinnen können wir dich verarzten!«

»Nur, um dann dort zu sterben«, schnaubte sie müde. »Ich fühle mein Bein nicht mehr.«

»Wir können unsere Sicherheitsseile einrollen lassen. Wie die jetzt herumwabern, lässt sich kaum erkennen, wo sie herkommen, aber wenn sie stramm sind, sehen wir es!« Ohne ihre Antwort abzuwarten, drückte er den Knopf auf ihrer Winde und tat dasselbe bei seiner, bis die Seile stramm waren und er genau sah, wo sich das Seil auf die Biegung der Hülle legte.

»Wir entmagnetisieren unsere Stiefel und lassen uns reinziehen, ich glaube das geht schneller«, sagte er und deutete auf ihr Handgelenk.

»Masha?«

Keine Antwort.

»Masha!« Kashikoi schrie so laut, dass das Echo in seinem Helm seine Ohren klingeln ließ.

»Sie ist tot«, flüsterte Peter im Funk.

Kashikoi war unfähig, auch nur eine einzelne Silbe über die Lippen zu bringen.

»Wir müssen beschleunigen, Kashikoi. Es tut mir leid.«

Noch immer sagte er nichts und hob den Kopf, um ein letztes Mal die Sterne zu sehen, die wie ein riesiges Beet aus leuchtenden Stecknadelköpfen Zeuge seines Todes wurden. Er hätte es sich schlimmer vorstellen können. Immerhin war es gleich vorbei.

»Wir werden es schaffen. Es war mir eine Ehre«, sagte Peter, und dann beschleunigte das Triebwerk mit vollen sechs G. Die Rakete, ungebremst von atmosphärischen Bedingungen oder einer Schwerkraftsenke, machte einen gewaltigen Satz nach vorne. Zweiunddreißigtausend Kilonewton Schub ließen Kashikoi sein Ende nicht mehr miterleben. Noch ehe er aus seinen Stiefeln gezerrt und von dem Rucken der Leine entzweigerissen wurde, geriet sein Körper in die Fackel des Triebwerks. Viertausend Kelvin verbrannten ihn innerhalb kürzester Zeit zu einer Gaswolke. Noch immer im schwachen gravitativen Einflussbereich des Mondes gefangen, würde sie sich in vielen Tausend Jahren mit ihm verbinden und um die Erde kreisen.

Epilog

Julija hielt Mirijam im Arm und sah wie sie und Anton in den wolkenlosen Nachthimmel. Hinter ihnen, neben ihnen, überall um sie stand die Belegschaft der SpaceX-Zentrale in Hawthorne auf dem flachen Dach und tat dasselbe.

Weit über ihnen zog der Mond vorbei – beziehungsweise das, was von ihm übrig war. Wie von einem Faden gezogen, schleppte er eine Wolke aus leuchtenden Brocken hinter sich her, die seiner aufgerissenen Flanke entstammten. Ironischerweise erinnerte der Anblick sie an Pacman, der seinen Mund nach zu vielen Kugeln streckte. Als hätte jemand in den Erdtrabanten gebissen, fehlte ein großes Stück, das jetzt als Trümmerwolke in Lunas unmittelbarer Nähe um die Erde zog.

Dann kam der erste Schauer: Kleinere und größere Trümmerstücke hämmerten als Meteoriten von der Erde angezogen auf die Atmosphäre ein. Wunderschöne Feuerschweife erstrahlten in der Nacht, Dutzende erst, dann hunderte und schließlich tausende, die ein rotes Glühen auf die sprachlosen Gesichter der Umstehenden sandten. Viele erstarben nach kurzer Zeit wieder, andere erst später und wieder andere gar nicht. Vorhersagen der NASA zufolge würden die meisten über dem Atlantik niedergehen, doch genau ließ sich das nicht sagen. Viele Menschen würden unter vereinzelten Einschlägen zu leiden haben oder ihr Leben verlieren, doch immerhin war kein Brocken groß genug, um sämtliches Leben auf der Erde auszulöschen, was eine durchaus reale Bedrohung gewesen war.

»Die Anomalien sind fort, die Satelliten mit genug

Saft werden wieder in ihre Positionen über Europa gebracht und doch fühlt es sich nicht an, als hätten wir die Erde gerettet«, meinte Anton traurig.

»Die da oben haben uns gerettet«, entgegnete sie. »Wenn sie es nicht getan hätten, hätten wir jetzt zwar keine düstere Zukunft vor uns, aber auch nur, weil wir gar keine gehabt hätten.«

»Du hast recht«, seufzte er.

»Mama, was passiert denn jetzt?«

»Nicht viel, Kleines. Der Großteil des Mondes ist noch in einem Stück. Der Rest wird sich über die Jahrtausende aufgrund der Anziehung wieder zu einem Ganzen verbinden. Wir werden einige Änderungen in den Gezeiten bemerken, doch das ist eher etwas für die Statistiker.«

»Aber unsere Achsenneigung wird sich verändern, und was das für Auswirkungen haben wird, wissen wir noch nicht«, wandte Anton ein und Julija warf ihm über Mirijams Kopf auf ihrer Brust einen bösen Blick zu. Er sah ihn aber nicht, da er noch immer zu dem Himmelsspektakel schaute.

»Immerhin haben wir noch unsere Satelliten«, befand Mirijam.

Bis zum nächsten Carrington Event, dachte Julija bei sich, brummte aber zustimmend.

»Nein, wir haben alle gelernt, dass wir nicht so abhängig von Technologie sein dürfen«, sagte Linus sarkastisch von hinten. »Guter Witz, oder?«

Sie überging seinen Scherz und blies sich den Zigarettenqualm aus dem Gesicht, der über ihre Schultern wehte.

»Wenn wir eines gelernt haben, dann, dass unser

Standardmodell nicht einmal einen Funken des Universums erklären kann oder überhaupt in der Lage ist, es zu erklären. Wir wissen immer noch rein gar nichts über unser Universum, weil der überwältigende Großteil wortwörtlich im Dunkeln liegt.«

»Immerhin wissen wir, dass der menschliche Geist noch zu Außergewöhnlichem in der Lage ist, genau wie zu großem Mut und Opferbereitschaft«, sagte Anton versöhnlich. »Das ist für mich ein Licht im Dunkeln.«

ENDE

Wenn Ihnen »Der Dunkle Vorhang« gefallen hat, würde ich mich sehr über eine Rezension auf Amazon freuen – es gibt keine bessere Unterstützung, die Sie einem Autor zuteil werden lassen können.

Auf www.weltenblume.de können Sie sich in meinen Newsletter eintragen, um keine Neuerscheinungen mehr zu verpassen und exklusive Leseproben und Vorabinformationen zu meinen Projekten zu erhalten. Außerdem können Sie dort an anonymen Umfragen zu meinen Büchern teilnehmen – Sie können sogar ab und an mitbestimmen, welche Story als Nächstes umgesetzt wird. Außerdem erhalten Sie meine Recherchelisten vorangegangener Bücher.

Sind Ihnen Fehler oder Logiklöcher aufgefallen? Möchten Sie sich mit Kritik, Lob oder Feedback an mich wenden? Ich beantworte gerne jede einzelne Mail unter joshuatree@weltenblume.de

Glossar

Abrasionswarnung: Abrasion = Abrieb.

AIS: Als Sferics (kurz für Englisch atmospheric) oder AIS bezeichnet man das impulshafte Auftreten elektromagnetischer Wellen natürlichen Ursprungs innerhalb der Erdatmosphäre.

Ariane-Programm: Ariane ist ein europäisches Programm von Trägerraketen, die im Auftrag der Europäischen Weltraumorganisation ESA entwickelt wurden. Die Ariane-Raketen starteten vom Weltraumbahnhof der EU in Französisch-Guayana und galten lange Zeit als die besten und verlässlichsten Trägerraketen für Starts in den Orbit.

ATLAS-Sensor: ATLAS ist der Name eines Teilchendetektors am Large Hadron Collider (LHC), dem großen Teilchenbeschleuniger am europäischen Kernforschungszentrum CERN.

Baryonen: subatomare Teilchen und Grundbausteine von Protonen und Neutronen.

Beschleunigerring: Ein Teilchenbeschleuniger ist ein ringförmiges Gerät, in dem elektrisch geladene Teilchen (u.a. Elementarteilchen, Atomkerne, ionisierte Atome oder Moleküle) durch elektrische Felder auf große Geschwindigkeiten beschleunigt werden. Im Inneren des Beschleunigerrings herrscht für die Dauer eines Versuchs ein perfektes Vakuum. Die beschleunigten

Teilchen können annähernd Lichtgeschwindigkeit erreichen. Ihre Bewegungsenergie beträgt dann ein Vielfaches ihrer eigenen Ruheenergie. Große Beschleunigeranlagen wie der LHC am CERN werden in der Grundlagenforschung genutzt, um mit den Teilchenkollisionen die fundamentalen Wechselwirkungen von Materie zu untersuchen und die kleinsten Strukturen zu erforschen. Genutzt werden die Ergebnisse aber auch in den Bereichen Medizin und Industrie.

BFR/Big Falcon Rocket: von SpaceX geplante Rakete für die Reise zum Mars. Wird firmenintern und öffentlich auch Big Fucking Rocket genannt.

Carrington Event: Das sogenannte Carrington-Ereignis hat im Jahr 1859 den bisher größten beobachteten magnetischen Sturm auf der Erde nach sich gezogen. Benannt ist es nach dem Sonnenforscher Richard Carrington. Auslöser des Magnetsturms war ein riesiger koronarer Auswurf der Sonne (»Sonnensturm«), bei dem selbst Telegrafenmasten durchgebrannt und Papier in den Poststuben Feuer gefangen hat. Damals waren die Polarlichter bis zum Mittelmeer zu sehen.

CERN: Die europäische Organisation für Kernforschung betreibt eine Großforschungseinrichtung bei Meyrin im Kanton Genf in der Schweiz. Am CERN wird physikalische Grundlagenforschung mit Hilfe großer Teilchenbeschleuniger betrieben, mit denen der Aufbau der Materie erforscht werden soll. Der derzeit bedeutendste ist der Large Hadron Collider, der 2008 in

Betrieb genommen wurde.

Chemtrails: Der Begriff Chemtrails ist ein Kofferwort aus englisch Chemicals für »Chemikalien« und Contrails für »Kondensstreifen«, und wird im Zusammenhang mit einer seit Jahrzehnten beliebten Verschwörungstheorie für angeblich gefährliche Kondensstreifen von Flugzeugen verwendet. Diese Kondensstreifen gehen angeblich nicht auf Flugzeugabgase, sondern auf die absichtlich verbreiteten Chemikalien zurück, die unter anderem für die Gedankenkontrolle und die Manipulation durch ominöse Mächtige und Institutionen genutzt werden.

Crazy Ivan: Der irre Iwan ist der Name eines Manövers in der Marineschifffahrt, der von U-Boot-Fahrern der US-Navy ins Leben gerufen wurde, um ein taktisches Manöver sowjetischer U-Boote zu bezeichnen. Bei diesem Manöver wird in der Regel versucht, direkt nach einer Wende den Sektor im Kielwasser (hinter dem Boot) abzuhören, um so mögliche Verfolger zu entdecken. Später wurde dieser Begriff auch genutzt, um plötzliche Wendemanöver um ein Verfolgerschiff herum in dessen Kielwasser vorzunehmen.

Daimos: Trabant des Mars.

Determinismus: Determinismus ist die Auffassung, dass alle Ereignisse durch Vorbedingungen festgelegt sind, also Teil einer Kausalitätskette. Die Gegenthese besagt, dass es bestimmte Ereignisse gibt, die nicht eindeutig durch Vorbedingungen determiniert, sondern unbestimmt sind.

DOD: Department of Defense. Das US-amerikanische Verteidigungsministerium.

Dopplermessung/Dopplerverschiebung: Auch Radialgeschwindigkeitsmethode genannt. Berühmt ist der Nachweis der Dopplerverschiebung im Gravitationsfeld (z.B. der Nachweis von Exoplaneten). Objekte bewegen sich unter dem Einfluss der Gravitation um ihren gemeinsamen Schwerpunkt. Der Stern bewegt sich wegen seiner größeren Masse kaum – anders als der ihn umkreisende Planet, der eine Bahn um ihn beschreibt. Wenn man von der Erde nicht exakt senkrecht auf diese Bahn schaut, hat die periodische Bewegung des Sterns eine Komponente in Sichtrichtung (Radialgeschwindigkeit), die durch Beobachtung der abwechselnden Blau- und Rotverschiebung (Doppler-Effekt) durch einen Frequenzkamm in sehr genauen Spektren des Sterns nachgewiesen werden kann. Damit kann nur eine Untergrenze vorhandener möglicher Planeten nachgewiesen werden, nicht deren Masse.

Dunkle Materie: Dunkle Materie ist eine hypothetische Form von Materie, die nicht sichtbar ist, aber über die Gravitation wechselwirkt. Ihre Existenz wird angenommen, weil im Standardmodell der Kosmologie nur mit ihr die Bewegung der sichtbaren Materie erklärt werden kann. Das gilt vor allem für die Geschwindigkeit, mit der Sterne das Zentrum ihrer Galaxie umkreisen. Diese sollte in den Außenbereichen von Galaxien geringer sein, ist im Gegenteil jedoch höher, was sich ohne Dunkle Materie nicht erklären lässt.

ECS Radiatoren: Kühlsystem/Wärmeableitung.

Eklipse: Eine Eklipse ist eine Finsternis, also die Verfinsterung eines Himmelskörpers, indem sich ein anderer vor ihn schiebt.

Enddruck: Bei einer Vakuumpumpe der niedrigste Druck, den die Pumpe ohne Gaseinlass auf der Saugseite erreichen kann.

Erdtrabant: der Mond.

ESA: Die Europäische Weltraumorganisation, englisch European Space Agency (ESA), ist eine internationale Weltraumorganisation mit Sitz in Paris.

Falcon Heavy: Schwerlastrakete von SpaceX.

Falsifizieren: Widerlegen.

Fengyun-1: Fengyun-1C war ein chinesischer Wettersatellit der Fengyun-Reihe. Am 11. Januar 2007 wurde er durch eine bodengestützte Mittelstreckenrakete des chinesischen Militärs zerstört. Es handelte sich um den ersten Abschuss eines Weltraumfahrzeugs von der Erdoberfläche aus und sollte der Welt zeigen, dass China dazu in der Lage ist. Im Zuge dessen breitete sich eine riesige

Trümmerwolke im Orbit aus, die heute große Teile der Erdumlaufbahnen für Weltraumfahrzeuge unpassierbar macht und das Risiko eines Dominoeffekts mit Weltraumschrott vervielfacht hat.

Fermatische Primzahlen: Spezielle Primzahlen. Fragen Sie nicht nach Formeln :-).

Fissionsschneider: fortschrittliches Schweißgerät auf Plasmabasis.

Geladene Baryonische Materie: Elektrisch geladene Baryonen unterliegen der elektromagnetischen Wechselwirkung. Nicht geladene nicht.

General Atomics MQ-9 Reaper: waffenfähige Flugdrohne der US Air Force.

Geostationärer Orbit: Eine geosynchrone Umlaufbahn ist ein Satellitenorbit, bei der die Umlaufzeit um die Erde exakt der Rotationsdauer der Erde entspricht (also einem siderischen Tag), der Satellit bewegt sich synchron zur Erde. Im speziellen Fall der geostationären Umlaufbahn steht ein Satellit dabei für einen Beobachter auf der Erdoberfläche immer am selben Punkt, wenn er ihn am Himmel sieht.

Glykol Radiatoren: Kühlsystem/Wärmeableitung.

Gravitationsanomalie: Abweichung von vorhergesagten gravitativen Effekten. Bezeichnung für die Ansammlung Dunkler Materie, die den Jupiter passiert.

Gravitationsgesetz: Das Newtonsche Gravitationsgesetz ist ein physikalisches Gesetz, laut dem jeder Massenpunkt auf jeden anderen Massenpunkt mit einer anziehenden Gravitationskraft wirkt. Diese Gravitationskraft ist entlang der Verbindungslinie beider Massenpunkte gerichtet. Das Newtonsche Gravitationsgesetz ist eines der grundlegenden Gesetze der klassischen Physik.

Gravitationsquelle: Ort großer Masse. Siehe Gravitationssenke.

Gravitationssenke: Ort hoher Anziehungskraft und damit großer Masse, wie beispielsweise die Erde.

Habitable Zone: Planetenbahn in einem Abstand zur Sonne, die gerade warm genug ist, dass Wasser flüssig vorkommen kann und nicht kocht und verdampft (näher an der Sonne) oder gefriert (weiter von der Sonne entfernt.

Higgs-Boson: Das Higgs-Teilchen gehört zu einer in den 1960er Jahren entstandenen Theorie, nach der alle Elementarteilchen (z.B. Elektronen) außer dem Higgs-Boson selbst ihre Masse erst durch die Wechselwirkung mit dem allgegenwärtigen Higgs-Feld erhalten. 2012 hat das Beschleunigerzentrum CERN den Nachweis eines solchen Teilchens am Large Hadron Collider bekanntgegeben. Die Vermutung durch Analyse weiterer Daten konnte bekräftigt werden. Die

Auswertung der Analysedaten des Versuchs von 2012 (wow, die Erde steht immer noch ...), dauert bis heute an.

Hubble-Teleskop: Das Hubble-Weltraumteleskop wurde von NASA und ESA gemeinsam entwickelt. Es arbeitet im Bereich des elektromagnetischen Spektrums von Infrarot über das sichtbare Licht bis in den Ultraviolettbereich. Der Spiegeldurchmesser beträgt 2,4 Meter.

ICBM: Interkontinentalrakete (engl. Intercontinental ballistic missile).

IMU: Inertial Measurement Unit. Eine inertiale Messeinheit ist eine räumliche Kombination von, unter anderem, Beschleunigungssensoren und Drehratensensoren. Sie stellt die sensorische Messeinheit eines Trägheitsnavigationssystems zur Ortsbestimmung dar.

Investigativer Journalismus: Investigativer Journalismus setzt eine langwierige detaillierte Recherche vor Veröffentlichung (meist in Zeitungen) voraus. Themenschwerpunkte sind in der Öffentlichkeit als skandalträchtig angesehene Vorgänge aus Politik oder Wirtschaft.

Juveniles Rheuma: auch juvenile idiopathische Arthritis, eine chronische entzündliche Erkrankung der Gelenke (Arthritis) des rheumatischen Formenkreises im Kindesalter (juvenil).

Kaskadeneffekt: stufenartig verlaufender Prozess, ähnlich einem Dominoeffekt.

Keplersche Gesetze: Die drei Keplerschen Gesetze sind die fundamentalen Gesetzmäßigkeiten des Umlaufs der Planeten um Sterne, in unserem Fall die Sonne.

Kernelspeicher: Ein Kernel, auch Betriebssystemkern, ist der zentrale Bestandteil eines Betriebssystems. In ihm wird die Datenorganisation eines Computers festgelegt, auf der alle weiteren Softwarebestandteile des Betriebssystems basieren und funktionieren. Der Kernelspeicher hat direkten Zugriff auf die Hardware.

Kessler-Syndrom: Das Kessler-Syndrom, oder auch der Kessler-Effekt, ist die kaskadierende Zunahme der Zahl winziger bis kleiner Objekte in Form von Weltraumschrott durch zufällige Kollisionen von Objekten im Orbit. Benannt nach Donald J. Kessler. Als Astronom hatte Kessler Fragmentationsprozesse im Asteroidengürtel statistisch modelliert und interpretierte die Ergebnisse in seiner Funktion als NASA-Mitarbeiter auf die Objekte in Erdnähe. Schon 1978 warnte er, dass die Raumfahrt in der Zukunft riskanter werde. Im schlimmsten Fall könnte eine einzige Kollision zweier Satelliten dazu führen, dass sämtliche Objekte im Orbit zerstört werden, und eine undurchdringliche Trümmerwolke bilden, die uns für immer auf der Erde »einsperren« würde.

Kosmologe: Die Kosmologie beschäftigt sich mit dem

Ursprung, der Entwicklung und der grundlegenden Struktur des Kosmos und des Universums als Ganzem. Ein Teilgebiet der Astronomie, das sich nicht trennscharf von der Astrophysik unterscheiden lässt.

Kryptoanalyse: Die Kryptoanalyse bezeichnet im ursprünglichen Sinne das Studium von Methoden und Techniken, um Informationen aus verschlüsselten Texten zu gewinnen.

Large Hadron Collider/LHC: Größter Teilchenbeschleuniger der Welt. Befindet sich unter dem Gelände des CERN und läuft durch schweizerisches und französisches Hoheitsgebiet.

Leichtestes supersymmetrisches Teilchen/LSP: Das leichteste supersymmetrische Teilchen (LSP) ist das postulierte leichteste Elementarteilchen in der Supersymmetrie und möglicher Baustein Dunkler Materie. Die Supersymmetrie (SUSY) ist eine angenommene Symmetrie der Teilchenphysik, die Bosonen und Fermionen (unterscheiden sich nach Spinzahl) ineinander umwandelt. Dabei werden Teilchen, die sich unter einer SUSY-Transformation ineinander umwandeln, Superpartner genannt.

Leptonen: Leptonen sind Elementarteilchen, die zusammen mit Quarks und Eichbosonen die fundamentalen Bausteine bilden, aus denen sich die sichtbare Materie zusammensetzt. Sie sind wirklich ganz, ganz klein!

Lotrechte Linie: senkrechte Linie.

Low Earth Orbit/LEO: Umlaufbahn um die Erde mit maximal 2.000 Kilometern Abstand zur Oberfläche. Objekte fallen hier langsam zur Erde zurück.

LSST: Das Large Synoptic Survey Telescope (LSST) ist ein geplantes Spiegelteleskop, das den zugänglichen Himmel in drei Nächten komplett abfotografieren kann.
Majorana-Fermionen: Majorana-Fermionen sind in der Elementarteilchenphysik Teilchen mit halbzahligem Spin (Fermionen). Ihre Antiteilchen haben die gleichen Eigenschaften wie die Teilchen selbst und stellen damit eine Besonderheit dar. Sie wurden nach Ettore Majorana benannt. Majorana-Fermionen haben keine elektrische Ladung.

MCC: Mission Control Center.

Mikrogravitation: geringe bis kaum messbare Gravitation.

Misanthropie: Abneigung gegenüber Menschen im Allgemeinen.

MMU: Die Manned Maneuvering Unit (MMU) war ein Düsenrucksack, der in den 1970er Jahren entwickelt und nur bei drei Space-Shuttle-Missionen von Astronauten bei Außenbordeinsätzen (EVAs) genutzt wurde.

Myriaden: Die Myriade steht im Griechischen für 10.000. Der Plural Myriaden steht aber für eine unzählbare Menge.

NASA: Die National Aeronautics and Space Administration ist die zivile US-Bundesbehörde für Raumfahrt und Flugwissenschaft.

Neutralinos: Neutralinos sind hypothetische Elementarteilchen, die in supersymmetrischen Theorien der Elementarteilchenphysik vorkommen.

Neutrino: Neutrinos sind elektrisch neutrale Elementarteilchen mit sehr geringer Masse.

Newtonschen Gesetze: Sir Isaac Newton bildete das Fundament für die klassische Mechanik. Mit Hilfe seiner drei Gesetze lassen sich in einem weit gefassten Rahmen (u.a. unter Auslassung verschiedener Beobachtungen der Quantenmechanik) Vorhersagen treffen: Ein kräftefreier Körper bleibt in Ruhe oder bewegt sich geradlinig mit konstanter Geschwindigkeit. Kraft gleich Masse mal Beschleunigung. Kraft gleich Gegenkraft: Eine Kraft von Körper A auf Körper B geht immer mit einer gleich großen, aber entgegen gerichteten Kraft von Körper B auf Körper A einher.

PAD COMM: Preliminary Advisory Data Communication. Vor Missionsbeginn festgelegte Zeiten für bestimmte Aktionen/Manöver, die dann mit den tatsächlichen Zeiten abgeglichen werden.

Phallussymbole: Symbole, die an die Form eines männlichen Geschlechtsteils erinnern. Galten lange Zeit, vor allem in antiken Kulturen, als Kunstform.

Phobos: Trabant des Mars.

Photonen: »Lichtteilchen«, aus denen elektromagnetische Strahlung besteht.

Physicist: Englisch für Physiker.

Polygon: Ein Polygon (Vieleck) ist in der Geometrie eine ebene geometrische Figur, die durch einen geschlossenen Streckenzug gebildet oder begrenzt wird. Protonen: Das Proton ist ein stabiles, elektrisch positiv geladenes Hadron. Das Proton gehört neben dem Neutron und dem Elektron zu den Bausteinen der Atome, aus denen alle sichtbare Materie zusammengesetzt ist.

Protonenkollision: Kollision zweier Protonen in einem Beschleunigerring mit annähernder Lichtgeschwindigkeit, die zum Zerfall der Teilchen in kleinere Teilchen führt.

Proxima Centauri: benachbartes, unserem Sonnensystem nächstgelegenes Sternsystem. Das sind »nur« zirka 40.303.860.000.000 Kilometer. Wenn Sie heute Nachwuchs bekommen, hätte das Licht unserer Sonne Proxima Centauri erreicht, wenn Ihr Nachwuchs etwa viereinhalb Jahre alt ist.

Pulitzer Preis: höchste Auszeichnung für Journalisten in den USA.

Quarks: Quarks sind im Standardmodell der Teilchenphysik die elementaren Bestandteile, aus denen Hadronen (z. B. die Atomkern-Bausteine Protonen und Neutronen) bestehen.

Quintessenz: in der Physik eine Form der Dunklen Energie, im allgemeinen Sprachgebrauch der Kern einer Sache.

Regolith: Regolith ist eine Decke aus lockerem Material wie Gestein und Staub, die sich auf Gesteinsplaneten im Sonnensystem über darunter liegendem Ausgangsmaterial gebildet hat.

Roskosmos: Roskosmos ist die Weltraumorganisation der Russischen Föderation.

S-Band: Kurzwellen-Spektrum.

SpaceX: amerikanisches Raumfahrtunternehmen des Unternehmers Elon Musk.

Starship Orbital Design/SOD: Triebwerks- und Treibstoffmodul der BFR.

Stringtheorie: Als Stringtheorie bezeichnet man eine Sammlung miteinander verwandter physikalischer Theorien, die anstelle der Beschreibung von Elementarteilchen als punktförmige Teilchen in der Raum-Zeit sogenannte Strings (englisch für Fäden) als fundamentale Objekte postulieren, die eine eindimensionale räumliche Ausdehnung verwenden. Später kamen auch höherdimensionale Objekte als Erweiterungen der Stringtheorie hinzu.

Superconducting Super Collider/SSC: Geplanter, nie realisierter Superteilchenbeschleuniger in Texas, der einen über 100 Kilometer langen Ring aufweisen sollte und damit der größte Beschleuniger der Welt gewesen wäre.

Supersymmetrie: Siehe leichtestes supersymmetrisches Teilchen.

Supraleiter: Supraleiter sind Materialien, deren elektrischer Widerstand beim Unterschreiten einer bestimmten Temperatur auf Null fällt. Die Supraleitung ist ein makroskopischer Quantenzustand und sorgt dafür, dass Strom widerstandslos geleitet werden kann.
Sutra: Das Sanskrit-Wort Sutra bezeichnet einen kurzen, durch seine Versform einprägsamen Lehrtext indischen Schrifttums, der meist im spirituellen Kontext Verwendung findet, beispielsweise im Hinduismus, Buddhismus und Zen-Buddhismus.

Synaptischer Spalt: Synaptischer Spalt ist die Bezeichnung für den schmalen Raum zwischen der präsynaptischen Membranregion einer Nervenzelle und der postsynaptischen Membranregion einer nachgeschalteten Zelle. Für die Übertragung einer Erregung wird bei Synapsen der hier meist etwa 20–30 nm breite synaptische Spalt durch Ausstoß und Andocken von Botenstoffen überbrückt.

Telemetriedaten: Telemetrie ist die Übertragung von Messwerten eines am Messort befindlichen Sensors zu einer Messstelle. An dieser Messstelle können die Werte gesammelt, aufgezeichnet und analysiert werden.
Temperaturamplitude: Temperaturunterschied.

Terminatorlinie: Die Tag-Nacht-Grenze ist die Grenze zwischen der durch einen Stern (z.B die Sonne) angestrahlten Lichtseite und der unbelichteten Schattenseite eines Himmelskörpers wie einem Planeten oder Mond. Der Anblick dieser Licht-Schatten-Grenze wird in der Astronomie auch Terminator genannt.

Terraforming: Umwandlung einer Atmosphäre in eine erdähnliche, die Leben erhalten kann.

Tesla Roadster: Sportwagen von Tesla.

Trajektorie: Eine Trajektorie, auch Bahnkurve, ist in der Physik der Verlauf, den sich ein Körper oder ein Punkt bewegt.

Treibstoffstufe: Teil einer Mehrstufenrakete, der als Booster abgetrennt wird, sobald ein entsprechender Orbit erreicht wird.

Umlaufgeschwindigkeit: Als Umlaufbahn oder Orbit wird in der Astronomie die Bahnkurve bezeichnet, auf der sich ein Objekt aufgrund der Gravitation im freien Fall periodisch um einen Zentralkörper bewegt. Je nach Masse und Abstand erreichen »kreisende« Objekte auf diesen Umlaufbahnen hohe Geschwindigkeiten (die ISS beispielsweise ca. 28.000 Kilometer pro Stunde).

VHF: Als Ultrakurzwelle bezeichnet man elektromagnetische Wellen in einem Frequenzbereich von 30 MHz bis 300 MHz, also Wellenlängen zwischen zehn und einem Meter.

Wechselwirkende, massive Teilchen/WIMPS: WIMP (engl. weakly interacting massive particles) sind postulierte Teilchen mit einer Masse etwas höher als die eines Neutrons oder Protons. WIMPs wurden postuliert, um das kosmologische Problem der Dunklen Materie im Weltraum zu lösen.

Zerfallsprodukte: In der Physik – genauer der Kernphysik – ist damit meist der radioaktive Zerfall eines Atomkerns gemeint, also seine spontane Umwandlung in einen anderen Kern. Die Zerfallsprodukte sind der neu entstandene Atomkern und die dabei erzeugte Strahlung.

Personenverzeichnis

Abdur Derawal: Ehemann von Saima Derawal, Pakistani.

Anton Meyer: ESA-Direktor.

Dwayne White: Sergeant der US Air Force.

Elon Musk: Gründer von SpaceX.

Emily: Mitarbeiterin von Lisa Lohmann.

Fabiola Bianchi: CERN-Generaldirektorin.

Faruk: Mitarbeiter von Lisa Lohmann.

Frau Demetriou: Journalistin von Elliniki Radiofonia Tileorasi.

Frau Migeot: Journalistin von France Televisions.

Gizmo: Kater von Linus Karlsson. Hat immer Hunger und schlechte Laune, ist aber für einen Kater typisch der Herrscher im Haus seines menschlichen Dosenöffners.

Gregory »Greg«: Ranghoher Mitarbeiter von SpaceX.

Herr Treuben: Journalistin der ARD.

Janine: Copilotin bei der Lufthansa.

Jerome: Direktor der NASA.

Julija Lazar: Astronomin am CERN.

Kapitän Biskow: Kapitän der russischen Fregatte Novosibirsk.

Kashikoi Yutaka: Japanischer Unternehmer und Milliardär. Erster Weltraumtourist.

Lasse Breisel: Adjutant von Fabiola Bianchi.

Leutnant Andersen: Pilot des Marinehubschraubers.

Leutnant Goroschin: Offizier der russischen Fregatte Novosibirsk.

Leutnant Schwarze: Pilot des Marinehubschraubers.

Lieutenant Vasquez: Vorgesetzter von Dwayne White.

Linus Karlsson: ehemaliger Investigativjournalist und

Informatiker.
Lisa Lohmann: Filialleiterin eines Supermarkts.
Marco Rosso: Journalist in Brüssel.
Marcus Bauer: Bestsellerautor aus den USA und erster Weltraumtourist.
Mark: Kollege von Julija am CERN.
Markus: Pilot bei der Lufthansa.
Martha: Ehefrau von Jerome.
Masha Geusen: Fotografin aus den Niederlanden und erste Weltraumtouristin.
Michelle: Astronautin von SpaceX.
Minu: Prostituierte aus dem Club Barracudas.
Mirijam Lazar: Tochter von Julija Lazar. Raucht gerne Marihuana im Park.
Mr. Jones: Ehemaliger NASA-Experte.
Natalja Karlsson: verstorbene Ehefrau von Linus, beste Freundin von Julija.
Paul Schrader: wissenschaftlicher Referent bei der NASA.
Paul Walsh: Mitarbeiter in der IT-Abteilung des EU-Parlaments.
Peter Browning: Missionskommandant/Astronaut von SpaceX.
Philipp Meinl: Pressesprecher der Europäischen Raumfahrtagentur ESA.
Professor Armanidis: Universität Athen, Professor für Astronomie.
Saima Derawal: Ehefrau von Abdur Derawal, Pakistani.
Sheva Rapalli: Ingenieurin der NASA.
Veronica: Journalistin in Brüssel.
Walter: Ingenieur aus dem Wartungsteam des ALICE-Detektors.

14348464R00214

Printed in Germany
by Amazon Distribution
GmbH, Leipzig